日色匆匆亦从容

李正伟 著

上海三联书店

虽然扎着头巾，
虽然打着赤脚，
思绪却驾着宝马在奔驰……

目　录

散文·杂文

诗歌·诗论

小品·小说

内容梗概

《日色匆匆亦从容》收集作者多年来的散文、诗歌、小小说等近二百篇(首)。作者长期在社会底层生活,先后从事过工人、农民、士兵、教师等工作,他的作品基本上有一种鲜活的、民俗的、大众化的味道。

这个集子里,散文和杂文居多。

散文偏重记叙,间有感悟。文章涉及到童年趣事、文革中大串联轶事、上山下乡故事,以及部队、工厂、校园、晚年迁徙等等,多侧面地反映了作者所处的社会环境的多彩与巨变。这些文章有一些在《衡阳日报》、《衡阳晚报》、衡阳《校园文艺》、湖北《三峡晚报》、广州《广铁青年》、上海《老年文艺》上发表过。

散文中有两篇文章记叙抗战时期中国人的苦难,尤其是那篇《乡村奇人奇冤》是作者在家乡采访乡民的真实记录,作者耿耿于怀的,就是想告诉国人:不要忘记那段历史。

散文中有两篇是记叙改革开放之后,国人走出国门去南非打拼的故事,另有《兽亦有道》则是深入山村采访得来的奇闻趣事。

以上的记叙中,能够看到作者的家国情怀,以及对纯朴、清贫的生活的怀念,还有对教育问题的深入思考……

杂文偏重议论,间有记叙。文章涉及国家发展与民族生存问题、个人发展与职场生存问题、台海问题、教育问题。这些杂文有的曾经在湖南、湖北、广东的报刊上发表过,台海问题的文章有两篇在《联合早报》(电子版)上发表过。

作者戏称诗歌部分的旧体诗是"尝试戴着镣铐跳舞",其中有的是作者在他的诗友圈子里的"酬答"之作,有的则是参加社区活动时的"命题"之作。

新体诗部分,则更贴近生活一些,更见激情一些。

诗歌部分里还有一些谈诗、论诗的分析文章,这些是作者在诗友圈子里作为评论员写的评论文章,其实这部分文章更适合高中学生作为诗歌欣赏和写作来学习,不妨把这些文章当作教师的"下水作文"来读——因为作者本来就是多年从事高中语文教学的教师。

小品《你猜，你猜》是在真人真事基础上写出的，获得过社区的创作奖。而其他几篇小小说则是融合一些社会现象，先确定歌颂或批判的主题再进行创作的。

这本书应该说是再版了，第一次是内部发行，赠送亲朋好友、文友、战友、同学、学生。因为得了一些好评，所以决定再版。前后有三位作家读后提了一些中肯意见，这次定稿中的增、删以及文字修改都参考了他们的意见。作者在与之私下交谈中都一一表示了感谢之情。

这次再版，作了较大修改，删除了 9 篇诗文，又增加了 11 篇诗文。所有文章都有修改，修改的原则是：尽量精练点，所以文字删除的多，添加的少，另外，以前的文章引号用得太多，这次再版时，删除了很多。

作为一个文字工作者、教育工作者，本书力求文字简洁，力求文字的正面功能，力求语言尽可能地形象化。读这本书可以体会到这些特点的。

“寄意寒星荃不察”?(代序)

曾听说有这样一个笑话:一个人请客,客人到得差不多了,但还没有到齐。这时,主人说了这样一句话:“该到的没到”,于是引起在场的客人的不满,以致有一个客人退席以示抗议。这时主人又焦急、懊恼地说:“不该走的走了”,于是引起一场更大的骚动,更多的客人抗议了,离席了。

为什么会弄得这么尴尬呢?因为主人说了两句不得体的话。他的本意,前一句话大概是想说:“还有一个(些)客人没到”,但他在这里加了一个“应该”与否的题外话,于是被别人误解为“该到的没到,不该到的却到了”;后一句意思大概是:“这个客人怎么走了”,而又被人误解为“不该走的走了,该走的却没走”。

一段时间来,我在报刊上发表了一些文章,心里也曾想得到更多读者的青睐,但我绝对没有那个“应该”与否的想法。

首先,我对身边的人没有这个要求。妻子一天忙忙碌碌,从不看我的文章,在她看来:写文章就是玩玩而已。孩子们现在也正忙自己的事业和学业,最好还是不给他们添麻烦。亲朋好友,也各有各的事情,当然更不宜打搅。

写文章,对我来说,是忙中偷闲,描摹描摹一下自己的人生轨迹,总结一下自己的人生体会。人生的历练,是一本无字的书,把它形诸文字,只是一种纪念或“备案”而已。

我在自己的人生之路冲冲杀杀,跌跌撞撞,思想里有以下几个解不开的结。现在,想抓紧时间,把这些结梳理一下,作为自己的生活经验和思想成果留下来。它们分别是:

一、民族的生存和发展问题。我们生为中国人,父母给了我们黑发、黑眼睛、黄皮肤,还有土生土长的中国式的思维方式,这香火还得继续下去。所以我的文章里最关心的有:1. 社会热点问题,2. 台海局势问题,3.“国民性”问题。

二、个人的生存与发展问题。这里就涉及了生活的理念、生活的经验、生活的感悟等等问题。

三、教育问题。这是我以前天天接触的工作。以前曾积累了一些有用的经验，于是思考并记录了一些教书、育人等方面的想法。

四、亲情、友情问题。我从哪里来，我经过哪些地方，人生路上，哪怕是滴水之恩、睚眦之怨，都如实记录。

五、我所写的一些散文和杂文，以及一些方言研究，也放在这个集子里，算作“雁过留声”的纪念。

有的文章曾得到一些朋友们的青睐、得到一些学生们的赞赏，甚至得到了几位大家的颔首，这里没有“应该”与否的念头，这里只有“人生得一知己足矣”的感悟，只有“士为知己者死，女为悦己者容”的冲动。于是，这本《日色匆匆亦从容》正式面世了。

2014 年 5 月 15 日

散文·杂文

我是光阴资本家

“一寸光阴一寸金”，我的光阴完全属于我自己，我是一个彻头彻尾的光阴资本家！因为我手里握着的尽是金锭、金条、金砖、金元宝……

曾是光阴穷光蛋

有一首歌，叫做《我想去桂林》，其中几句是这样的：“我想去桂林呀我想去桂林，可是有时间的时候我却没有钱；我想去桂林呀我想去桂林，可是有了钱的时候我却没时间……”其实，这两种状况都是穷困，只是有经济上的和光阴上的区别而已。

我们都曾穷过，而光阴上的穷困那更是别有一番滋味在心头。

退休前在一所高中教语文，忙于工作，自己能支配的时间不多，尤其是有段时间连年担任高中毕业班的教学工作，份内份外的事情特别多，经常要加班加点，那状态正如这歌中唱的后一种情况：有钱无闲。

即使退休后的前一段时间，还是有时间不够花的感觉，——我们跟儿子住在一起，自然也就一肩挑起了大部分的家务活，做家务事是没有止境的，加上自己本来就不长于这工作，常常手忙脚乱。累了，无聊了就上网玩游戏，日子就这样浑浑噩噩地过去了。每天过得不知所措：既担心家务活干不好，又埋怨上网玩游戏耗费时间。其实，这就是一种典型的穷人心态。

掘取光阴的第一桶金

要打翻身仗，就要做好两件事：一、从儿子家搬出去，从家务劳动中解放出来；二、控制上网时间，尽量少玩游戏。

老年人都有护犊心理，这样就把自己的手脚捆绑住了，也把儿女们独立自主的翅膀捆绑住了。不要以为孩子们离开了自己，他们就不能生活了，其实当他们成家立业之后，做父母的就应该放手。自我与儿子保持距离之后，他们两口子生活似乎过得一点不比我们侍候时候差，而当我们偶尔去他们家，帮忙做点家务时，他们反而与我们争着干家务活——他们离开父母真的成长了。

过去当老师时，常教育学生不要玩物丧志，退休以后才体会到：贪玩，其实是人性中最率真的缺点，我也没有例外啊。真正要改正这缺点，那是要下决心的。我下定了决心，规定自己每天上网时间不能超过两个小时，只能少不能多！这样一来，我就马上体会到了支配时间的快乐，那是一种类似富人随心所欲支配财产的纵横捭阖！

人若把宝贵的光阴当财富的话，就不会轻易挥霍或轻抛手中的无价之宝；你投桃它报李，得到的回报就是自信、充实、有条理的生活。

我就是这样自信而充实地过着自己有条理的生活的：早上天刚亮，步行去附近的公园，与一帮老年朋友打羽毛球。这帮朋友中有的是高手，开始在球技上和他们相差一大截，为了提高球技，我规定自己每天练 10 分种的正手和反手的颠球，有时还把羽毛球吊在树上练习；为了提高身体的协调能力，我还规定自己每天跳绳 5 分钟。对于提高球技，我一点也不急，因为我有的是时间，我是一个光阴资本家！

生活的趣味不仅仅是打打球，如果仅仅如此，那还不足以称之为“光阴资本家”，我还要利用这充裕的时间多做一些有意义的事情。每天早晨锻炼回来顺便把邮箱里的报纸取回来，洗过澡、吃过饭，我就读报，好文章还剪下来，贴起来，现在我的案头已有了十来本剪报集子了。

上午，光阴资本还有点剩余，正如一个精明的资本家善于调动自己的资本一样，我也合理地安排自己的光阴资本。读完了报，接下来就上网，浏览国内外的新闻，写写文章。为了让打字的速度快一点，我又专门学习了五笔输入法，刚开始虽然费了点时间，但毕竟又掌握了一门时髦的东西，如今我一分钟可以打到 60 个多个字，比那拼音输入法要快多了，哈哈，那不又赚了大把时间了吗？

中午是必定要睡一觉的，这也是一个“光阴资本家”阔绰的标志。但是，一个资本家对待自己的资本一定要保持警惕，所以睡觉是不能过头的，下午，我还要抓紧时间拉拉二胡（我在老年大学报名学二胡有一年多了），二胡难学呀，我就在这方面多用点时间，一些有难度的曲子，如《江河水》、《草原新牧民》等，我把它们分成一段段、一句句地练，时间用够了，也就磨出来了。

这里还有一个小秘密：我家附近就有一个对社区居民免费开放的羽毛球室内馆，而我却乐意舍近求远去一公里以外的公园打球。为什么呢？因为清晨静寂的大街绝对是这个喧嚣的城市里的别样风情，走走路是剧烈运动前的活络筋骨，借助特殊的环境，我能一心两用、一举两得，不动声色背记那些我平时怎么也记不下来的二胡曲谱。

我是光阴资本家，我有的是时间，我还学剪纸，学吹葫芦丝，还参加社区的公益活动，如“关工委”的活动、“文学沙龙”的活动，还给报纸写稿子……

我是光阴资本家，我当然要挥霍时间，有时要进进电影院，有时要逛逛街，有时还和朋友邻居们“侃山河”，晚上的光阴，则跟老伴坐在一起看电视……总之我这个“资本家”生活过得挺惬意的。

对光阴资本是应计算成本的，不合算的买卖不要做。在光阴流逝中，很阔绰地消费光阴，在消费光阴的过程中，很精明地支配光阴。

可观的资本回报率

有投入就有回报，聪明的投入就有加倍的回报。

儿子一直是在我的“羽翼”之下成长的，从重点中学到重点大学，从苦读的学生到大型企业的白领，儿子长大了，言谈举止中常常不经意地流露出对自己的父亲、对自己的家庭背景的不甚满意，因为在他心目中，父亲不算“成功人士”，父亲的昨天没有他的今天辉煌。过去因为要做好学生、好孩子，他一直错过了叛逆的机会，现在翅膀硬了，潜意识里总会冒出“领导”他的爸爸的念头来的。

有一个星期天，儿子约全家到球馆打羽毛球，刚开始，他还教我们怎么打球，没想到最后是我们老两口打败了他们小两口。其实，这个结果是公平和公正的呀，你想，我们退休了没事，每天打两三个小时的羽毛球，日积月累，我们下的资本多呀。

有一次，儿媳妇单位要演出节目，单位安排她参加一个二胡齐奏演出，这个曲子很简单，儿媳过去学过钢琴，但二胡却总拉不好。这时儿子说话了：“唉，要是我姐姐今天在这里就好了，三天就会教会你……”我接过话茬，说：“没关系，你有基础。姐姐不在，老爸在，我也用三天教会你”。然后示范了一下，再教她拉。这一次，又让儿子眼睛亮了一回，他自我解嘲地说：“真是士别三日，当刮目相看呀”。

有实力，就有魅力，常常让骄傲的儿子对自己的老爸刮目相看。

有一次，儿子央求我说："爸爸，我今天要打一个文件稿子，没时间，劳驾你到干洗店去，替我取一下衣服，我明天上班要穿"。我说："那个地方我找不到，要不我们换一下，我替你打这个文件稿子，你亲自去，怎么样？"儿子说："这么多页，你打不完的"。我翻了翻稿子，肯定地对他说："你取了衣服回来，我可能就打完了，如果完不成，今晚不睡觉也给你加班加点弄出来"。

对于儿子来说，这又是一个没想到的事情——没想到老父亲已经与时俱进了。我用自己的行动在告诉儿子：只要假以时日，父亲是有实力的。哈哈，有实力的爸爸当然有魅力的了！

我的收获还多呢：因为打羽毛球，结识了一帮球友；因为写文章，结识了一帮文友；因为参加社区的笔会，结识了一帮笔友；因为走进社区的圈子，结识了几位文学老前辈；因为参加了街道的老年协会，结识了一帮乐天知命的"老顽童"；因为参加关工委活动，也曾帮助了一些青春、阳光的小朋友。

真是：光阴何其速，细抓一大把，夕阳无限好，满目皆灿烂。

我的"资本主义"观

光阴资本要尽量让它升值。

光阴资本的升值，关键要有"冷石板上坐三年"的决心和毅力。世上无难事，关键在时间，叹息"没时间"，推托"我很忙"，那就是在浪费时间，很多忙人其实是无事忙，有的是瞎忙，有的是不可当真的遁词。

就资本而言，可谓：市场有变数，投资有风险。如果把资本投放到纸醉金迷、醉生梦死的地方去，肯定会血本无归。

我的光阴我做主。热爱生活吧！你注定要忙，厌恶生活吗？你一定不会忙。要让人生有意义，那就多做几件有意义的事吧——那就是把一辈子当几辈子过！光阴似箭又似水，一生，尤其是晚年，一定要多做一些有意义的事，把一天当作几天来过，这样生命的"系数"就大了，光阴增值也就大了。

老人们如果前半生有什么遗憾，有什么心愿没有完成，那么就从现在开始吧，东隅已失，桑榆未晚。老树亦可开新花。

老马识途，"五十而知天命，六十而耳顺，七十而随心所欲"，一个智慧的老人当然知道"授人以鱼不如授人以渔"的道理，所以对于晚辈不要过多以自己的时间相送，那是你浪费了他们的时间。与其干涉似的代劳，不如管好自己的生活；与其“零距离”，不如保持一点距离。因为你们自己过好了，就是对晚辈最大的支持和爱护。

我是光阴资本家，我的光阴像一锭沉甸甸的金元宝，我把它紧紧地攥在手心里，我凝望着它，我深知我的资本是一个个铜板积攒成的，来之不易呀。

我是光阴资本家，我的光阴像一个踱着方步的老人，他慈祥而和蔼地向我招着手，我也不紧不慢走上前，拉住了他的手。光阴老人挤眉弄眼地告诉我：“来日方长，来日方长”，我紧紧攥着他的手，对他唱道：“我真的还想再活五百年”。

（2011年9月3日）

美哉，人生地平线上的梦

很久以前，曾有一个梦想：放开肚皮吃饭，吃得饱饱的。我敢断言：没有这个梦想的人一定是没有饥饿经历的人。

那是上个世纪的六十年代的三年自然灾害时期，城市居民虽然有定量的粮食供应，但大家都感觉吃不饱。虽没亲历，但的确听说过有人吃"小球藻"、糠饼、咖啡渣、豆腐渣、野菜……那时候，如果有今天这些过期食品、毒馒头、地沟油……估计人们会乐意"过把瘾就死"的。

记忆中有那么一件事：我的母亲托我的姨父（她的姐夫）给乡下的外公带一玻璃瓶油煎的豆腐干——在那时，这大概是女儿孝敬父亲的最好礼物。结果，到我外公手上只有了半瓶。我外公为此整整骂了那个偷吃的大女婿一年。

多少年后，我读张洁的散文《挖荠菜》，引起我共鸣且印象深刻的句子就是"（眼前）一片饥饿"。我能理解作者当时的心情：在一个饥饿的穷人眼里，看什么东西都是把它首先当成食物，可是眼前的东西竟然没有一样是可以吃的，那是怎样的悲哀和无助呀。

我印象中深深烙着这样难以忘记的情景：一群工人手里各自端着小钵子，蹲在工厂临街的大门口吃饭，一个乞丐路过，以迅雷不及掩耳之势，用手扣出整钵饭菜，又迅速地塞进了自己的嘴巴里，饥肠辘辘的被抢工人怒火中烧，将那乞丐打倒在地。可怜的乞丐任那被抢的人踢打，却双手护着嘴巴在嚼那抢来的饭菜……

有饭吃，这是一个多么美的梦呀，那时候，我梦想过香喷喷的米饭，甚至是大鱼大肉。梦想很遥远，但毕竟如地平线上的一抹美丽的朝霞。

我下放过，也和所有农民一样，起早摸黑地干农活，为的就是把自己的饭吃好！我当过工人，也和所有的工人一样钻研自己的工作，为的是多拿工资，还是围绕着吃饭这个中心！

有梦最美，幸福紧随。我的这个梦想后来真的实现了。不用举例，不用证明，就看看今天的生活吧。

人生的路越走越宽，人生的梦越做最美。我后来又有一个新的美梦：做一个有文化、有社会地位的人。

这个梦的形成是由几桩事情促成的。

我的父亲在旧社会曾在一个私塾里当过一段时间的免费上学的“伴读”，由于他年幼无知，忘记了自己的角色，有些喧宾夺主，他后来被辞退了。

父亲是当工人的，他的工资勉强能维持一家人的生活，他常常把自己和老家一个有钱人的孩子相比，不无羡慕地说“他坐办公室，还是重要人才，我的工资是他的零头”。

我想读书，也爱读书，由于众所周知的原因，美丽的梦想变得缥缈，但这个梦始终在心里藏着。有梦的人总有一丝希望，后来时来运转，搭上了高考改革的快车，圆了上大学的梦。

生活越来越无忧无虑，可是，梦却越做越大。我现在的梦想是什么呢？就是：有尊严地活着——不光自己，还要有自己的国家、自己的民族……

我见过太多没有尊严的事例，那个抢饭的乞丐、那个被抢的工人、那些进不了大学门的渴望知识的青年人、那些成天担心买到伪劣商品的人、那些渴望公正的人、还有成天被人威胁却被诬称“威胁别人”的祖国……

人往高处走，水往低处流，真的，我始终不满足于个人那点小小的梦想，我始终眺望着人生的地平线，寻找自己更大的梦想，望来望去，我发现，自己的梦真是越做越大了——我想拥有一个政治清明、富足强大的国家，我想自己就是这个国家的真正主人。

我知道，这个梦想要实现有点难，首先是千头万绪的国内问题，然后还有暗流汹涌的国际问题，但自己又不能坐等美梦降临。于是，我想把这种情感传递给自己身边的人。最近，与从国外回来的孩子有一番谈话，先谈家史，几代人如何从农村进了城市，如何从体力劳动者变成脑力劳动者，如何从吃大米饭到吃洋面包。谈几代人如何从缺衣少食到衣服无忧，如何从衣服无忧到发奋读书。然后，借题发挥，从个人福祉到父母以及亲人福祉的比较，从家族福祉到民族福祉的区别。意思就是一个：一、不要忘本，二、人要有点精神，三、个人的幸福是小幸福，奉献越多的人越幸福。

我为什么要同孩子谈这些呢？因为在孩子少小离家时，已经领略了我们这样的平民家庭在社会上办事之难，尤其她出国留学时家里筹集几万元钱的窘境……

我的这番宣教只有一个目的：个人恩怨可以摆一边，自己要做的事多着呢。回报父母、帮助亲友、报效祖国，这是三个“台阶”，可以视个人能力，量力而为。

我想告诉我的孩子：爸爸正是因为有了一个梦想，心里总是亮堂堂的、美滋滋的。总是关心国家大事，也乐意为所处的社区做一些力所能及的事情。

我希望远走他乡的孩子时刻记住我们这一家子走过的路，保存并传递好我们几代人对生活的美好追求和梦想。

美哉，天边的彩霞，美哉，人生的梦想。

（原载上海《老年文艺》2014 年第 2 期）

我漂，我快乐

我是一个老年漂泊者，“老漂”是简称，也是昵称；是无可奈何，也是自我解嘲。漂呀漂，一不小心，我漂来了上海，而户籍、工资以及医疗保险都留在了原籍。

老漂的生活很有规律、极有节奏，天天如此，大同小异。如果有人想了解老漂，不妨以我为例；以我为例，不妨以我的一天为例。

春寒料峭，6 点不到，天刚蒙蒙亮，我就起床了，要赶到社区的体育中心去打羽毛球。我们有固定的球友，老王退休前是知名大学的教授，老梁是退休工程师，小马还在上班，我一边打球，一边留心听他们讲讲上海方言。有时当对方打出一个好球时，我也学他们说话的腔调，用批评的方式来赞扬对方几句：“伊老坏咯”、“侬又动坏脑子了”……引得大家一阵哈哈大笑。

打球的同时还要兼顾别的事，昨天儿子委托我一件事情：跟一个参加他们单位招标的专家联系一下，他有一个文件忘了签字，专家就住在球馆附近，时间快到 8 点，估计那个专家要去上班了，我马上同他联系，约定地方见面，并把事情办妥了。

办完事，顺便到超市去买点菜。这里要说明一下，因为怀孕的儿媳最近被单位派驻崇明工作，老伴不放心，随她去了崇明，只有周末才回来，所以，我一周有五天得自己亲自买、汰、烧。

买菜就买简单的。排骨让超市剁好，买一瓶“老干妈”，蒸一下就是一个菜了。再买一盒豆腐，3 元的是快到期的了，不买；要买就买新鲜的，5 元一盒。再买一把大蒜，叶子煮豆腐就是一个不错的菜，茎干用醋和生抽腌渍一下，又是一个别有风味的菜。

回到家，已 10 点钟了。抓紧时间洗澡，抓紧时间打开电脑上网，查找体检的地方和乘车的路线，之后就赶快关了电脑，又抓紧时间把今天的报纸浏览了一下。

该做中饭了，中饭说简单也不简单，一荤两素，再来一点麻辣花生，还喝了点老酒，这就是老漂的幸福生活了。

灶台上的抽油烟机开关有点不好用了，老伴的意思是修一下继续用，我的意思是换新的，今天乘她不在家，先斩后奏，让她鞭长莫及！

中饭吃过后，坐公交车去体检，却扑了个空——人家是上午体检，下午不上班。打电话问情况，说是一个套餐要800多元。800元在老家不算什么，反正可以刷医保卡，而在这里得自己掏腰包，有点舍不得，年纪来了，体检还得做，明天改到一个可以不用做套餐的医院去吧。

路不能白走，就近还可以办一件事——儿子的行业协会的证件放在我这里，去代他缴缴年费。

回到家已下午4点了，刚好老伴打电话来了，问我中午吃什么，我告诉她：我吃得很好，请放心。

歇一会，喝点水，又坐车去买抽油烟机。抽油烟机中，我选了个名牌，钱多没关系，可以刷卡就行。上次没经验，在银行取了500元，本以为异地取款手续费是5元，没想到是10元，原来：异地取款收费的起点就是10元。刷卡消费不一样，手续费由商家出。消费的感觉好像有点不一样。

回到家里，想上网打打游戏，但时间表不允许了，做晚饭的时候到了。做饭，对我是件很繁琐的事，然而又必须做。

没想到，儿子打来电话，说晚饭他请客。父子俩在望湘楼吃上了家乡菜，吃饭期间，父子之间进行了一场深谈。

儿子："工作很累，不想干了……"

父亲："谁都累，我也一样，你可以在单位吃中饭，我可是自己做，今天还为你办了两件事……"

儿子："先进没评上……"

父亲："没什么，本来是先进却评不上先进，是别人的错。用别人的错来折磨自己，那就真的不先进了……"

儿子："上午，妈妈打电话来，又没有什么事……"

父亲："她是欲言又止，我们每个星期吃一顿饭，一个月就是四次，一年下来，也要近万元呀，能节省一点，妈妈当然高兴……"

儿子似有领悟，沉吟一下，说："爸爸，来喝酒，今晚干脆再玩个痛快，我请你看一场电影——美国电影《王者无敌》，怎么样？"

我说："好，今晚我们玩个尽兴！"老漂的好处是：父子之间能及时掌握情况，能及时进行沟通。孩子虽然在工作和生活方面可以独当一面了，但实际上他的肩膀还是稚嫩了一些。

看完电影，儿子交给我几样东西：一个录音笔、一个听课证，一张干洗店的洗衣卡。我知道儿子还在利用业余时间进行相关的专业学习，由于工作忙，没有时间听课，他让我替他听课、记笔记并进行课堂录音。我也知道：儿子单位对员工着装有要求，他让我有空去帮他把一套西服清洗一下，并替他取回。我都爽快地答应了，谁叫他是我的儿子呢？谁叫自己闲着呢？

经过几年漂泊的磨合，父子间多了一些默契，少了一些冲突。老漂的诀窍是：面对 80 后的孩子，多倾听，少训导；多谈人生经验，少谈奋斗目标；建言要慎之又慎，帮助则多多益善——儿大父难为，少哆嗦多付出

看完电影回到家里，洗洗漱漱，又快到 11 点了，看来，今晚的睡眠时间又只有 7 个小时了。

我在漂——儿子在哪里，我们就漂到哪里，我也不算漂——我在哪里，家就在哪里。

我漂，我忙碌；我漂，我充实；我漂，我主动；我漂，我快乐。

（2012 年 3 月 9 日）

旧鞋子、新鞋子

最近，我的一个在国外工作的学生送了一双鞋子给我。这鞋子是专门用来跑步的，鞋底齿钉的中心镂空，并且一个连一个，就像一排排的连拱，鞋底坚硬但又弹性很好；鞋面不是皮革的但像皮革一样有韧性。事后我才知道这双鞋子是她花 90 美元买的。瞠目结舌之后再细想，其实国内的鞋子的价格也大致如此。

打从有了这双鞋子，我就真的是“爱不释脚”了，晨练时穿，散步时也要穿它。

夏天在江边散步，常常是不管你愿意不愿意，都可以听到别的散步者的谈话内容。

一天，我听到一对年轻夫妻下面的谈话内容：

男：“你给孩子买一双凉鞋，就花了 100 元，太贵了吧”。

女：“不贵，别人还有更好的呢”。

男：“我在外打工，每月给你寄 1000 元，行吗？”

女：“1000 元？你打发讨饭的呀？”

又一天，我又听到一对母女俩的对话：

女儿：“妈，明天开工资了，我给你买一双达芙妮的皮鞋”。

母亲：“不要，我就喜欢穿那种平口的布鞋，又便宜又合脚”。

我不禁抬头看了一下迎面走来的母亲，我猜想她的年纪可能跟我那逝去的母亲差不多，不知怎么我突然想起孩提时候听到母亲唱过的一首民歌：“……城里伢子莫笑我，我打赤脚好得多，上山能挑百斤担，下河能摸水田螺……”

那歌声，哪是在唱鞋子呀，分明是在唱一种生活；那又岂是在唱乡下人的生活，分明唱着我母亲那样的城里人的生活。

那时，不光乡下人打赤脚，而且，贫困的城里人也打赤脚。当然，他们也穿鞋子，不过是草鞋、布鞋，还有“屐子”。

草鞋，取材简单，制作方便。那时的农忙过后，乡下的男人在闲暇时，用稻草编织草鞋。编好的草鞋一长串一长串地挂在屋檐下，等到下一个农忙季节，它们就成了农人们的工作鞋，草鞋穿烂了，丢进水田，沤烂了还是肥料。相对而言，城里人穿草鞋的少一些。但城里的一些下苦力的也有草鞋，但那是用橡胶和橡胶条做的，相比农村人的草鞋，这种新型草鞋更耐穿。

布鞋，造价当然要比草鞋高，但也耐穿一些，做布鞋是那时的女人们的拿手好戏。她们先要把平时积存的碎、旧布层层地粘贴起来，再根据家中人的脚形剪成鞋底模样，然后就是纳鞋底——用一个带木柄的小锥子扎过鞋底，把纳鞋底的线引过来，一针一线地纳好后，又扯上几寸结实的布铰成鞋面，最后把鞋底和鞋面纳在一起，于是一双布鞋就做成了。灵巧的女人还能在鞋底纳出花样来，在鞋面绣出图案来。

布鞋是休闲时才穿的，一个男人穿的布鞋结实、好看，那就是一种骄傲——因为那鞋子在宣告：他有一个心灵手巧的好女人。

那时城里的女人多数没有工作，男人工资收入也很低，所以她们闲暇时也有做布鞋的。何况她们中好些人原来也是从农村进城来的，过去的手艺当然不会也不愿意丢掉。

屐子，是一种特殊的木拖鞋。做鞋底的木板下面固定四个钉了铁掌的木支架，使穿鞋人的脚离开地面四五公分。鞋面是防水的，没有后跟。逢到雨雪天，人们外出的话，将穿着布鞋或棉鞋的脚捅进屐子，这样出门既保暖又不湿脚，走在石板路上，还会清脆有声。

五十年代，常常可以看见这样的草鞋、布鞋或者屐子理直气壮地行走于城市的马路上，因为那时的城里人和乡下人脚下的差距不算太大。

有这么一个故事：一个乡下人进城做了官，讨了个时髦的老婆，老婆有点看不起乡下的亲戚。这个干部的父亲很生气，故意穿了双草鞋进了城，媳妇打来洗脚水要公公洗脚换鞋，结果被公公借题发挥教训了一顿。那通即兴演说，大概也就是“我打赤脚好得多”的意思。

自从那天散步时记起母亲唱过的“我打赤脚好得多”那首歌之后，有几次在梦中看见母亲纳鞋底、铰鞋面，梦见自己穿上了母亲做的新布鞋，醒来时，不禁热泪潸然，之后又悄悄拭去。

今天，关于那些旧鞋子的旧故事已经结束，新鞋子的新故事还要继续。但是，关于那些草鞋、布鞋、屐子的故事还有记它们一笔的必要，因为它们毕竟是今天或明天的新鞋子的穷兄弟。更何况，这些穷兄弟也未必就不能时来运转，时髦一回的。本文结束之际，仿唐人诗句，打油几句：

皮鞋布鞋人人穿，
至今已觉不新鲜。
商家代有名鞋出，
各领时髦若干年。

（原载 1997 年 3 月 29 日《衡阳晚报》，有改动）

水浒英雄留在少年的梦中

少年时代，喜好看《水浒》、《三国》的连环画，记忆中似乎《水浒》一套有 60 本，《三国》更多，好像是 100 本。我觉得今天的孩子们看的《水浒》《三国》的连环画，不如我当年的好看。那时，我把家里给自己的零花钱都慢慢积攒起来，有了一角二角的就可以买一本书了，这样积少成多，以至后来我的藏书在同学中都出了名，一个同样有许多藏书的同学，怂恿我和他一起在家门口摆了个小人书摊，看一本书一分钱，厚的两分钱。没想到生意红火得很，甚至还有大人来看的。真的挣了不少钱，结果又买书。后来书多得用一个木箱和一个纸箱来装。可惜长大了后冷落了这些书，它们或被人借去未归，或被我送了人，加上搬了几次家，今天竟然一本也没有了。

看的书多了也就想学书中的英雄，我的一个叫秋的同学，喜欢豹子头林冲和行者武松，常常手持一根木棍舞动着，他还自己创造了一个打人的招式，名之曰"反棒"。如有别人欺负我们，他就用"反棒"打人。我比较喜欢小李广花荣和没羽石张清，口袋总有一把弹弓和几粒石子。

有一天上学路上，前方地上有一只麻雀在跳着，我赶快拿出弹弓来，这时周围好几个人也停下来看，其中有一个是我们学校的一霸，他轻视地说："打不到"，我没理他，我知道：只要我没有打到那只麻雀，他肯定要找我挑衅的，于是沉住气，手松石出，那只麻雀应声倒地，大家都叫好，那个本想挑衅的也就不声不响地走了。

打弹弓有时也有惊险，有一次我在郊外的一棵高大的樟树下打下了一只嘴巴长长、浑身乌黑的鸟，大概它是鸟王，当我在灌木丛中捉到它时，这时一大群鸟在我头上盘旋，只见头上黑压压的一片，真的是不见天日了，吓得我一边挥动手中的弹弓，一边朝附近的房子里跑。

我的那把弹弓是一把"硬弓"——弹射的橡皮比一般玩伴的弹弓皮要厚得多——是我的叔叔从废旧汽车内胎上割下来的，所以我的弹弓打得远，打出的石块不发飘。

记得有一个夏天，吃过中饭去学校（学校规定学生中午要到学校来午休——也就是人人伏在课桌上午睡）。在路上打到了两只鸟：一只小的，是麻雀，一只大的，是八哥，它们都只是翅膀受了点伤，我用绳子牵着，带到了学校，放进课桌里，就假装睡觉。不想班主任老师来巡查，那两只鸟也成心捣乱，一起叫了起来，老师侧着耳朵，在教室里来回走着，最后停在我身边，把我从课桌上拉起来，从课桌里掏出了两只鸟，于是命人送我回家，不让我上课了。

自从那次失手之后，我的弹弓被父亲扔了，为此事，父亲还骂了叔叔一通。以后我再也没有玩过弹弓了。

今年夏天，我到贵州黄果树旅游，发现当地有弹弓卖，是用树杈做的弓架，弓皮是用透明胶管做的，拿到手里一掂量就知道：这是个中看不中用的武器，但毕竟这木弓架很有原始工具的味道，又因为它勾出了我少年的记忆，还是买了一把回来，把它放在我的书桌上电脑旁，没事时我只看看，也不想动手拉拉它。

（2007 年 11 月 16 日）

回望茶馆

时光流逝，过去流行于江南一带的“茶馆文化”是值得一提的。那是在经济不很发达，人们的休闲方式不很多彩的年头的事儿了。

开茶馆在当时可以说是投资最少的行当了，只须一个当街的厅堂，若干方桌和条凳，配置若干粗瓷碗，再有一个大煤炉，上面放两三个铁壶，炉火熊熊，壶水沸沸，那茶馆也就热热闹闹地开起来了。进茶馆可说是最经济的休闲方式了，少则几分钱，多则几角钱，就会受到主人热情招待。主人一般都眼明手快，只要客人落座，马上就会递上一只放好茶叶的空碗，接着，滚烫的开水就冲入碗中，一碗茶只几分钱，你尽管放心喝，茶水喝完了，主人又会为你续上。

喝茶，实际上喝的是一种人缘，一个茶馆总有一批常来的茶客，一张茶桌也常是几个投缘的茶客相聚的地方。

喝茶，实际上喝的是一种人生的酸甜苦辣，茶逢知己话绵绵。

旧时的茶客多是些下苦力的劳动者，他们一边喝茶“发发汗”，一边交谈些日间的见闻。茶客们在每月领工资后，也会阔气一下——买上一碟瓜子或者烧饼、麻花之类的点心来“咽茶”。

茶馆里一般都有唱渔鼓的娱乐节目。渔鼓艺人唱的多是民间流传的《说岳》、《封神演义》之类的故事，有时也即兴演唱一些时新的故事。茶馆偶尔也会请来演皮影戏的，那时茶馆就更热闹了，不光座位上坐满了人，连门外也站满了看戏的孩子们。

茶馆不光是大人们聚会的场所，也是孩子们爱去的地方。当他们得知自己的长辈在喝茶时，便会小鸟依人般的望着长辈喝茶，而心里在想着那桌上或柜台内的瓜子点心。父辈们这时大都会慷慨地给予孩子一些赏赐的，于是孩子们手里拿着点心，雀跃着到外面撒野去了。

应该感谢那滚烫的、简朴的茶馆文化，它给了那些安贫乐道的长辈休憩的场所，给了那些狡黠的孩子一饱口福的机会，它点缀了那个清贫而又安宁的社会。

（原载 1997 年 3 月 21 日《衡阳晚报》）

我的“头碗”我的年

曾经在一篇文章提到：家，是人们的身体发育、发展的加油站，是人们的心灵躲避风浪的港湾，是人们的精神息飞的窝巢。并举了一个穷人家里吃汤圆和吃猪肉炖海带的例子。因观察的局限，我没有写他家过年的情况，但我想在这里补充一句：家的味道最浓莫过于过年那段时间了。

以我家为例，春节，是我们全家人最忙也最开心的时候。肉、鱼、鸡、蛋、米酒、糖果、点心……备办齐全之后，全家人分工合作，开始为年夜饭的一道主菜——“头碗”而各忙各的，父母忙着炸油果子——我们那里称之为“黄雀肉”，那是用猪肉裹一些配料，放到面粉糊糊里搅拌均匀，再用勺子舀出来放到油锅里炸成的金黄色的食材。

我们兄弟们则在祖母的指挥下，把草鱼的刺一根根挑出来，再在砧板上把鱼肉剁成肉泥，又把同等重量的猪肉也剁成肉泥。祖母把两样东西倒在一个大盆里，又加入蛋清、芡粉、荸荠末、葱姜末和清水，交给我们去搅拌，还要求我们朝一个方向不停地搅拌。这是个体力活，鱼肉糊糊越搅越均匀，也越粘稠，搅得我们手发酸、头冒汗，但我们兄弟们都争着做。看几个孩子实在搅不动了，这时祖母才会叫停，用刀挑着肉泥在手掌上做成一条条小鱼模样，上甑蒸熟，我们那里称之为“鱼丸”，这种鱼丸不是现在一些饭店里那种圆圆的、绵绵的东西，它不仅外观好看，而且口感极好，松脆却很有筋道，爽滑又有弹性。

接下来，母亲开始要做“头碗”了，她将去壳的熟鸡蛋、去核的大红枣、“黄雀肉”、鱼丸层层码入一个大海碗里，最上面还要放上一些香菇、香葱，海碗里的东西堆得像座小山，再上笼蒸，蒸得满屋飘香，蒸得孩子们直朝厨房里打望。

屋外陆续响起来了鞭炮声，依江南的习俗，家家的年夜饭陆续开起来了。家家的桌子正中都摆放着一个“头碗”，再配以其他菜肴，那真是满桌的快乐，满桌的幸福。

向“头碗”下箸，还有讲究，先得让辈份高的来。然后晚辈才动筷子。这个“头碗”可以说是主菜，也可以说是主食，有了这个“头碗”，桌上的菜是绝对吃不完的，锅里的饭也是吃不完的。因为那里面的东西样样都很扎实。“头碗”，除了解馋、解饥之外，还照顾了“丰年有余”的口彩。

吃“头碗”时，大家都要喝点酒，这时，父母对孩子网开一面，允许喝一点。那酒叫“甜酒”，酒液外观是金黄色的，酒体是浓稠的，口感极甜而且粘口，因为酒性不大，不醉人，孩子们也能喝上一杯半杯的。

年饭吃过了，左邻右舍的孩子们就都不约而同地聚集到街上来了，大家有很多事情要做，谁要是穿了一套新衣服，那一定会让大家羡慕好一阵子的，有的没有新衣服，也能招来别人的羡慕，如一顶新帽子、一双新鞋子，一个新玩具……

然后，大家都要拿出鞭炮来放，那时没有现在这些花色多、名目繁的花炮，大家都是事先把一串串的鞭炮拆成一个个的单炮仗，再一个个地点来听响，唯一的区别是：家里殷实的放粗一些的炮仗，会更响，那脸上更风光。我的一个发小，家里穷但鬼点子多，常常在这场孩子们的比赛中出奇制胜，别人点鞭炮是一炮一响，他能一炮多响。原来他把一些鞭炮的引线扯掉并从中间掐断再合上，嫁接在另一些鞭炮的引线上，这样他的炮仗能一炮两响甚至三响，而且响声还不一样，他把这种玩法叫“爆竹嫁女”。

放完鞭炮，街头的游戏还可以继续，在昏暗的路灯下，大家爱玩的还是“官兵捉强盗”，孩子们分两派，一派扮“官兵”，一派装“强盗”，两派人马各以一个路灯杆做据点，“强盗”只要一离开据点就有可能被“官兵”逮住。除夕这天晚上，大家都不玩“躲猫猫”了，因为不少人穿上了新衣服，因为即使没穿新衣服，但大家还是要穿戴齐整，好回家向大人讨要订岁钱。

家里大人们忙活好了，外面孩子们的游戏也差不多接近尾声了。大家才依依不舍地向玩伴告别，又雀跃地飞向各自的家里。家里还有重头戏呢，这时好些人家的桌子上会摆上一些平时难得一见的糖果，有的家里还生起了木炭火，大家围炉烤火，只要你肚子还装得进东西，你尽管向爸爸妈妈讨要就行了，我家年年都有乡下亲戚送来的白色的糯米粑粑、红色的粟米粑粑，我们兄弟常常向母亲讨要这些东西，难能可贵的是，平时威权思想严重的父亲这时还会替我们兄弟在炭火上烤这些粑粑。

夜很深了，大人才劝孩子们去睡觉，为讨吉利，大人会一改平日口腔，把睡觉讲得文雅很多——叫做“睏觉”，并给孩子递上一元或两元的订岁钱。手里攥着这笔颇丰的订岁钱，我相信，我们那一代人个个都是幸福满满地去“睏觉”的。

（2015年1月26日）

我的浪漫长征路

文革中的大串联是从1966年8月开始的，记得我们是在8月底赶着去接受第二次红卫兵大检阅的，当时，北京的红卫兵都是以高干子弟为主的“联动”在“主政”，满街都见得到一身黄军装，手里挥着黄色武装带的红卫兵，最心惊胆战的是：这些人用武装带抽打“不革命”的人。这些红卫兵并不欢迎我们外地红卫兵，当时大小广播都高叫着：“革命的请回去，不革命的快滚蛋”，我们不敢单独进商店，更不敢去公园——因为怕被说成来游山玩水的，不是来革命的。后来，湖南的红卫兵针锋相对，喊出“向北京的一小撮红卫兵提出最最强烈抗议”，其中有一句最响亮的话是这样说的：“我们是毛主席家乡的红卫兵……”结果，形势急转直下，中央对全国串联的红卫兵表态：“你们是毛主席请来的客人，我们欢迎你们”。于是就有了前后八次的红卫兵晋京朝拜和漫延全国的大串联。

大串联真神呀，我身上带着10元钱，走遍了小半个中国，当时坐火车，坐公共汽车都不要钱，吃饭、住宿、看病也不要钱。

估计后来全国串联的人太多了，车船都不够用了，中央又发出号召：步行串联。我们11个同学组成了一个“长征队”，目标是红军的第一个根据地井冈山和红色政权的第一个首都瑞金。

出发前，我们在学校仪器室借了一个指南针，还自制了一面红色的队旗，准备了一张湖南江西两省的详细地图。大约在12月初，我们举着红旗，背着背包，在萧瑟的秋风中从家乡出发了。

去井冈山这一段路，我们走过公路，也走过山路，大家兴致很高，近500华里的路程，我们只用了4天就到达了。到达井冈山时，好几个人的脚上都打出了血泡，我们也照红军长征的故事办，将针在火上烧一下，穿上一根头发，扎破血泡，把头发留在泡内让血水慢慢渗出来。当时的井冈山还没有建市，茨坪四周是山，中间是一大片田地，靠近山脚的地方才有房屋建筑，如红军当年的房屋和解放后建的纪念馆、博物馆等等。将近冬天，田里的庄稼都收割完了，靠近山边建筑的田地都干涸了，红卫兵就都住在田里临时搭建的帐篷里。而中间的田里因为有水已经结了一层一寸厚的冰了，我们以前还从没有见过这么厚的冰呢。

不几天，天气更冷，红卫兵接待站用广播通知我们："山上已经结冰，井冈山封山了，请广大红卫兵不要自行下山"。就这样，1967 年伊始，我们在井冈山上度过了一个革命的元旦节。元旦节的前一天，有关方面还用直升飞机给山上的红卫兵送来了过节物资，那天，茨坪人山人海，直升飞机就降落在茨坪中央的田地里，许多人涌到飞机旁边看飞机，听说，有一个红卫兵被飞机的螺旋桨打开了脑袋瓜子，但人太拥挤，我们没法靠近，也就无法落实这消息的真伪。

在井冈山上，我们听到了许多残酷的故事：小井红军医院被国民党虐杀的红军伤病员，屈死的王佐、袁文才……从那些见证人或见证人的后人口中听来的第一手资料当然新鲜、生动。

在井冈山上有吃有喝，但是冷得难受，特别是晚上。我们带的都是薄薄的秋被，冻醒后，我们就在帐篷里生火烤，有的把两人的被子合在一起盖，有的把被子的一头扎紧，让被子成为睡袋。

我们坚持不了，决定冒险下山。因为还要去瑞金，只有从朱砂冲下山比较近，但朱砂冲是井冈山五大哨口中最险峻的，我们豁出去了，决定走这条路。大清早，偷偷地往朱砂冲走去，一路也没见有人阻挡，下山的路很窄，右边是直立的峭壁，左边是万丈深渊，石路上结的冰并不多，还比较安全。我们侧着身子，扶着峭壁，小心翼翼地往下走。下了山，大家都放声大喊大叫，似乎大家心里都有一个"危险，不过如此"的想法。

长征路上最浪漫的应该是从井冈山到瑞金这一段的 600 多里路上了。记得到了一个大概叫梅岭(记不太清了，这个山上长了不少梅树)的地方，一片开阔地上耸立着一座石山，中空而多姿，造型奇特，据说，毛主席非常喜欢这个地方，行军路过时在这里歇息过，沉吟过。

我们经过一个叫"坳上"的地方，还有一段惊险故事呢。那天，天色已漆黑了，我们才走过坳上，赶向前方的一个大接待站，我们又饿又困，恨不得马上到达目的地。有当地人看我们从坳上走下来，都十分吃惊，告诉我们："山上有老虎"，吓得我们个个咋舌。到了接待站，可是，却见许多红卫兵匆匆离开这里，一打听，才知道这里发生流行性脑膜炎，已有一个红卫兵死了。

走不走？我们很为难，以我们的情况，再赶夜路到下一个接待站没这个体力了，往回走，有一个接待站要近一些，但路上有老虎呀。最后，大家讨论后决定：

就在这里睡一晚，那天晚上，我们在接待站每人生吃了两个白萝卜——据说这样吃能杀菌；然后，大家都戴着口罩睡觉。提心吊胆过了一夜，大清早，我们扔掉湿透的口罩，就赶快离开了这个叫人害怕的地方。

长征路上，常常因为人多，而没有地方睡觉，好在我们自己带了被子，随便找个地方，铺上点草，也就能睡了，但也经常碰到不讲理的大学生钻我们的被子里"同福同享"。有一次，我就碰到这样的事，睡到半夜，迷迷糊糊中，好像听见一个女大学生吼叫着："往里睡一点"。第二天早上醒来，才看清楚：一个蓬头散发的大姐姐和我睡在一起了。

这一路，听到的红军故事还真不少，有的还带一些传奇色彩，如毛泽东、周恩来在开会时，敌人进了屋子竟然看不见他们。还有毛泽东在瑞金对一棵被敌人烧枯的两棵树说的那句似诗非诗的话"双兄无叶又无杈，等于革命……"

我们的长征，我们的浪漫。就这样在外流浪着，身上长满了虱子，闲着没事时，抓一个，一压一个响。所以，我对鲁迅的《阿Q正传》中王胡和阿Q捉虱子的描写特别喜欢。流浪近一个月，回家来了，我不敢进家门，叫兄弟从家里把干净衣服打个包递给我，一口气跑到父亲单位洗了一个痛快澡，再把换下的衣服放在锅炉房的木盆里，用热水泡，用蒸气冲。办好了这些事后，才回家。

现在的年青人，不可能享受到这痛并浪漫着的幸福了。

（2007年9月20日）

握住母亲的手

我永远不能忘记，母亲弥留之际，已完全没有知觉。我一人守在她的病床边，双手紧紧握住她的手，声嘶力竭地、用她听得懂的方言喊着“姆妈”，我努力想唤醒我艰辛一辈子的姆妈可是她一点也没理睬我。

我不知道是不是她心中在埋怨我，我因为所谓的工作忙已有一个月没有到同在一个城里的母亲家来看望她了。我记起来了：我每次来看望母亲，她都问我“吃饭没有”，并给我弄饭吃。每次在我吃饭时，她总要最后拿出一小碟豆腐乳来，但又说：“你老婆不让你吃，是为你好，你在这里就少吃点吧”。——我有慢性咽炎，妻子不让我吃，母亲想让我解馋，但又怕我发病，她真矛盾呀。

我握紧母亲的手，我生怕我一松手，母亲就离我而去。我大声叫喊着——我想唤醒她，但她根本不理我了。我有些埋怨我的母亲了：你的退休工资足够你用了，你还有医疗保险，为什么不早些告诉我你有头昏头痛的问题呢？早些住院看病呢？一个月之前，你头痛，牙龈还涌出了好多鲜血，其实那是你有脑溢血的前兆。结果你还总结了一个经验“睡一觉，就会好的”。这些年来，你的工资都节省下来了，包括我们给你的一些钱，最后，你又无私地把自己好不容易积攒下来的近二万元钱给小弟去买房子了。这一次，你按你的这个经验对付疾病，可是一睡就不醒了。我也怨自己没能力为母亲分忧，有些难题，竟然让本该安享晚年的母亲在悄悄想办法啊。

我握紧母亲的手，想起了母亲一生的坎坷。母亲出身贫苦农民家庭，外公给一个大地主家做长工，外婆给这家当奶妈。也许是多多少少受到了那家大地主书香气息的影响，母亲虽然没有文化，但重视我们的学习。当我们兄弟三人都要读书，而父亲一个人的工资不够用时，母亲常常为一家人的吃穿和我们的学费发愁。少年时，不止一次，我在睡梦中醒来，听到母亲悄悄和父亲说钱不够用之类的话。于是，她给别人带过孩子，到父亲单位做过零工……后来为了找工作，母亲参加了京广铁路的建设，我至今还记得在那红旗飘飘的大跃进年代，母亲在工地上满头大汗挑土、打夯的样子。

心痛呀，母亲辛苦一辈子，即使后来每月拿着较丰厚的退休工资，却仍过着她那几十年如一日的节俭生活。今天母亲她不理睬我，可能是不满她的后人不能体会，没能继承她的俭朴家风。她尤其不能容忍小弟好赌博的坏毛病，为这事，她经常咬牙切齿地骂小弟。

我握紧母亲的手，我是那么的无能为力。面对死神的降临，我是那么的渺小和慌张。我突然想起母亲最挂念她那在外地读书的孙女，她常常对邻居说："我的孙女是保送上重点大学的"，"我的孙女又拿奖学金了"……于是，我大声对母亲喊："姆妈，你要醒来呀，孙女和孙子要回来看你呀"。我摇着她的手，这时我才看见她的眼角流出了一滴泪水。

我握紧母亲的手，摇着，我似乎看到了希望。我在她耳边念她带孙女、孙子时哼的那些儿歌"虫虫飞……""摇摇摇，摇到外婆桥……"母亲的眼中又滴出了一滴泪水。

我握紧母亲的手，我许了好多好多的愿："你病好了，我们去北京"，"你病好了，我们去西安"，"你病好了，我们的新房子也就装修好了"，"过一两年，我们到纽约旅游去"……

我握着的母亲的手，她的手慢慢冰凉了。这是我一生的遗憾。真的，当自己的母亲健在时，自己总觉得时间有的是，总在为自己开脱，总在安慰自己，总在心里发誓："等我有钱了，一定让妈妈过过好日子，等我有钱了……"可是真的到自己有钱了，母亲和自己拉着的手，一不小心就松了，再拉也拉不回来了。生活中的智语哲言，是不经切肤之痛的历练，是不会理解它的深刻含义的。比如那句："树欲静而风不止，子欲孝而亲不在"。

我不是一个多愁善感的人，但我写这篇文章时，是流着泪的。

（2007 年 10 月 23 日）

关于“私房钱”的话题

最近，给一位成了家的青年提议：“存点私房钱吧，这样你会心里更踏实些的”——因为这个青年的妻子花钱太厉害，在外地打工的丈夫常常被搞得山穷水尽，十分被动。

我的本意是：一个男人，如果遇上一个爱摆阔、会花钱的妻子，不妨打点埋伏，可以向妻子叫穷，以免事事随妻起舞，你“穷”一点，妻子还可以为你分忧，同甘共苦的日子就会多一些的。如果遇上一个事事节俭的妻子，那也要有一点自己的活络钱，不然，什么事都会被妻子用否决权给否了，“妻管严”久了，处世为人也就少了一点哥儿们的胆气。

下面，我讲讲私房钱的好处：

一、可以扶贫济危。记得有一次，我的一个亲戚遇到困难了，我私下里送了他 500 元钱，并叮嘱他：不要声张。为什么不声张，当时我家其实也很困难，如果跟妻子“请示”，肯定通不过的，只能产生矛盾。

二、可以先斩后奏，自作主张，。如有一次，我给孩子买了一把二胡，3600 元，我回来时减它一千，说是 2600 元买的。这样虽然是衣锦夜行，肉埋在饭里吃，但可以按自己的意愿办事。此事只有孩子知道，咱们心照不宣，家庭和睦了，矛盾也就没有了。又有一次，买了一只会说话的鹩哥，那价钱真说出来，妻子肯定不干，所以也是如法炮制的。

三、可以讨好妻子，给点意外惊喜，我和妻子刚结婚时，家里生活条件十分艰苦，家里没有电视机，没有电话，没有洗衣机，没有煤气……这些东西，我都曾跟妻子商量置办，但都遭否决。后来下定决心积攒点私房钱。结果真的是：“没有办不到的事，只有想不到的事”，真的是“事在人为”，真的做到了“别人能办到的事，自己也能办得成”了。最让妻子感动的是，在我们结婚十五周年的时候，我用这种突然袭击的方式送她一只金戒指，以后还用这办法，又让她有了其他的首饰。

四、可以学习掌握理财技巧。理财要细心，还要有耐心。私房钱一般源头都是涓涓细流，都有一个积少成多的过程，这里面既要细心，也要耐心。同时，还要有把钱用在刀刃上的技巧和决心。

五、可以增加生活的计划性，提升生活的乐趣。今朝有酒今朝醉当然是一种乐趣，但随之而来的还有苦恼和失意，而计划性强的人，在把一个、两个铜板存起来时，那也是一种乐趣。这样的人，随时可以听到自己的小金库空了满，满了空的“咣当”“咣当”声，那是自己的乖宝宝们在撒欢呀。

上面随便一罗列，就是一个“五好”，其实，私房钱的最大好处是你持有它，而不动用它，那即使你是一个穷人，你也觉得自己和别的穷人不一样——底气儿足一些的。你可以活得没别人潇洒，但你会觉得：其实潇洒离自己并不遥远。因为你口袋中的私房钱总在骄傲地晃荡着。

多年来，我始终保有一种同情弱势者、接济穷亲戚，保有一种与时俱进生活观念和大大咧咧的作风，这还多亏了私房钱鼎力相助。更重要的是：不光自己保持了一种生活上的大气度，而且这种大气度还影响了家人。多年来，我们穷过，但我们始终没有穷得拘束、猥琐。

私房钱怎么来？我们没有灰色收入或意外横财，主要靠平时的节俭。我不抽烟不喝酒不打牌，这一年下来怎么都会有点节余。再则，不交酒肉朋友，不进歌舞场地……当然，也得力于我工作的单位那几年效益好，奖金高，另外，给报刊投稿也有点外快。但是，有私房钱如我的，在我的同事中，也还是凤毛麟角的——这里有个观念问题。

私房钱本来就是一个秘密，我公开它之日，其实也就是取消它之时。夫妻相伴多年，妻子已让我濡染得和我同声同气了，多年磨合之后，我决定放弃私房钱，有一次，我故意把一个存折放在我的书桌抽屉里，被妻子发现了，说：“你这个人怎么这么糊涂，你还有 5000 元钱，你知道不？”——我不知道是我糊涂还是她糊涂，又好像我们谁都不糊涂，于是，这个私房钱的游戏就这样被我给取消了。

今天，我看到一些青年人没钱也摆阔，有钱不思退路，这里面有我亲近的人，所以，公开上面的秘密，想帮助那些今朝有酒今朝醉的孩子们：

狡兔三窟，留条后路吧。

积小成多，聚沙成塔，有备无患，节俭一点吧。

家庭生活中，有时多说不如多做。

（2007 年 9 月 20 日）

母亲的私房钱

以前我曾写过自己的私房钱，现在我要写写母亲的私房钱了。纵观母亲的一生，她在家里从来没有掌控到经济大权，父亲是家里说一不二的当家人。

母亲曾是家庭妇女，自己手头没钱，一家的开销都要仰仗父亲每月的工资——工资不高的父亲好酒，好交朋友，所以每月交给母亲的并不是他的全部工资，每月父亲开工资时，母亲得及时地要，还要巧妙地要，不能让父亲不高兴。母亲心痛父亲无节制地喝酒、做人情，常常会委婉地提出批评，但父亲都是不听的，唠叨多了，父亲会发火，发火时爱讲的话不外乎就是："人情不能碍，锅瓢饭甑都得卖"，"你要把钱用鸨儿盒子装起来呀"。对前面一句话，母亲常常无言以对，对后一句话，母亲常常气得要哭——那是一句很刻薄的话。不过话又说回来，对于一个工资不高的工人，父亲面对贫穷也只能借酒消愁，也只能把无名火往母亲身上发。所以有句话说得好：贫贱夫妻百事哀！

生活即使那样的艰难，母亲也能从平时的日常开销中积攒一点私房钱来的。我记得自己上初中时，想买一把口琴，找父亲要，父亲不给，还是母亲偷偷给了我几元钱买的，吩咐我"小心一点，不要让你爸爸知道了"。

我记忆中最清楚的是三年自然灾害期间母亲的私房钱发挥的一次巨大贡献。一天，父亲下晚班回来，母亲给他斟上一杯酒，又给他夹上两只自己做的泡菜酸辣椒——那时，这样的夜宵是她对父亲的最大犒劳了。她一边看着父亲喝酒，一边对父亲说："计划粮不够吃，孩子们饿，爷爷奶奶也没吃饱……"父亲不高兴了，他放下酒杯说"黑市米我买得起吗?"母亲这时从怀里拿出一把零碎钱，交给父亲说："这里有 10 元钱，是我这一年从伙食钱中节省下来的，你到郊区农民那里去买点红薯吧"。只见父亲露出惊讶眼光，一言未发，因为这不是一个小数目。第二天，父亲买了一大篮子的红薯，那段时间，全家人都放开肚子吃红薯饭、红薯稀饭，母亲还用红薯做成了汤菜。全家人吃饱了，父亲也露出了难得的笑脸，这时母亲又打起主意来了，把平时节省下来的计划豆腐干用油煎得金黄，用一个瓶子装着，托人送到乡下给同样吃不饱的外公吃。

后来，母亲有工作了，腰杆子也直些了，藏掖些私房钱也就不再躲躲闪闪了。她总能在家里的关键时候，把自己的私房钱拿出来充公。我的堂妹结婚，我的表妹结婚，我们兄弟结婚，她都在父亲之外另外给钱。最让我惊讶的是：九十年代家里买房没钱时，母亲一下子就拿出了上万元的私房钱。

母亲的私房钱从来不是为自己的，所以父亲对此也就睁一只眼闭一只眼。当年，刚开放黄金市场，市场上有黄金饰品出售，母亲用自己的私房钱买了一对小小的耳环。并且事先声明：这对耳环，今后作为纪念品，留给长孙女。当我记下这些文字时，我常常会责备自己：当时我的工资比母亲高，我为什么就没能力给母亲买呢?

今天自己怀念母亲，不是苛求自己也像母亲那样紧紧巴巴地生活，但我想把母亲血管里流淌的那种精打细算的理财精神、那种居安思危的忧患意识、那种无私奉献的高尚品格承继下来，并把这些当作传家宝留给我的孩子们。

（2007 年 12 月 5 日）

有外婆的感觉

那年，孩子刚刚牙牙学语，妻教孩子喊外婆为“奶奶”，我竭力反对，为此引来妻子的不满：“你的娘就是娘，我的娘就不是娘？”我答道：“奶奶是娘，外婆也是娘。哪个敢说她们不是我们的娘？”我还反守为攻，放了一通连珠炮：“其实，当年是你妈力排众议，支持你跟我谈，当时你自己还犹豫呢。”“对你妈不好？我为何接她和我们住一块？”妻无言以对。

这么多年了，我一直没讲清楚，自己为什么喜欢听孩子叫“外婆”，其实，这原因很简单——我已失去了，但又保存着我的外婆的一份慈爱。

听舅妈说，当年我母亲和舅妈都快临产了，外婆曾天天烧香祷告：“让我女儿养个崽吧，我宁愿自己媳妇养个丫头。”也许是外婆的这种“牺牲精神”感动了上天，事后还真的遂了她的心愿——母亲生了我，舅妈生了表妹。

外婆家很苦，外公给地主当长工，外婆也给这家当奶妈。听说她奶大的两个孩子都挺有出息的，一个解放前就参加了革命，一个是当今有名气的科学家。这两个“奶崽”先后离开了外婆，主人家就把孩子的两个银镯子送给了外婆，外婆视这两个银镯子为她的两个“奶崽”一般，常带在身边。

生下我的第三天，按农村的习俗，要“打三醮”，外婆家穷，就把这对银镯子托人送给了我母亲，说是给外孙的。不久，外婆就去世了。

听舅妈说，我母亲过门好几年都没有生孩子，后来生了个女孩又夭折了。解放前的习俗，没生孩子的女人，被人视为“绝兜婆“”。那时外婆已病了好久了，她是硬撑着，得知她的女儿生下我这个小男孩之后，才放心离开这个世界的。

现在，我们珍藏着外婆给我“打三醮”的礼物——那对挺古董的银镯子。妻说：“把它们加工成别的首饰，如何？”我说：“不！”

现在，我们孩子的外婆年届八十有六，耳朵也聋了，说话也颠三倒四了，但我却喜欢身边有个唠叨的外婆，从孩子的外婆身上，我体会到了我自己的外婆的慈爱与唠叨。

去年，外婆生日，远在外地读书的女儿给她寄来一个精致的贺卡，贺卡上写着：“您伴我度过的童年，我难以忘怀”。外婆在我们反复做手势和大叫之中，明白了，竟笑得合不拢嘴地说：“这鬼丫头，还没忘记我”。她珍藏着那个贺卡，大概也像我的外婆当年珍藏那对镯子一样吧。

外婆常与妻子发生口角，我就常常站在外婆一边。

是的，外婆需要保护了，她的身体和她的情绪在岁月的侵蚀下，已十分脆弱了。于是，我们给她买了蜂乳、豆腐花、山楂片及燕麦粥片，我们知道她喜欢吃这些东西。这时我心中免不了有些遗憾：自己的外婆摊不上这样的好年头。但是，我也能找到一丝宽慰：孩子们的外婆身上似乎折叠着昔日的故事。

（原载 1996 年 6 月 16 日，《衡阳日报》）

一桩幸福而又尴尬的往事

上个世纪的丁巳年的正月初七，是我家的大喜事——女儿在这一天降生了。

那天，天不亮妻子就疼痛起来了，我把她送到市内的一家大医院，看见妻子难受，总想找医生反映反映，请她多关照一下，可是，医生淡淡地说："还早"，我也不知去了多少次，每次去都是小心翼翼地，生怕招医生不高兴。话说得特别轻，调门放得特别低，但医生还是嫌我啰嗦。我一直像个犯了错误的学生般的，在病房和医生办公室之间穿行。当时的感觉真的是一筹莫展、六神无主。

后来突然想起了：我过去的邻居是这个医院的护士，为什么不去找她呢？我辗转打听，在另一个科室找到了那位护士。她一出面，果然不一样，医生戴上听诊器来病房了，说了一些安慰的话，初次生孩子，妻子心理上有负担，医生一说，她似乎安定一些了。我的那位邻居也一直拉着妻子的手，陪她说话，妻子的呻吟声这才轻了起来，我心头上的石头也放了下来。

调皮的孩子折腾到将近 10 点钟终于出生了。迎接她到这个世上的，除了当班的医生之外，还有我的邻居、那位态度最好的年青护士。

那时的医院不像现在这样有人情味，孩子出生后，医生只淡淡地告诉我们："是个女孩"，抱着孩子，在脚踝上贴一个写有号码的胶布，就把出生的婴儿都集中管理了。我那时突然冒出一个担心：这号码要掉了，或弄错了，怎么办？整整一天，我一直在想看一看自己的女儿，但医生并不告诉我号码。

孩子生下的第一天起，我就特别关注那个婴儿房，这个房子没有专人看管，只有护士偶尔来巡查。我站在门口，朝里望，只见十多个小宝宝个个可爱，可我不知道谁是我的孩子。这些孩子经常啼哭，我跟护士反映，护士头一扬，看都不看我一眼，说这是正常的！我只得尴尬地走开。

第二天，这些孩子还是集中管理，我好像没见医院方面给孩子喂过什么似的。也许喂了，只是我没看见吧。但他们一直哭个不停，似乎是在叫"饿哇"，于是我就做了一个大胆的举动：趁护士不在，用白糖泡了一大缸开水，给所有的孩子喂糖水。只见这些嗷嗷待哺的孩子一个个止住了啼哭，一个个咂巴着嘴巴。我好高兴呀，因为这中间有一个就是我的女儿呀。有了这次经验，那天晚上，我还如法炮制，偷偷溜进去，又给所有的婴儿喂了一遍。这个秘密，一直没人知道，今天记下来，一是如实反映当时医院风貌，二是如实反映初为人父者在那特殊环境下的特殊感受，三是想告诉那些与我女儿同时出生的孩子："我可是对你们有滴水之恩的呀"。

第三天，医院将孩子交给了我们，妻子抱着自己的孩子，真像是久别重逢似的。

我今天的叙述可以说是一种"忆苦思甜"，想想今天的准妈妈多么幸福呀，那些初生的孩子们又多么幸福呀。不过，昨天和今天有一点不同：今天生一个孩子起码要花上几千元钱，而我们那时生个孩子只几元钱。服务态度差一点也是情有可原的了。

自有了女儿之后，我就升级做了父亲。在没升级之前，我真的有些年青气盛，觉得世上没有阻挡自己的难事，有了那次在医院的经历，才知道：真的困难来了，那就是：山穷水尽、黔驴技穷……

（2007 年 10 月 13 日）

“小妮子，穿花衣……”

最近突然喜欢唱歌了，而且，最爱唱的是“小燕子，穿花衣”。

因为随着今年春天的到来，我那可爱的小孙女也来到了人间。她的到来，像春天的一只小燕子，咿咿呀呀地唤醒了我心的春天，闹得我们家里春意盎然，我当然想要歌唱“小燕子”啦，而且是一遍两遍地唱。

我们家对孙女的称呼有点乱，什么“乖乖”啦，“宝宝”啦，“宝贝”啦……但是，我还是理直气壮地称呼孙女为“小妮子”，这样既突显了称谓上的传统与承传，又张扬了自己“女孩也很好”的心情。于是，“小燕子，穿花衣，今年春天到我家……”的歌声就这样在我们家里飞来飞去，从卧室到阳台，从阳台到厨房。

唱得多了，也就自然把“小燕子”改成了“小妮子”，连后面的歌词也改了，加进自己的味道来：“小妮子，穿花衣，今年春天到我家，我问妮子你为啥来……”小妮子怎么回答的呢，这就全靠我的即兴发挥了，唱得最多的是：“妮子说：这里的奶奶最能干”。逗得一旁手忙脚乱的老伴儿笑逐颜开。

忙乱的老伴，常有抱怨，而且抱怨都是冲着我的，埋怨多了，我也编成歌儿来唱：“妮子说：这里的奶奶最噜嗦”。老伴不是省油的灯，她也会跟着旋律回敬我一句：“这里的爷爷是憨大”，为了让步，我马上改了歌词：“妮子说：这里的爷爷最搞笑”，于是硝烟化为玉帛，和谐谢幕。

我们就是在这样的歌唱中度过忙碌日子——虽然有口角，但都是适可而止。突然领悟了“不学诗无以言”的古语的深刻含意：在很多情况下，用歌唱的形式来表情达意，用引经据典的方式来说话，真的可以轻松而愉快，既可幽默风趣，又可借题发挥，既打动、说服听众，又愉悦、快乐自己。

我们还在这样的歌唱之中，对自己的孩子进行点评，交换对孩子的看法。

儿子很忙，常常早出晚归，有点时间或者跑图书馆或者看书学习，一周抽时间看女儿几次也是来去匆匆。他不打牌，不赌博，不啃老，我们已经很知足了，我们忙一点，真的是心甘情愿的。为了表达这种心情，我又唱起来了：“妮子说：这里的爸爸最上进……”

儿媳每天都要来看孩子两次，对我们很孝顺，常常“爸爸”、“妈妈”地叫我们，还给我们买吃的、穿的，这更让我们乐意为他们作一些贡献了。我的想法是：儿子、儿媳天天忙工作，亲家两口子又没有退休，而我们已经赋闲在家，闲着也是闲着，含饴弄孙何乐不为？这样一高兴，就又唱起来了：“妮子说：这里的妈妈最聪明”。

我的点评得到了老伴的认可，怎么知道呢？因为她有时也哼这调儿了。

“小妮子，穿花衣”就这样唱成了我家的主旋律，而且一不小心，还走出家门，一天邻居老陆在我跟前笑着唱起了“小妮子……”，一下子让我感到有些突然，也有些脸红。不过，当我知道邻居是善意的之后，以后这歌声反而更嘹亮了。

背着女儿旅游去

二十多年前，我参加一个在张家界召开的省级的中学语文教学年会。临行前，考虑到年仅五岁的女儿没人带，同时也想顺带让女儿看看湘西风景，于是就把她也带着出发了。

我们同行的还有一位秦教授，当时铁路只通到吉首，我们下车时，吉首大学的一位副教授(她是秦教授的学生)已开车来接我们了。托秦教授的福，我也搭顺风车直达张家界去了。

我们在张家界市区一家宾馆里开了三天会，女儿也就老老实实在宾馆待了三天。说老实，其实也不老实，她不是找服务台的阿姨们玩，就是悄悄走到我们会议厅边上探头探脑的看我在不在——人生地不熟，看来她不放心。所以我开会也就特别选门边的或能让女儿看得到的地方坐着。晚上，我牵着女儿在市区里散步，给她买当地的小吃，她总说这里没有家里热闹，不好玩。我就哄着她说："那山上好玩极了，等爸爸开完会带你到最美的地方看看"。这样才让她不吵闹了。

有时，女儿也有不听话的时候，还亏了同行的一些女老师，她们的办法比我多，常常用一个故事，一首歌就能逗得女儿开心。最要感谢的是益阳的一位副教授白老师，天天给女儿梳辫子，一边梳，还一边表扬"囡囡好乖"。

开完了会，我们都去爬张家界，那时上山只有简易公路，汽车送我们到金鞭溪就不能上了，于是我们结伴登山。我把女儿背在背上，一边走，一边看风景，满头大汗了，女儿很懂事，说要自己走，可是她走得慢，我歇了一下又抱起她赶上队伍。

我至今还感谢同行的兄弟学校的唐校长，他还替我背女儿走了好长一段路。

张家界的景色真不错，座座石山都造型奇特、青绿得可爱，每一个山峰都被当地人赋予了一些故事和传说，什么"定海神针"、"夫妻岩"，还有"向王天子"的传说，一路上，我的女儿表现得特别地安静，睁着眼睛看风景。登山中，绕过了一个又一个的山峰，抬头望身边的山峰，座座都高不可攀，每登上一座山顶再回看时，周围的山就是千姿百态的山水画条屏。特别是在张家界最高处的黄狮寨，放眼朝四周看去，这才发现：远处高山都结成了一个高塬了，张家界那些千奇百怪的山峰，原来只不过是这个高塬中的一个硕大无朋的大盆景而已。大自然的鬼斧神工，大自然的大手笔，只有这时才能深刻领悟。

1998 年夏天，我又一次登张家界，看到好多驴友图舒服，有的雇当地山民用竹杆或轿子把自己抬上山去，有的坐索道游览车上山去。我想重现自己当年的“神勇”，于是就撺掇同伴徒步登山，结果，山是登上了，但几个人都气喘吁吁、汗流浃背，累得要死。下山时我们也不得不坐索道车下来。心想为何体力差别如此之大？后来得出的结论是：除了岁月不饶人之外，再就是心态了，有女儿需自己背着时，我哪有心想自己爬山的困难呢？

是的，当人们身上少了一种厚望、一种寄托、一种牵挂时，也就少了一股拼劲，总会感到一个字：“累”。多年来，我就是带着一种厚望、一种寄托，一种牵挂，带着孩子走了祖国的山山水水。即便是现在，我在心里也还暗藏着这种不为人知的情愫的——这也就是我心不曾老的秘密，我想，如果我没了这种情怀，我一定会很累的，那我也就真的老了。

（2007 年 11 月 15 日）

吾家有儿初长成

吾家有儿初长成，如今已是十五六岁的男子汉了。

发现小儿变成男子汉，还是一个寒冷的冬天，那天我去接下晚自习的儿子，一路上，他闷闷不乐，最终突然甩出一句话：“以后不要接我了，我已经不是小孩子啦!”借着路灯灯光，我吃惊地望着儿子，这个几年前在上学路上还被人抢去手中苹果的小男孩，今天的个头已经比我高出了几公分，嘴唇上已长出胡须。我不得不惊喜地接受一个事实，儿子长大了，他开始有独立的意识了。

于是，在对儿子的管理上，我开始有步骤地撤退，允许他晚上独自去学校，允许他在节假日拜访亲友同学，允许他挑选自己的衣着……在家里，我也一改好为人师的职业习惯，常常静静地听儿子侃国际和国内新闻，侃长征轶事、汽车品牌及足球世界……也开始习惯儿子干预“家政”。有时，他会说：“我煮饭，爸爸负责炒菜，让妈妈休息一下。”有时，他又说：“我已读高二了，今后我们家不看电视，只听收音机，怎么样?”好在有个商量口气，多少挽回了处在被动地位的父亲的面子。

不过，儿子虽然长大了，你仍得天天注意这“孙猴子”的变化，关键时刻还得给他念念紧箍咒。

（原载 1997 年 1 月 15 日《衡阳晚报》）

我家有条“龙”

我那侄儿聪明好动，他的父亲、我的兄弟对他寄望特高，故名之为“龙”，于是被我们昵称为“龙龙”。

龙龙一岁多一点时就能识字了，爷爷看报纸时，他不时抢过来，说这个字是“中”，那个字是“国”，还有“人”呀，“民”呀的……害得爷爷报纸也读不成，只好由他在报上找他认识的字。

龙龙大了，到要读书的年龄了，他的父亲、我的兄弟采用了一种“超前”的教育理念：一切听之任之。据他说，“人家先进国家都是这样教育孩子的——这叫发展个性……”所以，他从来不检查儿子的作业的。

龙龙也极有个性，他爱说：“这些作业都会写了，还写它干什么?”于是他就可以不写作业。班上有同学欺负他，他父亲说：“男子汉大丈夫，你要独立呀，自己的事自己办”。以后龙龙学精了，在学校碰到受欺负的时候，那就真的“该出手时就出手”，而且，遇到别的同学受人欺负，他也敢“路见不平一声吼”，因此在同学中很有一些威信的。

这样，我那兄弟也就越看越喜欢，他对我说：“过去我们的父亲对我们管教太死了，所以我们太老实了，没出息。你看你，又把老父亲的那一套照搬了，你何必那么辛苦呢？你就不会好好休息一下呀”。我知道他是在奚落我，对于他不管教孩子，下班无事就打牌的做法，我一直是反对的。今天，他儿子成功了，当然可以证明我这个不会潇洒的兄长是笨家长了。

聪明的孩子其实比笨一些的孩子更难成材，因为诱惑他们的东西太多了，龙龙后来成绩渐渐落后了。他放学就想着去玩。由于他的父母也好玩，所以龙龙穿的衣服总是脏兮兮的，这也不能全怪他父母，一件新衣服，只要他穿上一天，那肯定就是脏的，只要他穿上半年，那肯定就是烂的。好动的孩子注意力难以集中，他的成绩也就慢慢落下来了。

到小学五年级时，龙龙已经会“抗旨违命”了，家里管不住他了，我那兄弟开始头痛了。这时，他来向我求救，五年级放暑假时，把孩子送到我这里来，并吓唬儿子说："你不听话，我不管你了，让你伯伯来收拾你"。这时该轮到我奚落他了，我说："我们的父亲对我们虽然处罚多，但那并不是严格管理。他对我们不是管得太严了，而是太松了——他过问我们的学习吗？你刚好把老父亲的那一套照搬了，你为何那么不关心孩子呢？"然后，我又对龙龙说："你今天已不是'龙龙'，是'虫虫'了，想成'龙'就听伯伯的，不然我也不管你了"。

那个假期，我按我那套管理模式，改造"虫虫"，不外乎就是按平时学校的作息时间来约束他，让他开口读书，动手写作业，用考查、考试来督促他背记知识，用奖励来培养兴趣，用处罚来强制养成好习惯。刚好，那时也有一个和他一样聪明、好动的小孩子在我这里补习功课，我让他们两人比赛，看谁更聪明，这一比，让龙龙甘拜下风，不再狂妄了。晚饭后，我们在一起散步，每次散步时我都要引导龙龙谈一两个话题，并猜出龙龙心中的想法来，这也让他服了我。

人呀，是容易忘记伤痛的，龙龙的成绩上来了，后来考上了重点中学。我那兄弟又高兴得要打打小牌了，又要宣传他的那套"先进"的、无为而治的教育模式了。

（2007 年 12 月 9 日）

读高三的小女孩

女儿已经读高三了，但我仍称她为“小女孩”，这除了她年龄、个头稍小于她的同学外，主要是她在家里显得太嫩、太幼稚。

她至今不太会做家务，做不好挨批评只会笑。她的房间最乱，各种各样的书堆得千姿百态，你还不能动，否则，“你们一动，我就找不到东西了”，她还不高兴呢。

一天，“小女孩”一进屋就嚷：“爸爸、妈妈，你们所买木材不？有人就在我们房子附近做木材生意。”我正纳闷，她又说：“好大的一堆树，还搭了个房子，人守着哩。”我恍然大悟，原来她说的是基建工地的木材。对于她的不谙世事，我教育说：“报上登了女大学生被拐卖，女研究生被拐卖。读书人也得……”没等我把话说完，她就打断了：“知道，知道，‘要读社会这部书’，可是我现在连自己书包里的书都没读好呢。不过，一个人不贪心不轻信就没事的。你放心好了。”

有好几次，“小女孩”发狠地说：“我明天早晨一定早点起来读书。”第二天早晨却缩在被窝不起来，待我千呼万唤将她叫醒时，她不是歉意地说：“昨晚睡得太晚了”，就是理直气壮的叫：“爸爸叫我叫晚了”，于是我们相视而笑。

“小女孩”喜欢听音乐，但为了准备高考，她已告别琴声快半年了。为了补偿缺憾，她喜欢在写作业时放音乐。有次我问她：“你写作业还能听音乐？”她点点头算是回答。为了让她休息一下，我故意找话茬：“这钢琴曲怎么像打铁一样啦？”这时，她瞪着惊讶的眼睛，说：“如果打铁也能打得这么好听，那我以后就学打铁算了”。

随着学习任务的加重，“小女孩”有时也不放音乐了，但她仍有她的玩法，她会花上一两分钟时间，在白白的稿纸上画一个女孩的头像，长长的披发，大大的眼睛，小小的嘴巴。

为了孩子的眼睛，我们熬枸杞鸡蛋汤给她喝，她有时也会突然冒出一句：“怎么这枸杞汤越喝，眼睛越看不清了？”

“小女孩”不是那种“60 分万岁”的孩子，她常常为自己每次考试的失误而惋惜。

“小女孩”不是爱钱的小孩，每次考试所得的奖励，她都拿去买了书。她是没有存折的。

随着“小女孩”的长大，我们给她的写字台抽屉装上了暗锁，而她从不锁她的抽屉！可以说，她的心清静如水；可以说，她还能好好读书。

我很想说：“孩子，你其实不必那么苦读，爸爸读书时也曾打弹弓，掏鸟窝。”但对于一个以读书为乐的孩子，我不便说。

我很想说：“孩子，成才的路千万条……”但看到孩子为了实现自己的理想、我们那一代人的梦想而奋斗时，我不忍心说。

我很想说：“书中的世界的确很精彩，但是外面的世界也很精彩。”但是，我现在也不能说。

我还想说：“孩子，为了护卫你，为了帮助你，爸爸妈妈已经很累很累，现在我们是否应该换换位置，由你来帮我们一把呢?”但我至今还没说。

（原载 1995 年 12 月 26 日《衡阳日报》）

儿大父难为

当儿子毕恭毕敬地递上他的名片时，我就感到了一个从未有过的压力，我知道儿子内心一定有一种衣锦还乡的感觉，我知道自己这根指挥棒快要失灵了。想当年，我这做父亲的，面对高我半头的他，也还曾颐指气使过，如今，在一个陌生的城市，接到一张比他少年时被我撕碎的洋画片还要硬扎的纸片，我真的有些气馁了。

儿子几次三番叫我到他所在的城市来住，我却留恋自己十分熟悉的城市，一直不肯动身，直到儿子把路费都给寄了来，我才不得不动身——还被妻子奚落为“撒娇”。

接风的第一顿饭吃的还算丰盛，但我只记得那小笼汤包的确是名符其实，咬个小口就不能松嘴，得慢慢吸吮，味道好极了。儿子把我送到家，就去上班去了。他叫我开电热水器洗个澡，我愣是不洗。因为我发现了一个问题：这热水器一开，那冷水阀就应该关，否则热水器就会降温，但关了冷水阀，那热水器岂不会烧干吗？我怕闯祸——就像儿子当年害怕闯祸一样。后来，儿子回来了，硬是把我批评了一顿，他说什么，我不记得了，但我记得自己当时说了一句：“我的担心是有道理的，你能把这热水器的工作原理给我说清楚吗？”

换下的衣服放进洗衣机里洗，又给我发现问题：洗衣机里水位很高，只几件衣服在漩涡里孤零零地飘泊着。我对儿子说：“你可以把洗衣机的水位调低吗？”没想到儿子却轻轻说道：“您不要管得那么细了”，我没有话说了。

儿子家里东西摆放得很乱，我和妻子花了两天时间，才把卫生搞好，东西码放整整齐齐。本来以为会得到儿子的表扬，没想到儿子回来的第一句话却是：“放衣服的箱子不要盖上”，我不知道他是图拿衣服方便省事还是想让衣服多透透气，有了上次的经验，我只当没听见，接过他递上的当日的报纸就看起来，心里却在说：“怪人”——哈哈，这也是一种敢怒不敢言呀。

为了表示对儿子的不满，儿子几次叫我到他的电脑上来上网，我总说：“你那笔记本太小，没有家里台式的气派，太费眼”——其实是不会用笔记本电脑，也不愿当他的学生。

儿子上班了，妻子在厨房里忙，我闲着没事，打开他的笔记本电脑，却上不了网，原来他设了密码。我试了几个他可能使用的密码，都没成功。不经意间，发现电脑旁边有一张纸条，上面写了两行英文字母，哦，我明白了，那是儿子给我留下的用户名和密码，把这两行文字输入，果然上了网。可惜这电脑界面窗口又不是我熟悉的，特别是文字处理软件不是我熟悉的。好不容易，安装了一个自己常用的输入法软件。

虽然儿大父难为，但我还是有所为的。例如儿子不让我去他的单位，但我可以不用他的邀请，我“散步”散到周边看个够。例如我们一起散步时，看见他走路有点摇摆着肩膀，我还是要说他的，只是改了个说法：“你走路怎么双肩那么夸张呀？”

今天这文章就名之为《儿大父难为》吧。此记。

（2008 年 12 月 26 日）

儿行万里父也忧

儿行千里母担忧，儿行万里父也忧。我的孩子，你记得吗，当年你在首都机场的候机大厅里与素不相识的、将要同赴一个陌生国度的男孩女孩一见如故、谈笑风生的时候，我悄悄地为你买了 8 张保险单，我担心的事可多呢：你是第一次坐飞机，路上安全吗？到达目的地后又要与这些初次结识的同胞分手，你一个人找得到你的学校吗？从没做过饭，你今后能照顾好自己的衣食住行吗……

看来我的担心是多余的，这些事情你都处理得很好。除了刚去那段时间你要打长途电话问妈妈怎么做菜之外，你后来饭菜做得挺好，而且你还骄傲地说："我都是按菜谱做的"，我因此还曾和你妈妈开玩笑说："现在女儿水平比你要高了呢"。你小小年纪独在异乡为异客，却把自己的生活安排得井井有条，每月都能从奖学金中节余一些费用来，当年就寄钱回来，并嘱咐我们把借姨妈的钱给还了——虽然姨妈当时说是"不要还，送给你的"。

你曾举目无亲，但幸运的是，你与一位一直在关注着你的高中男同学萍水相逢，后来喜结连理。这时，我那悬着的心才基本上安稳了。

你们结婚后曾一直不肯生孩子，后来我们双方父母苦口婆心，终于做通了你们的思想工作。前几天，你们生了一个可爱的男孩。可是我们的担心又来了：昨天的午夜，你打电话来说自己心跳很快，每分钟一百次以上，你感觉有点浑身无力。我刚才在网上查一下，这是因生孩子造成贫血，因贫血造成心跳过快。

昨夜，我没有睡好，担心你今后的身体恢复的问题，也担心你们一家三口的生活、健康，还有工作的问题。我知道自己是鞭长莫及、爱莫能助。我现在才后悔没有到你身边来照顾你，后悔不坚持我们的意见而相信你们说的"可以自己处理这些事的"。

你劝我们不要来照顾你。你对中国的传统的育儿经验表示不屑。这样的话，你弟弟也曾说过，我也和他针锋相对："你的童年和少年比起堂弟来说，的确有些不幸福——他多自由自在呀，但他没你那么有出息；但你比你的表哥又幸福多了——他小时候受到的束缚比你还多，但他目前比你更有出息”。

虽然你和弟弟都很尊敬自己的爸爸妈妈，但不可否认：我们之间还是有代沟的，加上你现在所处的社会环境，这个“沟”的确有点深了。

你想尝试做一个完全的、负责任的妈妈，这是对的；你不想给父母增添麻烦，这也是对的；你想独当一面挑起生活的重担，这还是对的；你想营造一个全新的亲子环境，这更是对的；只是你今天的确遇到了困难。所以我有点担心。

虽然你现在遇到了困难，但是，我还是支持你的，希望你顺利度过难关。你到国外发展的决定是正确的，相对于关系学渗透到我们骨子里的旧环境，你的环境是有它可爱之处。像你这样的只会读书不谙世事的人，像你这种底层背景浓厚的性情中人，要在我眼皮所及的地方出头，难！所以，我支持你在那里自己去打拼，好自为之吧。

记住，过去你曾扬长而去，今天你正埋头苦干，明天你应该深情回望——回望自己走过的路，回望自己的故园故土！

（2009 年 11 月 10 日）

我被这些留言感动得一塌糊涂

搬了几次家，家里的杂物和一些旧书籍——包括女儿在小学、中学的一些书籍——都给我处理得差不多了。

最近，无意中却发现还有一些漏网之鱼，如女儿中小学时的一些奖状，几本日记、毕业时同学的留言本——这些东西被我放在书柜的最里边，估计当时就是怕自己心太狠，所以才这样藏匿起来的。打电话问女儿怎么处理这些东西，回答说："就放家里吧"，好像不在意这些东西似的。

也好，我们离得远，当我想念孩子时也可以拿出来看一下。今天我就拿了女儿初中毕业时的一本纪念册来读，竟然被纪念册里的留言感动得一塌糊涂。

我感动是因为这里记录了一群孩子、一个班级，甚至一个学校的风貌：栩栩如生的个性化签名、奋发向上的学习环境、天真无邪的友谊、出自内心的祝福……

我庆幸自己没有把这个发黄的旧本本给处理掉，我津津有味地读这些天真烂漫少年的心声，现在，我决定摘抄几段留言来证明并传达我的感动。

留言一：

可爱＋可恶的"毛驴"：

尽管我们班被授予"毛驴"尊称的女士有三位，但我确信你才是最正宗的，这虽只是直觉，但我想也许是最正确的。

你的笑声很特别，总是"嘿嘿嘿……"一长串又尖又细的笑；你的头发很特别，总是又松又蓬，要用好几根松紧带儿才捆得服帖；你背书包走路的样子很特别，总是一副冲锋向前的样子；你生气的样子更特别，嘴一歪，眼睛瞪圆，尽管费了九牛二虎之力，却怎么也严肃不起来，最后只好"扑噗"一声……反正你就是那么一个奇奇怪怪、特特别别，但又活泼可爱、机灵天真、吃多了的 lovely girl。

留言二：

有人叫你"毛驴"，可你并不笨，令人不解的是这世界上还有如此机灵的毛驴。我们交情原来很浅，就是那小小的读书笔记本把我们的心拉到了一起。你很喜欢诗，有一本属于你的诗集，你的字写得 very good，你用你最好的字把诗抄在诗集上，使它焕然一新。我们都是乐天派，不然我们为什么后来这么的“情投意合”呢？

留言三：

你是一只快乐的小喜鹊，不仅自己整天叽叽喳喳，欢乐不停，还把你的幽默、高兴给周围的人分享。一个人如果能把欢乐与幸福分与别人，她本身也是最快乐而满足的了。而且，她也会有许许多多的朋友。

即将分别，我相信喜鹊不会有太多的伤心、难过，因为你永远是快乐的喜鹊；因为我们的友谊不会被阻隔。

留言四：

同窗三年，我怎么就没见过你哭过？真巴不得看一看你痛哭流涕的样子。我想，那一定非常好看。

我还有个问题不明白，那就是：你为什么要学拉二胡？而且又拉得那么好？经过冥思苦想之后，我想，大概毛驴的尾巴本来就是拉二胡用的吧，而且驴尾巴与你的动作发生了某种共鸣。愿二胡越拉越好，驴尾巴越拉越长！

留言五：

还记得，初一报到的那天，在图书室的门口遇到一个小女孩，玲珑可爱，两只乌黑的眼睛忽闪忽闪的。搞卫生的那天，我们简单地对话，你还记得吗？

你是一个幸运儿，聪颖机智，脑瓜特灵活，解几何题特快，二胡拉得特好，字写得特好，当然鬼点子也特多——特别给马脸吃冻疮膏是你的成名作。我觉得你是一个美丽、可爱、懂得关心和体贴的 good girl，认识你，真是很幸运。让我们珍视相识的缘分，同样也企盼再次相聚的缘分。

留言六：

你永远是欢乐、开朗的象征……还记得“君子报仇十年不晚”这句话不？你好像还欠了我一下，但我现在还不想叫你还。分别了，最好别哭！

留言七：

我在这儿真想把你大骂一顿，你以前几乎天天惹我生气、伤心，仿佛你我有什么不共戴天之仇。但吵归吵，但我们事后总是和好。八格牙鲁！死鱼太君赠。

留言八：

你会哭吗？你会愁吗？初次见面，我还以为你的眼睛是天生弯的，同学三年，我终于明白了：原来你的眼睛是被你笑弯的。

…………

太多的留言，我无法都摘录下来，我真的被感动了；甚至，我也有点嫉妒这些孩子们，他们那么阳光灿烂，那么纯真可爱，那么幸福快乐。

进而又想：我就怎么没有留下自己当年与同学交往的一些纪念物呢？所以，我要把这些东西好好保存着，当孩子也有我这么大的年龄时，她也许会像我一样，被这些发黄的纸张感动得一塌糊涂的。

（2008年5月16日）

关于“家”的话题

今天是冬至节，古人有诗云：“家家捣米做汤圆，知是明朝冬至天。”可见冬至吃汤圆的风俗是古已有之。不过我家一直没有这个习惯，我父母当家时，因为家里穷，现在我们当家时，因为忙，可以说一直都没有这个传统。但是，我倒挺羡慕享受这一传统习俗的家庭。

最早知道冬至吃汤圆这一习俗，不是来自书本，而是在少年时代，在我的欧姓同学家里。那也是一个冬至日，我去我最要好的欧同学家，当时他们都端着碗在吃汤圆，我转身要走，同学的妈妈拉住我，说：“今天是冬至，来，吃两个汤圆暖暖身子”。我看她从铁锅里艰难地舀出了几个汤圆，又从自己碗里夹出两个，只见一碗清汤，六个软软的、没有馅的糯米丸子。讲实在话，那碗汤圆淡而无味，但那热汤，那热情，还是让我终生难忘的。

我突然想到“家”这个话题来了。

家，是人们的身体发育发展的加油站；家，是人们的心灵躲避风浪的港湾；家，是人们的精神息飞时的窝巢。其实，人愈在穷困潦倒时，家更加重要。在那贫困的少年时代，我总是感到自己的家的温暖，特别是母亲含辛茹苦、忍辱负重的温暖。

那时，我家的生活应是中等水平，我的那个欧姓同学比我家更困难。他的父亲因工伤去世，母亲没有工作，兄弟姐妹加上母亲共 5 人，全靠厂里的抚恤金维持生活，但即使是这样，他们家还是有着浓浓的温暖，或者说，他们比旁人更珍惜“家”的温暖。他们家里总是缺吃少穿的，但是他的母亲的节日观念特别重，除了传统的节日，他家还有一个特别的节日——每个月领到抚恤金的那一天。他的母亲都要用海带和肥肥的猪肉炖一锅浓汤，全家人吃得有滋有味。他的母亲又好客，总要她儿子通知我到她家来吃。家的温暖时时刻刻弥补了这个家的不幸和艰难。

今天，我来说同学家的那两样美味，实在也有点“老土”了，但那种穷人的“家”的温暖却是那么地炽热，它炽热得让我感动和羡慕！

（2007 年 12 月 22 日）

坐上飞机去祝寿

高铁坐过很多回，飞机却是第一次坐。这次坐飞机不为别的，只为给一个人祝寿，给我的一位联系并不太多的70岁的兄长祝寿。

坐在飞机上有点不轻松，一是我的那位兄长前不久得了一场病，不知他恢复得怎么样？二是这位兄长脾气有点怪，多年不见面，我们之间是否还会像当年那样亲近？三是坐飞机的忐忑——那是对“天高地厚”的不可知、不可预测的畏惧感。

坐飞机跟坐高铁截然不同，列车加速到300公里之后，人有一种飞的感觉，而飞机上的感觉是稳稳当当的，人在白云之上，飞机似乎没有移动，白云倒是悠闲自在地飘移着，这种飘飘欲仙的感觉是一种陌生的感觉。

我的这位兄长，早年历经磨难，晚年时来运转，在事业上辉煌了一把，而且子女争气，一个是大学教授，一个是企业白领。给他祝寿，不能寒碜，所以就得用上最快捷、最时尚的交通工具——飞机。

兄弟见了面，才知道岁月不饶人，这位仁兄虽满面红光，但腿脚却有点不灵便了。俗话说树老根多，人老话多，兄弟见面，这位老兄，先是给我推荐了几本经络保健的书籍，并现身说法，讲他如何从半边瘫痪恢复到行走自如的，最后还亲自动手，给我按摩了几个穴位，被他这一折腾，我顿时感到身上有发麻、发酸、发胀的感觉，再接着是全身热乎乎地，很舒服。

中午吃饭，我们喝了半瓶茅台酒，他又总结了自己的人生几个阶段：

他年仅16岁就离家参加工作，工作中感觉文化低，拼命学文化。

他拼命工作，并干出了成绩，得到领导赏识。

文革中，出于盲目崇拜，他参加造反派活动。

文革结束，他被审查，好在自己从没参加武斗，而且天天记日记，有了日记作证，才没有被清算。但在单位再也不受重视，于是在八小时工作之后，全心全意退居到厨房，以致后来烧得一手好菜；又全心全意地抓子女的学习，儿子小时候顽皮，他就经常在儿子上学的过程中当侦察兵，及时发现问题并解决问题，帮儿子安全地度过了动荡时期，让儿子从一个普通初中升到了重点高中，后来又考上了重点大学，再后来又留校，现在已是这个学校的年青教授了。

两个孩子读书要钱用，他退休之后又凭着自己的技术，到沿海一个城市应聘当技术工人，在工作中，他帮厂里解决了不少工作难题，被单位重用，担任了主管生产的负责人，工资不知翻了多少番。

自从得了一次病之后，他又开始钻研养生之道来了。

……他的话的确太多了，为了让他刹车，我故意打断了他的演讲，以我的角度，总结了我们这代人的人生经验，我说："说简单点，我们的经历其实总结起来就是三点：1. 三十年河东，三十年河西；2. 车到山前自有路，天无绝人之路，3. 十分栽种，九分收获"。

晚上继续喝酒，还是茅台酒，这是寿宴的正餐，在酒席上，我即席赋诗一首：

少小离家走天涯，
风风雨雨漫天霞。
成双儿女赖栽培，
江南江北大开花。
光阴似箭又似水，
快快乐乐来奔八。
含颐弄孙享天伦，
从心所欲做玩家。

酒喝得很尽兴，多年不联系的兄弟这次加深了感情。

（2012 年 1 月）

胡琴声又响起来了

好久以前，家里经常有胡琴的声音，这声音开始是“多、来、米、发、索……”开始的，后来又从《凤阳花鼓》、《南泥湾》到《良宵》、《光明行》、《赛马》、《空山鸟语》，一直拉到《秦腔随想曲》、《豫北叙事曲》、《三门峡畅想曲》……好多好多的二胡独奏曲子我今天都还数得出名字来。

声明一下：我不是演员，我只是听众，真正的演员是我女儿。那时，每天我下班、女儿放学了，吃饭之前，我们家里的节目就开始了，悠扬的琴声，既调剂了工作和学习的紧张，还给家里添了不少的快乐，妻子一边炒菜，有时还在厨房随着乐曲哼着一句或两句的。我也放下手中的事，坐下来静静地听一阵子，儿子有时也捣蛋，故意说：“姐姐，你拉得难听死了，害得我作业都写不下去了呀”。女儿这时会说：“呸，我还没收你的门票钱呢”。嘻嘻哈哈一阵之后，最后是妻子假装板起脸说：“别吵了，你们还吃饭不吃?”于是，大家又是一阵嘻嘻哈哈，摆起碗筷吃饭。

女儿是从小学三年级开始学二胡的，教她的两个老师都是很厉害的：一个是大学音乐系的副教授、二胡专业教师，一个是音乐指挥且对二胡教学很有研究的朋友。为了让女儿学好二胡，我一直陪着她，给她记笔记，特别是后来那个老师，课上得很生动，也很有针对性，针对女儿学琴的问题，他常有一些有趣的比喻，当然有些东西女儿可能不一定理解，于是，我在作记录时，又添加了一些话语，所以，这些笔记中常常有我的一些即兴发挥的语言在里面，肯定对女儿理解老师的意思是有用的。

女儿上的是重点中学，高中时又喜欢理科，枯燥的学习生活中，她总觉得很有趣味，这除了家里的氛围和她爱好学习之外，可能也跟音乐对学习生活的调剂作用有关，跟音乐思维与数理思维的触类旁通有关。

女儿一共学了 8 年二胡，前 3 年不算，后 5 年，其实是我在享受她的音乐和她带给我的一种成就感和快乐感。

本来教她二胡的老师想要她考音乐专业，但我们全家权衡再三，一致决定：女儿读完高二，就不拉二胡了——我们想要她学理科。一年后，女儿没有辜负我的期望，保送上了国内一所重点大学，但她的二胡专长还在大学出了名，担任学校民乐团的首席二胡手，还教过几个日本留学生拉二胡。

女儿上了大学，我也就很少听到琴声了，后来她又出了国，而且没带二胡出去。但我还是想她不要生疏了这门技术活儿，于是，买了一把价格不菲的二胡，又花了好几百元钱寄给了她。可是环境变了，她基本上不碰二胡了。有几次，我在电话里，故意提及二胡，女儿也是把话题扯开了去。有一次，我干脆问："在纽约看得到有华人拉二胡的吗?"她说："有，其实拉得并不好"。我又趁机说："爸爸让你带了一个谋生的本领去闯天下的，你知道吗?"，她回答得很干脆：那倒用不上。

如今，我也体谅了女儿在国外的环境与心境。我们电话一谈就是一二个小时，只是我们只谈生活不谈二胡，只谈家事不谈世事。

生活富足了，工作也是轻车熟路了，儿女的事也不用操心了。可是，总有一阵似有似无的琴声在飘着，而且这琴声总是和逝去的生活片断缠绕在一起。于是，新的心事又来了，我怀念那有琴声的时光。我决定解开这个心结：自己亲自来操练二胡！

咿咿呀呀的二胡声又重新在我的家里飘起来了，只是这琴声不悠扬，不婉转，有点生硬，有点笨拙，哈哈，知道吗？这也是一种快乐，快乐中有一种东西在空中飘扬，那是逝去的东西在咿呀的琴声中重现和驶过。

（2008 年 11 月 9 日）

又见故人，又见故人

我从陆家嘴地铁站 2 号口走出，睁大眼睛到处找一个熟悉的身影，但是川流不息的人群中并没有看见老同学唐君；我只好耐心等待，这时，手机响了，是唐君那响亮而又脆脆的声音："你在哪里？我在 2 号口等你……"我一边回答，一边四处张望，啊哈，我们竟然面对面在打电话。

哈哈，两人都老了，发福了，竟然面对面也不认识了，我们几乎是同时快步上前，抱住对方，都用手拍打着对方的肩膀。我们本来都是那种书生气十足的人，今天竟然有些浪漫，有些忘乎所以了——因为大家都有二十多年没见面了呀。

我们的举动引来了好几个拍照的，围了过来，纷纷劝说以前面的东方明珠塔、金茂大厦、环球金融中心照个相。唐君很高兴，拉着我一连照了两张。照片的确照得不错，高耸的建筑、蔚蓝的天空、两个亲密无间的男人以及他们孩子般的笑靥……

在这难得的冬日骄阳下，我在唐君的引导下，在陆家嘴最繁华的建筑和街区边说边看。我们都赞叹上海尤其是浦东变化之大。唐君读大学时眼睛就有点近视，现在眼睛更加近视了，漫步在张杨路上，他停了下来，把手机送到眼睛边，费力地找数字拨打电话。之后，他领我到了一个叫"望湘楼"的地方吃饭。这时，唐君的妻子——一个上海滩上很有成就的白领，也赶来了，听说她正在参加一个重要聚会，但还是抽身来"看看老同学"，这真让我有点感动——既为我和唐君的友谊，也为唐君夫妻的深厚感情。他们高大英俊的儿子也提前下班赶来了，我这时才明白：原来唐君刚才打电话，是在"调兵遣将"。这个饭馆的菜是典型的湘菜，很合我们湖南人的口味。

吃完饭，唐君意兴不减，提议逛逛上海。他建议我参观"东方明珠"或"金茂大厦"，我说："想去看看城隍庙，看看苏州河的变化"。于是，我们又乘地铁去浦西。

我们在乘地铁时，又回忆起大学生活来了。他讲了班上"七仙女"之一的春的轶闻趣事：当年我们毕业实习正值春天，爱春光的春，竟然一个人跑到一个不为人知的地方赏花去了，“害得我们找到天黑，都没找到人，最后还是她故意咳了一声嗽，大家才找到她的，”唐君记忆犹新地说。

春是一个浪漫而多愁善感的女孩子，我也想起了有关她的一个细节：有天下午，教室里自习的人不多了，只见春一个人凭窗远眺，心不在焉。我故意说了一句“过尽千帆皆不是”，春没有生气，反而扑哧一笑，唐君偷偷望了春一下，装着没看见也没听见似的，仍然看他的书。那时的唐君在班上属小字辈，长春二岁，按说他对春也有好感，可是他就从来没有表露过。他不像同宿舍的侯君，大胆进攻，硬是让“七仙女”中的另一个下了凡。侯君总是每天下晚自习最早，回宿舍最晚的。于是，每天晚上宿舍都要开“公审大会”，政策是“坦白从宽，抗拒从严”，侯君为了室友不告发，也常常是如实交代当天行踪，甚至老实交代感情进展。但这样的恶作剧中，唐君总是哈哈一笑，从不出坏点子，所以，侯君对唐君也是感激涕零的。

以上两件事足见那时的唐君身上多的是农家子弟的淳朴与厚道，在感情问题上，他还真有点坐怀不乱，在友情问题上，还真有点与人为善。性格决定命运，这些品性为他日后婚姻幸福和事业发展奠定了基础。他凭个人能力，从湘南的农村走到大上海，白手起家，创立自己一片天地。

哈哈，我们两人忘乎所以地在地铁列车上海阔天空，竟然迷了路，先是坐错了车，后又坐过了站，硬是在地铁折腾了好久才出了地铁站。他陪我匆匆忙忙看了南京路步行街和城隍庙，打的看了看苏州河。我们要分手了，唐君又执意打的送我回家，被我婉拒了。其实，唐君也是外乡人，加上他眼睛又不好，分手时天也黑了，我不禁又担心起他来了。他却一付为我担心的样子，等我上了车，还说：“春节时，到我家来玩一玩”。

我们就这样依依不舍地挥手告别了。岁月蹉跎，沧桑写在我们的脸上，但我们的心好像还是当年一样的年青着！

（2008 年 9 月 23 日）

嗨，我上铺的兄弟

D是我大学的同窗好友，我们又是上下铺的室友。他本人十分有才华，不光文章、诗歌写得好，还真有点琴、棋、书、画样样过得去的才气。大二那年，由他组织，并任指挥，我班的器乐合奏《喜洋洋》在有音乐系参加的学校文艺会演中一举成名，让人刮目相看。

但是，怀才不遇也是才子的宿命，而才子对这样的宿命也会有不同常人的抗争的。大学时的一次作文比赛，因为题目太政治化，D面露鄙夷神色，二话不说，当场退出。这在当时实属罕见。

有才而无人赏识，是痛苦的。大学毕业后，好多同学都找到了好工作，而且日后大多捞上了一官半职。可惜D却因为来自农村，又无背景，不禁有些相形见绌。于是，就常引用俄国作家契诃夫的话来述志："大狗叫，小狗也要叫，大狗小狗一齐叫"。

他只有一条路了：发挥自己的特长，默默笔耕这种"小狗"的叫唤方式了，功夫不负有心人，多年下来，他出了诗歌集、散文集、剧本集，也算当地一个名人了。

一次同学聚会，一些地位显赫的同学的举止谈吐可能伤了D的自尊，那次聚会，他一言不发。俨然一条受伤的小狗，一声也不叫唤了。他在宴会后对我说："等天气凉快了，我们几个同学到郊外聚一下"。我当然明白这其中的意思，那是让我们这些瘦骨嶙峋的"小狗"互相倾诉一下衷情。

前不久，我们又在QQ上相遇了，我们谈当下时髦的博客，他露出一点鄙视的语气，认为那是雕虫小技，并介绍我要看文章就看××××的博客，我遵他的命，搜到这个博客，发现这博客好多文章被屏蔽了。

交谈中，我们谈到对国家前途、对台海形势的看法时，发现他太悲观，也太另类。我实在没法和他谈了——我们虽同为"小狗"，但发声还是不同的。

我想告诉我的上铺的兄弟：

一、我们既处在草根位置上，其实我们对生活不要那么悲观，生活给了我们许多别人没有的东西。其实社会天天在进步。

二、人永远不要忘本，我们虽是小人物，人生虽然有很多挫折和磨难，但我们仍可以像屈原、杜甫一样活着。“儿不嫌母丑，狗不嫌家贫”，我们只有一个祖国。

三、你现在的优裕生活是件好事，也是一件坏事。有人说“愤怒出诗人”；有人说“苦难是个大学校”。以你的才气，你如果再多受一些磨难或者打击，你可能真的要出大作品啊。

啊，我上铺的兄弟，以你的聪明，我今天的这些话，你其实早在上次QQ聊天时就感觉到了吧。

（2007年10月8日）

故人如故，我心依旧

敬爱的老师们、亲爱的同学们：

大家好！

昨天我们有个约会；今天我们赶来聚会。让我们鼓鼓掌，欢迎老师，欢迎同学，也欢迎我们自己。

风云际会境常迁，过隙白驹又逝前。整整三十年了，我们的知识补强了，我们的阅历增加了，我们的担子和责任加大了，我们的感情丰富了。套用一句广告词——“我们都是有故事的人”啊。

今天，我想用自己的一首描写大雁的诗来形容我们这个群体：

翼动风帆举，云纷劲橹摇。

冲天因有种？引颈路迢迢。

在这次同学聚会前的几天里，我的脑海中总浮现着张张鲜活的、熟悉的面孔，总感觉到股股浪漫的、纯真的青春气息扑面而来。让我深有感触的是：我们基本来自布衣，本自草根——这不是我们的耻辱，而是我们的一笔不小的人生财富——虽然我们的血统并不高贵，但我们都执着地向往心灵的飞翔，而且我们庆幸：时代给了我们一片蓝天，引路的老师给了我们足够的关怀，于是，我们就有了今天的光荣与骄傲。

亲爱的同学们，我们应该好好纪念三十年前的那个金秋十月，因为它是我们今生今世的一个重要的人生拐点。从那个人生的拐点出发，我们有的投身政治，成为出色的行政官员；有的献身教育，在不同的学校开花结果，成了小有名气的教育专家；有的走别人不敢走的路，跳入商海，发财有道，致富有方；有的摇动自己如花似玉的文笔，成了人人仰慕的作家、编辑；有的深居简出、潜心学术，成了学术权威；有的东方不亮西方亮，走出国门，同样大有作为；有的为了延伸自己的理想，注重子女教育，因为耐得寂寞，终于也成正果……

还记得那首流行歌曲《同桌的你》吗？当我们在校园里分手道别时，却并未分道扬镳——我们的感情世界里却始终保持着一个完整的班集体，我们联系的纽带始终是畅通无阻的。这就是我班同学的特点：不同而和，和而不同，所以我们之间就没有同行之间的你争我夺，反而能取长补短，在不同行业中互相提携和帮助！

亲爱的同学们，我们应该好好珍惜三十年后的这个金秋十月，因为它是我们今生今世的一个最难忘的记忆交集点和思维共震点。让我们再爆发一次青春的活力吧，收藏起自己过去的光荣与骄傲，就像高天的鸿鹄那样，作一次胜利者游刃有余的高高飞翔，作一次宽厚者悲天悯人的悄悄悬停，作一次休闲者不动声色的静静盘桓，那是一种多么从容、淡定的感觉呀！

亲爱的同学们，有句话叫做："士别三日，刮目相看"，就让世俗的眼镜跌个粉碎吧，而我们只有一种出自内心的感谢：谢谢你了，亲爱的母校；谢谢你了，尊敬的老师；谢谢你了，可爱的祖国；谢谢你了，前进着的时代！

最后，我想用自己的一首粗糙的诗歌来结束这个讲话：

相见欢

记大学同学聚会

金秋十月相逢，
日彤彤，
往事如云皆是少年容。
欢笑纵，
泪非痛，
兴尤浓，
却忘时空斟酒醉推松。

亲爱的同学们，珍惜这次难得的相聚吧，欢聚的时间是短暂的，大家抓紧时间，多多介绍自己，多多了解久违的同学。试想一下，有一天，在我们白发皓首的时候，能保有一段有关今天的美丽记忆，那是多么的温馨和浪漫呀，来吧，就让我们把心扉敞开吧，把友谊的桥架得更牢吧！

（2008 年 9 月 23 日）

村里有个姑娘叫小芳

“村里有个姑娘叫小芳”这歌好听，而且有意蕴，能引人联想翩翩。

我中学的一个女同学不叫小芳，叫小青，家是离学校七八里的城郊菜农。开始在班上不起眼，但后来却当上了我们班的班长。因为她学习成绩好(人长得漂亮不用说——那时豆蔻年华，班上的女同学个个都不丑)，最厉害的是：个性泼辣，办事干脆果断，当上班长后，还真能镇得住班上的调皮同学。

小青家庭出身不好——阶级成份是富农，所以，成绩好也没能上高中。她辍学之后，先在家里务农，后来又到建筑工地当工人，以后凭自己的本事，到了一个小单位做会计工作。我们上高中后，大家渐渐忘记了那个小青班长，只有绰号叫“眯眯眼”的男同学还经常与她有联系。说是联系，那是我们太傻，其实他们是有点那个青梅竹马的意思的。

男大当婚，女大当嫁。这种同学感情保持了好长时间，真到谈婚论嫁时，他们反而拿不定主意了。小青喜欢眯眯眼为人忠厚，家庭出身好，只是书卷气重，办事优柔寡断；相貌上比自己也略逊一筹。眯眯眼仰慕小青那沉鱼落雁的美貌以及办事泼辣果断，但最难以下决心的是她的家庭出身不好。

随着文革的发展，小青越来越倾向于同意这门婚事了，而眯眯眼却越来越犹豫不决了。为此，他的哥嫂有一次这样训斥他：“她出身好，还找你呀?”“你看你那眼睛都眯成一条缝了，找那么漂亮的妹子，还有什么吃亏的呀。”“真是船上的不急，岸上的着急呀”……

这正如俗语所说的“当断不断，自受其乱”。这门亲事最终没有成功。后来，小青找了一个铁路工人成了家，听说她在家里也有当年做班长的威风，家里事都由她说了算。她和丈夫都没有读多少书，但儿子却秉承她的天赋，成绩十分优秀，后来还出国留学，接着又在国外定居了。

由于下岗和退休，我们几个男同学如今经常聚会，喝茶、喝酒。伤感时，有人还唱了那曲《小芳》的歌来怀旧。这时候最伤感的可能是“眯眯眼”了。

小青在外地打工，我们只能保持电话联系。关于她的信息，多是由“眯眯眼”传递的。他曾给我们传递了这个消息：小青下岗后，到外地应聘，在一家私人企业做会计，有一次，那家企业与另一家企业发生纠纷，对方请来黑社会的人，吓得老板躲了起来，但她却挺身而出，指着带头来闹事的人说：“你敢胡来，我要叫你把牢底坐穿”，吓得那号称黑社会的人以为她有很大的来头，一声不吭就走了。因为这个出色表现，老板又是给她加薪，又把她的丈夫也聘了来上班。

小芳，我们当年的班长，如果不是时代的阴差阳错，凭她的聪明和泼辣，一定是人中翘楚。不过，她今天的状况也不比那些下岗工人差。

耳边又响起了“村里有个姑娘叫小芳……”那伤感的歌声了，又想起当年中学的青涩岁月了，于是写下了这些文字。

（2007 年 10 月 20 日）

放飞心事

我想画一幅以春天、百花为背景的“放风筝图”，画面上有一个大孩子在校园放飞风筝，他的周围有一群小孩子，大家昂着头望着蓝天，欢呼雀跃。我想用这幅画来描绘自己的一段心路。

我的“风筝”就是我的一篇篇习作，我和我的学生们开始试飞着我的纸鸢，大家的心灵扇着想象的翅膀，在蓝天飞翔。

那年，我才大学毕业，接手教的那个班已是高二了，学生们普遍重理轻文，没有几个人能写成像样的文章。对于我这个新上任的语文教师，大家用一种疑惑的眼光看着，大概心里在说：“你，能行吗？”我觉得这些学生不该有太多的时间去怀疑和犹豫，我应让他们由“他信”进而自信；于是，我在黑板上写了两个作文题：《老师，我对你说……》、《同学，我对你说……》，我要大家写前一题，我自己写作后一题。因为当时带着一种自负和“激愤”，加上脑海里的确有许多经验和想法要告诉学生，那次还真的在学生面前露了一手，同时也给他们打了一次气。

以后，我和我的学生们一起写了好些习作，我们各自放飞着各自的“风筝”。开始，应算我这当老师的做的“风筝”飞得最高；不过，后来那些蹩足的“风筝”越做越好。我为孩子们的创造力而惊喜。我们开始在校园办起了壁报，油印了刊物……

校园生活并非世外桃源，面对滚滚红尘，我一度中止了放飞自己的“风筝”，在领略了几番酸甜苦辣之后，我觉得自己的天地只能是校园，剩余的精力最好是练练写作。

那一次，我是在学生的怂恿下，将刚写好的一篇习作投向外地的一家报纸，过后也是在一位学生的口中得知“老师的文章登报了”。当时的心情说不出有多高兴了。

从此，我爱上了放“风筝”，放“风筝”使我的精神有所寄托。我就是这样乐此不疲地放飞着自己的心事。我的“风筝”开始飞出校园，飞向四面八方，有的失去踪影，有的飞向报社和电台。教学之余，我总是那么充实和忙碌着。我视自己的“风筝”如同自己血肉相连的孩子。“风筝”飞向蓝天，闯荡世界，我的心却紧紧系着它们。

（原载1996年5月15日《衡阳日报》）

踢房子

五十年代中期，我们居住的这个城市还是一座不大的城市，小城的孩子们喜欢“踢房子”的游戏。那时，城市不甚喧闹，城内很少有汽车穿行，自行车也较少，街头巷尾常常有三五成群的孩子们在“踢房子”。

要“踢房子”，先要画（或划）“房子”，孩子们在地上画（或划）出一个长约 3 米、宽约 2 米的矩形，再等分为两两并列的八个矩形（像两个“田”上下叠着）。这八个格子分别标明为“天”、“地”、“水火”、“分”及四间“房子”。

游戏开始，先由一人将一块小瓦片投入“地”内，随之单脚跳入“地”内，并逐一用单脚将瓦片踢过四间“房子”。这中间，游戏人不能双脚着地，脚和瓦片不得压线，否则算犯规。把瓦片踢进了“天”之后，才能双脚落地，这时要将瓦片踢过“水火”，踢入“分”格，得分当然是越高越好，但如果瓦片压在分与分的线上就没有分了。然后单脚逐一循原路线退出，退到“地”时，这人就算完成了，再由下一个踢。

大家轮流着踢，谁的积分多，就可以买“房子”，“房价”公议，“房主”在自己的“房”内可以双脚歇息，“房”买得多了，“踢房子”就像走路一样，方便得很。

“踢房子”也有危险——若不小心把将瓦片踢进“水火”之中了，那么“房子”就被“淹”了，“烧”了，“天灾”之后，还得重新开始赚“钱”买“房”。

“钱”多了，还可以买“天”，但须大价钱，如果有人把“天”买了，其他的人就不自由了——就只好单脚踢“分”了，难免会有“水火”之虞。

“踢房子”最行的还是女孩子，特别是那些踢毽子的好手，她们有人还别出心裁，把几个算盘珠用细绳串起来代替瓦片，踢起来更是“得心应脚”。

时光荏苒，现在回忆那“踢房子”的游戏，仍觉得有意思。男孩、女孩大多穿着打补丁的衣服，嘴里哼着、叫着，不知忧愁是何物。现在我还记得一个个栩栩如生的小伙伴形象哩。

（原载 1996 年 3 月 3 日《衡阳日报》）

一个音乐教师的坎坷命运

我曾经工作的一所学校，有段时间，经常有一个酒鬼来学校骚扰，老远就闻得到他身上的酒气，再近一点，就会听到他的骂骂咧咧。他到学校来都要找学校领导的麻烦，最粗俗不过的是，他竟然当着女书记的面操起裤头，拉小便。刚开始，我有点纳闷：这人怎这样放肆？而且人人都躲着他，这岂不更助长了他的嚣张气焰？后来才知道：此人原是学校提前退休的音乐老师，一个音乐才子。

学校初创时他就来到了这所学校，他是从工人中选拔来的，虽没有学历，但能唱能跳，会拉二胡，拉小提琴，弹琵琶，吹笛子……而且神奇的是他有高超的摹仿本事：听过的歌曲，就能唱出来；看过的舞蹈，就能跳出来。

这是一所规模很小的学校，市内教育系统的各项比赛，学校都得不到奖，拿不到名次。后来，这个老师在校内组织了一个乐队，他每天下午组织学生排练。那时的他意气风发，手中摇着一根指挥棒，偏着脑袋，仔细捕捉刚组建的乐队中的每一个不和谐的音符。他的学生也特别喜欢他，一下课，就老师长老师短地找他指导。他为人也很和气，学生表现好，乐队配合好，他一高兴，就要露一手给学生看，拉拉琴，吹吹笛子，高兴起来了还要跳舞。他的学生都喜欢他拉板胡《红军哥哥回来了》，他一边拉一边摇头晃脑，学生对他羡慕死了，崇拜死了。

一年功夫，他的乐队出名了，在本系统的文艺汇演中取得了好成绩，也让别的学校对这所小小的学校刮目相看了。学校领导也对他一再表扬，并号召其他老师向他学习，还要求各科老师都要组织特长班和兴趣小组。

八十年代，人们工资水平都很低，一个普通老师的月工资也就是七八十元，加工资可是人人关心的大事儿，但那时加工资是有比例的，也就是说加工资是带奖励性质的。奖励有两种，一种是贡献突出的，比例在百分之一、二之间；一种是大面积的奖励，比例是百分之四十。这位音乐老师在讨论第一种奖励时，还扭捏作态地客气了一番，没想到，自己发扬了风格，领导也就真的没有给他奖励。他这才如梦初醒，赶快找领导，主动提出要求在百分之四十里面给自己加工资。当时领导也答应了，但无奈僧多粥少，学校里的工作少了谁也不行呀，何况教师队伍个个都可爱，领导也难以平衡。尤其是主科老师中还有几个是上级领导的夫人，校长也不能不考虑给个面子。于是，在各方角力之下，这位教师在一、二榜还有名，但在最后的第三榜公布时突然没名字了。

“士为知己者死，女为悦己者容”，没想到自己浓妆艳抹，倾心表现，却无知音，热面孔贴上了冷屁股。这个打击对于一个情感特别丰富的、自以为自己贡献很大的人来说，不啻于晴天霹雳。音乐才子一下子就蔫了。于是，他撂挑子了，学校的乐队被他解散了，上课也马马虎虎了。牢骚太多了，别人也就怕受牵连，对他敬而远之了。于是，一个受尊敬的好老师，瞬间成了学校的刺头了。没了事业，没了朋友，他就借酒消愁，借酒壮胆骂领导。

恶性循环从此开始了。过去和善的他，变得尖酸刻薄。性情的乖戾开始可能是假面具，但久而久之，也就弄假成真了。在学校发脾气发惯了，免不了在家里也要如此，后来竟然闹得家庭破裂，夫妻离婚。接着，他提出提前退休，这对领导正是巴不得的事，于是，一路绿灯，迅速办好了退休手续。

这位老师真可谓是退而不休，经常喝了酒，仗着酒力到学校来骂领导。骂人骂多了胆也大了，有时免不了在社会上也要要横。有一天，他在一个酒吧喝得醉醺醺的，听见邻桌的几个小青年拍桌子乱叫，恼得他骂了起来。没想到，对方不买他的账，把他狠狠地揍了一顿，打得他鼻青脸肿，还打掉了几颗门牙。

一个文弱书生“改行”做了几年恶人，没想到遭遇如此滑铁卢，他回到自己家里就上了吊。事后几天才被邻居发现。

记录这件事，心里是沉甸甸的。这事虽然有领导们的领导艺术问题，虽然有同事们的冷漠势利，但主要的还是当事人本身小肚鸡肠。其实再仔细研讨一下，还会发现：小市民式的利益考量才是祸端——这是一个普遍的社会问题。

（2008年2月25日）

斯人已逝，此情难诉

元宵节下午社区文学沙龙有一个活动，活动中缺席了一个人——我们敬仰的老报人、老作家徐开垒先生前几天逝世了，大家默哀一分钟后，围绕着文学沙龙与徐先生的交往进行了一场追思……

我与徐老先生交往不多，大家的叙述使他的形象在我脑中渐渐清晰和完整：他是一个三十年代即在上海的报纸上发表文章，笔耕了几十年的老作家，他是一个关心并乐于提携文学新人的大报的副刊主编，他是一个即使在是非颠倒的年代也能坚守良知的老干部，他是一个能俯下身子并乐于参与社区文学活动的长者，他是一个桃李满天下、功成名就的文学老前辈，他是一个晚年丧偶鳏居的慈祥老人……

我的眼前似乎又出现了他那五官清秀、慈眉善目的样子，出现了他那侧着身子，不时把助听器往耳朵里塞一塞，努力倾听别人发言的样子。

去年的一次文学沙龙的笔会上，老先生的一句话让我很有感触，他轻描淡写地说了说自己年青时的创作成就，然后着重叙述自己在 60 岁之后的写作经历(当然，也惋惜最近两年有点力不从心了)，最后，语重心长地说："一个人写作，可以在 60 岁到 80 岁之间形成一个高潮，希望大家不要放弃写作，在座的同志人人都起码还有一二十年的时间好写作"。我知道他这番话里的拳拳心意：希望在座的老同志们多动动笔。

他短短的几句话，让我想了很多：的确，自己退休后，一方面潜意识里有一种享受生活的心态，一方面又感觉圈子里的高手如云，有点自惭形秽。徐老先生的一番话让我内心悄悄地掀起了涟漪：自己在完成社区或文学沙龙布置的一些写作任务时并不感到困难。如那首《对眸一株法华的牡丹》，是在社区老年协会的一再催促下，仓促之间用半天时间赶出来的；如《走进新华》和《我是光阴资本家》也是以平常生活中的一些材料组织成文的。既然如此，那么为什么不再笔耕一番呢？

散会后，我是和徐老一起走的，刚好我们同一段路，于是，我像一个因聆听长者教诲而思绪翩翩的青年一样，同徐老谈起了关于老年生活与写作的话题，徐老还是那么认真地倾听我的倾诉。由于街上的嘈杂，徐老听得很困难，我说得也很费力。于是，我就自觉收住了打开的话匣子，心想：以后有机会再和他谈谈吧。陪他慢慢走了一段路后，我们在香花桥分手，我送他过了马路，他回头，站定向我挥挥手表示告别。

这个语调平和、慈眉善目的、精明精干的老知识分子留在我脑中的最后形象就这样定格为挥手告别后的那个孤独的、单瘦的背影。

假如徐老还健在，假如徐老还能参加我们的文学沙龙活动，我真的还想向他倾诉："与君一席话胜读十年书，在大师面前，我真的乐意当一个学生"。

然而，斯人已逝，此情难诉……于是，写了下面这首小词，聊表心中的怅惘。

南歌子·悼开垒先生

猝赴瑶池会，
兰亭偃一旗。
今日谒无期。
堪慰桃李下、有芳蹊。

（2012 年 2 月 7 日）

黑社会是怎样炼成的

黑社会是怎样炼成的？我们不妨用“解剖麻雀”的方法——以一个小小的、有典型意义的例子加以分析，进行研究。

某男，人高马大，无正当职业，以在娱乐场所“看场子”或给人“了难”混饭吃，在自己的“了难”工作遇到困难时常以“黑社会”自称，借以提高办事效率。

当他还是孩子时，家境不太好，父母离异后，也就没有上学读书了。因为年少，没事可干，就跟一帮不三不四的青年混在一起。有段时间，这帮人都喜欢在他家里玩，因为他家大人白天不在家，一伙人就打声讯电话玩儿，听黄色段子，找声讯小姐调口味。一月下来，电话费高达近万元，电讯部门经常上门讨债，而且还向公安报了案，吓得他妈妈带着他东躲西藏，有家不能回。躲了一段时间后，此事不了了之。这对他可能大有启迪意义：原来世事不过如此。

人大了，总得找碗饭吃，母亲出钱让他到一家厨师培训学校学烹调。他人还聪明，毕业后已熟练掌握了红案技术，会炒菜，会雕花作拼盘，而且还能制作糕点。自以为凭本事能找个工作的他，应试了一家餐馆的厨师，工作出色，经常得到老板的表扬，正当他在做美梦，想一步一个脚印做到厨师长位置时，没想到他只干了一个月就被老板给炒了——其实这也不足为奇，时下一些餐厅老板都是这样免费用工的。气得他直喊要“拼了”，但最后也没奈何那个老板。

自此以后，他也不干厨师了，就跟一帮狐朋狗友在社会上混。第一次出道，就被公安抓了起来，这时他的表现被另一个有钱的旁观者看上了，此人主动为他奔走，花钱将他搭救了出来。

他出来之后，还单独“了”过一次难，他的亲戚在买装修材料时，被老板黑了100多元，去讨要时老板不理睬。这一下激起了他一腔无名火，他一人单枪匹马，找到那家店子，威吓要砸了这个店子，吓得这个欺软怕硬的老板马上拿出了200元钱平息了事端。

以后他再干这类事，就显得炉火纯青了，他不抢，但他经常有钱用。经常谈恋爱，这恋爱过程，他还要“备案”——有铁证在手，那些江湖上的女子老老实实，想分手还得赔“青春损失费”。他要生活，要潇洒，看场子的钱当然不够，他有他的生财之道——向人“借”，当然不会还的，但他要研究对方，起码对方要有把柄在自己手中，他才去“借”。“借”完之后，他一般也要礼貌地说声谢谢的。

当今中国，严格来讲应该没有黑社会，今天的社会如果要真的打掉一个黑社会，那简直是不费吹灰之力。之所以有人自称“黑社会”，不过就是打打擦边球而已。个中原因大概有这几点：一、这个社会没有给一些没有背景的普通年青人生存或表现的机会。二、社会的教育和法制都有不够完善之处，老实人吃亏而耍滑头的人反能沾小便宜。三、在法制不健全的情况下，有人退而求其次，利用一些头脑发热的青年为自己办政府不屑干、不乐意办的事。四、人性上的欺软怕硬，也在鼓励黑社会快速成长。

（2007 年 7 月 13 日）

真的，“不学诗无以言”

刚才在博客上看到远方朋友阿礼的网上留言：“相知无远近，万里尚为邻。愿您在新的一年健康、性福、快乐，平安”。

这是我一个在收藏界和书画界里有点名气的老朋友，我看重与他的友谊，不仅因为他是我在收藏界和书画界为数不多的朋友，还在于他没有架子——这一点我特别看重，因为随着人和人之间的地位和实力的不对称，一般人都会有点势利眼的，有人说这是阔了变脸，我却认为这是天经地义的——门不当户不对，即使勉为其难地保持友谊，也是很辛苦的。当然，如有例外，那就要特别珍惜、特别欢喜了。而我和这位阿礼先生的友谊就是属于这类。

阿礼不仅没有架子，还喜欢冷不丁来点黑色幽默，平时我们在一起，总能听到他振聋发聩的高谈阔论和不同凡响的见地。这次，他给我的这条留言，我就感觉得他的幽默。我想回答他一个“谢谢”，但觉得不妥；我想问他一下“你又在搞什么恶作剧”，又觉得这样的狐疑不是待友之道；我想不回答，又觉得有点不厚道；我想创造一个好词语，又觉得腹内空空……

正在两难之时，再读老朋友的祝福语，突然想到了唐人王勃的一首诗，再灵机一动，略作作改动，写成了：“海内存知己，天涯若比邻。与君离别意，同是幸福人”。引经据典，真的好极了，我借唐人的口，说出我想说的话：我们相隔虽然很远，我们永远是好朋友，我们不仅是好朋友，还是命运共同体的好朋友。

好句本天成，引用借东风。远方的“阿礼郎”你可知道我此时对你的信赖与牵挂吗？

（2012 年 1 月 18 日）

真爽，做了一回算命先生

这年头，大家口袋里的钱多了起来，但这钱流通的方式也就愈来愈古怪，你一不小心，那钱就跑到别人的口袋里去。

最近小区来了一个 40 来岁的算命先生，不知用什么法子把那帮 60 后、70 后的年轻妈妈的心给打动了，纷纷请那个先生给自己的孩子改名字，改一个名字收 48 元手续费，改的名字中，大多有个“峻”字——我私下暗笑：原来这个先生肚子里没有多少墨水呀。

有一个年轻妈妈对我比较信任，告诉我说：自己儿子名字改了，叫“峻昊”。我比较了一下她儿子原来的名字，感觉它不如原来的好，但估计直说，她也不会听的，于是就开玩笑说：“这个‘昊’字不吉利，我们这里的方言里‘缟素’的‘缟’和它同音，不如改个同音字，叫‘俊宝’，怎么样？”那位母亲要我详细说一下这个名字的含义，我说：“俊宝、俊宝，意思就是‘漂亮宝贝’呀”。由于我在前面先讲了反对迷信的话，这位母亲对我的建议将信将疑。后来我又开了一个玩笑说：“不如把你这个做妈妈的名字也改一下，叫做‘大宝’算了”，这下她明白我的意思了，不好意思地走开了。

开玩笑不能过头，我好人做到底，第二天我请了那几个交了改名费的妈妈们来，给她们孩子的新名字进行电脑算命。——其实，这所谓的电脑算命，我也是听来的，请她们来之前，我还先操练了一下，已很有把握啦。

我先找到一个名为“磁都”的网站，点开“姓名评分”程序，先把那个“峻昊”名字输入，只打了 70 分，再输入这个孩子原来的名字，却有 90 分。这下，那个孩子的妈妈就决定不给儿子改名字了。还有一个孩子的不好办，算命先生改的名和他原来的名都只有 60 多分，这时，我想了一个折中的办法，把这个孩子原来的名字改了笔划——变成同原来名字差不多的字，而且其中的一个字还是个同音字，再让电脑“算”一下，呀，竟然 99.5 分了，让那位妈妈好高兴，连说：不听算命先生的，就听你的。

哈哈，我也做了一回免费的算命先生，真爽。

（2007 年 11 月 14 日）

深深的怀念

一九九四年夏，我参加了一次广州铁路局优秀教师深圳度假活动。

我曾抽空独自在罗湖口岸徜徉，高高的海关大楼并没有挡住我的视线，沿着铁路线往南望去，那边大概就是九龙车站吧？海关大楼走出了许多回内地的香港人，他们一融入黄皮肤、黑头发的人流中，其实并无二致。

我突然猜想：三十五年前，一对年青的华侨夫妇可能就是从这儿回归祖国从事教育事业的吧，他们就是我中学时期的地理老师郭老师和英语老师黄老师。

记得我们刚进初中，上第一节英语课时，一位衣着时髦，相貌和气质都不一般的二十多岁的女老师径直朝讲坛走来。她用了不太流利但很标准的普通话向我们作了自我介绍，说自己是刚从东南亚归来，很乐意为祖国的教育事业作贡献。然后就教我们一些日常的课堂用语，并规定以后上课都必须要用这些常用语。

在我的记忆中，黄老师英语比汉语讲得流利多了。讲课时，她还介绍一些国外的风俗民情，甚至用英语教唱一些国外的儿歌。我们这些孩子一下子就迷上了英语课，下课了，我们故意在俄语班同学面前讲学英语如何如何好，在其他英语班同学面前又故意大声读英语，以示我们的英语是“正宗”的。

黄老师两口子由于长期在海外生活，按当时的说法，生活方式很有些“资产阶级化”，但当他们明白了这一点后，就力求在衣着上搞大众化以缩小与大家的差距。

我们升高中了，黄老师还是教我们的英语。几年的教学，她和我们建立了深厚的师生情谊。她和她丈夫经常主动地借钱给同学买书籍和文具，他们还资助过一些困难的同学。

后来，我们要下放到农村去了，这时黄老师和我们几个同学漫无目的地在同学家串门，在大街上漫步，我们正是少年不识愁滋味，当然，也不知老师陪我们走的用心了，甚至连向老师郑重地道声告别也不会！

不久，老师全家出国了，申请报告上说的是继承遗产，但她告诉我们是定居香港。

这次在深圳，我们去了趟沙头角。我在中英街上一边漫步，一边回忆着那些往事。

我有些特殊的感受，我想自己可能一只脚踏在深圳，另一只脚踏在了香港。而中英街的那一边，有我的两位老师。假如我们当年记下了老师的地址，假如事先约两位老师来中英街见面，那多有意思呀。倘若真的见了面，我们师生今天对于“祖国”、“校园”这些话题大概会很投机吧。

冬去春来，香港回归的日子也已近了，什么时候黄老师，您会同丈夫、儿子一同回来，回来看看我们这些长大的孩子，看一看令你魂牵梦萦的祖国。

（原载 1997 年 4 月 23 日《衡阳日报》）

悼念爱莲老师

今天,公元 2016 年 6 月 4 日,我们怀着沉痛的心情在这里悼念我们敬爱的黄爱莲老师,我代表 62 届初 41 班、43 班,代表 65 届高 17 班的所有同学向老师鞠躬致哀。

这里,我先代表初 41 班和 43 班的同学,向老师敬献一幅挽联:"爱倏老矣,昨青春飞扬,昨解惑逾千;莲尤师之,今桃李芬芳,今捧酹伤怀"。时光流逝感情在,往事如烟难忘怀。我们是黄老师的"开门弟子",1962 年,我们有幸成为俄语教学盛行时的第一批学英语的学生,我们又有幸成为一位刚大学毕业的、来自国外的华侨老师的学生,我们第一次接触陌生的英语。

还记得,黄老师第一次走进教室,让我们同学们眼睛一亮:您那么年青,那么气质高雅,您一开口,竟让我们惊讶——原来英语是那么的动听迷人,您上课时,英语讲得多汉语讲得少,您用一种陌生的语言,用您的青春活力吸引着我们。

还记得,您在课外给我们讲东南亚风土人情,讲马来西亚、沙捞越这些地名……

三年的英语启蒙,是一个全新的开始,是一种习惯的养成,还是一种思维方式的训练。感谢黄老师认真负责的教学,让我们在初中阶段打下了良好的英语基础,今天,我们这些同学大多退休了,但大家都饮水思源,发自内心感谢黄老师在初中阶段给我们以英语的启蒙教育。我们在此表达自己深深的怀念之情,向老师说一句:老师走好,老师安息了。

在这里,我还要代表高 17 班同学给黄老师敬献一幅挽联:"孔雀东南飞,爱真爱切播爱衡阳;红尘左右旋,莲纯莲净坐莲天竺。"

我们是黄老师担任高中英语教学的第一届学生,除了扎实的知识之外,您的正直与善良让我们印象深刻。您从来没有大声批评过自己的学生,您总是耐心给我们讲解题目。同学们好像没有把您当长辈而是当大姐姐看,有什么事情都愿意和你说。

您来自东南亚国家，来自一个富裕家庭，生活习惯和国内有些不同，但我们看得出来，你教我们班时开始注意衣着简朴，力求“大众化”。还记得您和同学们去郊区修长湖大堤，您竟然也费力地挑起泥土，并努力吃下粗糙的干馒头，那完全是“知识分子劳动化”的样子啊，今天回忆起来，不禁让我们心痛不已。

“文革”中，黄老师，您也曾担惊受怕，虽是有惊无险，但那毕竟是一段难熬的日子。在那样的大环境中，您不能约束学生的行动，但您管好了自己的两个儿子——让自己的儿子做安分守己的好人，可能是您当时最大的愿望吧。

黄老师，您是一个好心人，还记得吗？1968 年底，我们全班同学就要作为“知识青年”下放到农村了，那段时间，您竟牺牲自己休息的时间陪同学逛街。我们正是“少年不识愁滋味”，而您看得比我们远，但有些话您是不能讲的，所以，您只是陪我们无目的地逛街。关心、同情，一切尽在无言之中啊。

还有一个小小秘密，也足以说明您的善良与细心，你还曾悄悄提倡男生和女生结伴下放去农村，那是您在为自己的学生考虑今后的生活及婚姻问题啊。

世事无常，然而又有常，好人有好心，好心有好报。您后来脱离了这个曾让您向往、也让您害怕的环境，您脱离了教育行业，开始打拼自己的事业，您后来事业有成，再后来，您的孩子也事业有成。天道酬勤，天道也助善。

敦颐之说颂千古，居易其歌传众生。斯人已逝，此情难诉，敬爱的黄老师，安息吧。

（2016 年 6 月 4 日）

西子湖畔找感觉

最近，我们去了一趟杭州。返回的路上，大家谈起对这座城市的印象。有的说："杭州的磁卡电话亭多；偶尔有几个收费电话点，收费也比我们那儿的低"，有的说："杭州的自动投币公共汽车多，秩序好"，有的说："杭州的女孩子也喜欢涂脂抹粉，但很少有纹眉纹眼圈的"……于是，又有人得出结论："这才像个成熟的城市的样子"。

我也从自己的角度谈了对这个城市的印象。

我说："看杭州，就应去看西湖；看西湖，就应看看荷花。西湖平平静静，荷花清清幽幽。你再坐在湖滨的长椅上，周围的山峦像屏风，拥着湖水，湖水又像镜子，映着山峦。不要门票，随便进来，我们在这里有一种不慌不忙的闲适的感觉"。

为了印证自己的感觉，我又叙说了下面两个让我印象极深的场景。

湖滨公园，一个既濒临西湖又毗邻闹市的小小公园，有两拨子人在唱越剧，唱着唱着，两拨子人先是互通姓名，接着就凑到一起来了。两把胡琴一齐拉着，四五张嘴或齐唱或轮唱。旁边还有一个白头发的老妪正对着歌本唱，这是一本越剧集子。原来他们咿咿呀呀唱的是《黛玉葬花》和《断桥》。

另一边，一个乡下人模样的，也拿了一把二胡在自拉自唱，拉得并不好，唱得也很一般，但却很投入。

在一株张开如伞盖的梧桐树下，聚集着四拨人，原来他们在打扑克。玩的人加起来十六个，而看的人有二十几个。

不要以为这些人在赌什么钱物，其实，他们是打完一轮又重新开始，并不计较输赢的。

那天，我就是这样静静地徜徉在西子湖畔，什么都看，什么都想——其实又什么都不想。这种轻轻松松的心境，有赖于自己的恬淡的情致，然而更有赖于周围娴静的景致。

（原载 1996 年 9 月 1 日《衡阳日报》）

北海的幽默

去年夏天，我们去了一趟北海市，领略了海滨城市的美丽，也领略了海滨城市的幽默。

银滩公园，一个美丽的海滨公园，里面游人如织，尤其是那银白的海滩上，更是人声鼎沸。这个公园一个最大特点是：很干净。公园并不见有乱扔垃圾和包装袋而被管理人员逮住罚款的场面，倒是显眼的广告语："留下您的记忆，带走您的东西"。初看，不以为然，仔细一琢磨，再看看整个公园干干净净的，我们不得不佩服这些广告语的幽默与魅力。

那天，我们在海滩洗了一个痛快的海水浴，换上了干净衣服，此时夜色降临，我们又去欣赏音乐喷泉。只见喷泉一会儿喷出一朵朵的水花，一会儿喷出一道道水柱，一会儿又汇成一屏水幕；灯光变幻，把水染得五颜六色，空中还有悦耳的钢琴名曲在飘荡。最精彩的是，用激光打出的图案和文字映在水幕上，犹如看彩色宽银幕电影。

游人走来走去，从不同角度欣赏这美景，许多人还走进了喷泉区——犹如走进仙境，一些人高兴地叫喊起来。可是正当人们得意时，那些喷泉区的小道小径通统被水弹封锁了，喷泉突然改变了喷射角度，水弹从上、从下、从四面八方射向闯禁区的人们，大家左冲右突，还是过了一个泼水节。这时，我们才想起喷泉区入口的一块小木牌："穿泳装者可以进入"——它字字有分量呀。

被淋成落汤鸡的我们，个个都很高兴，我们笑自己的粗心，笑音乐家喷泉的黑色幽默。

离开北海的那天，我们伫立在叫"黄金海岸"的沙滩边，默默地看海浪层层叠叠地涌上海滩。同伴中的老冯眼尖，在一个湾子里"捉住"了一条鲎鱼，其实那是一条内腔尽空的死鱼，被海浪推拥着似乎像活的一样。明白了是大海跟自己在开玩笑之后，这位同伴仍不肯扔掉这个稀罕物，回到宾馆，进行一番处理后，他硬是把这条鲎鱼的甲壳带了回来。路上，我们笑他准备回湖南开海味馆。

夏天又到了，打电话问老冯："想不想北海？"回答是："想"。问他："海味馆开起来了没有？"电话那头忍不住笑了起来。

今年夏天，我们又相约去北海，因为北海是个有个性的城市。

（原载1996年8月13日湖北宜昌《三峡晚报》）

呵，三峡

今年夏天，我特意乘船游了趟长江，看了回三峡。

我在重庆的朝天门码头上了江渝号客轮。上午九点，轮船鸣着汽笛，缓缓驶出嘉陵江，拐进了长江水道。

船在长江上航行，江风、江浪及两岸的高山给人一种飞速行进的感觉。不知不觉，已是下午 5 点，船驶进了丰都县。丰都特殊的鬼文化，为长江添上了一抹朦胧色调。距长江码头不远，有一个由细长底座托着的多面鬼脸雕塑，这是丰都的城徽。

码头上有各式各样木雕鬼脸的工艺品出售，这些狰狞的鬼脸极有特点，颇有艺术鉴赏价值，丰都县城原本建在江北，现已在南岸修建了新县城，三峡工程完成之后，长江水位提高，老县城将淹没于江水之中。

第二天，天未亮，我们的船驶过了瞿塘峡。

早晨 8 点，船驶入巫峡，巫峡 72 峰，峰峰有名字，船上一个姓罗的水手热情为我们一一介绍，印象最深的，还是那座神女峰。

沿江两岸的川、鄂山民多用背篓搞运输，高兴起来，打个“呵嗬”，互相戏谑对方为“湖北佬”、“四川佬”。这是在碚石和巴东交界处所见所闻。

巴东县充分利用三峡移民费用，将县城重建在山腰上。相比山脚下的旧县城，新县城阔气多了，加上新修的公路和高架桥，巴东县将一副新面孔呈现在长江之滨。那位罗姓水手讲得好：“当官的不谋私利，事情就好办得很”。县城对岸的人民也仿效着，在江对岸的高坡上修建了新的家园，民居周围还种了水果，这一切，是巴东告别贫穷的信号与契机。

那位热情的水手也向我们夸耀他的家乡：“巴东的水果不算最好，我们奉节邹家坪的澄橙畅销国外，新加坡还在我们那里投资哩”。

船行到兵书宝剑峡，只见悬崖峭壁有松动痕迹，国家现正拨专款加固这一带的河岸。动用政府力量来为长江护坡，为来往船只护航，这在长江的历史上可能是第一次。

西陵峡中，最起眼的是三峡工程，工程在宜昌上游约40公里外的三斗坪紧张地进行着。在不远的一个叫坝河口的地方，一座颇具现代气息的斜拉桥紧紧连着长江两岸。江北岸修建了上下两条公路，下面的为一般公路，上面的为高速公路。它们掩映在绿树之中，出没于山山岭岭之中。

在长江上航行了近千公里，最难忘的还是三峡那一段。它留下的印象，既有传统的，也有现代的；既有朦胧、深厚的，也有明快、开朗的。我想，长江三峡就是一部历史，需用心去读。

呵，三峡。

（原载1997年11月17日《衡阳晚报》）

小草三则

（一）含羞的美丽

我偶然发现了一株含羞草的羸弱阴柔之美——正因为人们的忽视，才成就了我的这个伟大的发现！

我是在一个爱花人的墙角发现了它的美——显然它被一丛怒放的三角梅给挤压在一边了。

主人把它栽在一个白色的小汤缽里，汤缽就放在三角梅和茶花的空档之处。可就在这个小小的地盘中，它居然挺出了绿意浓浓的身子。看吧，小小的缽中竟然挺立着相依为命的五支含羞草，它们的茎干只有一根火柴棒那么精细，却都努力地挺直了身子。最高的一株已有一尺高了，用“亭亭玉立”来形容它应该是恰如其分的了。亭亭的顶端还长了一二朵骄傲的花。这花是淡紫色的，大小如一粒花生或一颗黄豆；形状如一团淡紫色的小绒球，又像一团淡紫色的雾——这里似乎有一种让人捉摸不透的朦胧之美。

绒绒的、细细的茎干还长了一些尖刺，这是保护自己的羸弱而无奈的方法。茎干又向四方伸长了许多的长圆形的绿叶，这就构成了一幅完整的美丽小景。

这株含羞的叶子很特殊，它们每四片小指般大小的叶子共生在一根细线般的小分枝上。每一片叶子又都是以叶脉为中线，由许多成对的小叶子组成。一遇到外界的风吹草动，它们便像受到惊吓的孩子似的，把一对对的小叶子合拢来，紧紧抱着叶脉；接着，这四片大叶的分枝也倒垂下来。——它的观赏价值可能正是这种含羞之美，这是一种让人心疼的美丽。不过，只要外面风平浪静，这些叶子，这些分枝，就又马上恢复了它们挺拔的原样来了。

我以前也见过一些匍匐在地的含羞草，却没见过眼前这样挺立的；我以前也见过收缩叶子的含羞草，却没见过眼前这样的很快恢复常态的。看着眼前的含羞草，我觉得这是一种羸弱而不猥琐，含羞而不卑贱的草中精英。这样的含羞，其实是一种在强权之下的无奈收敛，因为柔弱的生命是经不起强权的碰撞，它只有，也只能退让。但是，只要环境宽松一点点，它就要展示自己，舒展自己，因为柔弱的生命中也有对生存的渴望。

啊，这是一种有底蕴的含羞，这是小草的巧妙含蓄。

（2007 年夏日贵阳花溪之畔速写）

（二）美丽的含羞

（这株含羞草已让我感动得写了一篇文章，然而，却意犹未尽，又作词以歌之，歌曰：）

生在路边，
长在墙角，
如果来者不善，
它就含羞退缩。
与世无争最好，
于人无求最妙，
它的美丽没人知道。

绿叶也婆娑，
紫花似缥缈，
牡丹嫌它俗，
兰草讥它俏。
孤芳自赏真好，
顾影自怜真妙，
它的美丽没人知道。

大地它依偎，
野草它簇拥，
哪怕滴水之恩，

它也涌泉相报。
卑微的温暖真好，
真诚的友谊才妙，
它的美丽自己知道！

（三）小草赋

在黔东南旅游，惊奇于一种长在石头上的小草，拔出一株来，它的黑色的茎竟然像钢丝一般的坚硬、有弹性。我这才明白：它为何能在石头上生长了。有感于此，摄影以记之，作言以述之。

没有树的高度
但站得比树高。
没有花的显赫，
但活得比花久。
没有沃土的泽被荫庇，
全凭钢茎扎入崖壁岩角。
这是一支不被青睐的小草，
却也非同凡响地优秀。

从不寂寞，
因为没有本钱寂寞。
从不烦恼，
因为没有工夫烦恼。
卑微者构筑青绿的风景一道道，
点缀着蛮荒的喀斯特地貌。
这才叫生命，这也是生活，
啊，让人遐思不尽的小草！

（2007 年 8 月 15 日）

夜郎国里唱“夜歌”

云贵高原走了一遭，夜郎国里过了几宿夜生活。

贵州饭店，是一个四星级的酒店，好客的贺先生邀我们吃完了饭，又请大家到卡拉OK包厢里唱歌。贺先生不会唱歌，但他的妻子了不起，歌喉婉转，唱得跟歌星差不多——是不是卡拉OK具有一种修饰功能？特别是《莫斯科郊外的晚上》唱得很抒情，她的声音不张扬，带点内敛，音质似乎有点带伤感的磁性。我们由这首老歌谈到我们留恋的、流逝的岁月，我才知道她也曾是一个上山下乡的知青，由于喜欢外语，下乡期间也没丢掉学习，后来在贵州大学的外语系毕业，现在是某外事单位的负责对外联系的官员。

肖先生不甘示弱，拿起话筒，也唱了起来，他的声音宏亮得有点像是小钢炮。一曲《北国之春》博得满堂喝彩。肖先生，也是我才结识不久的一位新朋友，他的歌声使我觉得：其实唱歌也能显示人的秉性特质。像肖先生，青少年时代喜好乐器，具有一定的音乐基础，现在又是一个大型企业的负责人，唱起歌来也能感觉到他的极度自信和凌人气势。

我平时本来就很少“OK”，加上有了这些大师级的人物的充分表演，真的有些自惭形秽，只能躲在角落喝茶、聊天了。

时间过了零点了，我自以为躲过了一劫，没料到朋友们一定要我也来“OK”一下，看看在场的，包括我在内也还有三人未开金口，为了不扫兴，也为了给自己壮胆，我提议三人一起唱，说来也有意思，我们这三人都是当过兵的，于是我提议：唱军营歌曲，我们先唱了一首《我是一个兵》，这首歌唱得雄赳赳、气昂昂，唱得大家齐声叫好，三个人，似乎找到了当年的当兵的感觉，一下子信心来了，兴趣也来了，我们接着唱了好些军营歌曲。

那个晚上，一帮青春流逝的老青年欢聚一堂，像孩子一样欢笑，像孩子一样天真烂漫。所有人都亮了几嗓子，都找到了当年的感觉。

这是八月十八晚的事情，二十四日晚上，好客的东道主们又邀大家结伴到

“新天地”唱卡拉 OK。这次我们还带上了自己的孩子们来参加，那天的“夜歌”唱得更精彩，孩子们唱了许多流行歌曲、英文歌曲。

贵阳的白领们，他们的夜生活还是十分多彩的。

（2007 年 9 月 2 日）

夜郎国里抽陀人

花溪，在贵阳城南面，距贵阳市大约15公里。一条溪涧，养育着一群溪畔人家，他们在溪畔摆一个个的烘烤点，卖香喷喷的烤玉米，卖软滑滑的玉米粑粑，还卖一种叫“丝娃娃”的特色小吃。夏天，哗啦作响的溪水中常有戏水的，人最多的地方是一个叫“平桥”的地方，游泳的人泡在水里，就像开锅的水饺在水中翻腾，热闹极了。

最安静的时候是早晨，最安静的地方是花溪公园。晨练的人们各做各的事，有打太极拳的，有跳扇子舞的，有安静坐在树下垂钓的。最稀奇的是，这里有一群抽陀螺的老人们。我们小时候也玩过陀螺，只是不能和这里的陀螺比。这里的陀螺，比较大，一般直径都有10厘米甚至更大。

我在花溪公园跟着一群素不相识的晨练者打了几套太极拳之后，被一阵低沉的“呜呜”声吸引了。循声走去，我看见一个头发花白的老人在抽陀螺。这个陀螺全身银白，老人抽得越快，声响越大——当然，在静谧的公园中，它的声音还是微不足道的。老人看出了我的好奇，主动打招呼，并让我来抽陀螺。这一抽，我才知道，要抽动这样一个发响声的大陀螺，是要费很大劲的。有时我的鞭子还抽不到陀螺上，陀螺的转速眼看就慢了，声音也没有了，这时老人拿起他手中的鞭子，狠抽两下，陀螺就又“呜呜”地欢叫起来了。老人还给我表演了双手抽陀螺的技术：右手正抽，左手反抽，陀螺越抽越快，越叫越欢。

老人一边抽陀螺，一边和我聊起天来，他说抽陀螺可以练眼力、臂力和腕力，全身都得到了锻炼。他今年73岁了，抽陀螺治好了他的肩周炎。望着这个精神矍铄的老人，我相信他说的是真的。他是东北人，四十年前支援三线来到贵州，就再没有离开这地方了。

那个早上，我和这个老人一见如故，他教我抽陀螺，我向他打听贵州的风土人情。末了，我拿起他的陀螺，用手掂量，估计这只陀螺有三斤左右。仔细观看，这只陀螺内体是质地坚硬的高密塑料，外面套了一个不锈钢的套，塑质和钢质材料紧密结合为一个整体，直径约9厘米，高度近18厘米，上半部是圆柱形，下半部是锥形，锥形的尖子上是一个耐磨的合金钢头。最特别的是：圆柱体上开了一条长约8厘米、宽约1.5厘米的槽，就成了陀螺发声的音箱了。

老人看我对这个陀螺感兴趣，就说："我这陀螺不算大，还有大的。有的陀螺有十来斤重，要四个男人才能让它转起来"，"上次中央电视台的抽陀螺比赛，贵阳人得了第一名。你可以在贵阳市的大十字广场上找得到他，可以找他买陀螺"。

后来，我真的到大十字广场去了，找到了那个姓王的贵阳第一抽陀人，经他介绍，我买了一个带响的陀螺，还买了一根坚韧无比的"檬子刺"的鞭杆。

（2007年9月3日）

旅美五记

一、追太阳

乘飞机去美国旅游，首先切实感受到了“时差”这个抽象概念变得十分具体了。在万米高空的天上，飞机以千多公里的时速在太平洋上空掠过，坐在里面的游客真的有一种很特别的体验。

2015 年 5 月 23 日中午 1 点多，我乘坐美航 MU587 在浦东机场起飞，经过了 15 个小时，到达纽约肯尼迪机场时，手表上显示为 4 点钟，这个“4 点钟”本应是中国时间的 24 日凌晨的 4 点，可是事实上是美国时间的 23 日下午的 4 点。入乡随俗，我把手表上的日历拨回一天，一边拨，一边想：从“理论”上讲，我好像是只用了 3 个小时就到了美国——其实，把那因校正时差而“失去”的 12 个小时算进来，这次从上海到纽约应该是 15 个小时。

是的，这一天的确让我大开眼界，飞机飞行的前 7 个小时，天色本应渐渐变黑，可实际上，天色基本上是明亮的，天暗下来的时间好像只一会儿。晚上 8 点时，太平洋的天空已是微熹初露，晚上 9 点整时，已是朝霞满天。这意味着：我只用了 7 个多小时，就度过了时间概念上的一个下午和一个晚上，不由得想起了“夸父逐日”的神话故事来了。

飞行的后 8 个小时，我们看到的是窗外时光的倏然“成长”，飞机到达纽约时已是午后 4 点时间了。

从纽约返回时，坐的是美航 MU588。飞机起飞时是下午 4 点半，飞机进入北极圈，再往俄罗斯和中国的东北飞，全程 14 个小时，全是白天不见夜晚。有段时间，空姐让乘客把机窗的遮阳板拉下来，飞机内亮起昏黄的夜灯，人为地给我们制造了一个宁静的夜晚的感觉。我常常利用上厕所的时间，走到飞机尾部的机窗边，在不影响别人的情况下，轻轻拉开遮阳板，欣赏窗外的如山峦、如浪涛、如花朵的云彩……窗外的景色让我看得入迷。14 个多小时，飞机都沐浴在下午的阳光之中，晚上在哪里？晚上不见了。

到达浦东机场时，如按美国时间说，应是第二天的早上6点半，可事实上是中国当天的下午6点半。我在飞机上整整“追”上了12个小时辰光。

坐出租车回家的路上，只见满城的灯光璀璨。不禁感叹：今天飞机上多出了半天的时间。

二、看人情

美国社会乐于助人的味道较浓。我们一行三人住在纽约市中心的“欢朋酒家”，那里的服务员主动告诉我们酒店“WIFI”的使用密码，还为我们详细指点观光线路。

在纽约坐地铁，想去中央公园附近的一个博物馆，由于纽约地铁站内的线路十分复杂，为此请问车上的一个白人，他提出了一个中途换乘方案，这时旁边一个白人马上提出更好的方案，并给予详细指点。在博物馆，我们也遇上了一个好心的接待员，他给了我们一张纽约所有博物馆的详细地图，并在地图上标上他建议的游玩路线。

离开博物馆，我们想体会一下在纽约坐公交车的感觉，改坐M6路公交车回酒店，没想到车费是带小数点的，而且不收纸币，正尴尬之际，一个美国老人友善地拿出自己的公交卡让我们去刷。在这趟公交车上，也遇到美国人讨论哪里下车对我们回住地更方便的情景。

这之前，在纽约坐地铁还有一个故事，由于不知道目的地的票价，加上售票机上显示的路线太复杂，让我们不知如何操作，这时，一个白人主动来帮忙，打听我们要去的地方后，他就来操作，结果，也不成功，他拉我们换了一台售票机，还是如此，他就改变方法，帮我们各买了一张可反复用的充值卡，这次成功了，但是，每张卡各付10美元，我们根本用不完，而这卡是不能退的，所以，只好把它们当作纪念品带回国来了。

我们要从纽约去华盛顿，酒店替我们联系好了去机场的出租车，那天去机场的路上，出租车司机边开车边与我们聊天，从纽约聊到华盛顿，从她的祖籍国西班牙聊到我们中国，大家好像一见如故。

在华盛顿，我们住在一家叫“万怡”的酒店里，住了两晚，本来应该交两天住宿费的，但酒店只收了我们一天的钱，他们的理由是：你们凌晨3点离店，一天只多几个小时，不须计费。

人与人互相帮助是一回事，但人与人之间的关系好像没有我们国内那么“亲密”，他们对别人的帮助似乎不考虑什么回报。

我的女儿、女婿十多年前留学去美国，后来又在那参加了工作。儿子后来在国内参加了工作，上海房价贵，儿子买房子，想向姐姐借一笔钱，这笔钱对女儿来说并不困难，但女儿一口回绝，说：“要靠自己”，事后还给我打电话，告诉她的想法，言外之意就是：爸爸你也不要借钱给弟弟。

当时私下里想：女儿也未免太不近情理了，但事后一想：难怪美国人独立生存能力强，难怪美国人没有中国那么多的请托与开后门现象。

三、看规矩

美国是一个讲规矩的国度，这就形成了美国特殊的人情世故。

在美国期间，有 10 天是在女儿家过的，女儿又怀孕了，挺着肚子，天天开车带我们玩，儿子说：“姐姐，你休息一下吧，让我来开车吧”，女儿不同意，她说：“美国的保险不同中国，是保人不保车的，你别开，这里的规矩太多了”。

美国的马路上除了红绿灯外，还有好些用英文标示的规矩，如“STOP”、“ONEWAY”……女儿示范给儿子看，遇到“STOP”时，让发动机处于怠速，欲停不停，大概在 5 秒之后才加速前进。而遇到“ONEWAY”，不管道路多宽，那都是单向行驶的。行人过马路也有讲究，好些斑马线的红绿灯下还安装了行人过街按钮，行人要过马路先按一下按钮，等对面的指示灯出现白色的手掌时，就可以过马路了。

在商店买东西，价码都带零头，找零的硬币上没有标数字，但美国人都知道是多少钱，对于外国人，那是有点困难的。商店设有捐赠箱，这些零碎硬币可以投入那里。我私下里想，这个捐赠箱不如就叫“助困箱”——它对于像我这样手持零钱不知如何处理的人难道不就是助困解难吗？

商店购物是要交税的，例如，有一次，我买了一件衣服，标价是 158 美元，但要另外交付 11.86 美元的税。住旅馆也是如此，如在“欢朋酒店”住宿费是 219 美元，而实际要交 279 美元。

儿子在华盛顿租汽车，买了一箱油，还车时，汽油没用完，租车公司退还了一半的汽油钱，这种做法呈现的就是“规矩”二字。

在纽约我们预约出租汽车在翌日早上 6 点开车到机场，出租汽车司机提前 5 分钟到达酒店门口，把车停在酒店门口，并不电话联系我们，静静等候我们。

美国的保险业好像一点不“要赖”，十多年前，女婿刚参加工作，用 2.2 万美元买了一辆日产车，他们当时住在纽约的罗斯福岛上，因车库进水把车淹了，保险公司赔了 2.1 万美元（汽车开了 2 年），保险公司还在新车没买来时，出借一辆车让他开。

四、看精神

美国人的精神世界的元素很多，很复杂，有些是不值得学习的，但他们的爱国主义却是很让人羡慕的。人民爱不爱自己的国家，是一个国家凝聚力有多大的标尺，是一个政府向心力有多强的信号。

美国所有政府办公楼都挂了国旗，平常百姓家里也多有挂国旗的。特别值得一提的是华盛顿纪念碑，高高的尖塔周围，立着几十根旗杆，几十面国旗绕纪念碑一圈迎风飘着，恰到好处地营造了一种庄严肃穆的气氛。

美国的历史不长，但这里到处都有对他们的历史的纪念与回顾，首都华盛顿遍布了大大小小、名目繁多的博物馆，这些博物馆里不乏美国人的身影，我们去过的几个博物馆里，都有学校组织学生来参观，来参观的学生好像都没有我们国内常常见到的打打闹闹、嘻嘻哈哈的现象。

在北卡罗莱纳州首府罗利市，竖着一个纪念碑，是纪念美国历史上的南北战争的，那是失败方竖立的纪念碑，在华盛顿，也有一个纪念南北战争的纪念碑，那是胜利一方的纪念碑。但不管是失败的纪念还是胜利的纪念，那都是美国的历史，而历史是不用回避的；在不回避中，又体现了一种珍惜历史的爱国情怀。

近来，美国多了一个纪念之地，那就是纽约的世界贸易中心遗址。美国人很重视、也很会进行爱国主义教育，在“911”事件倒坍的双子塔遗址的基座上，他们不建高楼，建了两个大水池，水池很大、很深，内壁的四面流淌着四挂瀑布，水流不断，注入中心的深潭。这水流似泪水，也似潮流，这水潭似泪眼，也似深沉的海子。水池的四面围墙足有半人多高，光滑的大理石外立面上刻有遇难者的名字。你说这地方能不让人肃然起敬吗？我去参观的那天，在北面围墙的平台上面，插了一朵小小的白花，纯白的花与黝黑的大理石让我不由自主地感动：这真是一个爱国情怀很浓的民族呀。

站在遗址旁边，我想：下次有机会，我该到南京去看看自己国家的纪念馆了。而且，我又想：我们好多有故事的地方似乎都在淡忘我们应有的情怀。

五、看“门槛”

我说的“门槛”是指“规矩”的质与量。规矩繁杂必定是质低而量多，人们受的管束多，当然是“门槛”高，反之，人们受的管束少，那就是“门槛”低。美国人的门槛是比较低的。

例如，开车在美国的马路上，无论是开还是停，都只见“规矩”，不见手持“规矩”的执法人；又例如，即使是纽约和华盛顿，街头艺人和街头行乞者不是“煞风景”，似乎还是一道“风景”；再例如，美国人开个公司也是很容易的，没有什么走程序的困扰；还例如，美国的大学校园没有围墙，也没有门卫，人人都可以进去看看，不会受到盘查和被要求出示证件。我们就曾先后去了华盛顿的乔治大学和北卡罗莱纳的杜克大学、北卡州立大学，还在杜克大学吃了一顿中餐。

我们还曾去美国总统居住的白宫看了一看，虽然有警卫远远地站着，却并不妨碍我们近距离地隔着栅栏拍照和留影。

美国普通老百姓的“文件”有时还很管用。我们这次去美国之前，女儿给我们发了一个邀请信，这种私人便函，在美国领事馆办签证是被认可的。

这次女儿还跟我们讲了她家不久前发生的一件事：3 岁的外孙突然发高烧，女儿两口子急忙把孩子送到医院，经过抢救，情况有所好转，医生建议打一种抗生素，女儿两口子不同意，与医生发生争执，他们于是就带孩子回家了。没想到，医院竟然报警，说是他们虐待儿童，这样，有关部门马上登门调查起来了。这事在美国是很大的事，女儿他们专门咨询律师之后，想了一个办法，给一个大学同学（白人）写了一封信，这位同学马上给调查部门写了一封信，证明他的同学的过往经历，担保他们不会虐待孩子。后来，这封信起了作用，一场即将涉及法律与官司的事情平息了。

“门槛”低，人的“自由度”就高了。

前两年，我们国内出现过“仰望星空”这个蛮有诗意的词，但是我觉得：要仰望星空，就要让人把脚下解放出来，“门槛”高了，人们只能低头看脚下，哪有精气神来仰望星空呢？“门槛”一高，人分三六九等，圈子文化就出现了，人们首先考虑的是对谁说话和为谁说话的问题。现在，国内开始出现一个新词“负面清单”，这其实就是降低“门槛”的一个信号。

东游过后说美国，心中想法很复杂，一个立国才两百多年的国家，它为何能在世界颐指气使、发号施令？的确，它给我们压力，却也启发我们思考。

（2015 年 6 月 22 日）

世博一日游

5 月 3 日，在世博园里足足待了 15 个小时，进了 13 个国家的展览馆。

在世博园最要时间的就是排队，那天清晨，我起了个大早，特意绕道，先坐地铁 4 号线，再转地铁 7 号线，到世博园最偏僻的 8 号门进去。8 点钟到达后滩，没想到还有比我早到的，等着进园的人在 8 号门口排出了一个七弯八拐的长蛇阵来了。

这还是园外的预排，9 点钟，队伍进入园内的候检大厅，整个大厅布满了半人高的铁栏杆，铁栏杆圈出十几个弯曲的通道，在它们的阻隔和引导之下，排队进场的队伍被分割成不同的曲折队形，人和人之间只能前后跟着，左右都由铁栏杆隔开。这样，候检大厅里虽然人多但并不拥挤。我和一个三口之家在排队时隔着护栏聊得好开心，没想到队伍动了一下，就不见他们了，原来我们站的并不是同一个队伍，队伍移动后就错开了。安检过程很快，大概十几分钟，我们就顺利进入了世博园了。园内园外两次排队，让人感觉到世博会组织工作的严密、安全。出了安检口，大家都奔跑起来，那样子既像竞技运动，又像防空演习。

排队，在世博园里也成了一个游园项目。凡是热门的展馆都是要排队的，长长的队伍不见首尾，擦肩而过的队伍都是逆行的，隔开的队伍才是同向而行的。大家都在缓缓移动，大家都很平静。

英国馆是一个面积不太大、但名气很大的热门馆。排队时间最长，大约花了 2 个多小时，真正进馆参观只用了几分钟。英国馆的 3 个组成部分，实在是很“迷你”：“城市绿化走廊”不过是在过道上布置安放了一些想象的未来植物；“种子圣殿”是一间不大的房间，灯光还有点昏暗；“城市公园”的面积也只是一块不大的空地，地上铺着仿真的人造草皮。不过坐在这个仿真的草地上，英国馆的外观还是很好看的。外墙是由 6 万根亚克力管排列组成的，像一朵巨大的蒲公英种子，给人一种毛绒绒的感觉。这些亚克力管在风中摇曳着，似乎一个硕大的蒲公英在风中摇摆着。

这个蒲公英还是蛮有深意的。那些管子的底部在室内，几万个管子中分别放着 900 种共 26 万颗种子，全部是濒临灭绝、稀缺品种。这个创意是提醒世界：保护自然，保护生物多样性。

在世博园内，我们都得排队，大家绕着圈子慢慢地挪向展览馆，走向展览馆横跨只几米，排队常常要走几百米。

在世博园看世界，除了看实物，更多的是看视频。

在加拿大馆可以坐在地上看北美风光，看北美世俗生活。瑞士馆做的三维电影很逼真，他们一次只放进 20 几个游人进去参观，游人站在一个类似家居的阳台上，朝窗外望去，外面的屏幕墙投放的是一屏白雪皑皑的雪山。雪山镜头一会拉远，一会拉近，人们又好像坐在飞机里了，一会上一会下，盘旋在雪山群峰之间。一会儿又好像是飞机悬停在雪峰旁边，屏幕中几个人在攀爬这座雪山，影视效果太逼真了，仿佛真的一样。

美国的三维电影也做得别致，游人先后进入三个放映馆，在第一场馆的视屏上，是美国民众用生硬的中文表示欢迎，在第二场馆的视屏上，希拉里国务卿和奥巴马总统也出镜了，表示欢迎游客们的到来。印象深刻的还是第三场馆讲述的那个小故事：一个美国小女孩带动邻居们，把小区的一个卫生死角改造成了小区的美丽花园，影片中出现下雨时，观众头上也下起雨来了，观众个个手忙脚乱地用衣服遮盖或用手抱着头，甚至还有人打起伞来的。这样的电影，不应该叫它“三维”而应该说是“四维”了吧。

意大利馆声光技术也有特色，一条长长的走廊上，一侧就是长长的荧屏，荧屏中有一群与游人同一方向行走的意大利名人，他们与游人并肩而行，游人可以触摸视屏，手接触到谁，谁就会转过身子面对你，或与你说话，或唱歌给你听。

这些先进的声光技术揭示影视的一个发展方向：今后看立体电影不必借助三维眼镜了。

世博园里也不全是虚拟世界，也可以加入到参访国的生活圈子里来，例如看他们的歌舞表演，品尝他们的食品，和他们一起游戏。

世博园里美女如云，法国女郎热情浪漫，主动和游人打招呼、合影，甚至还有一个法国女人摇着一柄纸扇，摆出名种姿势来，展示了这个民族的热情、自信与开放。

要去参观的地方太多，要看的东西也太多，巴西馆的活动足球场、美国馆的总统视屏、加拿大馆的纯自然的空调设施、英国馆的种子屋、卢森堡馆的锈而不蚀的铁金属工艺、意大利馆汽车与皮革工艺、法国馆的浪漫氛围、波兰馆的艺术气质、瑞士馆的雪峰和缆车、德国馆的在观众呐喊声中越摆越快的巨大声频金属球……都留下了深刻的印象。

世博园的夜晚也很热闹，快到闭园了，我才离开，从后滩坐轮渡过黄浦江，卢浦大桥上的灯光将这座弧形的桥打扮成一条悬在头顶的彩虹，彩虹又倒映在江面上，此时亮丽的江面如同我敞亮的心情。

世博园太大，整整一天基本上只在世博的 1 个区域活动，而且还只是蜻蜓点水、走马观花。世博园，我还会来的。

（2010 年 5 月 5 日）

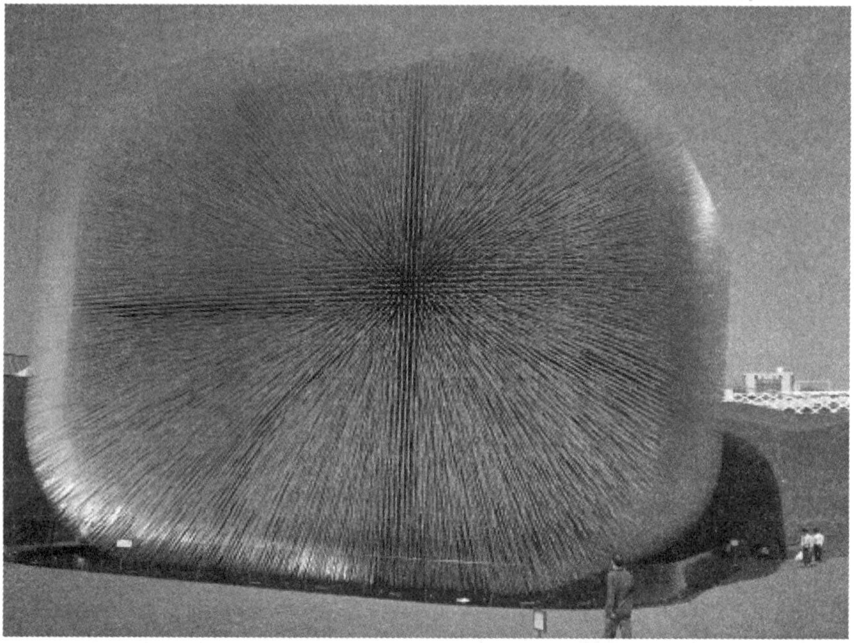

世博园里看电影

进出于世博园各个展馆中，的确能感受世界科技发展的成果，而最能体现这种科技进步的，莫过于这里展示的电影技术的发展与变革。

我们曾体会从黑白电影到彩色电影的进步，体会过从窄屏电影到宽屏电影的进步，后来，又在电影院里戴着专用眼镜看过立体电影。然而，要看电影技术的最新进步，还是到世博园里来吧。在这里，我们能感觉到电影技术发展的一种新趋势，即：更真实、更人性。

电影由窄屏幕向宽屏幕发展，是一种进步；但这次美国馆出现一种特殊的宽屏，它既是宽屏的却又是窄屏的，感觉它简直是对传统宽屏的一次革命，不错，美国馆的电影屏幕是够大的了，但它却是由多幅破碎的窄屏拼接的大屏幕，这些多幅屏幕可以各自投影画面，在叙说一个故事时既可以“花开几朵，各表一枝”，也可以合而投影一个画面，破碎的画面让人似乎是在遮挡中的窥视——这种不完整的观看更能引起观众的好奇心，而且也更符合现实生活中人们观察外界的情形。

这种打破常规的宽屏幕，并不是美国馆一家独有，例如：有的馆把传统的平面屏幕做成高高低低的立体屏幕，由于影像投放的屏幕的凹凸不平，屏幕中的影像也就随之有了立体感。

上面说的这些立体电影都不用戴专用眼镜就可以观看，这也许是将来电影发展的一个方向。台湾馆和国家电网馆的立体电影又是另一种形式。台湾馆的电影屏幕是一个球形的，国家电网馆的屏幕是一个立方体的，观众都要进入屏幕之中去，人在电影中，屏幕把人包围了起来，被“悬”在画面之中，这又是另一种仿真而立体的感觉。

不戴眼镜看 3D 电影，这在世博园里的许多馆都可以看到。瑞士馆让观众站在一个大观景台看瑞士的雪山奇景，观众在观景台面对着满墙的大屏幕，大屏幕上的投影忽而拉近、忽而摇远，再配以低沉的隆隆响声，让人感觉到似乎是坐在飞机上看瑞士的雪山、看攀登雪山的瑞士人。

三维的画面，再给观众来点触觉的、味觉的、嗅觉的体验，那就应该叫"四维"了。美国馆里有点 4D 的味道：电影里下雨时，观众也被雨给淋着了。然而，这种进步，比起中国石油馆来说，那又是小巫见大巫了。

石油馆的电影讲的是关于石油的故事：画面一会是史前的小行星撞地球、地动山摇、海底生物被掩埋、恐龙被掀飞……一会是勘探石油的路上遇上了毒蛇、鳄鱼……一会是石油绝迹后华丽的房子瞬间家徒四壁，豪华的汽车一下子成了废铁，体面的先生女士们突然间赤身裸体……总之，石油的形成很恐怖，石油的消逝更恐怖。观众在看电影时，一会感觉到海洋生物在自己头顶游来游去，一会感觉到鲨鱼或鳄鱼朝自己张开血盆大口，地震时椅子一仰，史前的爬行动物在脚下溜走时，小腿上被它用尾巴扫了一下，一切都是那么逼真，让人害怕。要说"四维"，石油馆的才是最精彩的了。

真实，这就是世博园揭示的世界电影发展的大趋势。真实，才能亲切起来，亲切又要求更人性化。

一些电影改变了传统的电影放映思维，他们把放电影和演节目结合在一起了，如日本馆讲的是挽救濒临绝境的生物朱鹮的故事，电影屏幕与舞台表演融为一体，美丽的摄影画面和真实的演员互为补偿，看了认人感叹

当然，还有一些国家馆内播放的不算电影，只能算是投影，但我们也可以把这些投影当做特殊的电影来看，这些投影中的人物可以因观众的参与而改变他们的动作、姿势。假如这些技术运用到电影里，那么今后是不是会出现一部电影因观众参与的不同而有多种故事结局呢？如果世界上的电影在这里汲取营养，那么电影这门艺术将可能因贴近普罗大众而变成一门深入社会大众的、富有创造性、娱乐性的艺术门类。

在世博园看电影，感觉电影技术的发展几个可能的趋势：更真实、更仿真，更贴近、更迎合普通人。是否如此，我们当拭目以待。

（2010 年 6 月 27 日）

排队，排队

最近学会了排队，是在世博园内学会的。

还没到7点就到了世博园，9点开园，入口已攒动着黑压压的人头。在志愿者和武警战士的指挥和协助下，大家都按先后顺序排起队来。排好队的人群情绪安定，大家都显得很放松、很闲适，有的用报纸垫着席地而坐，更多的人是坐在自己事先带来的折叠凳上，有的拿出世博地图在研究参观路线，有的看书，有的下棋，有的打扑克，有的聊天……

我算来得早的，排队排在前面，无意中听见身边的一家人讲话，竟然是家乡人，他乡遇老乡，一下子就感觉到了亲切，大家攀谈起来，好像是老朋友一样没有障碍，可惜后来队伍移动前行了一下，相邻的老乡一下子就不见了——我们排的不是一个队列，弯弯曲曲的栅栏各有各的行进路线。

出门在外的人，在环境不好时容易产生警戒心和焦躁情绪，尤其是在排队中，很容易产生这些心情和情绪。中国人为什么不喜欢排队，主要就是环境氛围太差，大家都争先恐后，结果大家都耽搁了。感谢世博园入口的志愿者和军人，他们帮我们建立了一种秩序，秩序让人心安定。我站起来用相机拍摄了人们排队等候的场面之后，又和身边的一位北京来的参观者聊了起来。她说她是搞建筑设计的，这次看世博，除了看展览之外，还想研究一下园区的建筑。

不知不觉就到了9点钟，开始放人进园了。看了一下手表，我在世博园入口处排队已排了2个多钟头，但觉得时间过得很快而不觉得累。这是我有生以来第一次排了这么长时间的队。

进了世博园还得要排队，我排队排得最久的是在英国馆，大约排了将近3个小时，以后在瑞士馆、韩国馆、中国石油馆也排队不下1个小时，中国馆有预约票，但进入馆内的大厅之后也还是排队的。几次想去看沙特馆，但一听说要排上八九个小时的队，就打退堂鼓了。

大家都排队，也就习惯成自然了，也不觉得排队有多难，大家在一起可以交流参观的经验，可以讲笑话，可以闲聊。在世博园不会出现传说的因为看足球、看演出、坐火车，甚至朝圣踩踏死伤的惨剧。试想几十万人挤在一个园区内，不排队的话是不是要出点事呢？

热门馆的栅栏还各有各的特色，英国馆的栅栏很窄，只能一个接一个地排队——可能英国人的性格就像这栅栏一样，一丝不苟的。而法国馆的栅栏就很宽，足可以让两个人并排排队——可能法国人就是喜欢自由，散漫一些。

想起排队的事来了，上个世纪 70 年代物资匮乏，有时买蔬菜都得排队，说是排队其实是介于有序和无序之间的拥挤与争抢。排队得让年青力壮的来排，碰到加塞的，有气力的就把他拎出来，没气力的就假装没看见，敢怒不敢言。排队拥挤之中，常有心怀不轨的小偷或小流氓兴风作浪、浑水摸鱼，所以吵架或打架斗殴的事也就时有发生。

细节影响大局，排队其实关系到社会风气和社会心态，它也最能展示一个人、一个城市、一个国家的内心世界或精神面貌。看这个人、这个城市、这个国家是否患有狂躁症，是否缺乏教养、是否尔虞我诈……

排队是一种道义，但在利益的蛊惑之下，道义有时是无能为力的。无道义容易出现无序，无序的生活是紧张不轻松的生活。如果老老实实排队买不到东西，上不了公交车，甚至考大学、考公务员、官场升迁，大家都想投机取巧，都担心老实会吃亏，在一种混沌不明的状态之下，整个社会就多了躁动与不安。

喜欢世博园内那种排队的风气，因为排队，让大家都在公平、公正的起点上慢慢前进，因为排队，让大家把绷紧的心弦都渐渐放松了。

这是我在世博园内排队想到的。

（2010 年 6 月 25 日）

东海瀛洲农家乐

长江入海口有一个崇明岛，那岛子是在唐代开始由几个小沙渚慢慢形成的，听说明代曾有人把崇明岛称作“东海瀛洲”。我也想沾点这“瀛洲”的仙气，春节期间跑到崇明岛去了，在岛上一农家小院内呆了两天，回来后感觉好极了。

正月初八的早上七点，在人民广场，找去宝杨码头的952路汽车的站点，一时找不到，就叫了个出租汽车来帮忙，还是出租车有办法，司机给我们找到了去宝杨码头的专线车，这个专线车一直往东北方向开，路上约50分钟到了码头。

站在宝杨码头，看江水茫茫，竟然看不到崇明岛的影子，才觉得这东海瀛洲去之不易。这里去崇明岛有好几条水上航线，我选了去南门港这条航线，为了抢时间，我选择坐快艇，本以为很快就能到，没想到快艇在江上也走了45分钟。到达崇明岛时，时间已经是10：20了。

我要去的是当年支援内地建设的顾师傅的家里，他是一个技术很好的模具工人，也可以说是我的师傅。老人家已经83岁了，已近二十年没见面了。

船到了南门港，叫了辆出租车，沿着堤岸上的公路疾驶，竟然开了二十来分钟。由于顾师傅长年在外工作，我向当地农民打听他的名字，都没人知道，好在有电话联系，我终于找到了他家。

顾师傅精神和身体还像当年那样好，而且红光满面，怎么看也只像一个不到七十岁的人。他今天把接待的事情交给了他的小儿子。他的小儿子也有五十来岁了，孙子又结婚生子了，今天这顿饭就是他的孙媳妇做的。孙媳妇是安徽人，有文化，长得也很漂亮，小俩口是在上海打工认识的。

崇明农村都是烧柴火和稻草的，厨房都有一个特殊的柴火灶，灶头立了一堵空心墙，里面其实就是通风排烟管道，这堵排烟墙把厨房分隔为两个部分，一边是放置柴火和添柴烧火工作区，一边是烹调作业区。这样一分隔，整个厨房就没有一点烟尘，干干净净的。这和我们内地农村厨房烟雾弥漫完全不同。

中餐很丰盛，当地口味的糖醋鱼甜而不腻，用现挖的荠菜做馅子的蛋卷带点清香，酥脆的油炸大虾入口即化，米饭是今年刚收割的新米，加上是柴火烧出的，特别香，喝的是当地的米酒和自酿的葡萄酒。

吃完饭，顾师傅就带我到长江边上散步，我们互相了解对方这些年的情况，只是这些年顾师傅离开内地，崇明口音越来越纯正了，让我们交谈起来有些困难，我必须认真听，有时还要再问一遍，才能懂他的话的意思。

顾师傅真的不容易，长年在内地工作，远离家乡，家里还要抚养子女。现在他的孩子们都生活得不错，三个孩子在上海工作，两个在本岛上，如今四世同堂，其乐融融。

由于是农村，这里没有公共汽车，我长江边走了一段就觉得很累了，本想走远一点也不行了，拍了些风景照片，就返回休息了。

回家的路上，顾师傅告诉我：崇明岛东西长有一百五十多华里，南北长有二十多华里。他这个村子里好些人都在上海市区工作，家里的房子多是空起来的。崇明的农民个个家里都有果树，因为交通不方便，一般都不卖水果的。一路看到了不少的蜜桔树和金桔树还挂着果子，有的已经开始枯干，有的掉在地上发烂。

这次来崇明岛既看到素面朝天的崇明岛；又满足了自己个人情感上的一种怀旧。

（2009 年 2 月 9 日）

印象崇明岛

崇明岛很大，面积有一千多平方公里，是我国第三大岛，仅次于台湾岛和海南岛。

有人总结了崇明岛的三大特色，一、蟹多，可惜我去的不是时候，凛冽的江风中，滩涂上没看见一只螃蟹；二、芦苇多，这是我亲眼得见的，经历了一个冬天的摧残，光秃秃的苇子仍在江风中摇曳，柔弱而挺拔；三、岛形变化多端，这可以从地理知识上加以理解，因为它本来就是万里长江日积月累的冲积而成的，变来变去那是肯定的，过去如此，将来也应如此。

这里的民风淳朴，我坐出租车的一路上，与出租车司机交谈，他告诉我说：这里的社会治安好，晚上开出租汽车也很安全。我在目的地下车时，约定这个司机：后天上午来接我返回南门港坐船，他很爽快地答应了，第二天晚上还打电话提醒我："明天早上可能有雾，有雾的话，轮船是不会开的，你能不能晚点走?"我说由他决定，结果，第二天早上江上没有雾，他很准时，在八点钟来接我，他家离我住的地方很远，要经过南门港，但他怕耽误我的时间，硬是放空来接我，也没有多收钱。

这里的人勤快，我在初八的那天，就看见有农民在地里施肥干活了。在南门港码头，看见街面有好些蹬三轮车的在接送上岛的旅游者，其中不乏年过半百的老人和中年妇女。

我对这里的几样吃的东西很有印象。

岛上的米酒，与上海城区的黄酒略有不同：酒的度数不高，是透明的，而上海市面上的黄酒都是带颜色的，有的黄，有的黑，而崇明米酒类似白酒却没有白酒劲大。酒是淡的，菜肴也偏淡，这就是崇明岛人的饮食特点。

在这里啃过主人埋藏在地下的甜芦粟，外形有点像青皮甘蔗，这种甜芦粟成熟在夏天，长在地里有二三米高，它的秸杆多汁水，当地人把它当甘蔗吃。当地人还喜欢把它用塑料薄膜包好，埋到泥土里，过春节时再挖出来吃。这次，主人就从地下挖出了一袋甜芦粟，削开坚硬的外皮，秸杆嚼烂后汁多渣少，它其实就是岛上的土甘蔗。

在这里还吃过一种叫“崇明糕”的当地小吃，这种糕是由糯米和籼米按一定比例加工出来的。蒸熟的崇明糕白白的、软软的、甜甜的，热气腾腾的崇明糕上面还点缀着零星的葡萄干，又好看又好吃。

在崇明岛呆了两天，就要离开这里了，登上了轮船，透过船舱玻璃，回望这个岛子，只见长长的堤坝上高高地立着许多细细的金属杆子，每根杆子上面都有三片飞速旋转的叶片，那就是风力发电机。江水漫浸的滩涂上布满了排列有序的水泥礅，那就是护岛、固岛的防溃带，它既可以把长江带来的流动泥沙淤积在石礅阵里，又不让长江把石礅阵里的泥沙带走。

这次去崇明岛，只是初步了解了岛上的一些情况，计划下次再换个角度去了解崇明岛，到东滩候鸟保护区和东平森林公园去。

（2009 年 2 月 11 日）

到苏州白相去

哈哈，说一句软软的吴语“国庆节阿拉到苏州里厢白相去”——不过，这话在我口里说出来就怎么也不地道了，还是直来直去说一句：“国庆节我们到苏州城里玩去”。

7 日清晨坐动车组，只 40 分钟就到了苏州，苏州真不愧为“上海的后花园”，走动起来还真是挺方便的。

才出车站，就被旅游的、住店的中介包围了，为了解除这种被动，我们应付说：“谢谢，我们有单位的车来接”，这个办法比较灵，所有围上来的人自然而然地给我们让出了一条路来了。走出了包围圈，我们在人少的地方打了一个出租车，只一个起步价就到了拙政园了。

先不急于参观园林，我们进了隔壁的苏州博物馆，这是一个中西结合的新型建筑，有棱有角的多面体外形、玻璃大门窗、采光极好的开放式结构，这建筑挺时尚的，博物馆院内布置有池塘、假山、亭台、流水、竹林，整个建筑群低于周围的传统建筑，这建筑有点对传统建筑进行“谦让”的味道。知道它是谁设计的吗？鼎鼎大名的华人建筑师贝聿铭。

馆内展品丰富，“吴地遗珍”、“吴塔国宝”、“吴中风雅”、“吴门书画”，史前的陶器、玉器，春秋战国时期的青铜器，历代书画珍品、苏绣服饰，楼上楼下 3600 平方米的展厅摆放的展品看得人眼花缭乱。参观累了，还可以到一个室内茶室休息。虽是室内，但整个房间是光亮透明的；也没有服务员，也不卖茶水小吃——这里没有商业气息，只有文化气息。

这么大规模的博物馆、这么多的文物珍品、这么多的安保和讲解人员，都是不收费的。

拙政园是我们此次游玩的重点，以前来这里参观过，这次来可以说是“温习”。拙政园门内门外站了好多待雇的导游，门外的是“自由职业”，门内的是拙政园的。我们没雇导游，而是“蹭”了别人的导游——跟定了一个只带 5 个游客的导游。

拙政园东西走向，园内由两条南北走向的游廊将它分隔成东、中、西三个部分，我们从东南的大门进园后，从东走到西，又绕向北，再从西走到东，一个多小时，把园内的亭台水榭逐一看了个遍。出来之后其实也就记住了兰雪堂、远香堂、绣绮亭、待霜亭、荷风四面亭、与谁同坐轩……此次温习功课，勉强及格。

游玩累了，下午在观前街的“得月楼”喝酒、吃饭，再到附近的“光裕书厅”听苏州评弹，苏州的评弹有说有唱，一男一女两个艺人正襟危坐在台上，男的手持三弦，女的怀抱琵琶，软软的苏州话好听但不好懂，听了四十几分钟，才听出个大概意思：巡抚大人出京到了襄阳地方，碰了个谋杀亲夫的案子，期间还有两段好听的唱词，台下的观众都是本地人，不时鼓掌叫好，可惜我们因为语言障碍没有完全听懂。

一边听书一边喝茶，座位上都放好了茶水和热水瓶，如果嫌茶水不浓还可以自己添加茶叶。别人以听书为主，我们以喝茶为主，坐着休息，同时也感受着别人的热闹。

听不懂评弹是个遗憾，我们不甘心，晚上又寻到一个叫“采芝斋”的茶楼去听弹词，弹词是评弹的一部分，只唱不说（——打个比方，好比是元杂剧中的曲和令）。也是一男一女两个艺人，也是喝茶。茶叶是新出的龙井茶，唱的似乎比下午的要差一些。每张茶桌上都有一本印有曲目、歌词和标价的本本，上面有好多曲目，如毛泽东的《答李淑一》、苏东坡的《水调歌头》及《白蛇传》、《牡丹亭》中的唱曲，我点了《苏州好地方》和《白蛇传》中的《赏中秋》。然后就是喝茶。喝茶的环境不错，茶客不多，厅里挂满了字画，有点“雅气”。这个晚上花钱享受着名茶、小曲和清静。

对苏州的感觉是：有点亲近，有点距离。

（2009 年 10 月 12 日）

走进新华社区

走近新华社区，完全是一种偶然，三年前孩子大学毕业进入了上海一家国有企业，单位不解决住房问题，只好租房子住。租房太贵，我建议他买房子。我们通过中介看了不少二手房。从浦东看到浦西，从虹口看到长宁，看过电梯房，看过老工房……最后相中的还是现在这处位于新华社区的房子，房子在内环线内，交通方便，离交通干线有一定的距离，闹中取静。

就这样，我们走进了新华社区，闲来无事，我喜欢绕着新华路、番禺路、法华镇路兜兜圈子，再走远一些，还可以到延安西路或华山路上走一走，路上可以拐进交通大学、东华大学去看看，也可以到社区的图书馆看看书报，到电影城看电影，还可以到一些品牌店里去逛逛，如杏花楼的点心、来伊份的零食、克莉丝汀和85度的面包，秋霞阁的包子也是不错的，要买的话还得排队。要是买服饰，这里也方便——这里有的衣服式样款式可以与淮海路的店家媲美，然而价格却相对要便宜得多。当然，散步的话最好还是新华路，这条马路两旁高大的法国梧桐如同遮阳伞，整个街道就是林荫大道，尤其在夏天，走在这样的街道上，打心里凉爽。新华路上有许多老式洋房，好些还是受保护的优秀历史建筑。

一些街道上还专设了阅报栏和电子信息窗，居民们要了解社会上的或社区里的最新信息是很方便的。

在这样的环境中生活，人们的心情上是轻松的，我曾在新华路上看见一个难忘的细节：一辆洒水车在超过一个骑自行车的老人时，停止作业，让老人先走，显得很人性化。在这样的地方很少看见吵架斗气的。

走进新华社区，慢慢地也就交上了一些社区的朋友，我的第一个朋友是老姚，我们是早晨在绿地打太极拳时认识的，他是部队离休干部，健谈，说起“我们的新华社区”，他常常滔滔不绝，我就是从他口中知道：新华社区开埠时间其实比上海早300年，这里原来是漕运的重要码头，这里的法华镇路，原先是一条河，河道淤塞后，才填河筑路的。这里的牡丹曾与洛阳牡丹一样有名，这里的种德桥、香花桥都是有典故的，很多名人都曾在这里居住过，如严复、马相伯、邵力子、孙科、于右任、荣漱仁、贺绿汀、贺子珍、周谷城、赵祖康、杜宣、李国豪，还有：儿童文学作家任大星和秦文君，电影、文学、书画三栖的艺术家夏振亚，写长篇小说《丹青引》的王小鹰，写作《上海一家人》的剧作家黄允，散文作家徐开垒，还有翻译家王志冲等等。

我的一些邻居后来也成了我的好朋友，一楼的老范见了面就和我打招呼，还热心地说："我家有自行车，你要外出，随时骑去好了"，三楼的张大姐常常告诉我们如何做上海口味的菜肴，四楼的邻居更让我感动，几次外面下雨，都是她上楼来按门铃，提醒我们收拾晾晒的衣服，我们的这位芳邻还特别喜欢自制糕点，她有时还把自制的糕点送来让我们分享。

当然，生活中也会有不如意的地方，曾经因为漏水，我和楼上的邻居多次交涉过，邻居不高兴，向楼组长诉苦，楼组长不和稀泥，婉转地向楼上邻居提出批评。其实，说真话、敢负责反而能防止矛盾激化，这正是上海的特色，也是我们这个社区的特色。

社区里还有一些能工巧匠，家里的一个录像机的遥控器坏了，买一个要 80 多元，我用 2 元钱就在社区的一个修理店弄好了。厨房的抽油烟机坏了，叫街头的维修人员看了一下，说要 200 多元，通过社区找来维修师傅，改了一下线路，只花 20 元钱。一个进口手表的表带有问题，到专业店，说暂时没有这一型号的零件，而社区一个小修理店的师傅从一只旧表上拆下零件就把问题解决了。一个不锈钢锅的双耳坏了，准备扔掉，结果在街道举办的"学雷锋活动"中，修理师傅把双手柄换成单手柄，又可以用了。厨房下水道铁管漏水了，请了社区里的维修工人，他硬是曲着身子在灶台下，用小锯条把旧管子锯下来，换成了新管子，花钱不多，问题解决了。

生活在我们这个社区，是可以精打细算的，买菜要图便宜，可以去种德桥菜场，那里的东西比周围的菜场要便宜很多。看电影可以看上午 10 点的，有的电影只 10 元钱就可以看了。看书看报可以到社区图书馆去。那里是免费的。在上海，在新华社区，公园是免费开放，不收门票的。

总之，上海是个宜居的城市，新华社区是个宜居的社区。

（2011 年 1 月 30 日）

我在新华数星星

自然的星空是美丽的，繁星闪烁时，很能让人浮想联翩，诗意顿生。

人文的天空其实也是如此，新华的人文天空曾经驻留过许多耀眼的巨星，如雷贯耳的有：严复、于右任、孙科、周谷城、贺渌汀、贺子珍、李国豪……但这些星星毕竟离我太远了些。我喜欢寻找那一颗颗自己熟悉的星星，寻找中，我常常仰而望之，望而敬之。

我欣赏而且崇拜的一颗星是一位老前辈，一位女编辑、女作家，她叫欧阳文彬，今年95岁了，但精神矍铄，老人家长期从事文字工作，编辑、作家的身份兼而有之；翻译、散文、评论、小说兼而涉猎。一套《欧阳文彬文集》洋洋洒洒160万字，文字处处流露的是对祖国的爱，对新中国的爱。她本来可以拥有美国国籍却安贫乐道生活在新华街道的一间陋室内。由此，我把她视为一颗指向明确的南斗星。

我欣赏而且崇拜过另一颗星是一位老飞行员，他叫孙佑民，今年也有84岁了，这位少年时参加过儿童团，经历过抗日战争、解放战争和朝鲜战争的老军人，老干部，享受着师级待遇，却过着清贫的生活，他把自己所有的积蓄都用来帮助老区的贫困孩子，虽是杯水车薪，却是雪中送炭，到2013年5月，他前前后后资助的学生竟然达42名。由此，我把他视为一颗迎接光明的启明星。

我还欣赏而且崇拜的一颗星是走出国门、把中国武术传播到南部非洲的武术家，他叫沈黎明。他白手起家，在南非办起"双龙武术学校"，并在世界级的比赛中让他的外国弟子摘金夺银。因为他的努力，让"中国功夫"深入南非。由此，我把视为一颗事业有成的武曲星。

我欣赏、崇拜新华的文人墨客：徐开垒、戴逸如……因为有过交往，从谈吐到文章，我都认为他们是这里当之无愧的文曲星。

还有一些无名的星星，也让我崇拜不已。

包友贵，一位退休后还在忙碌的老人，他为社区的宣传而忙着，为社区的老年工作而忙着，有次他走访一位耄耋老人，还带上自己的孙女为对方表演节目。像这样喜欢播洒光明的老人，我把他比做那颗叫“摇光”的星。

马文政，一位成功抗癌25年的癌症病人，他瘦弱的身躯洋溢着乐观与随和，他还是社区的一个热心公益活动的志愿者，与他交谈，话题总是积极向上的。由此，我想送他一个跟星星有关的绰号，那就叫他“开阳”星吧。

应佩珍，一个社区活动的组织者和参与者，有时，我们可以看到她穿着志愿者的黄背心在路口摇着小旗维护交通秩序；有时，我们可以看到她带着慰问品到孤寡老人家去走访；有时，我们可以看到她在社区的文艺会演中翩跹起舞。她最忙的时候，一天竟然要参加三四个会议，免不了因“赶场子”而迟到，她还向与会同志表示一下歉意。她简直就是我们新华社区的“紫微星”！

陈松华，社区报纸的编辑，没有那些大报编辑的霸气，有的是社区工作者的亲和力，他常常鼓励社区居民“反映你们身边的好人好事”。在他的努力之下，《走进新华》办得既接地气又生动活泼。他曾自我解嘲地说自己就是一个“歌德派”，对这些为我们的社区鼓与呼的“歌德派”，我想称之为“河鼓”星。

我在新华仰望星空，我在新华一本正经地数着星星。仰望的过程其实就是一个被震撼的过程，细数的过程其实就是一个学习的过程。这个过程自然而然要由此及彼产生联想，要情不自禁发些感叹。这样，几年来，就写成了一些散文、随笔、评论、新闻报道，兴致所起，还写过一个小剧本。

我的新华我的梦！感谢新华美丽的星空，让我的灵魂得以净化。

（2014年5月7日）

在法华镇路上玩“穿越”

法华镇路是长宁区的一条车辆不多、行人较多的老街，这里新近安放了很多沿街的雕塑。

我漫步在法华镇路上，从西往东走，过了定西路，先看到了两个坐着弈棋的古人的雕像坐落在人行道上，雕像下面刻有“闲敲棋子若神仙”七个字，这几个字是反写的，像是从镜子中看到的，当然要“穿越”一下，从镜中人的角度看才明白。我穿越了，但因时代久远，棋盘上的白子和黑子不甚清楚。只见棋盘上才下了七个子，根据下棋的规则，我猜到了那个颦眉举子的棋手是执白子的，一开局，黑白双方就纠缠在一起，“间”、“削”、“长”、“顶”，两人互不相让，这里似乎有闲情逸致，也有针锋相对。

再往东步行，一穿越就幸会了一个写诗的文人，下面反刻着“今人不见古时月”，莫非老先生就是鼎鼎大名的诗人张若虚？啊，我穿越我幸运。

再往东，是祖孙两人席地而坐的雕塑，孙子在聆听爷爷的教诲，下面也有反写的提示“不知礼无以立”，这个穿越，一下子让我想到自己的童年也有类似的场景……

与之相邻的是一座是弹琵琶的年青女子的雕塑，下面反写的是“琵琶声声远古来”。

四座雕塑，煞费苦心，它们综合反映了古上海的社会生活的方方面面，这里有市井生活，有文人雅士的生活，有诗礼教化，有歌舞升平……

接下来，向东还有四座微雕的桥：种德桥、香花桥、众安桥、思本桥。它们有的是木桥，有的是石桥，这些桥似乎在追忆着历史与古迹，也似乎记录了古人的思想观念——如“种德”，如“众安”，如“思本”。今天看来，这些思想也还熠熠生辉啊！

雕塑园呈开放性。行人可以一边观看，一边流连步行。这组雕塑中间还矗立着一块大大的牡丹石，它不是雕塑，而是天然的石头，这块产自洛阳的牡丹石通体黝黑，黑色基底上繁密地布满白色的、酷似牡丹的花纹，可谓大自然的鬼斧神工。它是上海的友好城市洛阳赠送给上海的，摆在这里，并不冲淡复古的意味，暗示了这里也曾是牡丹之乡。

走完了这段复古的文化之路，最后在香花桥路口看到了一座微缩的“牌坊”，这是一段关于“法华遗韵”的文字说明，详细介绍了法华镇路的历史变迁：从不息穿流的小川到川流不息的大路，从都市的“下只角”到都市的“上只角”的演变史。

至此，我恍然大悟：街边的雕塑浓缩的是真实的历史故事，是一种对历史的追忆。我漫步在这条有点文化气息的大街之上，似乎感受到了一股绵绵不断的拂面儒风，这是一股仁慈、宽厚的、从容的、追远的和风，这股和风吹拂过古人的头脸，现今又吹拂着今人的头脸。我感到风中带来的一瓣瓣花香、书香、心香……

我有一种“穿越”的感觉，因为内心的“驿动”，那些凝固的雕塑好像突然鲜活了起来，似乎在与我挤眉，对我颔首。

（2013 年 2 月 20 日）

牡丹，新华人文的图腾

“人文新华”亮点就在“人文”二字，“人文”的亮点又在哪里呢？应该就是这里特有的牡丹文化气息。新华人爱牡丹，他们不仅种牡丹、画牡丹、摄牡丹、写牡丹、剪牡丹，还一年一度话牡丹。可以说，牡丹是人文新华的一张名片，一种象征，一个图腾。

牡丹是一种难养护的花卉，但是，新华人知难而进，在安顺绿地种了八株，还用铁护栏将它们保护起来，由于是新种的，现在尚在“蓄势”之中，要让它们开花，还得等上好几年，但是，还是有不少的新华人每天来此驻足观望。可见，新华人对牡丹的情有独钟。

新华有这样一个爱牡丹的老人，她家里阳台上种了一株大红的牡丹，冬天她把心爱的牡丹搬进室内，夏天搬到阳台，那株牡丹已经伴她好长一段时间了。她还在“牡丹之友”活动中，介绍护养牡丹的经验：“背风向阳，滋润不湿，修枝拿芽……”

爱牡丹的新华人与牡丹之乡洛阳心有灵犀、惺惺相惜，洛阳不仅给予新华人不少牡丹栽培技术的指导，派出丹青好手来新华作画献艺，他们还送给新华一尊硕大的地方特产——牡丹石。

当然，更多的新华人，他们没时间去种养牡丹，但他们有他们独特的爱牡丹的方法。

爱好摄影的，拿起照相机，去中山公园，去漕溪公园，去植物园，还有的去辰山，目的就是为了拍上一个牡丹最美的镜头。随便举几幅这样的作品来吧，费祥鹤的牡丹显现了牡丹的热情与内敛的对比，钱银娣的牡丹如白蝴蝶翩翩翻飞，谢元鹏的牡丹则显得淡雅休闲，而王镇亮的牡丹借花喻人。最近，社区图书馆还陈列了几十幅牡丹特写大照片，那是陆海炳、印万华、王茂南等人最近的摄影佳作。

新华社区不乏绘画人才，今年在安顺绿地，在牡丹花坛边，就有一批社区的国画高手，当场挥毫创作了不少写意牡丹，引来众人围观，耐性好的人，还拿到了他们签名的作品。

杨宅小区别开生面，搞了一个剪纸活动，剪纸高手黄继红带着一帮爱好者，用剪刀剪出了“姚黄”、“魏紫”、各色牡丹……

那些长于诗词的人也没闲着，他们赋诗写词，歌颂牡丹，从律诗、绝句到现代诗，从歌咏牡丹、牡丹石到歌咏“牡丹大使”，形式多样，内容丰富。

牡丹盛开之时正是新华人的一个节日——“牡丹节”。社区一年一度的“牡丹形象大使”评选活动是其中的一个重要内容，这众多的“牡丹大使”中，我认识梅安小区的余玉瑛女士。余女士是一位性格外向而热情、文笔和口才极佳的漂亮女性，她还热心公益活动。记得她有一次在社区“文学沙龙”笔会上，还给大家讲法华牡丹的历史，从“香花桥”到“棣鄂堂”，从洛阳牡丹到法华牡丹……她的确具有一种热情、阳光的“牡丹性格”，让她当“牡丹大使”真可谓名至实归。

话牡丹，这是一年一度的“牡丹节”的重头戏，重头戏里将有几场社区居民翘首以待的盛事，除了新一届的“牡丹形象大使”评比，还有上海民族乐团和上海轻音乐团的助兴演出。

可以说，话牡丹不仅是历史的回顾，不仅是花事与人事的总结，还是社区民众祥和的精神聚会。

沃土新华似氧吧，图腾牡丹攥劲发。牡丹节氛围中的新华真的是：阳光更明媚，花开更妍丽。

（2014 年 5 月 19 日）

爱听《三峡情》歌

国庆节前观看了社区的一个“我为祖国喝彩”演唱会，突然发现：《三峡情》真的好听，好听极了。

“哟嗬”从低音飙到高音，又从高音滑到低音，大起大落，大开大合，这段悠长的号子就像那滔滔江水直奔三峡一般，势不可当。接着是低吟浅唱的“三峡雨哟，三峡云哟”，那位年届花甲的歌者一下子点燃了我内心藏着的爱国、爱乡的炽情。

整天为生活奔忙着，心里已经淡化了家园呀、乡土呀这些情怀了，其实，生活中是要有这样的精神调节啊。

整天生活在繁华的都市中，现代生活又让传统的东西少之又少，甚至我们的思想感情也被环境左右得有些机械化。我们周围多多少少有了一些洋味，而少了点泥土味，有了一些机械味，少了一些血肉味，这是当前文化生活中的一种缺憾。

爱国、爱乡不能抽象化，一旦抽象，难免就麻木，难免就会有虚情假意。这种现象在一些流行的爱情歌曲里可以看得到——有些唱歌的摇头晃脑、声嘶力竭，其实很难打动听众。

这《三峡情》应算是大“情歌”，而非那种顾影自怜的小情歌。听《三峡情》歌，也让我想起类似的好歌曲，如《请茶歌》、《祝酒歌》、《天路》……我们处在当今这个快节奏的社会生活之中，应该有对传统的承传，应该有真心实意的表达。真的很需要一些别开生面的文化生活来充实自己的精神世界。这些作品应该有个性或地域特色，“愈是民族的则愈是世界的”其实也就是这个意思。

在社区的演唱会上听过《三峡情》之后，回到家里，打开电脑上网，找了这首歌来听，感觉我们社区的演唱在乡土气息上似乎比网上的要淡一些——起码后者在一开始的那个长长的“哟嗬”中泥土气息要足一些。但我还是感谢我们社区的那位歌者，他的唱法其实融进了上海的“味道”、新华的“味道”。

（2014 年 12 月 25 日）

你的柔情，我能懂

昨天晚上，你打电话给我，问："你是 X 老师吗？"我说"是"，你又吱吱唔唔地问我："你刚才打电话给我有什么事吗？"我回答说："我没打电话给你，你是谁？"你把你的姓名报给了我，我才想起了：你是我在社区的一次活动中结识的新朋友，而且我们还有共同的职业和共同的经历，一下子把我们的感情拉近了，可惜我一直没有与你联系过，记下的电话号码也忘记了。

你问我"说话方便吗"，然后接着问我"几天前，你找我借钱……"电话里感觉到你是想借给我又有点犹豫不决，我回答："没这事，我没打电话向你借钱"。这时你才恍然大悟地对我说："好险，我遇到骗子了，刚才他还在骗我"。

原来，几天前，你接到一个陌生电话，声音有点像我，你就马上问对方："你是不是 X 老师？"这样，你们就聊上了。聊天中，对方告诉你"我的电话改了，这是新的手机号码"。接着，对方告诉你一件"不幸"的事：他和几个朋友在崇明岛上玩，喝了一些酒，后来被一帮人欺负，他们奋起抵抗，一个朋友头颅被打开了，正在医院抢救，急于交钱，"考虑到大家都是老师，是好朋友们，所以向你借一万元钱，待我从崇明回来，马上还给你。"

你出于同情与义气，打算寄钱了，这事让你好一阵为难：如果同妻子讲，可能不同意；不借钱，朋友的朋友又有生命之虞。

犹豫之后，你想了一个两全之策，打电话给你的另一个朋友，这位朋友马上阻止了你，说："我与 X 老师关系更好，他为什么不找我借？""根据 X 老师的性格，他要向你借这么多钱，会通过第三者来证明一下的，不可能你们两人之间一个电话就借一万元钱的。你可以打他家里的电话，问一下情况。"可是你竟然拒绝了，理由是："他家电话改了呀，即使没改，这件事他一定没让家里知道，我要是捅了出去，岂不影响朋友的家庭和睦？"

电话里说到这里，我才明白了：你为什么刚才电话里欲言又止，还问我电话里谈话方便不方便。

这是一件小事，但我又似乎觉得这不是一件小事。我觉得：从这件事上足以证明你是一个可以依赖的朋友，在这件事上，你唯一做错的地方是不该轻易相信对方的鬼话。而我却从这里看出了你对我的一片友情，你完全可以不理睬"我"的借钱要求，你也完全可以劝告对方"这么大的事情，你还是告诉家里人好些"，你也可以推心置腹地同自己的妻子商量这个借钱的事儿……

可是，你都没有做，你唯一考虑的是朋友的感受，虽然这是一个骗局，但你的柔情我真的懂了。

（2012 年 7 月 6 日）

借花献佛引出的话题

星期六早上，亲家老黄开车给我送来一筐枇杷，硕大的果实澄黄澄黄的，这是他刚从自家的那棵果树上摘下来的，说："绝对绿色食品，让你尝尝"。

老黄还没有退休，每天上下班路上要 1 个多小时，回家后就埋头自己屋后那块袖珍型的自留地——那个巴掌大的花园兼菜圃。他搭了一个葡萄架，葡萄的品种很好，果实很甜，他又种了一棵枇杷树、一棵胡柚树，所剩不多的地方就是种菜和种花。他把侍弄那个园子当作自己的业余爱好。

老黄原来住在城中心区，但房子太小，于是就卖了旧房在外环买了别墅房。

除了送枇杷，老黄还有一件事，他要接 2 岁的孙女去他家。儿子、儿媳因工作的原因，常常早出晚归，加上他们出差多，孙女基本上是由我们双方的老人负责照看。我们有约定：每周前五天由我们带孙女，周末两天由外公、外婆带。

投桃报李，老黄临走时，我也送了一包青萝卜干给他，这应该说是一种"借花献佛"。青萝卜干来自东北，是我的一个晨练的球友小孟送给我的。小孟跟我一样，也是因为孩子在上海工作才"漂"来上海的。我们因打羽毛球而认识，又因两人的子女都是小白领而谈话很投机。

小孟是个热心肠的人，他最近回东北去了一趟，回来之后就送了我一些晾晒的青萝卜干。我今天又把这包青萝卜干匀出一半来送给了老黄。

这筐枇杷太多了，我也匀出一半，第二天晨练出门带去给球友们尝鲜。这里除了小孟的因素之外，还有别的原因，几个球友家里都先后办了喜事，有的是子女结婚，有的是有了小孙子，上海的习俗与外地不同，凡子女结婚或生孩子的，当事人都要送喜糖或喜蛋给朋友们意思一下，可是又没有送、收"红包"的习俗。"来而不往非礼也"，我想借花献佛也来意思一下。

清晨，大家一边吃枇杷，一边问我亲家以及他家里的菜园情况。连那个反对自己儿子找外地媳妇的老余也称赞说："你和你亲家关系真好"。

大家感兴趣，我也毫无顾忌地说起自家的故事来了。我告诉大家，开始，亲家也反对他女儿找外地对象，但现在不但对女婿好，还“爱屋及乌”——关心我的情况来了。他请我到他家吃饭时，总是备一瓶辣椒酱，还问我“菜合口味吗”，我告诉他：“自从媳妇进门后，我的口味也改了，现在很喜欢清淡的口味”。

在亲家那里，我学会了吃螃蟹，吃螃蟹那是一门精细的活儿，蟹足上的肉可以借助足尖的尖刺把它捅出来，打开蟹壳，则要挑出蟹肺和蟹胃（又叫“蟹和尚”），整个过程要有耐心。受亲家的影响，我也改喝黄酒而不喝白酒了。

老余问我对上海菜的看法，我回答两个字：“清淡”，他又问我：“你和你亲家最大的区别是什么?”我回答：“他是一个标准的上海男人——会做家务，会烧菜，而我这些都不会。”他又追问我对上海人的看法，我回答四个字：“精明、能干”，后来又赶紧补充两个字：“海量”。

是的，海量的上海每天都有海量的故事发生，精明的上海人总在这里攫取信息，当然也就耳濡目染了这种海量特质了。

我自己也在这海量的上海随波荡漾，一方面体味着“海”的辽阔，一方面被“海浪”改变着自己。这种改变包括饮食习惯，也包括生活方式。例如看红绿灯过马路，例如在世博会上学会排队……

文明让眼光柔和，友谊让心胸开阔。于是，我不知不觉地爱上了上海这座城市。

（2014 年 10 月 18 日）

满目尽是种德桥

家在新华，家在种德桥路旁。

“种德桥”是一座古代的桥，是传说中的桥，如今这里的河道没有了，桥也消失了，遗址上只剩下一条路，名叫“种德桥路”。然而，我心里一直有那么一座“种德桥”，它古色古香，它悠久淳厚，它分明是我寄托所思、蕴含所忆的心灵之桥。

刚搬到这里时，晚饭后没事，我常常一个人到种德桥路上走走，一来是锻炼，二来是发一下思古之幽情。散步时，常想象这儿有一条河，叫“华法泾”，河上架了一座木桥，叫“种德桥”，我还想象：某个古代，某一个有钱人或者某一群没有钱但很有爱心的人在这条小河义务修了一座桥，于是，桥畔牡丹盛开，寺院香烟缭绕，信徒摩肩接踵，街上人声鼎沸、生意兴隆，于是这里的人们做生意都讲究一个“德”字：不短斤少两，不坑蒙拐骗。

上海开埠以来为何长兴不衰，这个通商口岸为何能从小到大、从弱到强，我觉得当时那个“种德”的示范很重要。

“种德”，类似佛教“修阴骘”、“积阴德”，就是要渡人以便利，给人以方便。其实，今日的“种德”的桥也很多啊，只是建造者没有这样命名而已。

“种德桥”附近，延安西路有车辆川流不息的高架桥、凯旋路有日夜繁忙的轻轨桥，延安西路与凯旋路交叉路口有方便路人的过街天桥，新华路上还有供车辆通行的隧桥，地下还有一种现代人称之为地铁的“桥”。这些“桥”建造的初衷就是“种德”于人，试想一下，如果没有这种“种德”于民的考虑，上海这个上千万人口的城市，人们怎么生活，城市怎么发展？这真是：江山代有“种德”出，各领风貌若干年！

我们的社区有一块电子信息牌，上面有几句话在上面闪烁：“知民情、听民意、解民忧、汇民智”，这可以说是典型的“桥”式语言，其实，政府工作的要务就是在人与人之间“架桥铺路”，一个高效的政府是不能允许“脑梗塞”或“肠梗阻”的。

社区的“桥梁”真的很多很多。“睦邻点”，便是邻里之间的情感“桥梁”，“老年大学”则为爱学习的老年人铺上了一座充实生活的“桥”。

社区还为独居老人办起了食堂，定时、定人送食上门。新华路上还经常有“学雷锋”的活动，给人理发、修伞、磨刀磨剪子。社区还办起了报纸，义务为每家每户派发，其实也就是起一种宣传与沟通的桥梁作用。

街道的文学沙龙、心理咨询室、居民健身房、健康讲座、抗癌俱乐部……都是形形色色的“种德桥”。

街道的图书馆、电脑房、公园和绿地都免费开放，居民还常常收到社区与民警关于“防火”、“防盗”、“防骗”的提示，让居民的精神世界没有坎坷只有“桥”。

《解放日报》报道了一件事：上海运输管理处曾拟撤消55路公交车，引发网上的不同意见，提醒了政府部门，于是，政府为保留城市的记忆而保留了55路公交车。所以说“桥”的作用利下也利上，是双向的。

上海在处理小摊小贩占道问题，在处理“钓鱼执法”上都在全国起了不同凡响的好影响，因为上海有形形色色的“桥”。

社区医院也把“种德”的桥架设了起来。社区医院设在华山路，但它在新华路、安顺路、法华镇路设置了医疗点，医疗点门面不大，但医生都是正规的，由于他们的工作，便在社区医院和居民之间架设了一条方便的“桥”，居民有点小病不用跑路就可以请医生诊断了，医生只看病，医疗点没有药房，但这也没关系，医生会在当天跑到华山路就把药拿回来，医生替病人服务是不收费的，而且在这样的医疗点看病比到大医院看病，费用要低。难怪社区居民都喜欢到社区医院看病，因为患者与医院之间架设着一道方便就医的“桥”，而且是“种德”的桥。

我想起了种德桥边一个居民，他父亲解放前是资本家，但因为过去对待工人好，是个慈善的资本家，所以在文革期间仍有过去的工人、后来的文革红人来保护他父亲。这位资本家是一个会俯下身子“种德”的人，而不是一个腆着肚子耀武扬威的人。

春华秋实，有播种就会有收获，那种想不劳而获的想法是荒唐的。同样的道理，不“种德”而想维持稳定和发展也是缘木求鱼。

“种德”的事越说越多，然而，不“种德”的缺德事有没有呢？当然有，远有四川的“彩虹桥”，近有苏州河上的河南路桥（用垃圾填充桥的扶手），还有那些地沟油与假冒伪劣。但我们相信：“种德”会战胜“缺德”，“种德”是个大工程，是需要时间的。

中国的“种德桥”肯定会越修越好！我的眼里，有好多好多的“种德桥”！

（2012 年 6 月 4 日）

难忘红色之旅的那爿绿瀑

日前，参加社区组织的“红色之旅”活动，去了青浦的陈云故居。那天，风轻云淡，天气晴朗，出了上海城区，只见大地披绿铺黄——绿的是禾苗，黄的是油菜花，的确赏心悦目。

车行一个多小时就到了陈云故居，让人赏心悦目的是故居西侧的那一爿竹林。这是一片由高耸的楠竹整齐并列的一道竹墙或竹幕，在微风中晃动，好像是一道绿色瀑布。它与低矮的旧居，一动一静，一高一低，一绿一灰，可谓相得益彰、相映成趣。构成了典型的江南小镇的旧民居风景。

绿竹无言地守护在旧宅旁，旭日之下，人流之中，它们默默无言、素面朝天，让我情不自禁地想起了刚才在纪念馆里看到的那套耸立在橱窗里的青灰色的中山装——那是陈云生前一直喜欢穿着的“当家衣裳”，后来衣服破旧了，陈云想办法让人在衣服内配上内衬，这样就不露痕迹地把旧衣服加固了。衣服旧不旧只有穿衣的人知道，穿衣人的品质高尚不高尚却由后人来评说。

墙外的绿竹在无言地摇曳，墙内的衣服在无言地展示，我突然想起了一句古诗：“只须三两杆，清风自然足”，是的，这样的事情只须一件两件，就足以看出一个共产党的高级干部的精神面貌来。

青灰色的旧中山装绝不是孤证，望着这绿色的瀑布，我又想起了陈云生前留下的“三孔毛巾”。因为陈云生前曾规定：旧毛巾没有破出四个洞，就不能给他换新毛巾，所以，他逝世后的遗物中就有了那条白色的三孔毛巾……

绿竹的右边是现代建筑的陈列馆，绿竹的左边是传统味十足的陈云故居。床铺还是那旧时的床铺，家具还是那旧时的家具，灶台、油灯、板凳还是旧时模样……这里有许多朴素的怀念与回忆。

其实，朴素就是一种不露声色的大美。

故居那爿绿竹，在风中摇曳，不时俯下身子来，亲吻旧居的白色墙壁和灰色屋顶。它们比起树木更具弹性与亲和力，因为它们内里是虚心的。那位在这样的竹风中成长的少年后来成了国家栋梁，内心仍然保留着竹子般的风格。陈列馆里展示着他家的一辆“红旗”牌自行车，这是陈云妻子上下班的交通工具，陈云与妻子有约定：自己的专用汽车只能公用，妻子上下班骑自行车。

陈云从不把自己以及家人看作高高在上的老爷，在他心目中，除了工作的性质之外，他和家人其实就是普通人。

有一年，陈云回家乡，特地看望自己的老师，并动情地对老师说：“没有你，就没有我的今天”。言语中尽是“饮水思源”的回忆与感激。

俯下身来，这是竹子的柔美，俯下身来，这也是共产党人同人民血肉相连的天性。

当然，这爿竹瀑也是坚挺的，它们有挺直的腰身，它们有直插云霄的精神，我在这爿竹瀑面前徜徉了许久。竹子般坚挺的陈云，在党的历次斗争中，面对强大风暴，他的身躯可以微微弯曲，但他始终没有被压垮。他有自己的斗争策略。当形势稍稍有利时，他总是不失时机地提出自己的见解来，他在对潘汉年平反问题，在对待邓小平复出问题，都表现了他坚挺不拔的竹子般的品性。他振聋发聩的“不唯上、不唯书、只唯实”的主张，至今还像绿色的竹瀑在滋润着后来人。

坚挺，是竹子之美，也是人性之美！

陈云故居那爿绿竹，没有大红大紫的热闹，但有本色天成的美丽；没有志得意满的张扬，但有亲和随意的美丽；没有高大威猛的声势，但有持久恒一的美丽。

红色之旅，养眼又养心！陈云故居那爿竹瀑，无声胜有声！

（原载上海《老年文艺》2015 年第 3 期）

我们这些老同学

我们是老同学，辰光老了，是夕阳红，辰光小过，那是青梅竹马，我们老年大学的同学当然是属于前者而非后者。老同学凑在一起说起学校生活来，还真的有滋有味。

老沈最有意思，他一个人报了学校的六七门课，什么声乐呀，器乐呀，乐理呀，太极拳呀，他都参加学习。喜欢唱歌，于是就张老师、李老师都跟着学；喜欢某个老师，于是就初级班、高级班就一起学。问他哪有这么大的精力，他顾左右而言他，说："来这里就图个高兴，现在不高兴什么时候高兴？"

老李是东北一所高中学校的政治老师，本来好静不好动，自从学了笛子和葫芦丝之后，一天忙着动嘴、动手，他不无幽默地说："刚开始吹不好，怕影响家人休息，也担心邻居有意见，只好自己一个人躲在厕所里面吹，现在我经过老师的指点，也登堂入屋了——到客厅里吹了，有时还到公园里吹一吹呢。"

老张家住得远，来学校上课，要转车，路上得花一个多小时，他说："我是慕名来的，这里就是我心目中的最高学府。"

大家在这里都找到了当年做学生的感觉：上课了或放学了，一声"起立"，大学都整齐地站立，然后再说一句"老师好"或"老师再见"。课间休息时，同学们有的聚在一起或交流刚才课堂里学的东西或说说最近的社会新闻，也有的围着老师请教问题的，还有的悄悄地把黑板擦干净、帮老师的茶杯里续上开水。

在课堂里，得到老师的表扬，对于我们这些老年人同样是很光荣的事。学葫芦丝的张同学年届天命，常常被老师叫起来在班上吹上一段，他的矜持是有的，那是不动声色的稳重，他的兴奋也是有的，那是略略露在嘴角的欢喜。学诗词的王同学因为一首诗作被老师表扬，高兴得几天都没合上嘴。还有那些书法班、摄影班、朗诵班、戏剧班……人人都在争取"好好学习，天天向上"。

校园里的故事越说越多：那个英语班刚开班时，老师给每个同学都用英文取了名字，那个被叫做"莫妮卡"的老大姐，涨红了脸，对老师说："这个名字不好吧，我家的狗狗也叫这名字呢"，引得课堂一阵快乐的大笑。她身边的一位老大哥也趁机发言了，对老师说："您就别给我取名了，我给自己取个名，就叫'西蒙'吧。"——原来这个要求叫"西蒙"的同学，他在美国的孩子最近为他添了一个孙子，"西蒙"其实是他孙子的英文名字。那个"简"，最听话，老师给她取了个名字，她一个劲说"好，好"。其实，这个 80 多岁的简早年是从名牌大学毕业的。

学期结束了，学校要举行一场结业演出。舞蹈班的那位女生的肚皮舞，跳得实在是好，只是身材发福了一点。演奏二胡曲子《喜看麦田千层浪》的那些同学们，个个摇头晃脑，似乎他们正在收获秋天的喜悦。学校一位老师也上台助兴唱歌，他那磁石般的歌喉太有吸引力了，同学们掌声不断，有几个女同学还主动上台为他即兴伴舞。

我们这个专业学习结业了，老李想下学期学长笛，邀我一道参加，我说自己想学二胡，他问我为什么要学二胡，我告诉他："被刚才这些拉二胡的感动了"，我并转告他刚才打听来的一个信息，这个二胡班藏龙卧虎，有的是社区的文艺骨干，有的还在地区比赛中获过奖，而这个班的专业老师是国家一级演员……

老李想动员我来学长笛，我也想动员老李来来学二胡。但是我们都放弃了规劝对方，老李流露出一种恋恋不舍的样子，说："哦，下学期我们要分手了"。我感动地拉住他的手说："再见，下学期这里再见"。

唉，这分手的情景也有些像当年青涩年代呢。

（载 2010 年 12 月 10 日"上海老年大学报"）

邂逅一只小鸟

冬日里的暖阳之下，有好多的人在公园里晒太阳、打太极拳、打羽毛球、闲聊。我则拿了一本书在懒洋洋地看着。这时发现附近有一个小伙子口里发出一声声的鸟鸣，我合上了书，欣赏起这个小伙子的口技来了。也就在这时，我才发现他不远的地上有一只八哥鸟在地上蹦蹦跳跳着，虽然小伙子的口技不错，但这只小鸟仍对他保持着警惕，不肯亲近他。这时有小朋友用掰碎的饼干来喂它，它也警觉地叼起一二粒饼干渣，又跳开，始终与人们保持着一定的距离。

我一旁看着，欣赏着这只可爱的小鸟。可是意想不到的是，这只八哥跳到了我的脚上，后来又跳上我的肩上，最后还歇息在我的手上。这个过程中，我不敢有大动作惊动它，悄悄地从口袋里掏出手机，把这只小鸟的顽皮与可爱拍摄了下来。

我猜想这是一只被人放养的小鸟，它和它的主人走失了。看着这只八哥，我想起了另一只八哥来了：

我的童年是在乡下随祖母度过的，叔父当时还没参加工作，也在乡下。那是一个夏天的早上，在老家茅屋上歇着一只叽喳叫着的八哥，我看见叔叔从地上摘了一枝带露的青草，学着鸟叫声，结果那只小鸟就从茅屋上飞上了叔叔的手上来了。当时我多想把这只鸟养起来了，但叔叔说："这是一只野鸟，还是放了它吧"。那只鸟在叔叔的手掌中扑着翅膀飞向屋后的山林里去了。

后来，叔叔参加工作了，到了城市里当了工人，我再也没有看到他有这样的本领了。但是，那个画面一直定格在我的脑子里，后来，我还问过叔叔："你怎么有这么大的本事，能把一只鸟逗到手上来？"可是，叔叔竟然记不起有这件事了。

由童年的那只八哥又想起了一只老鹰的故事，小时候，常常能看到天空有老鹰在翱翔，它们在天空盘旋，一有机会就会一个俯冲，冲向地面，用它们的利爪抓走地上的小鸡仔或大母鸡。我的祖母对这种入侵者警惕性很高，不待老鹰有入侵的机会，用一根一头被劈开的竹棍敲打地面，发出"辟里叭啦"的响声，还在口里发出“哦嗬哦嗬”的声音。

有次，一只老鹰不知什么时候竟然歇在家门口的稻草堆上，而那稻草堆只有一个人高，这只老鹰一动不动地把头藏在翅膀里，惬意得就像老母鸡一样入睡了。我发现了这个秘密，悄悄告诉了祖母，想要祖母拿个箩筐去把这只老鹰罩住。但是，祖母没有听我的，而是“哦嗬哦嗬”吆喝着，吓飞了那只老鹰。

望着眼前的这只八哥，我不禁抚摸了几下它的羽毛，然后轻轻地把它抛向空中。我想：这小鸟应该回到自然中去，让它自己生存吧。

（2010 年 1 月 18 日）

被一个老兵感动了两次

前不久，参加社区的一个活动，了解了一个老兵的故事——社区一份材料中有这位老兵的简介，这份材料其实也就是半张 A4 纸的篇幅，这份言简意赅的材料感动了我：一个退休的师级干部，自己省吃俭用，却在近 20 年的时间帮助了 41 名失学的乡村穷孩子。

于是，我就想进一步了解这位老兵，很庆幸，《走进新华》陈松华编辑告诉我："《走进新华》里面有你需要的东西"，并送了我一大捆前几年的报纸。后来，果然在这捆报纸中找到了有关的资料，于是，这个老兵的形象在我脑子里渐渐清晰起来。

这个老兵叫孙佑民，1931 年出生在山东，抗日战争战争时，他在家乡参加了儿童团，12 岁时掩护救助过八路军侦察员，16 岁入了党并参军入伍，以后经历过济南战役、淮海战役、渡江战役和入朝作战，还在 1965 年的"八六海战"中驾机奔赴福建前线参战。他前后 2 次负伤(是三等残废军人)，获得独立勋章、解放勋章，一共有 15 枚奖章。

他当过步兵，当过炮兵，从战士做到军级的参谋人员(在朝鲜战场上已是皮定钧将军手下的炮兵参谋了)，后来响应党的号召，又改行当空军，是新中国第一代战斗机飞行员。

光这些经历就让人肃然起敬的了，然而，他没有躺在自己的功劳薄上，长期关心着革命老区的失学孩子。十几年来，他共捐资 10 万资助过这些地方的穷困学生。

了解这些情况后，让我感动不已：如果我们大家都这样做，那社会风气不知要淳朴多少！感动之后是敬佩，敬佩之后还想亲眼目睹这位老前辈。

有感动，就会有行动，我用一个通宵的时间完成了一个约 2000 字的小品，交给了社区负责宣传工作的同志。那位同志看了我的稿子，对我说："你如果有空，我可以陪你去找孙老聊聊"。

能近距离地接触，当然愿意，于是我们就约定五一节后去走访孙老。这次走访，让我又有了第二次感动。

那是五一假期过后的第一天，我们联系了孙老，约定晚上到他家里去。晚上，我们如约登门，出乎意料的是，孙老的家并不是高档小区，而是上海城区常见的那种旧式砖木结构的老房子，经过狭窄的木梯，我们来到二楼的孙老家，他家只有两间卧室，没有客厅，厕所和厨房集中在一起，是整栋房子住户共用的。

一进门，是一间约 20 平方米的卧室，里面摆放着两张床、一个大衣橱和一张写字台，写字台上摆放着一台老式的电视机，整个房间已没有什么剩余的空间了。

由于老伴和女儿在这个卧室休息，孙老邀请我们到里面一间卧室里去，里面卧室大小也和外面的差不多，摆放了一张床和一个大衣橱，还有一些大大小小的纸盒子，房间也显得有点局促。

初次见面，我没有直奔主题，先和老人家聊起了他的住房问题(我觉得他的住房和他的老干身份有点不符)。没想到，孙老显得很平静，他说自己这套房子是公租房，“开始是岳父母租住的，那时比现在还要艰苦，原先这栋房子每层 3 户，共 9 户，现在改成了每层 2 户，只有 6 户了”，话语中，显得很满足：“我现在家里只 4 口人住，以前是大家庭，家里还有父母兄弟，房间里最多时住了几家人，十几个人共处两室，大家是拉着帘子来区隔的”。

孙老说起这些显得十分淡定，只是谈到自己的女儿时才露出了一些遗憾，他告诉我们：他和老伴年青时都是人民空军的飞行员，孩子小时就放在这里，专门请了一个老年保姆来照看，由于楼梯窄而陡，女儿有次从楼上摔下，造成了终身残疾。

后来，我们的话题转到他资助贫困学生上来了。他告诉我们，他资助学生的数字一直是动态的。从 1994 年起，前十年资助了江西于都和井冈山、贵州遵义、陕西延安及河北西柏坡的学生共 22 名；到 2008 年，已资助了 38 个；到 2011 年，应该是 41 个了；最近又资助了一个，已经达到 42 个了。现在已经感到力不从心了，为了多一些资助金，自己的伙食经常是一省再省，自己平时在干休所吃食堂饭，50 元就可以管十来天，“早餐买一个馒头、一个包子、一个花卷，再买一碗稀饭，吃不完留作中餐吃”。

他曾经从外孙女入托儿所的费用上想办法，把全托改为半托，“这样，每个月可以省下 350 元钱，差不多又可资助一个失学儿童了”，他这样说。

他不但帮助孩子解决学费问题，也解决他们的生活问题，如没有御寒衣服的，他就把干休所发给自己的军大衣送出去，前前后后，他已寄出了 9 件军大衣；资助对象如有病的，他还寄钱和寄药品去。

他在讲这些往事时，我的眼睛不停地瞟着他身上的那条蓝色裤子，我感觉他这条裤子太旧了。这时他以一个军人的敏感发现了我的心不在焉，于是，他停下原来的话题，转到裤子的话题来了，他说："这是 92 年来上海定居时，买布做的，一共做了 3 条，现在只剩下这一条了，虽然旧一点，但还能穿。我是穷人的孩子，今天的生活比我小时候不知好了多少了"。

为了证明自己的话，他随意地卷起两只裤筒，让我吃惊的是：他里面穿的一条灰色的内裤膝盖全都磨破了，左右膝盖从两个比手掌还要大的洞中一齐露了出来。他指着内裤，告诉我们："这是我当飞行员时部队发的，是好东西，澳毛的，烂了，不能送人，只好自己穿着。我在部队发的一床九孔被和一双飞行皮靴都很不错的，我也送人了"。

除了在金钱和物资上帮助这些穷困学生之外，他还注意在思想情感上帮助这些人，西柏坡小学一个男孩子家里穷，成绩也不好，他就多次和这个学生通信，在信中，他讲自己的苦难童年以及在部队刻苦学文化的例子，还介绍一些名人怎么由后进变先进的例子。通过他在经济上的帮助和心理上开导，这个学生后来成绩直线上升，成了优秀学生，还当了班长。

我们的谈话一直进行了 2 个多小时，看看时间不早了，我抓紧时间又提了一个问题："孙老，除了这套公租房，您没有买过商品房吗？"这话一出，我自己也觉得有点唐突，但孙老并不在意，立即如实告诉我："我是离休干部，干休所给我配了一套房子，在五角场，有 98 平方米，是三室一厅的，产权是部队的，当然，以我的级别，也可以掏钱把它买下，但我没有打算买。"

他还很豪爽地邀请我们有空到他那边的房子看一看，他告诉我那房子是在原侵华日军空军司令部旧房子的基础上翻修的，由于房子只四层，现已被周围的高楼大厦给包围起来了，自己住一楼，房子潮湿，自来水管锈蚀严重，造成水质有铁锈味。"不想麻烦部队，所以我还是喜欢住在城内的这套老房子里"。

最后，孙老发出了这样的感叹："社会进步是大趋势，但条件的改善总会有个先后的，没轮到自己就别抢，比起房叔、房姐，我这个共产党的干部还是过得硬的。"

感动的还在后面，在我们告别孙老时，孙老叫我们等一下，说要送一样东西给我们做纪念，于是，他从一个大纸盒里翻出几面小圆镜，送给我们一人一个，并告诉我们："这镜子背后有胡锦涛同志提出的八荣八耻，不妨看看。"

我们怀着激动的心情离开孙老家，事后，我们才知道：为了这个"八荣八耻"镜，孙老可是用心良苦啊，他前后三次请浙江一家工厂加工，共做了 12 万多个，为此他花费了 5 万多元现金，后来又通过自己的熟人、战友送往全国各地。

这次面对面采访，让我几天心情不能平静下来，于是，坐在电脑前，酝酿修改几天前的小品。一气呵成，把 2000 字的小品写到了将近 4000 字。

我想，自己两次动笔，写下那个小品完全是一种情感的升华，写作的过程既有仰慕，也有学习。

（2013 年 6 月 13 日）

关山难阻隔，桑梓情愈浓

“我虽然远离祖国，但我的事业始终与祖国的发展紧密相联”。与从南非飞回上海的姒海先生的谈话始终围绕着这个主题进行着，而且一谈就是一个上午。

姒先生是在上个世纪九十年代离开上海的，他回忆说，当时的出走是一次大胆的冒险：兜里只有600美元，行李箱里只有几件衣物、几盒清凉油、一大一小两只搪瓷碗、两块香皂及一打草纸，此外别无他物。

他通过自己的打拼，在南非做生意，从摆地摊到租房子，从零售到批发，从给别人打工到自己开公司，从单打独斗到联合经营，如今他已是华人中叱咤南非商界的佼佼者了。他的最大体会是：中国产品价廉物美是中国商人开拓南非市场的根本。

他说：“人不能忘本。我是中国人，这是我为人之本；我卖的是中国货，这是我为商之本”。谈得高兴起来时，他还摇头晃脑地引用了《论语》中的一段话“慎终，追远，民德归厚矣”。

有这样想法的人，即使乡关遥远，然而桑梓之情自然炽热，他娓娓述说了一些自己引以为荣的炽热往事。

创办华人杂志《虹周刊》

姒先生年青时曾喜欢读鲁迅的作品，对于鲁迅笔下描写的麻木不仁的中国人印象尤深，到南非之后，他也耳闻目睹了一些华人自私自利和老死不相往来的散漫作风，他想改变又深知改变之难，于是，他想通过办华文报纸来慢慢影响自己的同胞。

说干就干，于是，《虹周刊》就在2006年8月13日创刊了，这是南非历史上首个简体字的中文周刊，全彩色印刷，每期48页，以介绍南非的财经、文化、时尚、旅游、人物为主。刊物办起之后，的确在华人起到了通风报信、凝聚人心的作用，也为华人之间的商业往来起到了穿针引线的作用，还引起了当地人的注意。中国驻南非大使馆代办周欲晓赞扬说：“这标志着华人在南非的力量不断壮大，文化气息和文化品位不断提高……”

吸纳南非“地气”，展示华人风采

南非的华人一直生活在一个相对闭塞的环境中，他们由于语言、习俗、生活、生意上的原因，没有机会融合到南非社会的圈子里来。姒先生说：这就要求我们这些有精力、有能力的人发一发声。办报纸仅仅是第一步，华人的报纸还要争取进入当地的媒体圈子。于是，姒先生开始与《THESTAR》(即《星报》)加强联系。

他邀请《星报》记者ALEX在采访了一些华人的生活，让其报道华人吃苦耐劳、薄利多销的正面经验，事后，这位记者还为自己以前对华人不了解深表遗憾。

以前，华人在南非遭遇到抢劫，当地人对案件情况知之甚少，有的还认为是华人本身的问题，经过《星报》的报道，也把一些罪犯的身份、作案手段和动机公之于众，让当地人同情华人的遭遇。

更重要的是，通过《星报》报道，还提升了华商在《星报》影响范围内的知名度。

2010年，中国举办世博会，由于《星报》的一系列跟进报道，也让世博会在南非有了很大的影响，姒先生还配合《星报》的报道，组织了南非参观团赴中国参观世博会。

举办抗日战争胜利60周年庆祝活动

2005年是第二次世界大战结束的第60个年头，世界上所有参加对法西斯战争的国家都举办了形形色色的纪念活动。中国的抗日战争是世界反法西斯战争的重要组成部分，姒海觉得作为中华民族的一分子，应该在南非挑头来组织抗战胜利60年的活动，这样既可以激励南非的同胞，也可以向世界各国宣传中国抗战的历史功绩。

作为发起人，姒先生做了大量的组织、宣传工作，由于前期工作做得扎实，许多南非的华人都积极参与这次庆祝活动。让人感动的是，一些华人(如齐鲁同乡会的许多会员）原本计划回国发展的，也推迟了回国行程。

抗日救国，这是一个全民族的话题，抗战胜利，这是全民族的光荣。这次纪念活动搞得很好，两岸四地所有的华人都积极参加，大家都有了一个共同的话题，可以说，这次活动大大激发了南非华人（包括台湾同胞）的民族情结。

策划成立“南非华人警民合作中心”

除了“中国声音”的传播，姒先生还关心中国人在南非的安全问题。有感于南非华人经常受到不法侵害，他决心组织华人并借助当地警方来保护大家的利益。

姒先生首先在同胞中造势，他历数了发生在南非的一些案件：2006 年 1 月 10 日，香港商人刘向荣在约翰内斯堡家里被入室劫匪打死。同年 2 月 4 日山东青年陈敬德在约翰内斯堡一家工厂内遇武装抢劫，中弹身亡。2 月 5 日福建人林义兴在布隆方丹遭武装抢劫身亡。同日，福建女子陈建青在斯普林斯镇被打死。2 月末，20 多名上海女工被人软禁。这之前，还有福建人林水强在约翰内斯堡被枪打伤，哈尔滨的王照义被劫后遭枪杀，台湾人林育正被害，上海女子张来丽被害，东北人李佳滨一家四口被害……

姒先生历数这些大案时，有点坐不住了，他稳了稳情绪后，喝一口茶说道：“谈到劫匪，许多人自然而然就想到了生活在社会底层的黑人。其实，在这些案件中，只有一半是黑人，另一半是中国人中的败类干的。黑人劫匪要的是钱，一般不反抗就没有生命危险，而华人劫匪除了谋财还要害命，因为是熟人作案，必须杀人灭口。”

姒先生还分析了为什么华人遇到抢劫多的原因，他说：“一是华人喜欢现金交易，身上有钱；二是有的华人有多一事不如少一事的软弱心态，三是有的华人语言不通，无法向警方报案。”

从 2003 年起，姒先生开始游说在南非的同胞们，他不厌其烦地跟身边的人说：“如果我们不过问这个安全问题，早晚会轮到我们自己的，与其坐以待毙，不如未雨绸缪，我们可以与警方联系，成立专门机构”。在他的游说之下，多数同胞同意了他的意见，正好这时中国使领馆也支持这个想法，于是，姒先生牵头开始筹备这件事了，那段时间大家不断开会、商讨组织方式和具体内容，经过几个月的准备，“南非华人警民合作中心”在 2004 年 3 月正式挂牌成立了，姒海在中心担任负责人工作。

中心成立后，工作是繁忙的，有报失盗案的，有报抢案的，有要求帮助追索债务的，中心根据案件的轻重缓急不断与南非警方联系，姒先生说："这叫借力发力"。

麻烦警方多了，警方也会巧妙地要求中心"协助"一些事情，例如，有一次，约翰内斯堡警察局找到中心，说警方要参加一个全国性的歌咏比赛，希望中心能赞助一笔3万元的服装费。这是一个难题，中心运作本来就靠大家捐款，并没有多余的款项。为了这个事，中心专门开了一下午的会，有的反对，有的要求少捐一点，最后拿不出统一的决议来。姒海认为，这不仅是警方要求回报的问题，还是他们一个投石问路的问题，他们可能在试探华人有没有合作诚意，试探华商到底有多大经济实力。最后他提出一个方案："这笔钱由我来出，如果我的做法有成效，得到大家认可，以后再报销，如果我的主意是错的，那就不必报销了。"

事后证明，姒海的意见是对的，以后华人与警方的合作越来越好，这以后，在约翰内斯堡市针对华人的犯罪明显减少。

这里值得一提的是，警民中心解救23名上海女工的事情。

23名上海女工在国内每人交了3万7千元的劳务费后，进入了距约翰内斯堡120公里的"名富服装厂"打工，但厂方又提出了要这些工人每人再交1万5千元工作签证费，并以此为由扣发工人们的工资，大家就这样无偿工作了4个月，最后连护照也被狠心的老板扣押下来，让这些工人不敢不工作，也不敢离开工厂半步。

中心在了解这一情况后，积极配合南非警方，分批解救了这批工人，并替工人讨回了工钱，对于愿意回国的工人，中心也给予帮助，护送她们登机回国。

一个上午的谈话中，姒先生总在言谈中流露一种家国的情怀，他认为，一个人挣钱再多，如果没有了家，没有了国，那就是无根的浮萍，最终将由浮而沉，甚至无法自拔。通过与他的交谈，我看到了一个海外游子的满腔爱国爱乡的赤子情怀。

（2013年6月13日）

南非舞台大，中国功夫好

沈黎明，武术家，南非中国商会副会长，祖籍上海，自幼习武，年青时曾是上海体委属下的一名摔跤教练。上个世纪九十年代，他舍弃国内的优裕生活，出国到南非创业。白手起家，从无到有，开办了著名的“南非双龙武术学校”，成了当地的中国功夫教头，如今，功成身退，又把自己的事业重心放到了生于斯、长于斯的故土上海。

由于自幼习武，老沈虽年届花甲，但给人的印象仍是一个精神旺盛的中年汉子。虽然事业有成，但他总是念念不忘当年艰苦打拼的经历。

九十年代初，老沈来到陌生的南非，初来乍到，万事皆难，最难的还是吃住的问题。刚来时，他借住在罕白浪一个认识的华人家里，但有天晚上，他被下了逐客令，主人通知他：“附近有一个群租房，刚才有一个人搬走了，你赶快去那里吧”。那时已经是半夜 1 点多钟了，他只得应诺搬出。

来到不远处的群租屋，里面已有 7 个中国人入住，屋内的床铺是上下铺，很拥挤，更难受的是：这里有几个老烟鬼，刚一进屋就见烟雾弥漫，老沈别无退路，把行李放在一张空床上，倒头就睡，后来被劣质烟草呛醒，好在床铺就在窗户边，于是，将头伸到窗外呼吸屋外的新鲜空气，继续入睡。

解决了住宿问题，接着要解决的是吃饭问题，然而要解决这个问题还得先解决身份问题——只有取得长期居留权，才好找工作。当初进入南非是从一个姓许的同胞那里以 500 美元办了个三个月的旅游签证，这当然不是长久之计，但老沈还是充分利用这 3 个月时间，赚了一些基本生活费——他发挥自己推拿按摩的特长，一个铜板、一个铜板地开始赚钱。

在为人推拿治病时，他认识了一个叫桑迪的白人女子。她乐意帮忙，帮老沈找南非当局，把他的旅游签证延长了 3 个月，但也花了老沈一大笔积攒的南非元，

桑迪是个热心人，为了能让老沈取得合法身份，又请她的前夫想法给老沈办

个绿卡，她的前夫找到一个叫詹伯的白人，这个詹伯风度翩翩，很有点绅士味儿，答应了这件事。正好詹伯肩关节有病，老沈就热心给他治病，每周 3 次帮对方按摩，治疗好了之后，詹伯拿走老沈的护照，不久就告诉老沈，说绿卡不好办，给他又续了 3 个月的旅游签证。可是，老沈事后发现：这个签证是其他省份的，而且时间上与他现有的签证有些重复，意义不大。

还得再想办法搞到绿卡，老沈又通过关系，认识了当地一个警察，这个警察有腰伤，他通过按摩治好了对方的病，这个警察很感谢，说一定帮他解决身份问题，收了老沈 5000 南非元，一周后递给老沈一个绿卡，老沈惊喜若狂，为了庆贺，他邀上朋友吃了一次豪华的自助餐，从色拉到烤牛肉、烤羊肉，从饮料到红酒，整整吃了 2 个小时，把几个月来只吃白饭的胃好好犒劳了一下，但后来查实：那个绿卡是假的，给他办事的人是个骗子。

有天，老沈参加了一个熟人介绍的穆斯林人的婚礼，婚礼上认识了一个叫累丘的当地人，累丘说可以帮他办绿卡，老沈又为之按摩了几天，一个星期之后，累丘真的替老沈好了绿卡，而且没有收任何费用。有了上次失手的教训，他还是请人鉴定了一下，鉴定人是一家旅行社的，很有经验，拿着老沈的绿卡对着阳光，一看就说："这是假的"，老沈的心一下子彻底凉了，因为做假的人把他那真护照上也盖了假的印章，这意味着：他的护照也不能用了。

唯一的办法是到报社办护照遗失广告，再到中国驻南非文化中心重办护照（当时，中国与南非没建交，所以没有领事馆）。结果是费时又花钱，才搞好了补救工作。

还是因为按摩，后来又认识了一个白人海洛塔，海洛塔愿意以低价租房子给他，每月 300 南非元，价钱便宜而且还省了群居之烦，老沈立刻高兴地从罕白浪的群租房搬到约翰内斯堡。

约翰内斯堡离罕白浪有 10 公里的路程，老沈已经在罕白浪做按摩顺风顺水了，不可能与这唯一可以赚钱的地方说再见，好在海洛塔答应帮老沈，每天上班时绕点道，把他送到罕白浪，于是，老沈开始享受独自住一间房子的快乐了。

海洛塔的房子是别墅，但质量不太好，花园小，屋后是高坡，三房二厅，走路时地板嘎嘎地响。但比起罕白浪的群居房，这点响声不算什么。更令人欣慰的是：海洛塔很守信用，每天早晨 7 点钟开车先送他到上班的地方，然后再掉头走三四公里去上班。老沈算了一下，光海洛塔接送他上下班，每天要多开十五六公里的路，一个月就是三四百公里，时间也要多耗十几个小时，遇到交通拥挤，就更加费时间，收自己 300 南非元，海洛塔似乎得不偿失。

海洛塔有一个太太，叫潘妮，比丈夫小 6 岁，是英国人的后裔，身材窈窕，长相佼好。她每周五回家一次，周日下午又离开，据海洛塔说，妻子因上班远，就住在公司里。所以，海洛塔每到周五就很兴奋，要买很多饮料、葡萄酒、三明治、面包、蛋糕以及一些食品。还特别吩咐老沈：这一天要特别安静，还不许他烧中国菜——怕油烟影响自己的妻子。

海洛塔为了让妻子高兴，有一次叫他帮忙烧中国菜让妻子品尝，于是老沈把出国前学习的厨艺全部拿了出来，潘妮还叫上她的一帮朋友来吃饭，那天烧菜的辛苦，吃饭的痛快。炒的菜一上桌，就风卷残云，一扫而光。出国之前，老沈在家里是从来不烧菜做饭的，今天，为了生存，也为了朋友，他硬是露了一手了。事后，老沈得到了主人夫妇一句"非常好"的表扬。

趁着主人高兴，老沈大胆提出一个计划：下班回来之后，再在海洛塔家搞一搞推拿按摩，收入的 20%交给对方，对方高兴地答应了老沈的要求。但是他也很自觉，周五、周六晚上不搞按摩，怕影响海洛塔夫妻俩的生活。

不但如此，只要潘妮在家，他连房门也不出，为什么呢？因为海洛塔家的草坪上经常是他们夫妇进行日光浴的地方，躺在草坪上的潘妮衣着很少。

几个月来相安无事，但有一天出情况了，早晨 7 点钟了，还不见海洛塔发动汽车，老沈只好去叫，但海洛塔满脸不高兴，说自己不舒服不上班。老沈因为昨天预约了病人，不能不去，只好步行去罕白浪，想不到平时只十几分钟的路程，那天他竟然走了一个半小时。

从那天起，海洛塔每周总有几天不去上班，脸色也很难看。倘若他去问，海洛塔就会发火。后来，老沈找到了规律：每周的星期一，只要海洛塔很有礼貌地和他打招呼，那就说明上周末他们夫妻之间的关系很好，如果虎着脸，则出现了问题，这是一个很准的信号。

老沈在没有汽车的情况下，步行了几个月，有时脚上走出了血泡，回到家里，就用在火上烧过的缝衣针挑破血泡，没想到这样的坚持，让自己的身体越来越好了。

凭心而论，海洛塔还是一个很好的人，只要上班，都会捎带他去上班，不高兴那是个人隐私，他也不好过问。

但是，有一天，他和海洛塔发生矛盾了。事情是这样的：他在草坪上教练几个外国学生练习中国功夫(其中也有海洛塔)，海洛塔家的大狼狗也在人群中混进混出，影响了他的教练，他开了句玩笑：“再闹，等下煮了你吃！”没想到这话一出，海洛塔就虎起了脸，叫他“滚”，好在其他学生们劝说，海洛塔才平息了怒火。

后来，老沈知道了：西方人把宠物当作自己的儿女，还让宠物叫自己爸爸妈妈，而海洛塔自己没有儿女，那条狼狗就如同自己的儿女一样，他怎能开这样的玩笑呢？

为了修补他们之间的不愉快，一个星期天，他炒了几个菜，邀请海洛塔来喝酒吃饭，想不到对方竟向他倾诉了自己的苦恼：原来，妻子在外面并不是住在公司里，而是另外租了房子，而且有了情人。海洛塔推心置腹地对他说：“如果你们中国人遇到这样的事情，怎么办？”老沈也不管对方高兴不高兴，谈了他的看法：一、打那个男人一顿，并提出警告，二、警告潘妮：这是最后一次，让她悔过自新，三、马上离婚。海洛塔逐条分析：第一条，没有绅士风度，不好；第三条，不同意；而只有第二条，可以考虑考虑。老沈也借着酒劲，说：只要你不想离婚，你就硬不起来，那你就忍气吞声吧。

海洛塔与潘妮还是这样维持着，以后只要潘妮回家，老沈就躲在自己的屋子里不出来，老沈怕影响他们的关系。

在陌生的南非，立住脚跟之后，事业也慢慢起步，老沈的按摩技术在当地有了名气了，他接着想让中国功夫打入南非市场，他要把中国的武术介绍给南非人。

有一天，老沈的按摩屋没有生意，看见附近有一个叫史密斯的白人在带着一帮人练日本柔道。他就聚精会神地观看起来。看过他们师徒的招式后，他就把日本的柔道的基本动作看出来了，心里觉得：这样的功夫不是自己的对手。正当他聚精会神地观察时，不意史密斯老师向他挑战了：“你会柔道吗？”老沈回答：“知道一点点。”史密斯就不客气地邀请他和自己的学生来过招，说完就从学生中叫出一个来。由于看了很久，老沈知道面前这个学生是这一帮人里面最厉害的（事后他才知道，这个学生已经学了 8 年柔道了），手上功夫不错，但脚下破绽很多，老沈欣然应战，交手 3 次，都干净利索地把这个白人摔倒在地上。

这时，史密斯才有点正视老沈了，问他：“除了摔跤，你还会什么？”他不客气地说：“会太极拳，会心意拳”。于是，他就开始讲中国的这些拳术的特点与区别。

第二天，他的按摩屋来了 2 个白人，其中一个就是昨天交手的那个白人青年，他们要求学中国功夫，考虑到与史密斯的关系，他申明：愿意交朋友，不收学费，每周日教他们一次。这事被史密斯知道了，也要求向他学习中国功夫，老沈爽快地答应下来，每周三晚上到史密斯家里教授心意六合拳。

老沈与史密斯由陌生而熟悉，以后还成了好朋友，有一次，老沈路遇 6 个黑人打劫，这几个人被他反击一下就逃跑了，事后把这件事告诉史密斯，史密斯热心地送给老沈一把铁笛，嘱咐他说："随时带在身上，可以防身的"。

老沈开始教练武术了。但真正的开始要从认识犹太人布拉德开始，布拉德身强体壮，人高马大，是个网球教练，因腰伤来找老沈按摩，按摩时，布拉德向他流露了对中国的太极拳的神往。老沈替布拉德分析说："根据你的身体状况，学中国式摔跤比学太极拳更容易见效"。布拉德听从了他的建议，虚心向他请教中国摔跤，布拉德每天都开车接他去公园学一个小时的摔跤。由于身体素质好，加上悟性高，布拉德的格斗能力突飞猛进。

1993 年 5 月，布拉德提出：要与他一起办一所武术学校，经费由自己出，老沈只出力气就可以了，收入两人平分。这样，两人就在南非的玫瑰谷办起了"双龙武术学校"。学校开始招收了 20 多名学生，这已经能维持学校的运营了，后来发展到四个班，100 多名学生，则已大大赢利了。他和布拉德白天是同事，晚上是师徒——继续教布拉德中国功夫。由于长期合作，他的英语更流利了，布拉德则能说一口较流利的上海话了。

南非的舞台够大，中国的功夫够好，然而事情并非一帆风顺，事业同人生一样，挑战无处不在。办学不久，他就遇到一次严重的挑战，一次，一个学生走到他面前，名为"请教"，实为挑战，一把抓住老沈想把他摔倒，老沈马上反击，把这个学生重重地摔在了地上。对方一边叫痛，一边提抗议，并威胁"不学了"，老沈借此机会向这个班的学生宣传了中国功夫的"尚武崇德"的道理。后来，这个学生还真带走了 20 来个学生，让双龙学校损失不少，但从那以后，双龙也立起了校规：不仁、不义、逞强耍横的不收。以后，学校上课前，师生双方都要拱手行礼，下课了要说"再见"。

当然，在南非也有重武德的武术人士，那是老沈十分乐意交往的，如犹太人安西里，曾在中国的少林寺学过武术，以前在南非曾得过散打冠军称号，曾赶来和他切磋武术，双方打了 2 个小时，挑战者没赢过一次，后来甘拜下风，还高兴得不得了，以后逢人就宣扬他，这为他的双龙学校扩大知名度助了一臂之力。

还有这样的挑战，1997 年，有 4 个来自扎伊尔的旅游者走进双龙学校，一边看教学一边评头品足，原来他们之中有 2 个人曾当过扎伊尔总统的保镖，自恃武术可以，提出要交流武术，老沈用中国式礼节向他们问好，再约定竞赛规则，提出双方各出 2 人比赛。交谈之中，老沈已观察了 2 位黑人保镖身体和动作特点，他决定让布拉德对付身材壮硕的那位，让自己的儿子对付那个身高 1 米 9 的，并吩咐儿子：“动作要快，要贴身摔打”。结果，两战皆胜，与扎伊尔人握手言和，礼貌分手。

在双龙和其他武术学校的带动之下，南非的中国功夫影响越来越大。2000 年，南非成立国家武术队，双龙就有 9 个学生被选入。这一年，南非武术队参加了在美国举行的武术比赛，南非队获得的 14 块金牌中，双龙就占了 10 块。老沈本人与一个香港武术家还获得了“优秀武术大师奖”。以后，每年的世界武术比赛，双龙的学生都有斩获。

双龙的影响不仅仅局限于南非，好些犹太学生后来移居以色列，通过这些学生，以色列人也知道了老沈和他的双龙学校。其中一个叫锐菲尔的学生，回到以色列后，又拜了一个自号“无敌”的白人学中国的咏春拳，无敌在以色列很有影响，学生也很多，无敌老师通过锐菲尔了解了老沈的情况，与老沈建立了联系，后来，又运用自己的影响力，促成以色列海法市市长邀请老沈去以色列访问。

南非的舞台够大。从租房到办绿卡，从与中国人打交道到与黑人、白人打交道，从事业的低谷到事业的高峰，老沈成功地实现了人生舞台上的角色转换。

中国的功夫够好。从按摩治病到教授武术，从单打独斗到规模办学，从解决温饱到追求武德，老沈更深刻地体会中国功夫那种温柔敦厚的文化底蕴。

（原载上海《老年文艺》2014 年第 1 期）

黄浦江畔坐看《非洲脚印》

我在黄浦江畔，我坐在上海大剧院中，正在观看来自黑非洲的歌舞剧《非洲脚印》。这部被誉为非洲版的"大河之舞"的歌舞剧是根据南非诗人唐·马特拉的史诗《索菲亚传奇》改编的。

舞台正中央悬挂着一只形似非洲大陆形状的大脚模型，那样的厚重，厚重得如同一个巨人拼尽他的力气在坚硬的、干涸的泥土里挤压出来的。这脚印，有点清晰，又有点模糊；有点强健，又有点孱弱；既是行走的写实，也是行走的抽象。

非洲的脚印，营造着一个非洲故事的氛围。烟幕缭绕的迷蒙之中，林波波河的众生登场了：雄狮在吼叫中摇摆，飞鸟在鸣叫中翱翔，非洲脚印登场了，与这质朴的脚印相般配的是：近乎赤裸的穿着、原始的盾牌、长矛，并不精致的手鼓在一双双黑手臂的挥动之下咚咚地响起来了。

夸张的脚印、原始的武器、原始的乐器、赤裸的舞蹈，在这蛮荒的林波波河畔，在这青山绿水的黑土地上尽情地展示着：原生态的生命力在酝酿、进化，智慧的生物种群在艰难成长。

我已经感动了：原来，人类进化竟然离不开艰难困苦；而在艰难困苦中的杀伐与节奏鲜明的击打全都是黑色躯体中喷发出来的生存的呐喊与挣扎。

有生命的艰辛就会有生命的快乐，原始先民创造了他们原始的歌舞。看啊，舞蹈是什么？原来就是尽兴的表达自己内心的狂热与愿望，这里的舞蹈没有忸怩作态，没有无病呻吟。

我在黄浦江畔，我在最具现代气息的上海大剧院中感受着真实逼人的古风阵阵，身上顿时有一种阳刚之气在扩张。

非洲的脚印迈得越来越精致了，一位衣衫美丽的妙龄少女迈着轻盈的脚步加入到舞者之中，为她的曼妙舞蹈伴奏的是那稍作磨削的树叉的有节奏的击打，这就是音乐，原始的音乐。那有力的敲击与那发自灵魂深处的舞动，宣泄着先民对上天的感谢，对脚下的这片土地的热爱。

非洲的脚印，越走越让人熟悉了。哦，它走进了一个新兴的南非小镇。看吧，这布希曼式的鞠躬、这安比拉琴的婉转、这萨克斯管的悠扬……这蛮荒土地上先民的子孙们已不再茹毛饮血，已收藏起了祖先留下的带血的盾和矛。

黑土地上来了不少白人，随着这进化的脚步，分化与纷争，分歧与歧视也随之而来了。

舞台上出现了监狱，监狱里两个年轻黑人正在歇斯底里地用脚跺着泥地，囚禁中的大脚极有韵律地跺着，传达着心的呼喊，这时舞者背后的黑人少女与白人少女一齐用悠扬的歌喉唱起了"We are the same"，这是黑非洲很长时间的一声声呐喊啊。非洲的脚印走得的确艰难而曲折！

如同电影的"蒙太奇"手法，舞台上的表演场景跳跃更换着，监狱里的黑人们冲出了牢笼，一位穿着橡胶靴的黑人跳着街舞走来，而另一个穿着舞鞋的白人，则跳着踢踏舞迎面走过来，两人展开了一场双人舞表演，这似乎是一场格格不入的舞风的决斗，又似乎是合作共携的双赢之舞。

监狱的门倒了，心的篱笆倒了，监狱内外一片欢腾，舞蹈越跳越热烈，旋律越奏越激昂，舞蹈让我发挥了一下想象力，我想到了马丁·路德·金，想到了他关于自由的呐喊……

非洲的脚印走在非洲的大地上，瞬息万变，强壮、敏捷，争胜。足球滚到了非洲的舞台上来了。一大群黑人舞者在台上顶球、颠球、勾球、传球。这样的群舞，让我看到非洲的顽强生命力与快速适应并融入现代社会的能力。这块土地上的人们极有足球天赋，他们踢球的历史不长，便让世界刮目相看……

我在黄浦江畔，我坐在上海大剧院中，正在观看来自黑非洲的一场歌舞剧，我感觉自己看到的不仅是"脚印"——当然，它正用急促的步伐在追赶世界潮流；我还看到了强健有力的非洲的心跳——它正不屈不挠的积攒着自己的能量，我还看到聪明绝顶的非洲的头脑——它明白无误地告诉每一个观众：愈是民族的愈是世界的，我还看到了蛮有魄力的非洲的大嘴巴——它不厌其烦地告诉世界：非洲是人类的发祥地。

90 分钟的观赏结束了，然而那结尾的大合唱"我们生在非洲，我们以此为荣，我们是非洲的儿女！"这声音还在耳边回响，我不禁想到我们自己的东西，如粗犷而苍凉的秦腔、如精致而让人眼花缭乱的京剧，如那秀美而玲珑的越剧……我多想它们也能像《非洲的脚印》一样，到异国他乡去踏上深深的脚印。我已不止一次在电影中领教美国的打斗文化，也在电视中领教了那处处透着"身土不二”的阵阵“韩流”，我们难道不能在这世界留下厚重的中国脚印吗？

舞蹈是供人看的，更是让人想的。演出是结束了，但非洲的脚步还在“踢踏、踢踏”地响着。

那踢踏的节奏中还回旋着“我们生在非洲，我们以此为荣，我们是非洲的儿女！”的歌声。我真想把歌词改一下：“我生长在长江边……”、“我生长在黄河边……”以此来表达一个民族崛起的、前进的心声。

（2012年2月27日　李锐）

她以死抗争逃脱了日寇污辱

这是一个真实的故事，叙述人谢黄氏讲这个故事时，没有悲伤、激愤、仇恨，只有对自己母亲的怀念，对乡亲的感激——她的心中只有逝去的一个个熟悉的人物，而加害过自己的强盗都在她的叙述中渐渐地淡出并被淡忘了。

谢黄氏，湖南省衡南县咸塘乡人，民国十六年生，今年已经八十岁了。满脸风霜然而却精神矍铄。讲起“走日本”——日本入侵时期逃难的民间说法，常能说出一些我们平时根本听不到的也想不到的故事来。下面是她口述的一个63年前的真实故事。

民国三十三年，日本兵在我们这一带奸淫掳抢。大家只要听到日本兵来了，女人就往脸上涂锅灰，男人就带上粮食，大家拖儿带女往山上躲。等日本兵走了才敢回家，家里常常锅盆饭甑都被打翻了、打烂了。日本人还在我们的饭锅和坛子里拉屎。日本人糟蹋我们的东西，有时把耕牛杀了剁下四肢吃了，把躯体扔了，杀猪就剥了皮吃。

那年夏天的一个清晨，日本兵又要进村了，大家就往衡东的铁丝塘方向逃，我们才跑到欧塘，听说前面也有日本兵，大家就只好躲到对面的小山上。躲了一个时辰，看到十几个日本队兵肩上扛着枪，手里提着东西走出了村子，村子里没有一点动静了，这时有几个小孩子哭了起来，大家也肚子饿了，我娘带了十几个女人下山想到村子找点吃的。当时我才17岁，也跟着下了山。我们走进村头第一户人家，没想到在这家人的堂屋里迎面撞上了两个日本兵。这两个强盗一眼就看上了长得漂亮的刘三嫂，拖着她往里屋走。三嫂当时只有27岁左右，吓得不能动了，但她怀里正在吃奶的儿子蹬腿大哭起来。鬼子兵放开了她，就来拉我。我娘又急又怕，跪在门口的田埂上对天哭叫，口里念着咒语“云霄娘娘，胡宵娘娘……”日本兵一人抓住我不放，一人用枪刺对着我娘的头，不准我娘哭叫。我情急中挣脱跳进了眼前的池塘中。

这个池塘类似农村的“鼎锅”——四周陡峭中间很深，我一下就滑进了塘中间根本上不来了。我当时很清醒，我知道自己身上只穿了半件衣服，另一半在日本兵手上。我是直立在水中的，我看见池塘的水都是血红血红的，我看见对面山上的父亲急得跳起来，又被人按倒在草丛中。我还看见日本队兵用枪尖伸向水面想要我抓住，把我拉上来。我没有去抓那枪尖，我想我这次肯定会死的。

后来，这两个日本兵走了，山上的男人跑下山来，一个会水性的人把我救了上来。那时我已完全没有了知觉，只是胸口有点热气。我娘跪在我面前，口对口吸，吸出了许多泡沫。我的娘一边哭，一边吸。整整吸了几个时辰。我是第二天早上才醒过来的。

老人说到这里，眼里含着泪水，有对母亲的感恩，还有对那位救她的乡邻的感激。

（2007 年 3 月 14 日）

乡村奇人奇冤

民国时期的湘南，有一个山清水秀的乡村，它在南岳衡山最后一峰——回雁峰以东二十公里处，湘江的两条支流耒河和洲河缠绕着它。在几座不太高的小山之间尽是肥沃的稻田和池塘、沟渠。乡下人都以农耕为生，日出而作日落而息，过着平淡无奇的田园生活。但茅冲的黄家老三黄先俊与众不同，他这种与众不同可以说从生到死都是惊世骇俗的。

先说他的出生，农家孩子生下来都多少遗传着父母的皮色，而他不同，生下来就白白净净的，像城里人的孩子。他生下来哭声特别响亮，而且长哭不止，好像他的出生就是他的苦难的开始一样。

先俊长大成人后，也和一般乡下人不同，他不安心耕田种禾，他只身跑广东、香港贩卖私烟。为此坐过监狱，这在乡下人看来，可是开洋荤的事。坐牢时他又得了牢瘟，被人用两根杠子抬了回家，家人用最原始的方法给他治病：放鞭炮、打碗、喊魂，就把他的病治好了，他病后第一件事是：用井水泡冷饭，连吃两大海碗。后来他外出拜师学了一门染布的手艺活。当时农村人都自己纺线织布染布，所以黄先俊的生活过得还相当富足，有了钱他也喜欢招待远近的来客。他的好客又是远近闻名的。

民国三十三年，日本兵打来了。在距茅冲约 3 公里的寨子岭驻扎了一支十几个人的队伍，为首的叫松下，但乡民都叫他“山下”。当地人邓增云的儿子是国民党的营长，部队被打散后，回家来拉起了一支专和日本人作对的游击队。他们对单个的日本兵搞偷袭，杀死过几个日本兵，连尸首都让日本人找不到，这让“山下”很恼火。

先俊看不起游击队，称他们为山大王——把他们当作土匪看待。游击队的二号人物，他那个同族的侄子，和自己的外甥女苏伢子相好。他还数落了几次苏伢子。

七月初的一天，黄先俊在自己屋后的圆形山碰上了正躲藏在树林中的游击队一伙人，他先是一愣，但转而觉得：山上总比山下好，因为先俊也恼恨日本人，日本人刚进村时，在自己家打过劫，杀了他家的看家狗大黄，吃了他家的打鸣公鸡小黄，还在他家的饭锅中拉屎。于是他主动和那个本家侄子打了招呼。邀请他们到自己家坐一坐。先俊办了酒菜，正在他款待了游击队时，一个游击队员走了进来，在族侄耳边说了句什么，只见族侄突然圆瞪双眼怒视着他，掀翻了饭桌，一伙人一溜烟朝树木葱笼的大岭山上跑走了。

随后，一队日本兵端着枪进来了。搜查了他的家，日本人兵很内行地扒开他的衣服，看了看他那白白的肌肤，又叫他伸出手来，看了看他那尽是黄绿染料颜色的双手，日本兵看后，说他是游击队，就把他带走了。

先俊关在寨子岭时，当地保长求情，松下不答应。后来，松下在当地的一个姘妇、木匠龙虾子的老婆也出面证明他不是游击队，松下也没有答应。

两天后，日本人决定杀了他。他被押到耒河边的一个叫王家渡的集镇来示众，受刑前的先俊，只穿了一条短裤，露出他那白而又胖的双腿。他身上伤痕累累，对于眼前的一切似乎麻木了。日本人用军刀先砍去了他的双臂，他叫了声“冤枉”，不知他这是对日本人说的，还是对游击队说的，总之他现在百口莫辩，两面不是人。他倒在地上，日本人又齐大腿把他的双脚砍掉了。这时旁边看的人有人发抖了，有人低声哭泣了。日本人似乎不解恨，又用枪尖挑出了他的双眼，接着把他的躯干像立一个木桩子一样立在河岸上。一个鬼子一脚把他踹进了耒河里了。

他的尸首沉入河中就没浮出水面来。后来，他的侄儿在王家渡守了好几天，悲声喊叫：“满叔呀，你要有灵就浮出来吧，我们好给你收尸呀。”不久，下游就有一个东西浮了出来，一直朝下漂去。有人说那就是先俊的尸首。再后来，他的外甥在下游七、八里的朱家渡把尸首打捞上来。

这是一个真实的故事，如今受害人的儿子黄代茂还健在。

（2007年3月18日）

某先生的“聪明语”

某先生长期在机关混，看事情常能高屋建瓴，说话常能语出惊人。

某日，朋友聚会，有人拿出本地一位高官的“墨宝”来请大家鉴赏，而这位高官就是他的上级领导。大家都说这位领导的字写得好，唯独他不发言，朋友请他评价这幅字的特点，他只说这三个字“聪明体”，这话让人摸不着头脑。有人问他：“你这是什么意思？”他回答：“我这是聪明语”。

又一日，一男同事议论本机关谁谁谁的文章写得好，他这次抢着说话了：“文章是自己的最好，老婆是别人的最好。”引得大家哄堂大笑。隔一天，家属区内，有妇人争论谁家的孩子最有出息，他又把他前日的话改成了：“孩子是自己的最好，老公是别人的最好”。

同学聚会，一男同学开一女同学的玩笑说：“多年不见，想死你了”。他插了一句：“想可以，但不应该说”。另一同学又打趣说：“想也想了，说也说了，也没什么呀”。他又说：“想还可以，动是不可以的”。同学之间又是哄笑。

他在下级单位发言，有一句最爱讲的话：“也许你们的领导在能力上不如你们，但你们一定要记住，被你们领导的群众中一定有能力比你们强的——千万不要瞧不起自己的手下人”。

上级领导打算让他分管机关的基建工作，他想尽办法推掉这个肥缺。他常对自己的老伴说：“孩子有出息留钱给他们做什么？孩子没出息留钱给他们有什么用？”

一日，他向自己的孩子宣传人生哲学——“人是为别人活着的”。孩子反驳道：“你为别人活着，别人知道吗？”他说：“这不要别人知道，正像我为你们活着一样，我要天天跟你说吗？向你要回报吗？”有其父必有其子，他的儿子也故作高深地说：“呀呀呀，老子还要儿子的回报呀？”其父回答说：“我不要，那是我的风格高；你不回报，那我可以把你请进法院里去。”言罢，用手指在茶几上划出四个大字:“积谷防饥”,叫儿子对个对联,儿子怎么也不肯对,父子相视大笑。

(2007 年 7 月 13 日)

兽亦有道

鸟有鸟语，花有花言，野兽也有它们遵循的道德规范。不信？且让我来说个故事给你听听。

六十年代，湘南某山区的深山大坳里，有三个生物悄无声息地对峙着：一只巨大的银环蛇、一只毛色金黄的黄鼠狼、一个十五六岁的毛头小伙子。毒蛇、黄鼠狼是直接对峙着，双方都是一副敌视的姿态：蛇昂着头，吐着信子，脑袋左右摆动；黄鼠狼四肢着地，腰身拱起，一副随时进攻的样子。但是它们谁也不敢造次——既不敢前进又无法后退，就这样僵持着。而那个毛头小子是上山来砍柴的，由于童心未泯，看见这场即将上演的生死之战，他放下柴刀，蹲在一旁看热闹来了。

沉闷的对峙中，时间是最难熬的了，连那小伙子也有点沉不住气了。这时只见黄鼠狼发出一阵吱吱吱的叫声，不一会，山头山角一转眼就窜出了一群黄鼠狼，二十几只黄鼠狼将银环蛇团团围住了。银环蛇似乎并不害怕对手，不在乎地昂着头，吐着信子。

一群进攻者你望着我，我望着你，也没了办法。在一阵沉闷和死寂之后，突然，第一只黄鼠狼一跃而起，对蛇发起了进攻，冲上去一口咬住了蛇的"七寸"，那蛇反应也十分快，反过来一口，也狠狠地咬住了进攻者，进攻的黄鼠狼一下子倒地不动了，但嘴却咬住蛇的脖子不放。其它的黄鼠狼乘虚而入，一拥而上，一转眼的时间，这条蛇和第一只黄鼠狼一样，倒地不动了。所有的黄鼠狼都围着受伤的同伴，吱吱地叫着。这时，突然有一只大一点的黄鼠狼掉头冲向一丛灌木中，用前肢使劲刨出了一株青草，用嘴拼命嚼着，冲向受伤的同伴，嘴对嘴地把嚼烂的草喂进同伴的嘴中。不久，这只受伤的黄鼠狼就活转来了，这群黄鼠狼快乐地跳呀，叫呀，好像开一个盛大的舞会似的。

不久，又是那只大一点的黄鼠狼，先停止了欢叫，开始用嘴撕裂到手的猎物，一会功夫，一只硕大的银环蛇被分成了一截截的食物，大家先让受伤的黄鼠狼享用食物，它叼走了第一段——蛇头，再就轮到那只大黄鼠狼了，它叼了第三段，然后其它的黄鼠狼秩序井然地从第四段、第五段……一直分下去。它们又朝一直站在旁边观望的小伙子叫了一声，就一哄而散了。

哦，这个聪明的砍柴小伙子明白了，那段蛇肉是黄鼠狼分给自己的。他没有接受这群野兽的好意，但他留了一个心眼：跑到灌木丛中，找到了那种青草。以后，这个青年成了当地有名气的专治蛇毒的土医生。

（2007 年 9 月 23 日）

风铃

古老的风铃，挂在古老的檐角，
孤零零地摇曳，轻幽幽地叹息。
乜着夕阳，斜着晚风。
白天继续黑夜的故事，黑夜重复白天的旋律。
风起了，卷起一阵迷茫，嘶哑的声音无力地敲打着没有流水的河床。
诗人仍痴痴地守候着，守候那一阵天籁的回响，
笔下滴答着凝滞的残章断句。
片片秋叶如断肠人的泪，飒飒狼藉于冷落的庭院中，
孤独的风铃散落在墙角，已成了凋零的菊花一朵……
诗人守候那蜷缩的风铃，眼中迸出期盼的火，
——莫非他要和它一块儿执着？

迷对联

我是喜欢对联的，其实以前我对它又是不在行的。

先说喜欢。还在读书时，我就曾用小本本抄过好些对联，至今记得的有“祖国河山春不老，人民领袖寿无疆”……以后，游览过一些名胜古迹，凡有对联的，都把它们抄起来。

再说不通。少年时就作过一些对联，后经老师指点，才知道作对联要注意节奏、平仄，还不能“合掌”……

有句话叫做“江山易改本性难改”，我这个爱涂写对联的毛病，还真改不了。看到一个征下联的出句“明月照纱窗个个孔明诸葛亮”，我就胡乱对了个“长亭吟折柳声声子长司马迁”。看到“寂寞寒窗空守寡”，就对了个“伶仃侨仕侥侔侪”，自知这些绝非佳对，但还是禁不住摇头晃脑作得意之态。

涂写之余，也开始玩对联而不恭起来，前不久，单位有一对青年喜结连理，请我撰个婚联，我放开手脚作了一首打油联：“张弓搭箭丘比特正中芳心，涂脂抹粉安琪儿小蹙峰眉”。

这可谓土洋结合，不伦不类，但联中嵌入那对新人名字，博得大家一笑，倒也贴上了洞房门了。

以后再有请我撰写对联的，我就又如法炮制，作它些个胡涂联、打油联。

看来，做正经文人难，做打油文人易。只是有时也汗颜：像我等这般文人的存在，究竟是好事，还是坏事呢？

（原载 1997 年 3 月 17 日《衡阳晚报》）

写个对联寄语来年

一转眼，又是辞旧迎新的时候了，我想撰写一个对联来抒发一下一年的感受。昨夜冥思苦想，弄出这样一联："大手笔东风化雨，好春光势如破竹"。写完后，得意洋洋，还泡一杯咖啡犒劳了自己。

在过去的一年里，我看见了、体会了许多的大手笔。大到国家战略，如一带一路、亚投行、南海战略、反腐战略……中到我居住的这个城市的发展与变化，日前，坐汽车在江底隧道穿过黄浦江，只一个多小时就到了崇明岛，听说这开掘隧道的机器叫做"盾构"，就像穿山甲一样，而力量与速度又远胜穿山甲。这盾构的确是城市建设中的大手笔，如今，上海全城已有了 14 条地铁，三百多个站点，总里程已超过 600 公里，上海每天坐地铁的人不少于 800 万人次，这里除了盾构的功劳之外，还有人的因素，试想，没有一群敢想敢做的设计者和建设者，会有这大手笔吗？

生活在上海，感觉到了许许多多的社会进步和科技发展。这类似的大手笔，还真不少，最近，报上又有消息说：上海的公园将实行全天开放，这对管理者来说应该是一个不小的挑战，这也算得上管理上的大手笔啊。

好风凭借力，春光润人心。一段时间里，我也有自己的一些得意之处。因为有幸结识了一两个学者和名人，除了"高山仰止"之外，还多了些学习动力。所以，也写出了一篇两篇"出乎意料"的文字来了。虽然不能同大师的作品比，但自己却私下里敝帚自珍，甚至自鸣得意的。

我相信：无论是国家还是个人，只要坚持自己的战略目标，保持自己的内心定力，胜利就在微熹初露的前方！因为好时代、好环境常常产生好的惯性运动，常常能锦上添花的，助人向上，助人成功、助人异想天开！

我把我的这个想法写在"大手笔东风化雨，好春光势如破竹"里面，我请春风捎上我对来年的憧憬和企望。

（2016 年 1 月 9 日）

附：近年撰写的部分对联

1. 春雨润泽新世界，牡丹振奋绿精神。
2. 大手笔东风化雨，好春光势如破竹。
3. 亚投行亮人民币，新丝路掀华夏风。
4. 喜风喜雨喜临门，福地福天福满楼。
5. 催红促绿喜春风阵阵，打虎灭蝇擂战鼓咚咚。
6. 火红年代得天时地利，骀荡东风秀姹紫嫣红。
7. 习习东风扬大纛，处处新蕊见春韶。
8. 灭蝇打虎棋局大，守法依规气象新。
9. 一元复始春归矣，万物争苏雪化兮。
10. 风送花香香适意，雨酥草绿绿怡情。

才子笔力赤子心

读《欧阳文彬文集》有感

日前，拜访了欧阳文彬，临别时，老太太送我一套《欧阳文彬文集》，5 大本，洋洋洒洒 160 万字。读过后不禁心中发出这样的感慨：才子笔力赤子心！

我爱读欧阳先生的译作，如《茶杯里的风波》，译文没有艰涩翻译的痕迹，读来有一种畅快淋漓的感觉。

文中人物形象鲜明，台维斯副主教的固执和能言善辩、他的传统和守旧、他的爱面子、他的“君子”风范以及一次不经意的恶作剧之后的进退失据。他的夫人对他既服从又不服气的小聪明写得活灵活现、栩栩如生。

小说构思很精巧，让夫妇两人的矛盾冲突集中在女人的裙子后面可不可以做一只口袋的争论上，主线贯穿全文，再时隐时现地穿插台维斯在教堂内矛盾冲突的副线与之侧应。

小说的语言也很精练，“茶杯里的风波”真相究竟是什么，究竟怎么解决，似乎没有结论，但似乎又可以从文中找到暗示。

韩愈语“千里马常有而伯乐不常有”，套用在这里，就是：好的外文原著常有而好的中文翻译不常有。

我爱读欧阳先生的散文，如《登山路上》，它处处实写自己年近古稀登峨嵋山的经过，却又处处暗合自己 68 年多舛的人生。

好好理解一下作者登山的感悟吧：“多么纯净的天空，湛蓝湛蓝，像水洗过一般。多么辽阔的天空，无边无际，像浩瀚的大海一般。我真想化作一只小鸟，自由自在地飞翔。但鸟儿也有飞倦的时候。不管我是否情愿，总不得不承认自己确实疲倦了。”

文章写了几个鼓励自己登山的好心人，一个是自己读初中登雨花台时，那个摇着旗的小伙子；一个是自己年近古稀登峨嵋山时，那个穿红色运动衫的小伙子，还有那个年年不懈、小脚巍巍登山进香的老太太……

身边的情景让作者发出这样的感叹："金顶只是峨嵋之行的终点，如同雨花台只是爬山比赛的终点。它们都为新的目标所取代。真正的终点在哪里呢？"这样的散文真有点像抒情的诗歌。

类似这样展示作者才情的文章比比皆是，它们有的是译作，有的是散文，有的是童话故事，有的评论文章，有的是长篇小说。

我也爱读欧阳先生的通信札记，它们展现的是她对人的友善和对事的宽容。

面对素不相识读者的来信，她尽量回信，回信总是平易近人。如"去爱散文吧，这会让你受用无穷"的劝告，如"运用脑髓，放出眼光"的指点，如"组织起读书会，经常交换读书心得"的建议。她甚至和一个读者一连通信几十次，以至后来成了好朋友……

作者在青年时代接触了不少的革命者、文学大师、科学大师、佛学大师，如徐特立、张天翼、叶圣陶、夏丏尊、丁玲、李叔同、冯雪峰、钱锺书、胡风、邵荃麟、高士其、夏衍、冰心……所以，她的处世接物都给人一种高屋建瓴的感觉。

同为名人，她与戴厚英女士的关系，可谓亦友亦仇，剪不断理还乱的。她受过"小钢炮"多次轰击，但还是那么大度地理解"小钢炮"，在"小钢炮"失势时不计前嫌，援以同情。对她的被害抱着痛惜与惋惜。

一本文集，展示了欧阳先生不背"名人"的包袱，不落井下石，不睚眦必报的思想境界和精神情操。

名人不摆架子，名人不搞自己的小圈子，这在现实生活中，真可谓是"清流"了，欧阳先生就是这样的人。所以她不愿以"名人"身份参加社区评奖活动，而又热心与社区的文学爱好者交往，因为她太善良，甚至有些过分的"慈悲"。

读这套文集，感觉到：无论时代多么风云变幻，作者始终保持着一颗不变的赤子之心——先是一个纯洁向上的青年，后是一个乐观向上的老人。

小说《在密密的书林里》的女青年李丹，其实就是取材作者早年追随共产党的一些事迹，小说中处处都有作者刻骨铭心的记忆。

作者从小就爱看书，但在《书店工作放谈》里反省自己时却说："看书是为了工作，不是做书呆子"，"不为工作荒废学习，不为学习厌烦工作"。

她在一篇文章里还反省自己："由于我们这种人一直相信党永远正确，挨整时候总是诚心诚意地认错，对一些无法理解的批判一味照单全收，结果失去了判断力和自信力"。

她在回忆母亲的文章里，很不经意地透露自己是在美国出生，母亲后来把这个出生证当作宝贝郑重地交给她，可她并没有保存它，并且得意地说："幸而如此，我才得以保住我的出身之谜，在文革中没有被戴上'美国间谍'的帽子"。

她在文章中冷淡地回忆艰难时候的其他名人的际遇，如"罗荪的筷子风波"、"巴金陷入重围"、"王道乾不善于喝汤"、"黄宗英专业陪送"、"杨波没有归队"……轻描淡写中其实有些同情，而同情之中又还带点黑色幽默。

现在，欧阳先生已经安享晚年了。她在退休后学练气功，学唱京戏，学弹中阮，日子过得平淡而充实。

她在自己 90 岁高龄时谈自己长寿秘诀时写道："生活向下看，看看生活条件不如我的人，就能知足常乐；工作向上看，看看贡献比我大的人和比我辛苦的人，就会感到自己做得不够；学习向前看，看到前面值得学习的东西太多太多……"

捧读《欧阳文彬文集》，叹服作者不绝如缕的才情，捧读《欧阳文彬文集》，叹服作者那冰心玉壶似的赤子之心。于是，不由从心底发出感叹：是金子总归会发光，祝好人一生平安！

（2014 年 3 月 5 日）

等我有钱了……

我生长在城市，但我和乡村有着千丝万缕的牵连。因为我的祖上曾生活在一个偏僻的乡村，只是直到我的祖父，才从乡村闯荡到城里来，才在城市里定居下来。所以，我家在乡村还有很多近的、远的亲戚。

我的姑母，一个没有文化、没有能力的农村老妇人，过去我们家也曾给过她一些帮助，但一切都无济于事。每次我们下乡去，我们照例会给点钱给她，她不会推让，总会告诉我们：她哪里有病，家里有哪些困难。

我的舅母，一个没有文化、但很能干的农村老妇人，我们每次去她家，她都要东凑西凑，办上一桌酒菜招待我们。每次给点钱给她，她总要推辞一下——我知道那也只是客气一下而已。

我年青时，正好碰上了上山下乡的时代潮流，我本来要下放到很远的农村去的，多亏我的爷爷解放前在家乡建有一栋土坯房，这样，我就以投亲靠友的方式回到我的爷爷曾经安身立命的老家了。

我亲眼看见农村生活的种种艰难：没饭吃时父子之间的算计、夫妻之间的纠纷。我也碰上了这样类似的难言之隐——我回到了老家，原来住在老家旧房子里的表弟，不得不让出一间房子给我住，但我看得出来，他有点紧张，怕我和他抢这栋房子——而且，他还担心在道理上抢不过我。

那时，我就有一个愿望：等有钱了帮这些亲戚一把，让他们不再在一种愁吃愁穿、提心吊胆的状况中生活。可是我一直没有这个能力，有的只是一个藏在心里的、不为外人所知的梦。

我这个愿望后来有了一些改变，改变的原因是几件小事。改革开放之后农村生活好了，农民的腰杆子也挺直了些。一次，我姑母的小儿子——我的表弟在背后议论“城里人比农村人也没什么了不起”这话题时，直呼我的父亲和叔父的名字，以示鄙夷。这让我大惊失色：看来我这表弟还真有点忘恩负义呀。另一件事是：二十年前，因我的兄弟得罪了城里的一个黑恶势力，搞得我家里鸡犬不宁，当时都是我的一帮朋友鼎力相助，但我的农村亲戚个个噤若寒蝉，他们即使进城也不敢来我家了。

即使这样，我骨子里还在怀念我的家乡及家乡的亲人们，我还是想帮他们一把，但不是想具体地帮某一个人了，而是想：等到我有钱了，一定帮家乡修一条高标准的水泥路！因为我的心里总有一幅这样的图画：湘南的阴雨天里，我的祖父、我的父亲，一老一小两代人赤脚翻山越岭，两脚泥泞地向城里进发的艰难和狼狈。

提起乡村的小路，我想起了自己下放农村时一次在山间夜行的经历。那时乡村连简易公路也没有，从城里回乡下去只有坐火车，而且只有一趟慢车。下火车时已是半夜 2 点多钟了，要到我下放的地方，还有 7 公里的山路。我一个人独自夜行在山间小路上，天上有零星的星光，山里静得听得见自己的心跳。突然，远处的山坳里传来一声不知是什么动物的低沉的叫声，当时真的有点毛骨悚然。

那条山路，白天是我们送公粮或买生活用品的必经之路，有一次我挑了 100 斤煤，半路上生病了，是在路边的一个农民家里睡了一觉才走的。

这样的滴水之恩在我下放时候还是很多的，汇集起来，大概也是淙淙泉流了呀。

后来，我回城了，再后来，农村面貌改观了。又后来，我的祖母逝世，我们扶柩归乡，乡下已经有了一条简易公路了。那天阴雨连绵，汽车在快到老家的地方打滑了，马上就要滑到路边的水塘里去了，司机吓得脸都变了色。我找来农民帮忙，让司机抓紧方向盘，踩紧刹车，请农民们用绳子拉车，才脱离了险境。

第二年，清明节，我和一帮朋友开车去乡下扫墓，路上遇到乡村一帮碰磁的无赖，说我们的车碰了他们，要赔钱，但发现我们的人比他们多，比他们高大，也就免了一次冲突。

后来我的兄弟又因为墓地的事与当地一个青年争吵，打了架。他以为没事了，没想到那人请来了他的师傅、一个当地有武功的人来找麻烦了，来人气势汹汹，但是被我舅母一句话就给浇了来人的火气，不声不响地走了。原来，此人解放前是国民党的军官，文革时被整得死去活来，当时是我舅舅心生恻隐，偷偷放走了他。

我的乡村，我的牵挂，我不会忘记那里发生的一切。我还记得当年下放时，抗旱车水，四人并排坐在水车上，水车越踏越快的情景，我明白那是农民兄弟对我的考验——如果脚步跟不上大家的节奏，一脚踏空、踏慢，那是很尴尬的事；我还记得当年春插时，农家孩子和我较量插秧速度的疯狂比赛；我还记得大家在利益冲突关头的种种真情流露……但我更记得乡人对我的种种的好处，那里有社会底层的实实在在的喜怒哀乐。

等我有钱了……这是心中的秘密，一个不便对人张扬的秘密。只是这个心愿现在可能用不着我来兑现了，听说政府已经开始计划修建一条高等级的乡村公路了。

等我有钱了……这是我人生的一个最大的自慰和自欺。自慰我的良心，自欺我的能力。

（2007 年 12 月 13 日）

物换星移旗飘飘

我的父亲是上个世纪五十年代加入共产党的，他是一个普通工人，加入共产党时，他正在参加政府组织的扫盲运动，他入党的理由很简单：因为共产党让工人阶级翻身了。他的抉择，遭到了他父亲的反对，老人家以自己的经验告诫儿子："一朝天子一朝臣，他看那些加入帮派的人，现在有什么好处？"执拗的父亲就是不听，他认为共产党是人民的救星，跟共产党走就有光明前途。

父亲得益于解放初期的群众扫盲运动，后来能看书看报。他常常向我们宣传他在报纸上看到的东西，主旨思想其实就要听党的话，跟共产党走。六十年代末，他就积极支持我响应党的号召，下放到农村去。

跟党走，不动摇，这是那个时代共产党员的特点。晚年，他常常对揭露出来的贪腐现象进行猛烈批评，说这是"忘本"、"背叛"。

可以说，父亲是一个有信仰的共产党员，自从在那面斧头镰刀的红旗下宣誓之后，那红旗就一直在他的心中飘着。

上个世纪八十年代，我大学毕业，参加教育工作，由于工作干出了点成绩，我们单位的一把手亲自当我的入党介绍人，让我在许多的申请人中捷足先登了一步。入了党，当然要努力工作，当时，我中途接手一个高二年级的班主任工作，工作一段时间后，发现班上的学生基本上没人能过高考这一关。于是，我不断地进行家访，不断地与学生谈话，不断地与任课老师沟通，最后下决心将班委会彻底改组，又针对不同学生重新调整专业方向和主攻科目。同时，加强个别辅导，利用下午或晚上自习时间给一些学生补课，还协调其他老师同步进行补课，就是用一种近乎牺牲的精神，扭转了形势，高考中取得了意想不到的成绩。

如今，我到了颐养天年的时候了，眼见这面红旗又在下一代心中飘了起来。儿子是在大学读书时入的党，毕业以后，换了三次工作，越换越辛苦，现在每天都是早出晚归，有时周末还要加班。

儿子是学法律的，前不久，他休假去香港旅游两天，还抽了半天的时间到香港高等法院去旁听了一个案子的审理。问他为什么这样做，他淡然地说："要跟上时代"。听了这话，我心里暗自高兴：好样的，不愧是咱家奋斗精神的接棒人！

我们的家庭背景很平常，我们的起点有点低，但我们一旦加入了一个先进的组织，我们就都力争走到时代前面去，脚踏实地改变自己命运，同时也改变祖国的面貌。

这种改变，其实就是革命。具体地说，我父亲的革命就是改变"上无片瓦，下无无寸"的宿命，我的革命是要改变祖辈没有文化的窘态，如今儿子的革命是应该目光更远大一些，他们这一代人是应该为国家、为民族多做些实事。

中国的前途在中国共产党，中国共产党的前途在这面鲜红的红旗不沾上污渍。前进的道路可能会有曲折，请相信：物换星移旗飘飘，党魂党旗永不倒。

（2013 年 9 月 15 日）

“搞”都“搞”不赢的国民党

最近在电视节目上看见台湾立法院的一场国民党和民进党的不精彩、不对称的辩论表演。国民党的立法委员质询民进党的教育部长时，批评他“乱搞”，对方反击说：不要用大陆的语言“搞来搞去”。结果国民党一听到把自己跟大陆扯上了，就心虚了。“搞”都“搞”不赢的国民党就这样的不经“搞”！

民进党的草根性，决定了他们会“搞”，这是事实，但人们也不能忽视民进党对大陆的了解。请看这个杜正胜，他那么一个轻描淡写的反击，就看出了他对大陆人民用语习惯多么了解，而且他还了解国民党人软肋在哪里。

本来，两岸同文同种，语言习惯与思维方式上很容易接轨，所以国民党在这场质询中用了一个“搞”字，民进党也马上明白对方在奚落自己，对于一个没有政绩但会搏杀的政客，最好的反击当然是节外生枝，拉回到自己最熟悉的话题上来，把国民党装进他们预先设好的套中，让其无法钻出去。于是杜正胜保住了面子。

其实，这个国民党立委只要刁钻一点，是好反击的。当然，不刁钻的人如果有准备也可能补拙。假如这个国民党立委，在战前多一些沙盘推演，思考一下：我明天质询该怎么问话，具体到用词用语，例如这个“搞”字用还是不用。我打了他的要害，他的反应是什么。那会有应对之策的。

也许有人会说：对民进党这样的角色，那是秀才遇见兵，有理讲不清。其实不然，只要知己知彼就有胜机。“彼”是什么，“大陆是敌人”这是他们的口头禅但不是心里话。民进党在两岸问题上制造矛盾，就是为了和国民党争政权、争地位。为达此目的，对方还有一些特点，如口是心非，手法刁钻。要知道，这些人被你们压着不能翻身已非一日，他们今日大权在握实属不易。“此”是什么，是你们对自己与中国、中国文化的关系既无法否认又不敢肯定，两难之中只有挨打的份。如国民党能弄清这些问题，再遇见“搞”的冲突，那肯定要搞定民进党的。

首先，国民党要理直气壮地高举孙中山的旗帜（而不是蒋介石的旗帜），其实

“三民主义”不光台湾人爱听，美国人也爱听(以台湾的现状，当然要讨好美国人啰)，连大陆人也爱听呀(不爱听的也会害怕)。其次，国民党要认真地告诉台湾人：我们是中国人(起码是与大陆人不一样的特殊的中国人)，我们讲的是中国话，世界上民族间语言在互相交流借鉴，中国人之间族群语言也可以交流借鉴。国民党如果再厉害一些的话，还可以大胆地、针锋相对地提出“政治、经济西进”口号来，鼓励或带头让台湾人来大陆参政议政。做官嘛，台湾太小，自然僧多粥少，那么就来个东方不亮西方亮也好嘛。起码让民进党那些官迷们眼红眼馋，也让大陆那些太平官们心慌气闷。当然，这个操作起来有很大困难，但你们为何不像民进党一样，先画一个诱人的大饼呀？而且，这才正中你们的美国朋友下怀，他们要你们“保持现状”是假，要你们影响大陆才是真。怎么你们没有一个明白的呢？你们讲句心里话吧，共产党是你们曾经的敌人，但大陆同胞不是呀。你们为什么不敢讲，而总被民进党牵着鼻子走呢？

最近几年的台湾政坛，话语权都是操控在民进党手中，国民党如不从根本上制定战略目标，像这样“搞”不赢的现象还会常常发生。立法机关上的一场小战争，反映出国民党既缺大战略，也缺小战术。国民党应针对台湾现状，给自己一条光明大道；同时应针对民进党的特点，也给这些政坛上的饿老虎一条光明之路。

(2007年3月31日《联合早报》电子版)

阿 Q 的幽灵在两岸游走

一个阿 Q 尽显国人德性，时代在进步，但是阿 Q 精神并没绝迹，这个幽灵还不时在海峡两岸游走。

阿 Q 说自己曾经阔过。海峡这边炫耀“五千年文明”，海峡那边鼓吹地图旋转 90 度的“世界中心”，谁都是世界的老大，大家的精神都胜利了。

阿 Q 忌“癞”、“光”。海峡这边的人忌“台独”，海峡那边忌“统一”。谁都有硬伤，谁都有小辫子被人捏着。

明明被人欺负了，阿 Q 偏说自己是被儿子打了。明明国家还分裂着，海峡这边的说“台独不得人心”，海峡那边的说“台独是二千三百万人民的愿望”。大家都往自己喜好的方向发挥想象。

阿 Q 幻想着有一群白盔白甲的人看上他，叫他“同去，同去”。海峡两岸也在想方设法让赵老太爷看上自己，幻想赵老太爷和自己“同去”或“同在”。历史的阿 Q 硬要说自己姓赵，现代的阿 Q 都说自己最民主。

阿 Q 看见吴妈同自己聊天了，就想入非非，以为吴妈有意于自己，就要和吴妈“困觉”。今天的海峡两岸都心仪着同一个吴妈，不过谁也别想沾她的便宜。

阿 Q 一阔就神气——“现钱，打酒来”。现代阿 Q 也是“现钱，外交来”，“现钱，军购来”。

阿 Q 盘了辫子，没人赏识，就不快、不平。现代阿 Q 向人撒娇之后，见没人赏识，也要骂人是“鼻屎”，也会搞点“迷航之旅”。

阿 Q 吹嘘自己到过城里的举人老爷家，现代的阿 Q 总喜欢过境美国。

阿 Q 反问老尼姑：“我什么时候偷了萝卜？”“你叫得这萝卜应么？”现代阿 Q 一会儿说“四不一没有”，一会儿喊“四要一没有”。

一句“阿 Q 真能做”，让瘦骨伶仃、赤着上身的阿 Q 干得更欢。现代阿 Q 也在“真能做”的赞颂中，赤膊搞台独。

阿 Q 与小 D 搞了一场龙虎斗，结果是互相“进三步，退三步”，并无胜负。今天的海峡两岸也在“进三步，退三步”地缠斗着。

被假洋鬼子打过的阿Q，怯生生地走到假洋鬼子家去要投靠他。被异族欺压五十年的现代阿Q，正在幻想异族和自己搞“共同防御”，做自己的救命恩人。

阿Q威风凛凛，高唱：“手持钢鞭将你打”。现在，海峡上空也有钢鞭挥舞，一方还不忘炫耀进口洋钢鞭威力如何巨大。

死到临头了，阿Q还立志要把那个圆圈画圆满一些。台独已快逾越红线了，海峡这边有些人还在醉生梦死，海峡那边有些人还在暗自窃喜。

阿Q的幽灵在两岸游走，但他更钟爱美丽的台湾。

（2007年4月24日《联合早报》电子版）

关于撒娇

台湾的政客讲话都挺有意思的。李登辉说过这样的话：台湾人有时不听美国人的话也没有什么了不起的，如果真的美国人不高兴了，那么就撒一下娇，美国人也就会喜欢台湾人了。吕秀莲针对大陆反台独也有一个妙语："恶汉逼婚"。从以上现象可以看出：台湾的政治人物在潜意识里是把台湾当作一个女性的。纵观台湾政坛，也的确是女人味十足，政客们的"好不好"、"要不要"之类的演讲，立法院的对骂、丢鞋子；"总统"搔首弄姿般地在国际场合主动地抢镜头；政客的婆婆妈妈的按铃告状；烧香下跪，哭哭啼啼……整个就是一个"母系政坛"。

女人有女人的优势，女人是要会撒娇才好。但撒娇是要有条件的，那就是你撒完了娇，你就得准备上床——你不准备同他上床，你撒什么娇呀。

纵观天下"男人"，美国最有钱也最霸气，但台湾如想对他撒娇，充其量也只能同床异梦，当当三奶、四奶而已。何以见得？萨达姆、拉登也是撒过娇的，美国什么时候对他们当过真？只有萨达姆脑子有问题，撒娇不成就撒泼，美国不就收拾了他？美国一方面与台湾断交，一方面搞个"关系法"套牢你，是要你来撒撒娇的，但你撒娇得有"度"，过犹不及，后果自负。

再看另一个"男人"——日本，这家伙可能有点难以捉摸，他和你调情后，顺手牵羊就你的把钓鱼岛弄了过去，占了你想和他撒娇的便宜。

因撒娇而被揩油，也并非日本一例，那个美国也是如此，乘你撒娇之际，卖给你的武器都是高价的。

台湾政客在世人面前公开撒娇也有几十年了，害得台湾人民哑巴吃黄连——有口难言。天下事就是如此，你撒娇他就揩油。

撒娇的台湾政客要清醒了：可别乱撒娇了，撒娇是要看对象和场合的，当别人用邪恶的眼光看着你时，你就别撒娇了吧。

大陆这个"男人"怎么样？那些爱撒娇的台湾政客肯定都瞧不上。但台湾应该知道：这个"男人"才是真心对你好。想当年国民党曾经把全中国能搬得动的金银财宝都弄给了你，大批知识分子和技术人才也送给了你。下了这么重的聘金，你现在却说要“追查党产”，其实那是对岸的人要说的话呀。如今的大陆当政者，政策红包也是一送再送。海峡两岸本就是一家人，不做“夫妻”，可以做兄弟姊妹呀，干嘛窝里斗，便宜了别人呢？

女人有女人的优势，女人是要会撒娇才好。但撒娇是要有条件的，那就是她要具备：青春、美貌，现在的台湾的确是有以上条件的。但也要注意：时光这把利刃在剥蚀着美女们的青春，撒娇的美女要把握时机并适可而止。台湾，趁着你还有着这些资本的时候，你就赶紧多撒几把娇吧，只是你把撒娇的对象要看好了——你其实只能向大陆撒撒娇！因为共同的文化背景、共同的思维方式、共同的生活习性、共同的语言、共同的利益、难解难分的共同的历史包袱、相依相偎的地理形势……这一切让双方很容易相互接受、接纳。这样撒一撒娇，可能你会得到更多。但你千万别把撒娇变成撒泼，那真的大家都活不好了。

现在，大陆十三亿人民都用心痛的、又怜又爱的眼光看着你，那是他们对祖国的宝岛爱得太深的缘故，而这种爱是发自骨子的，旁人是无法体味的。

台湾，面对世界的千姿百态，面对光怪陆离的花花世界，你不必自卑，你也不必三心二意，你应该有理智，明白自己的处境，你应该有胆量，大声喊一句“我是中国人”。你也还可以有花招，对着海峡对岸狠狠地撒几把娇——只是要注意青春不饶人，岁月不饶人，“花开堪折直须摘，莫待花落空摘枝”。

（2007 年 5 月 15 日）

异曲同工的草船借箭

台湾政坛纷纷扰扰，这里牵涉到一场世界级的风波，而这场风波是一场复杂的合力运动，它的运动轨迹还不以其中的某一当事人、某一局外人单方面的意志为转移，但它却能决定今后几十年甚至更长时间的中国局势和世界局势的走向。

日前费鸿泰四人"踢馆"事件是这场大风波中的一个小风波，民进党讥笑费氏，说是天上掉馅饼，自己得到打马的机会了；国民党痛责费氏，说自己起码损失了10万选票；就连费氏本人也哽咽谢罪。

我不认同以上的观点，我认为费氏此举不过是歪打正着，也算是在大战之前的草船借箭。

先说说草船借箭故事：赤壁之战前夕，周瑜妒忌诸葛亮的才能，套诸葛亮自投罗网写下军令状，要诸葛亮三日内给周瑜10万枝箭矢。诸葛亮不慌不忙准备了20只小船，在船上扎满草把，蒙上青幔，再用长索将20只船连在一起。军令状兑现的那一天是一个浓雾天，诸葛亮命令这只船队出发，令士卒擂起进攻的鼓点，向兵精粮足的曹操发起进攻。曹操听到敌方战鼓声和士兵的呐喊声，误以为孙刘联军打来了，急调1万弓弩手，一齐向江中射箭还击。一时间，箭如飞蝗，纷纷射在诸葛亮的草船上了。就这样，诸葛亮从容地向对手曹操"借"来了10万枝箭矢，如期向周瑜交了差。

再看看费氏四人的行动吧，他虽不像诸葛亮一样搞假进攻，而是真的冲锋，但他可是满载对方的箭矢而归的。他的受伤，其实过早暴露了谢长廷阵营的战法。本来谢氏的箭矢是"不见鬼子不挂弦"的——专门用在马英九身上的，以马英九现在的状态，估计他中箭比费氏中箭要更惨，但谢氏因激愤或情不自禁，过早地出了手，反而失去后面打马的武器和手段了。

难道烂熟的手段不能再用？不能，因为民进党方面前前后后已用得太多太滥了：02年吴敦义绯闻的录音光盘、04年"319"两颗子弹、06年黄俊英走路工事件，今年又有马英九的绿卡和马妻偷报纸、《台湾周报》、非常光碟等等事件，到这次踢馆已经是强弓之末了，而这次谢的箭矢没有用对地方——射在“草人”费鸿泰等人身上，被费氏无意之中“借”了去。再要准备巧妙的箭矢，估计谢长廷来不及了。

所以，我觉得忠厚的费鸿泰不必自责，你对马英九贡献可谓大矣——你有点像大陆人民耳熟能详的托炸药包和堵枪眼的悲剧英雄呢。

费鸿泰要明白：自己“踢馆”时间选得好：一、因为是突袭，让谢营来不及细想，来不及沙盘推演就条件反射了；二、谢长廷独门绝杀本来可以引而不发，它可以像“319”一样突然用力的，但费氏一踢，谢氏一击，谢氏兵法过早暴露，让旁观者有回味和反刍的时间，如果再晚一点，可能就有人反应不过来，那才会误马营的事。

费鸿泰还要明白：自己“踢馆”的地点选项得好，深入敌营，对方群起而攻之，让对方充分表演，人也打了，警车也砸了，那真有万箭齐发的效果了——其实，吃相难看的是谢长廷方面！

“天时”、“地利”都说了，那么“人和”也说一下吧。只是这个“人和”有点例外，先要“人不和”才能“人和”，因为一方的反应太快，一方的反应太慢，能力的不对等，“人和”的效果是要绕一个弯子才能呈现出来的。今天是 3 月 15 日，估计也就在今、明两天，舆论就不会再责备费氏了。君若不信，还可再等三五天，也就明白本人言之不谬了。

文章写完了，怎么看，都觉得它有点挺马的意思了，其实这可不是我的本意。说一句大实话：我感情上是有点同情马英九，但我的理智上却偏向谢长廷一方——我觉得谢长廷当权，台湾问题好解决一些，我们今后的日子可能会好过些。此是题外话，咱先放一放吧。

（2008 年 3 月 15 日）

半聪明的人总是有点近视

半碗水端在手里容易荡起来，而一碗满的，反而小心翼翼的，难以晃荡。同理，半聪明人总是要卖弄的——但聪明到家的人，反而不卖弄。

这样的事情要举例子，真是不胜枚举。生活中，那些有点一技之长的，多喜欢炫耀，可是到了专家级别的，反而深沉了。政治方面的例子更多，当年在大陆执政的国民党，当日本人欺负到家里来时，还在想依靠"国联"来调解冲突、谴责日本，还在想方设法来攘内，结果事与愿违，内没有攘成，政权反而丢掉了。这就是半聪明惹的祸。

现在，也有一种半聪明的观点：中国要"和平崛起"，不要招惹别人，所以当那个菲律宾总统来华说几句好听的话，半聪明人就一阵窃喜，以为事情就好办了；殊不知人家小国也懂得"兵不厌诈"的机巧。

现行体制之下，那些半聪明的人都争着去做官，因为待遇好，还有灰色的油水；殊不知：贪多了也消费不了，不是成了守财奴，就是为别人做嫁衣裳。

非官场的地方，也能让半聪明人施展"才华"，毒牛奶、毒馒头、瘦肉精、地沟油、假酒、假烟、假服务；半聪明的人是根本不相信公众的义愤和舆论的力量，不相信自己的聪明会露出破绽来的。

鲁迅笔下的那些芸芸众生，伸长脖子看人被杀头，这就是一种典型的半聪明——"我是局外人，咱们井水不犯河水"，殊不知他们现在的穷困和窘迫和这杀头现象有关联。

现在来说说台湾的民进党，这个党的半聪明也是别的党望尘莫及的，所以，吴敦毅、黄俊英选市长选不赢，连战、宋楚瑜选"总统"选不赢，连国民党的立委费鸿泰去踢什么馆，也受人算计，最后要"自杀谢天下"，所以，2008 年马英九选上了"总统"不久，曾宣称不当国民党主席——他怕半聪明人。

民进党最厉害的一手是：明明自己是中国人，却偏偏要骂中国，明明台独不了偏要喊喊台独来玩。为什么，因为岛内的国民党根本没有战斗力，而且国民党不敢亮出自己旗帜，怕被抓辫子。而这一点顾忌正好被半聪明的民进党看出来了。

半聪明人发现：这世界最有实力的就是“大佬”和“二佬”，只要投其所好，“大佬”会赏识，“二佬”会支持。

政治场就是名利场，敢斗狠是参与政治的捷径，三人成虎，众口铄金，不管三七二十一，拉扯起一支无知、无畏的铁血队伍才是政党政治的硬道理。

说了这么多半聪明人的正面，也要说说半聪明人的反面，权做当头棒喝。知道吗？半聪明人其实是聪明的次品或赝品。

半聪明者不过是较常人先进一步，过后，平常人还是会明白过来。台湾人要在这个世界生存下去，不可能祖祖辈辈都不知道自己是中国人，不可能把语言、文化、习惯统统改得和中国不一样，不可能不知道台湾是中国的一部分。

台湾这块土地上的人民要生存下去，必然要同世界打交道，也会同周围的世界有矛盾。台湾在中国的框架内，有南海的资源、还有东海的资源，现在的世界形势是各国都在拼命争领土和领海，时不我待，可只有中国分成两个势不两立的地区，在挖空心思搞内斗或疲于奔命应付内斗，什么国家主权、民族大义，什么子孙后代，通通放在了一边。本来是半聪明的人，可干的尽是傻事。

还有那个李登辉，名义上当过台湾的“总统”，可想的尽是日本的利益，他公开说什么：钓鱼岛是日本的。真是一副汉奸嘴脸。半聪明人自己装着没听见，也以为别人没听见。

就整个中国来说，只有台湾面对太平洋，视野开阔，可是台湾就甘心把太平洋奉送给别人，而自己还要阻碍大陆走向太平洋。美国、日本是海洋立国，如果错过了这个机会，中国的大陆也好，台湾也好，他们的子孙只能望望大海，羡慕别的国家了。

国民党过去因为半聪明，尽想“攘内”，而自食其果；现在的民进党又在步国民党半聪明的后尘，想算计大陆，他们自鸣得意的是：美国人、日本人支持自己，甚至私下里还有口头承诺；他们揣度：大陆在自己的捉弄之下，也只能忍气吞声。

半聪明人暗自得意，以为给对岸难堪了，自己就赢了，就证明自己不是中国人了。殊不知：过了这一村，就没有了那一店，几百年甚至几千之后，一个面朝大海而没有海洋权益的台湾和整个中国一样，心中的痛只有自己知道。

台独分子不要自作多情，以为现在呵护你们的会永远呵护你，现在谦让你的会永远谦让你。如果你们的所谓独立梦真的做成功了，会有人不准你走出太平洋半步，南海的资源你们也休想得到。

政治上没有永远的朋友，你们的后人那时转而向对岸寻找朋友又有什么用？他们除了西边的恩怨与纠纷之外，还要被东边的领海纠纷弄得焦头烂额。

因为闹分裂，可以到处撒娇，如果分裂一旦变成了事实，你向谁撒娇？盟友变成对手，对手变成朋友，伊拉克、伊朗，甚至日本都是前车之鉴。

农产品的采购，两岸经济协议，这是基于一个中国的国民待遇，别人不会给的。别人只会高价卖武器，只会乘人之危，觊觎你的领土和领海。台湾比香港大，战略位置十分重要，在享受国民待遇上，肯定要胜过香港。可是，当大陆政府给予这种国民待遇时，有人还要反对。你说，这半聪明还算不算是真的聪明？

懦夫只能在自己的圈子里逞能，半聪明的人只能在小范围内卖弄，圈子大了就会出洋相。半聪明的民进党，岛内可以拿国民党玩一玩，岛外肯定是玩不转的。

半聪明的民进党应该明白：发展是硬道理，子孙后代的繁衍是头等大事。生物的本能是延续自己的种群，当岩羊被狼追到悬崖上，面前的深渊过不去时，一些老弱病残的岩羊会先跳向对面，用自己的身子在悬崖之间做起一个个起跳点，让健壮岩羊从自己身上跳过悬崖去，而自己粉身碎骨。你们也应该多为子孙后代着想。不要以小失大，失去了将来。

（2010 年 4 月 1 日）

也谈子女教育

在网上看到一篇谈子女教育的贴子，里面有这样一些话："如果我将来为人父母，我会对我的孩子很好，至少我不会拿他的缺点跟其他孩子的优点比。我觉得作为一个父母，要尊重自己的孩子，哪怕是年幼的孩子"。

"我觉得一个父母在自己的孩子面前一味表扬其他孩子，而批评自己的孩子是很愚昧的做法。如何增进亲子沟通？首先父母要多鼓励孩子，要善于发现孩子的优点"。

"我觉得除了个别智力有缺陷的孩子外，孩子们智力都是差不多的，别人的孩子聪明，是他们多花了时间在学习上了"。

"作为父母，在小学时就应该给孩子学习方法上的指导"。

读后觉得这是一个刚刚独立生活的青年，在反观当前的教育并反思自己的成长过程后发出的酸楚而真实的感慨。看了之后，我很乐意参与他的这个探讨，于是我就给他回了后面这个贴子。

……你的内心藏着一点儿时的阴影。下面我来给你出出点子：

1. 不能老想教孩子多少方法，那样，孩子会很累的。教育是一个积少成多的过程，要在习惯的养成上下功夫。好的习惯以后会转化为好的品格、好的智力、好的意志、好的方法……记住：栽种行为，收获习惯；栽种习惯，收获性格；栽种性格，收获命运。

好的习惯又有赖于好的环境，好的父母就是好环境的最重要组成部分。

2. 为人父母者，要放下身段，与民同乐或与民同苦（这个"民"就是自己的孩子）。最好不要只做教练员，更不能只做裁判员，而要和孩子一起做运动员。这样，多倾听，多倾吐，多交流。才能知己知彼，百战不殆。例如：你的孩子学习上究竟有不有困难？这困难又在哪里？你必须心中有本账，只有如此，才有可能解决这些问题。如果你能解决这些问题，那就没有什么困难能压垮你的孩子！那种想自己偷懒、图舒服，而指望孩子优秀的想法，是做梦。

自己做不到的或者监督不了的目标、计划、内容，不要轻易命令孩子去做，一次失败既是对当事人的一次打击，也是对策划人的一次打击。

3. 孩子之间智力的差异是很大的，不要不承认。只是这个差异，在后天的环境中还有很大的变化。

有的智力平庸的慢慢变得优异了，有的优异的变得平庸了，这是“反向发展”。特别要注意的是：一些天才儿童因为过多的诱惑，一不小心就夭折了他们的天分。而智力开发晚的，可能因家庭、学校等一些有利因素反而超过他们。

当然，也有的平庸的更平庸，优异的更优异，这是“同向发展”，这里也有家庭及学校等外因的责任或功劳。

4. 教育，忌苛严也忌娇纵。子曰：“中庸之为德，民鲜久矣”，以前的人多犯苛严的错误，现在的人多犯娇纵的错误。所以在子女教育方面，家长要有眼光，要自己动脑筋，不人云亦云。

（2014 年 11 月 10 日）

药方其实很简单

一个普通女工，如今已做母亲了。在对自己读三年级的儿子的管教上常常感觉到力不从心。她曾跟我诉苦说："孩子写作业慢，背书背不出来。我告诉他作业怎么写，他又不听我的"，所以，"气得我经常打他……"

我们住在一个大院里，为此我仔细观察了这个孩子，发现问题主要还是出在孩子的妈妈身上。这个孩子是个早产儿，本来发育比正常儿童晚一些，但做母亲的一定要让自己的孩子同别的孩子一样，在六岁就上了学。因为孩子上的是一所有名气的小学，刚开始，这位母亲还喜欢跟别人讲自己的孩子如何如何会读书。——这一点也不奇怪，孩子都是自己的最好嘛。只是，对于一个先天条件不太好的孩子，理应在生活的照料上、智力的开发上面多下点功夫才好，可是这位母亲忽视了，她不敢，或者说不能正视自己孩子的缺陷。

由于这个孩子与同龄的孩子智力差距大了一点儿，由于做母亲的期望值又高了一点儿，所以这个孩子得到家长的苛责多，得到家长的关爱少。这种少关爱的孩子在外面也会同样因不那么可爱，而招欺负。有一次，这个孩子一天就挨了三次打：在学校里，不小心碰了同学的文具盒，挨了同学的打；中午在外婆家吃中饭，因为太慢（大约吃了一个小时），挨了外公的打；晚上在自己家里，因为写不出作业玩墨水瓶，把墨水洒在了课本上，挨了妈妈的打。

因为他经常在学校被同学欺负，他妈妈去学校协商，结果也是让这位妈妈受尽了窝囊气。例如，有一次，孩子的一支钢笔被同学抢走了，孩子的妈妈找对方的妈妈说这事时，被对方抢白了一顿："我家有的是钢笔，怎么会要你的笔呢？"

孩子的妈妈经常为这些鸡毛蒜皮的事找老师诉说时，老师其实也很烦。有一次，老师说："你的孩子也很调皮，也吃不得亏"。原来这个孩子有时被欺负时，反而被那些调皮的同学先向老师告了状。而有时，这个孩子为了讨好班上几个调皮的同学，也附和他们做坏事，例如，那个班上的小霸王将一个同学的考试卷子撕成两半丢在地上，被撕的同学不敢拣起来，这时他跑过去，拣起撕破的试卷，将他撕得粉碎，最后挨老师批评的是这个没心眼的孩子。最让老师不高兴的是：一次课间休息时，那个小霸王故意用脚拦在课桌之间不让人过，别人绕道走，这个孩子竟然想从桌子上面爬过去，结果绊到小霸王的脚，摔了一跌，额头上摔开一道口子，害得老师担惊受怕，又是打电话联系家长，又是送医院缝针。

孩子父亲在外地工作，按说，这个母亲是又当爹又当妈，应是很辛苦的了，可是这一家生活的节奏是很悠然的——每天早上，这母子俩起床很晚，起来后母子俩匆匆忙忙到街边小摊吃点东西，就上班的上班，上学的上学。中餐更省事——母子俩在外婆家搭餐。这孩子贪玩，不睡觉，妈妈自己没午睡的习惯，就跟家人或同事聊聊天。下午放学了、下班了，除了吃饭时母子俩在一起，余下的时间，儿子要写作业，母亲要看电视——都忙得很。

星期天了，做母亲的不是邀朋友逛街，就是和同事们打麻将、打字牌。有时甚至带上儿子上别人家，妈妈打牌，儿子写作业，各忙各的。

因为我们是邻居，这个孩子也来找我问问题。我才发现：他的字写得很糟（他母亲在他作业本上的签字也好不了多少），他读书读不成句，而且，每句话都给人一个高起低落怪腔调。但我也发现，他的数学作业一讲就通——看来这个孩子并不笨，关键是环境和习惯问题，可是这两个问题要解决很难呀。

于是我向这个母亲提出了如下建议：

一、多给温暖，不打、骂孩子。

二、营造好环境：自家开伙吃饭，家长与孩子多互动（其中的言外之意是：家长不打牌，少逛街）

三、抓习惯：早起、晨读、午睡。

四、做好家长的三件日常功课：抓书写、抓诵读、查作业。

五、多与学校的老师联系（孩子不听家长的话，可以借助老师的力量）。

我告诉她："一个孩子就如一张白纸，孩子经过教育成才，就好比白纸经过涂抹就成了图画。纸质好坏，与父母的前期工作有关。但是纸质好坏并不是决定绘画成就的主要因素。现在，你们的一举一动就是在这张白纸上作画，你们的优点可以夸大，艺术地表现出来，你们的缺点也有可能被夸大，而成为你们的败笔被记录下来"。

对我的这些建议，那位母亲开始还很乐意接受。但是，这几条并非灵丹妙药，还需要长期坚持。

这位母亲照做了一段时间，可是后来还是做不到了，以致后来因为孩子又退步了，那位母亲也就灰心丧气了——至于是母亲失望在先，还是儿子退步在先，那也无法说清，反正是恶性循环。她现在再也不讲自己的孩子“会读书”了，而总是说自己的孩子笨。

俗话说：“家家都有一本难念的经”，俗话说：“清官难断家务事”，俗话又说“当局者迷，旁观者清”。面对别人的烦心事，我还真不知是继续开药方好，还是尊重别人对生活的选择权更好。

（2007 年 6 月 9 日）

子教三娘又如何

近日在网上看了一篇文章《老教师课堂上被气哭了》，说的是杭州一所知名小学6年级某班近日发生一件事。一个学生在纸条上写了句咒骂老师的话："X老师你迟早要得老年痴呆症，不如早点死了"，这位老师"感到莫名委曲，伤心之泪夺眶而出"。

事发后，这个小学生大有一副面不改色心不跳的神态，而其他学生似乎也不以为然。当伤心至极的X老师站在讲坛上流着泪对学生说"我没有遇到过这样的学生，我下学期不再带你们了"时，竟然还有学生嘀咕："真的吗？你又不是校长"，引来同学的一阵笑声。

作者对此事是很有一些愤怒的，然而我作为业内人士对此不以为然。因为见多不怪。这倒引发了我对一件自己亲历的事的回忆来，那一年，我应聘在一个南方城市里的贵族中学任教。这个班的学生不是台商子弟，就是香港人子弟或香港人的半边户子弟。我每天上课都是提心吊胆的——课堂纪律不好维持，批评重了，学生惹不起，不管的话，学校要批评。我的前任，就因为"不能适应学生"，已被炒了两个。我用尽办法，终于搞定了一帮台商子弟——相比香港来的孩子们，他们似乎要文明一些。但你和一些同学搞好了关系，另一些同学反而有意见啦。有一次上课时，不知我哪一点惹恼了一个女生，她竟然用方言骂我："吊你老妈海"。我也不知哪里来的火，我豁出去了，我把讲台一拍，大声叱责这个女生："你是流氓呀，你用什么吊？"课堂里寂静了一阵，接着仍然有讲小话的。

这些学生中有一些人特会找岔子，例如我一不小心写了一个简体字，马上有人不举手就大声说："老师，你写错字了"——其实这些学生私下里还是认为简体字好，但在课堂里，那是在表现一下自己，都想镇一镇老师。

在教育行业内，在那些当领导的嘴中偶尔也能听到一个很前卫的理论——"没有教不好的学生，只有不会教的老师"（但如果有人改一下"没有不好的老师，只有不好的校长、主任"，可能当领导的是会生气的），所以说今天的老师已不是过去的老师了——找三条腿的蛤蟆不好找，找两条腿的老师实在是太好找了。今天的学校，不仅需要“三娘教子”，当然也允许“子教三娘”，关键还是一个相互适应的问题。

我决定要离开这个学校了，有同事劝我“别生气，只当这些人是白痴”——这其实只能算一种阿Q精神而已。也有同事给我讲了一个本校女老师的故事，想以此来开导开导我。这个故事的确很精彩，我把它转述于后：

某特级老师，北方某城市的退休高级教师，一天，她在上课时，一个学生用方言骂她，她不但不生气，反而表扬这个学生说：“呀，你的英语讲得还不错”，这个学生见老师功夫了得，又用普通话骂道：“猪”，这个老师回答说：“呀，你怎么知道我的属相呀？”她硬是用这样的软功夫打败了学生的硬挑衅。

面对这些学生，我们真的要学会宽容，因为很多孩子大多都有心理上的阴影甚至是疾病。弄不好，什么事都可能发生。老师还要在平时多关心他们——因为他们有的真的太脆弱了。我在那个学校，就曾发现一个女生上晚自习时情绪特别不稳定，而且身上有伤痕。我借口帮她讲作业，把她找出来进行个别交谈，开始她不肯讲，后来才讲出真话来。原来她失恋了，身上的伤是她自残弄出来的。幸好发现得早，让学校有关方面可以及时采取对策。

那个讲故事的同事本来是想开导我，让我留下来，但我一听这故事更下决心要走了，因为和那位特级教师比，我的功夫不够。

最近又听说了北京海淀艺校孙辛卯老师的不幸遭遇，深知其中辛酸。我想，现在的老师要想在这样的学生面前“混”下去，大概只有三条路：一条路是像那位特级教师一样，用巧劲让自己站稳在讲坛上，一条路是像海艺的孙老师一样，“混”吧，一条是像杭州的X老师一样扬长而去。

你要真的一走了之，那你就是大爷，那就真是达到“无欲则刚”的境界了。

（2007年7月10日）

不应该被这样的另类绕晕

哈哈，读报读到哈哈大笑了，笑什么？笑的是某重点大学自主招生中的作文题。这是一个材料作文题，给的材料是一首“现代派”的诗歌《二倍距离》，参加考试的本来都是一些拔尖的中学生，可是他们普遍反映读不懂，有的学生甚至读了30遍，也没能读懂它，叫他们如何下笔写作文呢？

先把这首诗歌摘录在后面：

二倍距离

你的诞生
已经诞生的
你的死
已经不死的
你的诞生
已经诞生的你的死
已经不死的你

一棵树
与一棵树间的
一个早晨
与一个早晨间的
一棵树与一棵树间的
一个早晨与一个早晨间
那距离
必有两倍距离
然而必有两倍距离的

讲实在话，这样有如绕口令的诗是不能认真读它的，如果“玩”它一下，也许能读懂，我揣度：这里的意思可能就是：隔膜中有亲密，亲密无间又有隔膜；甚至愈是亲密愈有距离。如果要我再读，那又可能成了“瞬间”与“久远”，或者是“热闹”与“死寂”之间的对立统一……如再要问我，那我就实话实说：真的，我也读不懂。

这样的“现代派”，如要多读也就只能在标题上多读一下，再就是在这没有标点符号、拦腰分段的“建筑格式”中跳着找感觉——注意，绝不要去读感觉。

正因为它是“现代派”的，所以学生的写作也大可即兴发挥，把作文写成“现代派”的，例如，就“亲密”与“隔阂”发议论。看不懂你的诗是我的错，看不懂我的作文那就是别人的错了，这叫做“对等”！引申到这个话题，相信高中学生都有话可说的。关键是要不被这首诗绕晕，这样才能恰到好处地、不露出痕迹地引入到自己早已准备好了的或者自己熟悉的内容上来写，这叫因势利导。

当然，一些参加考试的学生不一定语文成绩也是很拔尖的，那么，他们也可以实话实说，谈自己看不懂这首诗。关键是切入角度——切入到“二倍距离”这一角度上来，其实这也是很容易的事。你的诗我读不懂，这不就是诗人与读者的二倍距离吗？你的题目我做不了，这不就是招生学校与应试学生的二倍距离吗？甚至，这不就是教育改革的初衷与实际效果的二倍距离吗？——这就是一个很好的、没有跑题的、以退为进的好话题。诗人站在诗的天国不讲人话，考生可以脚踏实地，讲大实话——哪怕就是牢骚满腹，这叫做不平则鸣，这叫做得了便宜还卖乖，这叫做借题发挥！

我劝那些准备高考或者将要准备高考的学生一句：今后面对那些刁钻的作文题目，思路千万不要只顺着所给的材料想，可以把思路发散开来，往“大”处想——这样容易因势利导；或者往“反”面想——这样容易借题发挥。

总结一下这篇短文的意思：

1. 话题作文和材料作文中，只有给的材料好不好的问题，没有考生不能写的问题。

2. 构思阶段，除了从正面理解材料之外，不妨让思路朝“大”处想和往“反”面想。

相信通过此文的抛砖引玉，会让那些思想活跃的学生找到更多更好的思想突围的方向或方法。

（2010 年 1 月 22 日）

打烂水缸干什么

南方的一些方言很有意思，仔细琢磨一下，你就会很喜欢它的，譬如这个“打烂水缸卖瓦片”。

水缸，盛东西的器皿，底小口大，由泥土烧制而成。它的使用价值在于储水（当然也能存米谷）。

水缸挨打，古即有之，今亦未绝迹。

打烂水缸干什么？

古人司马光的回答是：“救人”，我们听了，自然肃然起敬：好个有胆有识的少年司马光！

但如果有人回答：“卖瓦片”，我们一定会笑痛肚子：哪有这样的傻瓜？

其实，世上还真有这样打烂水缸卖瓦片的事。清人袁枚在谈到书籍的遭遇时，曾发出“祖父积，子孙弃”这样的感叹。子孙弃书干什么？不外乎认为它是累赘，于是就可能用书页来包东西、揩屁股或者换几个零花钱。这是否像在打烂水缸卖瓦片呢？

袁枚还有一句话：“非独书为然，天下事皆然”，事实的确如此。世上大到地球资源，其次国家政权，再其次公私财产，如果人们珍视它们，就会像爱护眼睛一样爱护它们；如果视之为累赘，就必然会毫不犹豫地作掠夺性的糟蹋——打烂水缸卖瓦片，这叫最后的破坏和榨取。

比如说，地球及地球的生态环境就是一个大水缸，可是有人早已对它失去了诗情画意般的依恋，于是森林遭毁灭，环境被污染……人们即使占有一些支离破碎的瓦片，但那代价又是什么呢？

咱们的国家也是一个不算小的水缸，现在也有人对它失去了崇高的感觉，于是就“不拿白不拿”，“不吃白不吃”，如果上上下下一齐动手，这个水缸就危乎殆矣。

还有一些悲观厌世者，连对自己的良心这个小小的水缸也失于呵护，他们或醉生梦死，或铤而走险……掠夺性地“开发”人生的乐趣，实际上在零售自己的良心，良心这水缸迟早会被他们敲个粉碎的。

一切打烂水缸卖瓦片的人，大概都可以自诩为现实主义者，而实际上是一些可悲的近视眼，我们有理由告诉这些人：

打烂一个水缸，将留下一个难以弥补的遗憾。

（原载 1997 年 6 月 20 日湖北宜昌市《三峡晚报》）

买田看塘，讨女看娘

“买田看塘，讨女看娘”——听说过这句方言俚语没有？挺有内涵的。

中国以前是一个农耕大国，旧时的种田人在长期的农事活动中，深知水是农业的命脉，于是傍依江河而耕作，不能傍依江河的话，也常常于一垅一垅的农田中，因地势而挖些塘、堰。这些塘、堰除了养鱼以调节农业收入外，还可以蓄水。当天不下雨而稻田急需灌溉时，就可以放水解燃眉之急。

因为有了水塘，附近的农田就可能多产粮食而农夫少出力气。而那些水塘不能惠及的农田，一旦干旱起来，农夫就只好挑水灌溉了，就难免费力大而收成少。这个“买田看塘”真的是一下子就抓住了置田、种田这个矛盾的主要方面了啊。

由农耕而进化的思想，其表达也就常常立足于农耕之上，这样既形象又深刻。这个“买田看塘，讨女看娘”其实已经不仅仅是生产经验了，它一下子就上升到了处世经验了，它用了中国传统的“比兴”的表达手法，给人传授了一个择偶的诀窍。

旧社会，男婚女嫁常常靠父母之命、媒妁之言。只有到新婚之夜丈夫才能揭开妻子的盖头，看到庐山真面目；也只有新婚之后，丈夫才能开始了解妻子的性格脾气。

聪明的男方，往往会使点小花招：带上点见面礼，随媒人去女方家。这是礼仪，也是侦察。这一见面大有裨益：虽然不一定见着待字闺中的女孩，却可以和未来的亲家母（或岳母娘）晤面，并由此推断她女儿的身材、相貌、为人，甚至烹调手艺——因为这母亲可能就是那女儿的活样板。女儿在母亲的言传身教、耳濡目染之下，极可能从音容笑貌到处世为人都和母亲差不多。

当然，这种“火力侦察”也有失实的可能，但在那个男女授受不亲的时代，仍不失为一种无可奈何的诀窍，仍有较高的参考价值。

这个方言俗语其实在今天仍然有它的生命力。广而言之，岂止择偶，今人为自己找个生意场上的合作伙伴，为子女选一所好学校、好单位，也可以套用这个俚语。

要了解对方发展潜力大不大，要了解那里的风气好不好，不妨采取这种“买田看塘，讨女看娘”侧面进攻的方法，了解对方无法隐瞒的一些细节因素，不然，一味听信别人乱吹胡侃，难免要上当的。

（原载 1996 年 5 月 5 日《衡阳日报》）

树怕剥皮，人怕伤心

“树怕剥皮，人怕伤心”这一俗语采用一种类比的手法，总结了一条处世的经验。

一棵枝繁叶茂的大树，虽遭天寒地冻，风狂雨骤，即使一时凋零破败，但也许就在下一个春天，就又会恢复生机，重整昔日繁茂景象。但如果这种伤害是人为地剥去树皮，这棵树存活的希望就基本断绝了，即使侥幸存活也将是伤痕累累。

人生在世也好似树生在地。他们除了要遭受自然界的灾害外，还要遭到社会生活中种种挫折与磨难。这些形形色色的伤害其实也就是两类情形：一类只伤及肌肤，未触及灵魂；一类却能摧毁人的信念与灵魂。前一种伤害容易医治，后一种则较难医治——即使痊愈，也要留下深深的疤痕。

用树比人，将心比心，我们处世为人，就应该正确处理人与人之间的关系。这一方面是个思想水平问题，一方面也是个思想方法问题。我们要善于学习前人的知识和经验——比如中国文化的传统思想，比如唯物主义的辩证思想，比如我们民间俚语中的朴素、平易的哲理思想。

话又说回来，“树怕剥皮，人怕伤心”的思想也能引出不同的人生态度：一种是因“伤心”而一蹶不振，一种因“伤心”而再接再厉，力图从伤害的泥潭中爬出来。我们称许后一种人生态度，这种人因伤害而留下疤痕不是他们的耻辱而是他们的光荣。

（原载 1997 年 3 月 30 日《衡阳日报》）

三十六计之后

古代有"三十六计"之说，其实，"计"到今天，早就不止三十六这个数了。因为今人几乎天天都在发明新的计谋。如若不信，可以举例：

街头地面，摆上一局象棋残局，摊主下个赌注，捌战不已。此时必有好战分子勇敢上前，两人争个面红耳赤。其实这两人不过是一个红脸，一个白脸，唱个双簧而已，那好战分子其实就是一个托，引人入彀。一旦有人中计，此好战分子往往佯装出谋划策，关键时，他只需偷偷将某个棋子挪动一步，被他"帮助"的人纵有天大本事也只能输钱走路。

此计假装无意、善意，却包藏祸心。项庄舞剑，图谋的就是你的钱！

类似的，还有"丢砣"：地上"掉"个钱包或金首饰，土里挖出个金元宝或老古董，然后大家来"分赃"，就把不知就里、贪图便宜的人的钱财掠走了。

但也有技高一筹的，用计者假装无意或善意同你周旋，甚至和你交朋友，有意送你许多好处。如本要向你行贿而不甚方便，于是请你剪彩，送你金剪子，送你红包，或请你消闲，打打牌，大把大把输钱与你，甚至投怀送抱；或登报征广告，征对联，或请你涂鸦题字，送你获奖证书或稿费，总之让你名利双收。

其实，这也是项庄舞剑，不过它要的不是你的钱而是你的心，而最终是要你的权。

以今人的眼光看三十六计，也许并非妙不可言，原因是时代进步了，信息灵便了。对于今天的三十七计、三十八计，办法之一是：家庭或社会要监督好那些容易中计的有钱人或有权人，提高他们抗腐蚀的能力；办法之二是：社会要及时向全体社会成员公示那些计谋的新发展、新花样，增加事情的透明度，让人警觉。

时代还得进步，但愿人的觉悟不断提高。

（原载 1995 年 1 月 15 日《衡阳日报》）

健康作舟，快乐为帆

读了一个很有点才气的女孩子写的一些文章，发现这个女孩子内心有点忧郁，她需要一个宽厚的肩膀，只是这个肩膀虽然宽厚但不细腻；她需要回报父母，只是自己的高标准生活水平让自己无暇顾及父母。于是就多了一些自怜与自责。

如今的青年有心理纷扰的太多，她是一个例子。我觉得，她首先要学会适应环境。因为人生的要谛就是“适应”二字，适者快乐，不适者别扭。成了家，成天跟一个曾经的陌生的、如今最亲的人在同一个屋檐下生活，不适应能行吗。恋爱的浪漫，那是因为还有足以产生美感的距离，现在亲密得没了距离，你还要求那么高，对方受不了，你自己已受不了。接下来，一个新的家庭中，成员之间就要有个相爱、相知的磨合，合者快乐，不合者要调整再磨合。

因为自卑，往往自责。一个心地善良的人常常感到自己会让亲人多么的失望，常常沉浸只有自己一个人知道的哀伤之中。其实他（她）不必如此，他（她）应该知道：只要自己好好地活着，就是对父母、家人的宽慰。珍惜生命吧，它不仅仅属于你的，还属于生你养你的父母的，还属于爱你、关心你的人的！

人生是战场，上战场就会有伤痛。不要轻易说放弃。人活着就要抗争——在生老病死中挣扎，在起起伏伏的生命曲线中挣扎。伤痕累累？那是人生的奖牌！我们不仅为自己活着，也为亲人活着，还为伤害过自己的人活着，你活着像个人样，那对伤害者就是一个反作用力！这样的活着，才是有份量的。

现在好多人都喜欢说“难得糊涂”，其实这四个字的意思有人还是没弄明白。什么叫“难得”？什么叫“糊涂”？那是有思想的人暂且关闭思想的大门，本来就是真糊涂的人不配用这四个字。反过来说，有思想，却阻碍行动，伤害处世，不如生来糊涂的真糊涂之人。有思想，是人类的进步；有思想却混乱，那是人们的悲哀。

世界很大，不要坐井观天，人们不要以为自己看到的，不是最幸福，就是最痛苦，那种真正的大起大落、大悲大喜，我等凡夫俗子是无法领受的。真的历炼到了那样的极致境地，那他一定是圣人。所以，我等凡夫俗子生于斯、长于斯的地方，既不是天堂，也不是地狱，而像无风也起浪的海洋。

想到这里，我想用一句话结束我的信马由缰的劝世之言："人生如海，挫折似浪；健康作舟，快乐为帆"。

（2007 年 4 月 6 日）

“苟富贵，勿相忘”？

中国历史上最早的造反者陈胜曾有一句名言“苟富贵，勿相忘”。这句子里的一个“相”字，是古代汉语中的一个特殊用法——它有指代的意义，既可以作“我、我们”、也可以作“你、你们”或“他、他们”来理解。陈胜当然是说的“你们”。他那意思好像是说“如果我发迹了，决不忘记你们”。再深究下去，这话中也还有对秦王朝只顾自己享受，忽视下层人民基本利益的不满。

陈胜，一个日后可以登高一呼，斩木为兵，揭杆为旗的人也应该是社会精英了吧，但秦王朝却让他的生活状况处于“瓮牖绳枢”之中——用破瓦瓮作窗子，用绳头绳尾绑扎门窗。这还不算，还要让他做一个“氓隶之人”、“迁徙之徒”。这样的结果，就是逼着陈胜造反。

陈胜后来实现了自己的诺言了没有呢？似乎也没有，他做了统治者之后，有当年的农友来找他求富贵，但陈胜把他杀了，原因是怕这人揭了他当年的穷光蛋老底。这件事说明了“一阔就变脸”的人性弱点，说明了陈胜也是一个与秦王朝统治者差不多的人。

一个社会的统治阶级的形成，就必然要垄断社会利益；而垄断了社会利益，就必然要损害另外一些社会成员或社会阶层的利益。这是一个矛盾：社会物质有限，统治阶级夺了天下也属不易，他们当然有一千个理由来垄断物质财富、分配物质财富。这种社会分配之中当然会形成既得利益以及既得利益集团，于是，当然要委屈另一些阶级或阶层，也当然要剥夺反对阶级或阶层的利益。只是这种权力运作之中，也就产生了被忽视了的屈居社会底层的精英分子或草莽英雄，而这些人就是统治阶级的掘墓人。

所以说，历史上的改朝换代，究其原因，也很简单——那就是不能公平地对待每一个人，尤其是不能公平地对待那些失势的、不安分的社会精英分子。试想当年秦王朝如能善待陈胜，秦王朝的垮台也许能延缓一些时日。

话又说回来，统治阶级又没有孙悟空的火眼金睛，也分辨不出哪些人可以随意奴役、任意压榨，哪些人是万万不能这样对待的。此外，统治阶级中还有一些平庸的分子，他们在自己的工作岗位上常常要损人不利己地制造种种的麻烦；也还有一些居心险恶的分子，他们又常常要损人利己制造社会对抗以自肥。

有矛盾就要想办法解决矛盾，历代统治阶级都在制度建设上下了不少功夫，以求社会的公平和公正。可是又往往因这些制度的漏洞，又造成了新的矛盾。精明的统治者总是通过了解民众呼声和社会舆论来调整自己的政策以缓解社会矛盾的。而愚蠢的统治者总是固执己见，忽视民众呼声和社会舆论，甚或操弄舆论来瞒天过海。

当今世界的恐怖主义是什么原因造成的？其实与权力、权利的不对称有关，与弱势一方遭受霸道或霸权的蔑视、欺凌有关，恐怖主义是被压制、被蔑视、被欺凌之后的绝望与挣扎。只是恐怖主义并不能摆平这个世界。他们最多也只能像历史上的造反者一样，昙花一现，来去匆匆。

这样看来，一句“苟富贵，勿相忘”可以理解为：多均富，少造孽；多平等，少霸道。

当今世界上的纷争其实对我们大有启迪。今天我们要构建和谐社会，也应看到了我们社会的隐忧。我们的农民工问题、我们的下岗工人问题、我们渐渐耳闻的买官卖官问题、我们司空见惯的特权部门乱收费乱罚款问题……难道真的要到问题成了堆，积重难返才重视不成？要知道：只要有大量的社会不公平现象存在，那么，“民主”就是一句空话，那么，就会有社会不安定因素存在。

（2007年5月2日）

原则不是双行道

原则不是双行道。

《三国演义》中有这样一个场面：曹操立下军规："马踏麦田者，斩"，可不留神，他自己的坐骑误踏了麦田，于是孟德公要拔剑自刎，最后在众将求情后，来了个割发代首。这是他的高明，在自己订下的军规面前，他做了个身先士卒的样子，好让全体将士令行禁止。

其实，何止曹操一人，曹操的老对头诸葛亮也曾在失街亭后挥泪斩马谡并自贬三级。

制度之下，不搞例外。唯此，军队才能令行禁止，才能打胜仗；唯此，国家就能强大，人民就能安居乐业。

相反的，那种只准州官放火，不准百姓点灯的例子在历史上也不少见。这些人订立了规矩之后，他们根本就没想到自己也要贯彻执行，他们的行为早已超出了自己订的规矩很远很远。例如，清王朝的北洋水师，军纪够严的了，《北洋海军章程》有规定："总兵以下各官，皆终年住船，不建衙，不建公馆"，但是，北洋水师的军纪是"双轨制"，史载：提督丁汝昌在海军公所所在地刘公岛盖铺屋，出租给各将领居住，左右翼总兵，争挈眷陆居。章程同样规定"军人不得酗酒聚赌，违者严惩"，但海军提督就有与部下斗竹牌记录。更高一层的纪律也同样面临这样的尴尬：朝廷订有《处分则例》，规定官员宿娼者革职。"来远"号管带邱宝仁、"威远"号管带林颖启因为官大了，没人能管得了他们，他们就私下里离开军舰"登岸逐声妓未归"。还有一些军官利用舰船在海上搞运输和搞走私活动……

这样，当时被认为军纪严明的北洋水师的内部，就出现了军纪的双轨制、双行道。

现代社会有现代社会的游戏规则，这是社会发展的必然要求。可是，在某些单位还是存在着返古的野蛮现象——原则、规矩这些东西仍是部分有效，部分失效，也就是说，只对下面的人有约束力而对当权者没有约束力；在某些行业，法规只对别的部门有用，而对本部门及亲朋好友则又另当别论。甚至，今天这种现象有时在有些地方可能还十分严重。例如，一个单位的领导者可以制定许多的规章制度，也可以要求部下严格执行，但是对于自己却没有考虑过也要严格执行。一个掌有政府和人民赋予他们权利的部门，他们可以对别的部门或别人严格执法，却也可以利用自己对执法权的垄断而对自己网开一面。

更有甚者，把人分个三六九等，等第不同，干脆游戏规则不同。

于是，原则成了双行道：只对下不对上，只对人不对己，只对疏不对亲，总之是只对一部分起作用而对另一部分有不起作用。

天下国、家本同一理。小而言之，有的家庭内部，也存在着原则的双行道现象。家长要孩子好好读书，而自己却热衷于声色犬马。这样的家庭培养不出社会需要的高素质人才来。于是，当自己的子弟在面临招聘、提干窘况时，那就只好再一次行使一下自己的权势，再开通一次原则的双行道。

一切为原则设障、开设双行道的人，只希望自己或少数人例外，而希望部属（或子女）和自己不一样，这就是所谓的“对人是马列主义，对己是自由主义”，如此，原则缺乏了约束的力度。

原则不是双行道，它应具有公平性，可操作性，它要让所有受它约束的人无一例外地受其约束。

一切领导者都应严以律己，应有勇气说：“我和大家一个样”。

一切被领导者——不论是群众，还是孩童，大可以睁开双眼，举起舆论监督的小红旗来。

原则不是双行道。

（原载 1996 年《广铁青年》第 2 期）

关于生活的沉重思考

社会进步了，有时进步得让人目瞪口呆，如今，有的人信奉“各人自扫门前雪，休管他人瓦上霜”，不太喜欢“为别人活着”这些大道理了。

不能说“各人自扫门前雪”有什么错误，有的人的确有过失意的人生经历。挫折，促使他们收起人生的锋芒。例如：拼命工作而且也干出了成绩，但是不见得会有丰厚的回报；热心办事、助人，可能最后却费力不讨好。最后得出“别再干傻事了”的结论来了。

其实，人作为“社会的动物”，还是应该提倡一些“为别人活着”的观念才好。人生在世就应做一些事儿——我们权且称之为“行事权”——就是在人间多留几个“痕印”。你做你的事，为什么要考虑别人对你的肯定、感激、赞扬、回报？你付出了但没有别人的肯定、感激、赞扬、回报，相反得到的是讥讽、嘲笑甚至挖苦，这的确是“世道不公”，但那是这个世道的问题，与我何干？一生什么事都不做，当然就不会有“世道不公”的感叹了，但那岂不是让世道剥夺了自己的“行事权”吗？这还是不公平呀。这正如一个人在世上要吃饭、穿衣，你吃你的饭，你穿你的衣，难道还要人家来看着你吃饭、穿衣，并品头论足吗？如果没有人来看、来品头论足，那你就不吃饭、穿衣了吗？这又好比为人父母者，殚精竭虑为子女，他们可能有“积谷防饥”之意，但更是人类本身要延续香火的“行事权”。

“行事权”有大小之分，例如一个乞丐和一个富翁，前者有不吃饭的“行事权”，而后者除了有不吃饭的“行事权”之外，还有吃香喝辣的“行事权”，更还有不让那个乞丐不吃饭的“行事权”。又如一个身强力壮的人和一个羸弱无力的人，同样在危急关头或突发事件面前，他们的“行事权”就有宽窄、轻重之分。那多出的“行事权”就是一个人的人生优势。可惜的是许多具有这个优势的人不会善用自己的全部“行事权”，于是他们丧失了本该自己才能享受的人生乐趣——施舍、救助、承担、勇为……

种瓜得瓜，种豆得豆。人生其实就是大大小小的因果报应的循环或组合，只是这种因果报应非我等凡夫俗子可以洞悉。

生活在社会底层的人，可以多替这个社会做些好事，这是他们在超极限地运用自己的“行事权”。不要怨天尤人，我们只须播种前行——管它丰收和歉收。不要吝于享受施舍带来的快乐。

（2007 年 6 月 25 日）

伤心梅子的伤心事

梅子在几个城市都打过工，无论在哪里，人缘都很好，有的老板还想提拔她当领班，都被她拒绝了，她有顾虑和难言之隐：原来，她连小学都没上过，没有文化怎么去管理别人？好在她人还聪明，现在勉强也能认得几个字，也能写自己的名字了。

梅子家在农村，少年时期，她家里很穷，家里吃饭都成问题，不用说上学了。她小小年纪就只身出来，到城里来投亲靠友，以后就在餐馆里打工。

她曾在广州一个有钱人家做小保姆，很招这家人的喜欢，在他们家，梅子见了世面，变得懂事了——她那时还只十五六岁。那家的老人都把她当自己的女儿看待了，他家准备移居香港时，还想给她安排一个好去处。可是，这时她突然水土不服，患上了风湿性关节炎，不能走路。可是一回到家乡，她的病就好了。

后来，梅子就在离家不远的一座城市的饭店里打工，她学会了一手烹饪的好手艺。几年的准城里人生活历练，让她手头有了一些钱，也让她的外表洋气起来了。家乡一些经济条件好的人家开始到她家来谈婚事，但她下决心不在农村找对象。可是，找城里人，她又必须降低条件，最后找了一个工人，这个青年个头小，不善言语，看来还忠厚老实。

结婚、生子，她完成了一个女人必做的功课。后来，她的家庭生活逐渐艰难：丈夫下岗，孩子上学……

她出面向亲戚借钱，买了一辆二手中巴车，让丈夫在城里搞载客营运。可是，城里干这一行的人太多，政府规定：中巴客车运营一天，歇息一天。于是，经济实力不强的车主只好退出。梅子就是这其中之一，她忍痛把车低价卖了。

她不服输，又找人借贷，打算买了一辆小货车给丈夫跑载货运输，当时有亲戚建议她买小客车，搞载客出租车营运。但她考虑丈夫个头小，不善言语，不合适。这次她又判断失误，货运市场不景气，她坚持一年之后，又变卖了这辆小货车。这次折腾，她损失了自己的全部积蓄。

她只好只身出门打工，半年之后，她发现：自己寄回来的血汗钱竟然被丈夫赌博输掉了。丈夫不能相信了，她只好将自己的存折编上密码，再次南下广州打工去了。半年回来，她又发现丈夫已经和一个第三者同居多时了——原来，他在“吃软饭”了。她快刀斩乱麻，同丈夫离了婚，可是，婚前的债务还得自己背着。

赤贫的梅子从赤贫的农村走出来，奋斗了半辈子，又回到了赤贫的起点。她现在担心：几万元债务以及儿子读书的钱从哪里来？

长年外出打工的乡村姑娘啊，你长得漂亮不是你的错，但你“高攀”城里人是你的错；你穷不是你的错，但你不考虑经济实力搞经营是你的错；你的“命”不好不是你的错，但一个人扛着生活的苦难是你的错。

（2007 年 3 月 10 日）

麻将是个好东西

麻将是个好东西。这个老祖宗留下的旧东西，今天却在全国遍地开花，比起那些需要申请保护的“非物质文化遗产”来，它好像更有魅力。京剧？——它的节奏太慢了。“麻将节奏也慢”？——它那是心灵抚慰呀，精神疗伤能不要时间吗？

打麻将的都是一些好胜逞强之徒、投机取巧之辈、死缠硬斗之流、察颜观色之人……在他们心中，对于人生的追求真的是“没有最好，只有更好”。试想，如果没有麻将吸收了他们的注意力、智力、精力、能量……依中国目前的传统与风气，他们一定会投身官场，那么，今天的官场将更加炮声隆隆，刀光闪闪。官场斗争的激烈与残酷，必将造成政府运作的困难重重，社会将更难构建安定与和谐。而一些有本事、有能力的人，如果一旦与麻将情定终身，他们就会视麻坛为神坛，看政坛为囚房。

现今的社会人多为患，人多了，才有工人要下岗，农民要进城，机关人浮于事，就连那高考的独木桥上也不知要跌下多少人来。人活着就会有思想，有思想就会有牢骚。什么人最不发牢骚？那就是打麻将的人，他们忙得很，连叹息的功夫都没有，哪还有心思发牢骚，更不会上街游行，贴小字报了。

还有一些人，官场失意，怀才不遇，这些人其实也是社会的最危险分子——他们知内情，有经验，有能力，好就好在这些不稳定因素不少人向麻坛投诚了。麻友不以胜败论英雄，给他们安慰，给他们温暖，这里没有趋炎附势，只凭能力强弱、胆量大小、反应敏钝、运气好坏来决定胜负。而且，就算你赢了，别人也不阿谀奉承，重新开始，大家又在同一起跑线上重新费厄泼赖——这里的一切竞赛都是公平、公开、公正的，没有后门可走，没有猫腻可玩，没有人情可做。

麻将还有好些难兄难弟，如扑克、纸牌；还有好多表亲，如电子游戏、军棋、象棋、跳棋。大家一起上，谁还有花花肠子来想别的事儿呀。

话又说回来，我们今天说麻将是个好东西，并不等于说它永远是个好东西。

可以断定：麻将也会有它不行时的时候，只是要它不行时，是要有个条件的，那就是：全民真正重知识，重文化；社会真正安定和谐；国家有一套公平的人才考查与选拔机制。那时上下一心搞建设，谁还需要精神的酒精呀。

当然，还有一种情况能让麻将失宠——那是战乱突起，民不聊生，那时人们连饭都没有吃的了，谁还玩麻将呀。——阿门！上帝保佑！要是这样，我们宁愿要麻将，也不要灾难。

（2007 年 6 月 28 日）

说说“知足常乐”

知足或不知足，是在物我双边关系中，人对自己的主导性及适应性感觉的满意程度，自己的主导性多，适应性强，就会有一种满足感和成就感。

快乐不快乐，当然跟人的满足感和成就感密切相关。试想，一个没有满足感和成就感的人，他能快乐起来吗？

古人“种豆南山下”，“守拙归园田”，他是田园风光的主人，他知足，他快乐。古人也有“牙璋辞凤阙，铁骑绕龙城”，他是战场杀伐的高手，他知足，他快乐。文人惬意自己书斋生活，才有流芳百世的佳作面世。农人在耕种中找快乐，才有五谷丰登。知足者用欣赏的眼光看自己，也用欣赏的眼光来看这个世界。

即使环境不能令人满足，但还有精神上的满足，如：革命前辈心中有主义，有一种一般人所没有的精神上的知足感，所以爬雪山过草地，他们也快乐。

五十年代、六十年代，常听得到“一条大河波浪宽……”那时的生活是清苦的，但人们也知足而长乐着。

七十年代，人们唱《祝酒歌》，八十年代，人们唱《在希望的田野上》，九十年代，人们唱《军港之夜》，现在我们唱《谢谢爱》、《知足》……歌声里总听出了“知足常乐”的意思。

有人说：“人的欲望是没有止境的”，而事实上聪明的人总在现实生活的每一个时段里找到一个欲望的停损点，聪明的人每前进一步就满足一次，为自己庆祝一次，然后又继续前进，同时又找到新的感觉来知足。有这样的一位中学生，他对自己的学习状况不很满意，于是他用这样的话来勉励自己：“每天改正一点点就是进步，每天进步一点点就是成功”。聪明呀，这样的人，总是时时、处处在积小胜为大胜；这样的人，即使在不满意自己的时候，也会自我安慰，自我鼓励。这样的人生，“满足”，天天都是新的，“快乐”也天天都是新的。

所以，劝天下的悲观主义主义者、愤世嫉俗者们一句话：

一要立足当下，做好自己，二要脚踏实地，三要宽容处世。四要技巧前行。

（2007年9月25日）

我的一个平民哲学命题

突然想到一个挺“形而上”的问题：人生要处理好一个“自信”的问题。自信，是走向成功的一张门票。有自信的人才能立足于这个世界，接着才是表现自己，发展自己。不自信的人，是自己折断自己的翅膀，当然不可能在人生的舞台上有精彩的表演。

生活中，有人自信，有人不自信。自信的人总说自己“行”，不自信的人总说自己“不行”。其实，世上好多“行”的人一不小心，就不行了；也有“不行”的人，一个激灵，就行了起来。打个比方说，“行”的人生观好像富贵人家的深宅大院，张扬的成分要多一些；“不行”的人生观是贫贱人家的柴门茅屋，破败和软弱的成份要多一些。其实，这富贵人家和贫贱人家就是一墙之隔的邻居。贵贱虽然有别，但贵贱不是一成不变的。

生活条件优裕、平时一帆风顺的人常觉得自己“行”，生活条件艰难、遭受挫折多的人多觉得自己“不行”。其实，这两类人中，谁能冲破这个局限——当自我感觉“行”时，多找找自己的“不行”，当自我感觉“不行”时，多发掘自己的“行”——都可能成大气候。

人生要有虎虎生威的自信，人生也要有时时刻刻警惕过分的自信造成的霸道和麻木。

最了不起的是：世上有少数特别“行”的人，他们自己已经很“行”了，却常能俯下身子帮助别人。而那些假“行”的人，总是目空一切，无视世界日新月异的变化，最终落伍，变得“不行”。

为此，作打油诗一首：

相信自己行，才会“我能行”。
今天若不行，争取明天行。
明天还不行，争取后天行。

别人夸我行，不晕才算行。
你在这点行，我在那点行。
不光自己行，也帮别人行。
力争全都行，多赢才更行。

（2007年10月12日）

一言难尽的“一念之差”

世人办事，因为时间所限、环境所限，以及个人主观条件所限，真正深思熟虑的机会可能很少，好多事情都是在“一念”之中凭直觉决定的。办成了，于是“果断”呀，“聪明、能干”呀，中听的赞扬也就来了——其实那不过是“一念之妙”；而办砸了，那就是“一念之差”。且看这“一念之差”的种种故事吧：

国际级别的，有伊拉克原总统萨达姆，先是挑起两伊战争，当时自以为有胜算把握，结果打了八年，两败俱伤，不了了之；后是入侵科威特，本想速战速决，没想到最后搞得国破家亡，自己还人头落地。

国家级别的，国内那些大大小小的贪官身败名裂的例子俯拾皆是——估摸他们由信仰共产主义到背叛自己的信仰，都应该是从一念之差开始的。

省市级别的，可以举某省先后两次为私房钱立法，先立法规定：妻子可以查丈夫的私房钱，后又立法规定：不能查，这个“一念之差”反差太大了。

家庭和个人级别的，我这里更有鲜活的例子。例子一：某厂两个女工，原本关系很好，九十年代家庭电话还未普及，女工 A 家庭条件差一些，孩子又在外地读书，家里没有电话，女工 B 刚好相反，家里有电话。一次 A 到 B 家打长途电话给孩子，临走时放了 10 元钱给 B，说是让对方根据长话费结账。一个月过去了，A 问 B:“上次那个长话费多少钱?”B 说:“算了，只 3 元多钱”。A 听话中有问题，就说:“我上次给了你 10 元呀”。因为有了前面的“算了”一念之差的回答，B 只好坚持说“没有给”。这就是典型的无路可退的一念之差了。

更有叫人深思的例子：某农村青年在城市做生意，认识了市场的保安。一次，保安因住宅与邻居发生纠纷，就请一些朋友来了难，其中也有这个农村青年。喝了酒，抽了烟，脑袋容易发热，那个农村青年，仗着酒力，用啤酒瓶敲碎了朋友邻居的脑袋。事情至此，保安自首了，如实交待了事情经过，那个农村青年因自己的一念之差，稀里糊涂地被判了死刑。

有刺激，就有条件反射。人的一生不可能不凭直觉做出判断，于是，就产生了许许多多的"一念之妙"和"一念之差"。世人可以在这世上做好人，也可能在这世上做坏人；可以事业有成，也可能一事无成；可以飞黄腾达，也可能穷困潦倒；可以呼风唤雨，也可能寸步难行。真的是"一念之妙"和"一念之差"在玉成或捉弄人呀。

讲了这么多，我倒发现了：在这"一念之差"背后，其实掩盖着一个"素质"问题：

一、素质高的人，"一念之差"的起点也要高一些的，就是说，高素质能抵消"一念之差"中的一些低级错误。

所以，提高全民素质实在太重要了。官员也是来自人民之中，人民是水，官员是船，水涨则船高，水落则船低。社会的整体素质高了，官员的素质也跟着上来了。

二、当权柄与素质发生"对冲"时，权柄重能加重"一念之差"的错误或罪恶程度。素质高的官员"一念之差"犯下的错误或罪恶，比素质低的平民犯下的更要命、更致命。

所以，那些父母官们，不要以为自己比民众"素质高"而沾沾自喜，他们的高素质最重要的元素是不脱离人民，对自己手中的权柄要有戒惧心理。

（2007 年 11 月 1 日）

打破砂锅问素质

我在《一言难尽的一念之差》中提出了一个看法：一念之差的危害性与人的素质成正比例，与权势大小成反比例。也就是说，人在因一念之差犯错误时，素质高的，错误频率要少一些，程度要轻一些；人在因一念之差犯错误时，权力大的，错误频率要多一些，程度要重一些。

打破沙锅问到底，现在，我们不得不考虑一个相关的问题，即素质问题。这个问题实际涉及两个最根本的小问题：1. 什么是素质？ 2. 素质从何而来？

（一）

"素质"的基本元素应该包括：身体的要素、心理的要素、知识的要素。

人生宛如远航的船，波涛汹涌在所难免，素质高，那是铁壳大船，能抗大风大浪；素质低，那是木舢板船，抗风险不足。

人的"素质"的内部关系，也可以用这个比喻：身体是船体，知识是船上压重的货物与装备，心理因素则是船的发动机。

两个比喻合成一个比喻，那更形象：身体强健好比一艘大船、巨轮，身体不好则如一只小船、破船、烂船，能在生命的浪涛中颠簸吗？船大了还得装货物，这货物是什么？是知识。船越大，装的知识就越多，船大而却不装载东西，闯海也是有危险的。有了身体，有了知识，还得要心理健康——就像远航的船在一切就绪之后而发动机出毛病，这船还能启航吗？

关于素质的构成，其实我们要考虑的主要还是两个方面：知识的和心理的。知识因素，一言以蔽之可称之为"智商"；心理因素，一言以蔽之可称之为"情商"。智商主要靠学习来积累，情商主要靠濡染和交流来积累。智商和情商同时又在各自的增长中相互补充。如果只重智商不重视情商，人的素质还是有问题的。

（二）

人，一般都有惰性，而且还有幻想性，所以总有人指望自己的素质能一步到位。人还有虚荣心，还喜欢夸大自己的素质。这是我们素质培养上的一个阻力和误区。

古人有句名言："积土成山，积水成渊，积善成德，而神明自得"。其实，人的智商也好，情商也好，都是需要累积的。教育上最忌的是说教，教育是需要耐心濡染和交流的。知识积累如此，而情感的完善也如此。我们对自己的子女素质的培养不能口是心非，而要以身作则——这是素质培养的诀窍！

为什么"龙生龙，凤生凤，老鼠生崽打地洞"？除了遗传，还有一个耳濡目染、日积月累的问题。为什么说"暴发户一夜可以生成，贵族需要几代人的努力"？因为高贵、高雅不是做出来的，那是一种特殊的素质，是要慢慢培养才会有的。

中、小学那些好学生的优异学习成绩，不是打骂出来的，也不是吹出来的，是由学习中的细节决成的。人的心理上千差万异，也是由细节决定的。我们要想提高素质，只有一个办法：从平常的细节抓起。

总结一句：无论是智商，还是情商，这些素质都要从细节做起！"积善"才能"成德"。素质不会从天上掉下来的，不是睡在床上发誓发出来的。

再总结一句：细节出素质，一半是教育，一半是环境。

（2007年11月3日）

小智如芒，大智若石

近读网上一篇文章，文中有两个故事，觉得有趣，转述于后。

第一个故事是这样的：两姐妹家里来了个乡下的拐弯的表哥，一口口喊她的妈叫“姨娘、姨娘”，四十好几的汉子还面带腼腆，纯朴得让她们姐妹不屑，这个表哥想在城里谋个活儿干干。他说自己在乡下就会开农用车，看到报纸上登了招司机的广告，就狠下心跑来应试。姐妹们一看应征要交500元资料费，就认定这是诈骗广告。但是第二天，她们的妈妈还是悄悄地带着那个表哥去应试了。只是事后一点消息也没有，拐弯的表哥又垂头丧气地回农村去了，姐妹们都说妈妈太傻，妈妈却叹了口气说：“哎……你们以为我不知道那是骗人的？只是，我这个当姨娘的不能让他失去信心。今天，无非我让人骗了钱，但他以后不管有多难，总知道在城里还有个姨娘吧！”——原来那个妈妈是情愿被骗的！

世上的骗子都会认为自己比受骗上当的人要聪明，只是那个骗子做梦也没想到，正是由于他们的伎俩却帮了一个乡下人感受了一段城里亲戚的温暖，也帮一个远房姨娘放下了一个可能来自良心上的负担，还让两个小姐妹受到了一次处世为人的教育。当事人各取所需，各有所得，究竟谁更聪明？

骗子们自恃聪明，那只不过是锋芒毕露的小聪明而已。其实相对于包含着道德因素的大智慧来说，他们的小聪明时时、处处都是漏洞百出的——上面那个骗局也证明了这一点。

另一个故事是这样的：一个年轻人和妈妈上街，看到北京地铁里乞丐来来往往，母子俩都说：“这里骗子多！”但当一个乞丐伸手乞讨时，妈妈还是给钱了。儿子问妈妈为什么给钱，妈妈说：“不管他是不是骗子，当他伸出手来的时候，他的心已经沦落为乞丐”——原来施舍不仅仅是钱物上的，还有心灵上的；原来施舍不仅仅是给予，还能得到心灵的慰藉！

老年人的智慧在世事沧桑中不断地冲蚀打磨，智慧没有了外在锋芒，只留下了冲蚀不掉，打磨不了的智慧的内核。这种经冲蚀而保存下来的智慧虽不好看，但却管用，它没有华丽包装，全都是人生有用的经验和教训了，它的内容越来越精粹，形式越来越质朴。真正大智的人，他们只看重有用的质而非好看的形。

小智如芒，有棱有角，敢作敢为，目空一切。大智如石，沉稳有力，引而不发，以逸待劳。真正的智慧不是冲撞而是顺应规律，这种内敛的智慧看似无刃却有劲。这种智慧表现为圆滑、豁达、平静、沉稳、坚韧，质朴、受用。

智慧如同年龄一样是需要成长的，譬如稻谷、黍麦，刚生长时有芒，有颖，是锋芒毕露的，但力度不够，只有等到稻谷、黍麦成熟了，反而锋芒不见了。

“青出于蓝而胜于蓝”，这本就是人类延续发展的既成事实和普遍规律。青年人，如果因为自己聪明而忽视前辈的智慧，那就错了。年轻，意味着你有机会学习和吸收前人的智慧和经验。如果你在自己的成长中不曾向前辈认真学点东西，那意味着你错过了提升自己的机会。

（2008 年 1 月 20 日）

关于“杀猪”

小城人有小城的活法。曾有一个摩托车主，没有正式工作，靠摩托车接客维持生计。他发明了一种赚钱的方法：每天就守在人口流动量很大的火车站，有下车的旅客就上去兜售生意，只要有人问他“坐摩托车多少钱”时，他都说：“一元钱”。可是当旅客到了目的地时，总得十几元，甚至几十元，因为他所说的“一元”是指每公里一元。上当的人多是外地人，到了目的地后，虽有些不情愿，但面对他的凶相，面对他“这么远的路，一元钱可能吗？你坐公共汽车也不是这个价钱吧？何况我还没有收你的问路费呢”的骂骂咧咧，这些开始图便宜、图省事的外地人，往往都会妥协。他用这方法还真管用，几年下来，脱了贫，致了富。

他把自己的赚钱的方法叫做“杀猪”，言外之意是：做生意当然要欺蒙拐骗，欺蒙拐骗当然下手要狠。

有这样的百姓，可能就有类似的管理者——出刁民的地方当然容易出刁官。曾有一个外地的富商想在小城投资办厂，开始办手续还算顺利，只是越到后面，投资者才发现，这里大大小小的管理者都要管理费、公关费、手续费，同时还要吃、要玩，他花了几十万，事情还是没彻底解决。最后这个外地客商只好知难而退，一走了之。当然也不忘给小城打打广告，传传名。

杀猪的人，一般都要先养猪，再杀猪，不然，他们就可能要失业。小城的一些管理者也有精于此道的。

那些抓扒手的、抓赌博的、抓嫖娼的、抓环境污染的、抓违章的，“抓、罚、放”的套路，就是一个“养猪”、“杀猪”的流程。如果执法者不是屠夫，而真正想做社会的医生的话，他们早该想办法彻底解决问题了，可是他们不会，也不愿这么做。

小城人的这种活法，注定了小城永远是小城，它精灵古怪，但它永远也大气不了。

前面说过的那位借摩托车杀猪的人，后来还是栽在“猪”的手上。有一天，他逮到了一头大肥“猪”，这头“猪”先雇摩托车在城里转悠了一大圈，出了好大的一滩"血",仍一点也不觉得痛,反而说好玩,后来,"猪"又提出要学开摩托车,并约定按每小时 20 元计费,这个屠夫一口答应下来,带着"猪"到附近的一个人迹稀少的地方当起教练来了,开始,这只"猪"单独驾驶摩托车时,总是摇摇晃晃的,屠夫放心让他自己练习着开车。可是没想到的是,这头"猪"歪歪斜斜开着车远离屠夫后,突然很熟练地轰起油门,一溜烟就跑了,这次,屠夫栽在了"猪"的手里了。

凡是屠夫,都喜爱听话的猪,都不喜欢不听话的猪,都害怕有心计的猪,尤其害怕偏激的猪。

"善有善报,恶有恶报"。这种报应未必都是神灵赐予的,有些是冤家对头回报施予的。上面那个开摩托车的杀猪人的遭遇就是一个例子。

我们有理由担心:如果猪猡一偏激,一造反,有时倒霉的可能不仅仅是屠夫,而可能是其他无辜的人。因为破罐破摔的猪大都是不太用脑子的。

在世界范围内,美国人到处杀猪,弄得天怨猪怒,所以才有恐怖主义的猪猡横空出世,殃及无辜。我们庆幸中国目前还没有恐怖主义阴影,但为了预防起见,我们千万不要让目光短浅的杀猪者在中国呼风唤雨、兴风作浪。

(2007 年 7 月 19 日)

退一票海阔天空

退了一次火车票，才感觉到制度的冷冰冰。一位亲戚看完世博，举棋不定，想再看一看，又想早点回家，害得我退了那张好不容易排队买来的火车票，又再排队买了一张火车票，一退一买，损失了50多元的“退票手续费”。平心而论，铁路收退票手续费也是应该的，这不光有售票系统的软件与硬件损耗因素，还有一个对付炒票黄牛的因素。所以，不必生气。

不过，话又说回来，20%的退票费高是高了些。为什么说高了呢？一是现在退票的多是长途而且多是卧铺，总票价的基数高，铁路赚得太多，二是现在火车票一票难求，火车站收回的票不会积压、不会卖不掉，三是对付黄牛用这个招数收效并不大。

曾有人为这个退票费还和铁道部打过官司，结果败诉。败诉有败诉的道理，人家是先礼后兵，有理、有利、有节、有制度；而且这个收费都是有票据的，可以统计，经得起检查的，手续费再多都没有一分钱进私人的腰包。20%就都是20%，没有后门可开，绝不讨价还价，仅凭这一点就比某些捞回扣的光明正大得多。

而且，我们还可以期盼：等到铁路运营的成本降低，等到铁路科技含量提高了，等到整个社会不以逐利为最高目标了，它也许会比现在做得漂亮些。

相比医药行业，铁路行业要文明多了。人们可以买不到火车票但不会给火车站送红包，他们可以在退票费上动脑子但不敢随意让票价驴打滚似的飞涨。看看那个芦笋片吧，出厂价15.5元，医院就敢卖到213元。这样的药品并非只有一例，去年售价还是93.5元的药品，如今价格提高至170元；去年售价1082元的药品，如今售价1580元……

不过，话又说回来，既然已经原谅了铁路，要么好人做到底，连医药行业也一并原谅算了：其实这些事也不必大惊小怪，换个角度思考也就解决了。现在再怎么药价虚高，但总比缺医少药好；再退一步讲，大不了，没钱不进医院也就不花钱了呀，而且现在人的平均寿命在增加，说明我们老百姓还没有到山穷水尽的地步！

同理，我们能买到火车票，说明铁路是在发展，是在进步，退票损失的点钱真的也没有什么了不起的。

退一票真的海阔天空，但我也从心里指望社会再进一步，让整个社会都海阔天空。

（2010 年 6 月 30 日）

细节决定成败，也决定真假

现代社会，尤其是一个前进中的、暂未成熟的商业社会，真个是“骗网恢恢”，然而只要我们长一双火眼金睛，我们就可以游刃有余，成为一个幸福的漏网之鱼。而事实上我们身边常常看到一些这样的漏网之鱼。

举个例子，我们哪个没有接过诈骗电话，一会是法院传票，一会是电话欠费，一会是非常大奖……虽然也有上当受骗的，但毕竟是少数，多数人为何不上当？因为骗子的漏洞太多太多，如用境外电话或网络电话来发所谓通知其实就是在告诉别人：“我是骗子”。而最大的漏洞是这些电话通知不合中国国情——生活在中国的老百姓都知道：凡是正规的、严肃的通知绝不会用电话，而多是通过单位或基层的社区组织来传达。这个漏洞是所有骗子无法弥补的，否则他们行骗成本和风险就高多了，难多了。

一个周密的骗局，有一百个缜密，可是只要有一个疏漏，那就是这个骗局的短板，何况有的短板是无论如何都无法补起来的。刚好身边有一个新鲜例子：前年的冬天，有伙人租了一个门面自称是内蒙的，“年底打折、清货”，设点卖高档皮毛衣料，当时的确挣了钱走了。尝了甜头之后，去年冬天，又换了一拨人来如法炮制，这次他们换了一个门面，又换了一帮人，按理说，前年生意好，去年生意也会好，没想到他们遭遇到了滑铁卢，他们一直捱到春节过后，打包回家也没有什么生意，我天天经过这个门面，天天替他们想着：为什么这次就钓不上鱼呢？最后突然明白：他们那个录音广告出了问题，还是前年那个东北口音，别人自然会想到他们是同一伙人。

细节决定成败，把这话用在分析骗局上也可以改成细节暴露骗局，例如那个卖皮毛的商家，他们露假的细节还多呢，我的一个邻居就在前年发现了问题——他在几件衣服的纽扣上发现了问题，原来这些号称高档的皮衣，所有纽扣都用一根细钱固定的，如果用点力气就可以拽下来的，他告诉我：“千万别上当，这些商品绝对不是真的”。

细节决定成败，这在网上购物上用得特别多，买东西先看大众点评，看看别人对商品和商家的评价，赞扬可能是假的，但批评一般不会是假的。

这个细节决定论，甚至在做学问时也用得上，例如，一个专家论证一个学说，用了成百上千的例子以归纳其正确，但反对的只要用一个让其不成立的例子来演绎其不正确，那么，这个专家的学说就像太阳出现了黑子一样，存在致命的问题。

有人说："做名人难"，难在哪里，其实就是难在细节上。人非圣贤，孰能无过？例如南京那个抽天价烟的局长和西安那个戴名表的局长就是这样栽在细节上的。

说到这里，总结两句话。

一、"一个人做一件好事容易，做一辈子好事难"这话千真万确，因为人的一辈子的细节累积成了他的品性概况。说一个人是"好人"或"好官"困难，说一个人是"坏人"或"贪官"容易。人活着不容易，要时时警惕走弯路。

二、生活中要注意观察，而且要认真而仔细地观察，这样，细节就会告诉人们许多有用的信息。我们民间有句俗语，叫做"出门看天色，进屋看脸色"，就是告诉人们要善于观察细节。

绝不能让崛起为“和平”服务

有个冯姓专家在报纸上发表高论：日本最怕中国和平崛起，所以我们要最爱和平。

中国怎么会有这么多的不切实际的专家呀？人家把钓鱼岛切香肠都快切到头了，他还在喊“和平崛起”。归根结底，是这样的专家长期穿“皮鞋”、不接地气所致。

美日根本不相信中国的和平崛起（这一点冯专家再费劲，把口水喊干也没有用），他们除了颜色革命，除了军事演习、军事恫吓之外，还有一个办法，那就是试探中国的“和平指数”，如果“和平指数”高，而“崛起指数”低，那么崛起只不过是和平的奴婢，他们当然高兴。

皮之不存，毛将焉附？“和平崛起”的关键是“崛起”。逆来顺受的“和平崛起”其实是“和平趴下”。果如此，日本人是不吝惜对“和平崛起”大加赞扬的，冯专家之类的中国人肯定会得到日本方面的表扬——送顶高帽子给傻子戴一戴，是他们很乐意的事情。野田“购岛”之后派使者给中国传信，估计早已准备了一些高帽子，可惜中国不上这个洋当。

根据当前国际现状，单纯的和平崛起其实只是一厢情愿，而碰撞中的崛起才是现实的。碰撞中被人诬蔑为“威胁”，那都是正常的，否则只能“和平趴下”。

其实，“和平”过了头，就是怯懦，哪谈得上“崛起”，你就趴着吧！而碰撞恰到好处，那也不是“威胁”，在崛起的过程里，只有书呆子才死搬教条，不知变通。当别人给你戴高帽子时，你得想一想：自己受到应有的尊重了吗？他是真心吗？

如果为了讨好别人而讲和平，还能有崛起吗？如果钓鱼岛被人占了去，如果南海诸岛也被人占了去，如果中国被四分五裂，那样即使“和平”了，还能有“崛起”吗？我们不能受那些误国“专家”的蛊惑。

有句话讲得特别好：打不打老虎，老虎都是要吃人的。与其低眉顺眼举白旗，不如走自己的路，让别人去说，必要时也扔掉皮鞋，亮剑出鞘。不是我们不要和平，而是别人不让我们崛起。

要区别两个概念："和平地崛起"与"和平得崛起"。前者的"和平"是手段与过程，崛起才是关键和目的；后者的"和平"是紧箍咒和迷魂药，"崛起"不过是装饰品。

你高举橄榄枝，可是别人挥舞大刀，那你当然要用另一只手拿起刀来，如果只有一只手，那怎么也是一个残缺。

建议把那不接地气的专家下放到最艰苦的地方锻炼一下，免得他白日做梦，想入非非。

（2012 年 9 月 13 日）

这也叫“下大棋”？

有人撰文，说中国受人挑衅和包围没什么，我们正和美日下一盘大棋，言外之意是：国家的事，弄不明白的平常人岂可胡说八道，外行别插嘴。

最近也有人说：清末的李鸿章不是卖国贼，而是让清王朝损失领土最少的功臣。这都属于“专家”的高深言论，普通老百姓凭的是直觉，是说不出如此“专业”的话来的。

中国“专家”们的思想因为长期穿着“皮鞋”，思维方式已经完全脱离中国的老百姓和世界的现实。虽然中国的老百姓批评这样的“专家”有点难，但洋人的批评就近乎刻薄了，最近听说有日本人评论说“中国人比韩国人蠢”——其实，日本人了解的都是中国的“专家”，不过被日本人大而化之以中国人相称了——从这里可以看得出：“专家”对内还灵光，对外可能就一钱不值了。他们脱离了中国这个环境，也就没有谁认为是专家了。

就依“专家”的说法，来说说下棋吧，你以为你棋艺高是不是？可是，对手根本就不是棋手，也根本没想和你下棋，双方摆上一盘棋，握握手，那是他不得已为之，下起棋来，他是不会那么守规矩的，什么偷子、悔子、撒泼，甚至输了行凶……无所不用。这个最典型的是菲律宾的阿基诺，他开始摆出和你下棋的样子，一会到中国来祭祖，一会来中国签商贸协议，搞得中国的棋手乐不可支。后来，他却把棋盘推翻了，扬长而去，不和中国玩了，找美国玩去了。

美国应该说是一个了不起的棋手了，但他又不仅仅是一个棋手，而且还是一个魔术师，如果有中国的“专家”把他当作单纯的棋手，那就太少看他了。举几个美国人耍魔术的例子：刚签完中美之间的“817 公告”，他接着就搞了个“对台关系法”；刚说南海不选边站、钓鱼岛主权问题由有关国家解决，接着就说要帮助日本霸占钓鱼岛。聪明的人下棋，绝不囿于棋盘，美国人在这方面可谓举世无双。

听说抗战时期，日本侵略者和中国人拼刺刀时，要把子弹从枪膛中退出来，其本意是想示范中国人也如此，可是中国士兵并没傻到也学他们的样，他们拼不过时，也有开枪打到敌人的。这是小说里的情节，不一定可考据。可能有中国的所谓专家对此嗤之以鼻，那只能说明专家是书呆子，而且是连“兵者，诡道也”之类的书都没有看过的书呆子。

看过很多书而且又不局限于书的，毛泽东应该算一个，他在长征中“四渡赤水”，在朝鲜战争中断然出兵抗衡联合国军，这种胆略，是那些口口声声说“下大棋”却死板教条的“专家”望尘莫及的。

邓小平在中英香港谈判下了一盘大棋，但他在谈判时，也做了最坏的打算——武力收复香港，正是他“不经意”透露这个最后的打算，才让谈判对手老老实实就范的。没有这样的本事，最好还是少谈什么“下大棋”吧。

古有“天下兴亡，匹夫有责”之说，今有“人民当家作主”之说，专家不能以“专家、专论”来吓唬老百姓。须知：“白猫黑猫，抓到老鼠就是好猫”，解决不了中国的实际问题，就是病猫。

如果硬要把治国当作下棋，一盘好棋也要预备好几种方案，自我约束不是下大棋唯一有效的下法，“民可使由之，不可使知之”绝不是上得了台面的下棋的方法。如果长期这样“下棋”，我们还要担心居心叵测的颜色革命在棋盘下面发生，不知那些“专家”想到这一点没有？

现代的“大棋”比赛，绝不是一两个人的娱乐，下棋也要有预备队，以防因一个棋手的脑梗而让一盘好棋成为一盘废棋。

有中国参加的棋赛，当然是重大的国际赛事，参赛的中国选手，应该做到：既棋艺超群，又虚心纳谏；既守规矩，又守住底线；既彬彬有礼又好斗敢斗；才可能下出好棋来。

（2012 年 8 月 26 日）

你的三笑,我的心冷

菲律宾总统阁下对中国人前后冷笑了三次,这样一而再,再而三的冷笑,我们总觉得是一种奸诈。

第一次冷笑是在前年的香港游客事件,一名持枪歹徒在菲律宾市中心枪杀了香港游客,此事件中,8 人死亡,6 人受伤。总统阁下在当时就不经意流露了一丝冷笑。是的,他应该笑,他笑香港的傻瓜繁荣了自己的经济,他笑借刀杀人成功——动荡的马尼拉又少了一个持枪闹事的枪手。

事后,香港对菲律宾发出黑色旅游警示,但内地并没有警示。一切似乎应验了这位总统阁下的冷笑:中国人既好糊弄又好欺负。所以,总统阁下对负有责任的官员免于了处分,两年后,他还说:"这件事不是恐怖事件"。

第一次冷笑,能看出来的不多,善良的中国人大多以悲戚的心情揣度当事国的总统,满以为他那冷笑只不过是一种习惯性的动作罢了。可惜,善良却招来意想不到的、奸诈的再次冷笑。

第二次冷笑是在去年他访华时,他为什么冷笑呢?因为他当面说一套背后做一套,他得利了,而且是在把东道主当傻子的情况之下,有吃有喝,得到了中国 600 亿美元的投资,他为什么不冷笑?还有那些欢迎"海外游子"衣锦还乡的纯朴乡民。他的经验里,中国人太好糊弄了。

第二次冷笑看出来的人比第一次的多,但以德报怨的"皮鞋"思维在中国人头脑中作祟,以为:既然给了别人好处,别人自然会感恩戴德的。但事后总统阁下的"草鞋"态度很让中国人难堪,那位总统当然要冷笑一声了。

第三次冷笑是在今年,菲律宾总统派出了军舰,罚中国的渔民晒了 2 小时太阳,之后再恶人先告状,向美国人,向国际社会告刁状,再之后改海名、改岛名,还让手下人做出更强硬的姿态。他应该笑,而且应该大笑,因为在他看来,美国人才有力量,中国人是纸龙,是纸老虎,是东亚病夫……

笑是笑过了,但总统阁下却尴尬地没法合上笑着的嘴巴:自己这样的高智商却被受自己讥笑的中国人看出来了，而且不是一个、两个，而是所有中国人。

中国有句古语：多行不义必自毙，用在这位很有些小聪明的总统阁下身上，倒是很恰当的。

现在的中国，连那些“千万别在南海动武”的声音都悄悄地销声匿迹了。不惩罚，今后效尤的还会更多——中国人都站在一条战线了。这是不是总统阁下的冷笑起的反作用？

我们等着老账新账一齐算，我们不怕不守章法的无耻之徒花招百出。如果因为黄岩岛而让中国得罪了总统阁下以及阁下的后台老板，中国人是会淡然处之的。

我们实在不喜欢你的一声声冷笑。

（2012年5月11日）

不高兴就是病态吗？

一本《中国不高兴》弄得有人不高兴了，其中一人断定说：中国不高兴就是病态的民族主义。他还给人一个二难的选择："民族主义的形式很多，但基本上可以分成两种类型：健康的和病态的。健康的民族主义是面向世界、面向未来的；病态的民族主义是自恋的、向后看的。病态的民族主义常常会表现出4个基本特征：1. 把伤疤当勋章；2. 自恋且排他；3. 眼睛长在后脑勺上；4. 好战……"然后，他就把"病态的民族主义"这顶帽子给《中国不高兴》戴上。

凡不高兴就是病态吗？我不赞成，月有阴晴圆缺，人有悲欢离合，喜怒哀乐，人皆有之；国家、民族是由单个的人组成的群体，当然也会有喜怒哀乐。如果规定中国人不得不高兴，于情不符，于理不通，这样武断、这样的硬性规定才是病态的。

中国不高兴并非"经过30年的经济增长，已成为世界第三大经济体，有些人就膨胀得不得了……"其实中国人不高兴的日子远比高兴的日子多，有的与外国人无关，外国人不要紧张；有的与外国人有关，外国人也不必紧张，他们应宽容咱中国人这些正常的情感表达。

近一年来，我们中国人是有些不高兴，且不说矿难事故一个接一个，腐败分子抓了一个又一个，单说办个奥运，我们受了多少委曲？四川地震，有人幸灾乐祸，说"这很趣"。还有西藏暴力事件，我们本来想把不高兴藏起来，甚至装着很高兴，但别人抢先一步，倒打一耙。试想，我们如果早一些表示不高兴，也不会那样被动吧？好在中国人还是有不高兴的，他们抗争了一下，才让世界看到中国人的真实感情。

不准不高兴，其实最容易包藏私心。9.18事变前，蒋介石致电张学良："无论日本军队此后如何在东北寻衅，我方应予不抵抗，力避冲突"——那是他在打"剿匪"的小九九。张学良命令东北军不抵抗，那是他仗着有尚方宝剑——天塌下来有蒋介石顶着，又可以不得罪日本人。两个头面人物都没有不高兴，弄得日本人很高兴，“通情达理”地用三列火车把张学良个人的金银财宝给送到北京来了。翻看历史，我们大体可以得出一个结论：无私才能无畏，患得患失总是吃亏上当。

一群围观的看客，一个即将被杀头的主角，他们谁也没有什么高兴和不高兴的表情，那不是宽容，也不是爱，而是病态的旧中国的特写镜头。这镜头始终刺痛着鲁迅。始终让鲁迅保持着不高兴姿态，虽然被人讥笑为“刻薄、睚眦必报”，但鲁迅还是保持清醒的头脑，理直气壮地走自己的路。

人与人、国与国之间经常会有摩擦、误会，如果逆来顺受，打了左脸再递上右脸，那不是宽容，也不是爱，那只有两种可能：要么这个人（或国家）是阿Q式的傻子，要么这个人（或国家）是越王勾践式的疯子。正常状态是：他会哼一哼、叫一叫，表达一下不高兴。其实不高兴运用得法，甚至还能得诺贝尔和平奖呢。

再说说那个“健康的民族主义”，按这个批评者的说法，健康与病态是水火不容的，那么这个“健康的民族主义”自然是：1. 把伤疤当隐秘，2. 自卑且媚洋，3. 脑袋垂得尽量低一些，4. 避战或怯战。如果这样算是“健康”，那么满清王朝就是最健康的了。

对于上面的四条标准，我们可以再分析一下。

关于“把伤疤当隐秘”问题。我们的伤痛，不管是旧的还是新的，我都应该正视。旧的是历史，我们不能忘记；新的是教训，我们不能回避。自己躲躲闪闪，反招别人笑话。

关于“自卑且媚洋”问题。我们一直在虚心向世界学习，我们的民族本来就有谦虚谨慎的传统。但是我们的学习应该是“拿来主义”。此外，有些东西别人不乐意给予或者有保留地给予，我们还得自己动脑子，自己解决。

关于“脑袋低垂”问题。友善是应该的，韬晦是可以的，但不能委曲求全，中国应该有自己的原则，例如牵涉到自己的核心利益，那就要当仁不让！

关于“避战或怯战”问题。兵法上讲究不战而屈人之兵，但是，“止战”的前提是“敢战”，怯战的国家有什么资格和别人平起平坐，侈谈和平解决有关争议？

据说，这篇《“中国不高兴”推销病态民族主义》作者曾是一个居庙堂之高的政府官员，现又是一个留美的著名学者。此文如果作为外交辞令倒不失一篇好文章，如果放在国内来教育人民，那就没有什么必要了。

如果说《中国不高兴》是下里巴人，那么《“中国不高兴”推销病态民族主义》就是阳春白雪；如果说《中国不高兴》是穿草鞋式的发言，那么《“中国不高兴”推销病态民族主义》是西装革履式的高调。我还是喜欢浅一点的、土一些的、直来直去的《中国不高兴》而不喜欢那西装革履、不接地气的“病态”说。

中国可以不高兴，中国并没有暴跳如雷；中国可以发发牢骚，中国并没有挥动拳头；中国可以粗中有细，中国并没有昏头昏脑。

（2009 年 4 月 19 日）

穷人有了钱也难

穷人有了钱也很难！比如有一次，我手中有一笔美元，一直舍不得用，存在了银行，光想那利息增加。没想到，后来美元贬值，我没赚反亏。由此联想到咱中国手中的那些正在贬值的美元来了，那是得赶快消费掉才好呀，即使不消费掉，也得让它在咱自己家里左手给右手、右手给左手地倒腾一下才好——那也是"流通"呀！

世界上好多国都没钱了，唯独中国还有不少的钱，光美元，就有近 2 万亿放在鼓鼓的荷包里，让一些曾经有钱的富翁或一直没钱的穷光蛋馋得不得了。于是，这笔美元外汇储备被一些人说成是西方的潜在救星；被一些人说成是测量中国人有无善心的标尺。

扶危济困，本来也挺合中国人的性格的。实际上中国也一直在这样做的——中国一直在购买美国的政府债券，这样才使美国经济一直在虚拟中繁荣着。这次如果美国人乐意让我们帮忙的话，我看，咱就买些美国军火，让美国人把钱挣够，甚至，买航空母舰都行，军火太敏感，那就买华尔街，华尔街不卖，那就买大公司。

由于世界经济的相互牵连，这场金融风暴过后，只怕中国人的大把美元也是虚拟的数字了，所以，现在用钱到美国去消费，自己快活，美国也快活。但快活总得互利，总得两相情愿，我们不能买垃圾，也不能买虚拟的财富。

考虑问题，最怕一头沉，一条道走到黑。其实，对于手中的美元，我们还有一个最好的用法：那就是扩大内需！怎么扩大内需？光口喊或动员是不行的，得来真格的。最好的办法就是，乘国外市场不确定时，把我们的美元储备拿出来，搞几个大项目，第一线项目热火朝天地启动了，自然就会带动第二线的配套项目，跟着会带动服务行业和消费市场。

而且，我们把钱都投到国内建设上去了，那些盯着我们口袋要借钱的国家，也就不好开口了。这样的好事，我们何乐不为呢？

我们搞了神七，还可以搞登月呀，也可以造航母呀。

我们还可以在有关国计民生的工程上下点力气呀，如在西部多修几条铁路，政府在安居工程上也可以再多下点功夫——这可是得民心、顺民意、重人权的大好事呀。

想多了，就有点胡思乱想了，还是让思想休息为好。唉，善良的人啊，当断不断，只能自受其乱。

（2008 年 10 月 21 日）

一样温水，两样青蛙

意识形态不同、文化传统不同的国家，本来就会有矛盾冲突，冲突其实就是改变与反改变或征服与反征服的较量。当然冲突也好，改变也好，征服也好，不见得就是战争——那是武斗，还可以用宣传、用外交等手法——那是文攻。

我们应该承认，西方媒体对中国的文攻一向是成功的、卓有成效的。他们基本达到了不战而损人利己的效果。它们往往抓住中国的某一个问题，采用由点及面的“归纳法”，就中国的食品安全、中国的“军事威胁”、中国的“人权问题”指手画脚……所有问题都能说三道四。

以西藏问题来说吧，达赖本来代表的是一个落后、野蛮的奴隶制度，但西方媒体在报道达赖喇嘛时，常常配发他标志性微笑的照片，并反复强调他的“非暴力”主张，甚至还让他获得诺贝尔和平奖。结果就塑造出了达赖喇嘛真诚、善良的国际形象。于是，他就成了“爱好和平”、“爱好自由”的“著名宗教领袖”了。

中国政府在西藏做了那么多发展民生的好事，西藏人民的物质生活和精神自由都与过去不可同日而语，但西方媒体在提到西藏时总会说“中国在50多年前军事占领了西藏”（这是屁话，哪个国家的军队不占领自己的国家），“中国是个野蛮专制的国家的”（这倒不是没道理，其实一切社会形态都有其“野蛮”的一面的，关键是其“野蛮”的程度），而1951年前的西藏人民的悲惨生活及其历史反倒成了一片空白。

这样，三人成虎，众口铄金，长期的宣传效应，就达到了一种温水煮青蛙效果。于是，“314”恐怖暴力事件披上了正义的外衣。于是，不管中国政府如何辩解，中国政府就是专制的，达赖就是民主的，暴徒就是无辜的。

对于这种温水煮青蛙的宣传战，反制的首要方法就是抢先跃起——抢先发声，可惜，我们的宣传机器由于长期占有国内的宣传优势，让他们总是舞步优雅，不慌不忙，加上出于对社会安定的考虑与斟酌，对抢占宣传的先机未加重视，多次丧失了这个先机。

当然，我们还有一个后发制人的反制方法，那就是在温水中大量兑入冷水，激活青蛙的反应能力。这一次我们成功了。我们后发制人地揭露事情真相之后，民间的力量也在行动，甚至海外华人也积极参与反击谣言，一下了就让一锅马上要烧开了的热水降了温。被害的青蛙也清醒过来了。

西方媒体这次在对中国这只青蛙的加温行动中，有点失算。他们做得过火了一点，如把印度和尼泊尔政府弹压反政府行为的照片，也当作对付中国政府的铁证。本来，宣传应该是水过无痕，但这次他们的手法粗糙得近乎生吃青蛙了。

宣传，不能只有局部的真实性，就像瞎子摸象一样，“像柱子”、“像鞭子”、“像一堵墙”，虽然这局部是真实的，但总体是不真实的——局部的真实制造出的是整体的不真实。

新闻失去了正义和良知，沦为利益工具时，它的确是可以起到温水煮青蛙的作用，只是这只“青蛙”是有双重身份的：一、宣传战中的对象，他们会在宣传中不知不觉地失去警惕性，或被捧杀，或被打杀；二、宣传战中的主角，他们会在宣传中不断获利，渐渐忘记了自己行为的不正当性，而总以为自己的行为是天经地义的，逐渐手法粗糙而露出马脚。

偷鸡不成蚀把米，这次西方除了在舆论和形象上受损之外，他们的多年包装得金光闪闪的价值观也在中国人民面前黯然失色了。而惊醒的青蛙也自然会有一些过激反应，如不恭不敬的“做人不能太 CNN”、“做事不能太达赖”……

（2008 年 4 月 3 日）

一人犯昏，众人糊涂

现实生活中，经常出现“一人犯昏，众人糊涂”的事情。最近逛街时发现：市内一些地方悬挂着这样一条标语：“双抢拒捕，立即击毙”。开始觉得新鲜，因为好久没有看到这样有个性的、醒目的标语了，后来又想：这样不妥吧，莫非又要搞“严打”了？过后又想：这也不错，起码震慑一下犯罪分子。

总之，那天逛街没逛好，三心二意地老在犯昏，总在想这条很别致的标语。将心比心，犯昏的可能还有那些犯罪分子。

决策者追求工作效率是对的，但一定要反复论证，特别是我们的主要领导干部经常会在工作中想到的一些似是而非的“好点子”，但一定要在冷静之后再思考，千万不要自我欣赏。你一旦感觉良好，下面的人就不会动脑子了，就只会附和了。这样的例子是很多的，如郴州地方曾出现的一条很有个性的标语：“你影响政府一阵子，政府就影响你一辈子”，看起来还很有文采的。又如过去一些农村干部为了搞好计生工作，带头拆超生户的房屋，那工作效率的确是高，但其实后遗症是很严重的。历史上的一些昏君其实并不是傻瓜，相反有的还聪明过人——如商纣王即如此，正因为他太聪明，所以他才是历史上最有名的昏君。

所以说，一群糊涂人的出现，其实都是由一个有影响力的人先犯昏才引起思维共震的，《皇帝的新装》中，全国上下犯糊涂，其实最根本的问题在于：那个皇帝先犯昏，其他的人只不过是投其所好而已——附和者要么是迷信皇上，要么就是阿谀奉承、投机取巧。

老百姓平常过日子，一家之长有时也有犯昏，造成家庭困境或灾难，那影响面还算小。而大人物就不一样了，他影响的可能是一个地方，一个国家，一个历史时期。这正是：“君子之过，如日月之蚀”——影响巨大，遮掩都遮掩不了。

不客气地说，我们公务人员队伍里犯昏的现象时有发生，究其原因是：一是心中只有上级，没有下级。二是言路不畅通，民主管理上还有许多缺陷。

（2007 年 7 月 10 日）

这个中国记者不简单

中国汶川遭受特大地震灾害之后，受到全世界的关注。然而，就在中国人民顽强抗震救灾的危急关头，极个别西方记者却寻机刁难中国。

日前，在联合国的一次新闻发布会上，一名西方记者向中国发难：中国政府不许西方记者进入灾区，有悖于新闻自由。此言一出，即遭到联合国新闻发言人严厉反击："我不许你这么说！"随后，联合国人道主义救援署发言人也说：救灾的原则是首先保证让中国自己的救援人员迅速进入灾区开展紧急抢救，中国没有拒绝国际援助。接着，其他国际组织也纷纷表示支持中国政府。

这时坐在台下记者席的中国记者刘军也举手要求发言，得到许可后，面对现场百余名记者，他大声地说：

"我要给这位无知的提问者上一堂地理和道德课！中国的面积比欧洲还要大，而且地震灾区位于中国西南的偏远山区。地震造成的破坏巨大，加上气候条件恶劣，即便是中国救援人员都很难在第一时间进入灾区的中心地区。怎么能在交通资源非常匮乏的情况下，置危在旦夕的生命于不顾，而让不了解当地环境和语言的外国记者首先进入？"

"西方媒体不是一向标榜'珍惜生命'吗？怎能以所谓新闻自由来干扰我们的救援工作？"

中国记者的话，句句在理，字字铿锵，他的发言可以说和外交部发言人异曲同工，甚至更好。

多年来，我们看见太多中国记者在国外的冲突场合上逆来顺受，不敢吭声。一方面是中国人性格上的温良使然，另一方面也是我们的记者心中的条条框框太多，怕说错话，怕担责。

其实，我们应该鼓励人民在国外发声，"童言无忌"——相对于政府发言，民言就是"童言"；这童言不仅"无忌"，而且还"有力"。政府发言应该一本正经，人民说话可以嘻嘻哈哈，可以声色俱厉，可以激愤一下，可以幽默一把。特别当政府被妖魔化之后，人民出声才能还自己政府的本来形象。西藏的“314”事件足以证明这一点了。

我们面临一些别有用心的人造谣中伤时，不能坐等别人来讲公道，有时候，别人的公道话还可能是隔靴搔痒，而官方发言也可能是收效甚微，这时，人民的率真发言，可能事半功倍。

人民不出声，就有人自作多情，想“可怜可怜”一下中国人民。而人民一出声，则可以改变“沉默”的形象。人民的言论应该和政府的议论有所差别，如果是同一口径，则又会被别人妖魔化。

在国际政治方面，人民永远是徒弟，政治家才是师傅，只是师傅应该让徒弟试一试手。

徒弟出出手，师傅歇歇手，大家齐努力，中国自然好！

（2008 年 5 月 20 日）

感受得到的社会进步

近闻一些省份正在制定法规，要求用人单位裁减人员时应提前书面报告当地劳动保障部门，并且制止用人单位通过违法引导劳动者辞职、变更用人单位等方式解除或终止劳动合同的行为。这里其实有一个背景情况：国家马上就要实行新的《劳动合同法》了。用人单位裁减人员、解除或终止劳动合同都将受到国家政策的约束了。

这是一个极好的消息，它发出一个信号：劳动者劳动权益受到政府的保护了。那些想着法子盘剥劳动者，那些利用手中权力整治劳动者的现象要收敛些了。

时代的进步是谁也挡不住的，记得当年下岗风声鹤唳之时，有管理权的，谁不用"下岗"的决断权来维护权威？

有一所学校，一位教英语的年青的女老师，平时讲话太狂了一点，领导就让她去守传达室，这位女老师又有牢骚，有时还顶撞领导，校长放风说准备让她下岗，那个老师立刻就败下阵来。

一个企业，用"下岗"的方法挤走了不少家庭生活困难的工人。但对所有中层干部子女则悄悄地收编在企业正式人员中，让这些子弟们成了既不要上班，却能拿到最低工资、享受"三金"待遇的地下工人。这些损公肥私的损招本来是全厂都知道的事，但面临"下岗"威胁的工人都是敢怒不敢言。不过世事也总有些捉弄人——那些捞到好处的子弟好些成了啃老族，一些被下岗的工人反而在外面闯荡中重新定位了自己的人生。

当年各地执行这个"下岗"政策时常常有点变味，所以，后来才有政府出面举办的"再就业"浩繁工程，才有今天政府发布的"劳动合同法"的硬性命令。

我们应该庆祝这个巨大进步，而且它的意义对于农民工和私营企业的合同工意义更为重大。

青山挡不住，毕竟东流去！其实，我们的社会天天都在进步。

（2007年12月21日）

我们的路还长

我们总在追求社会公平，然而公平总是和我们若即若离。新劳动法的颁布，本来是让广大人民离社会公平更近了些，但是，最近却又出现了企业辞退老员工的浪潮。某企业裁掉老员工数百名，一家著名企业手段更巧，宁愿耗资数亿作为补偿费，鼓励、诱惑旗下7000余名老员工辞职，然后再把老人变新人，返聘上岗。

原来，这些动作正是针对新劳动法中的“连续聘用”政策采取的对策，“连续聘用十年”员工将形成终身聘用，企业承担的养老负担太大了。妙计，妙就妙在：年年解聘，年年招聘，大家都是新人。而在这场游戏中的员工，他们也无可奈何，只要有个饭碗，哪管什么身后事？“养老“这个球又被踢回给政府了。

过去，在“下岗“的年代，国有企业把养老问题踢给政府，而现在则是改制后的非国有企业来踢这个球了。我们不能简单看待这个被踢来踢去的球，这里有一个值得思考的问题：制定政策时要有周密地思前想后，起码要考虑这个新政可能出现的种种反弹，否则政府就要因应层出不穷的新政问题，不断地制定新的细则，捉襟见肘，疲于奔命。

这个新劳动法出台前，应该有针对性地对各类企业执行这项新政的困难、可能出现的反应进行沙盘推演，甚至要具体地用数学方法进行推算。这样才可以防止可能出现强力反弹，避免让新政出台后虎头蛇尾的尴尬局面。

好好想一下吧，一些著名的企业为什么不顾及自己的名声、企业内部凝聚力以及自己员工的感情，宁愿损失上亿，玩弄那个“辞职”、“返聘“花招呢？其实也就是养老金加在企业成本之内，企业实在有些承受不起。

新的劳动法是牵一发而动全身的事，没有周密考虑，是会出现阳奉阴违的现象。我们要考虑企业的承受能力。与其勉为其难，不如拉他们一把。国有企业搞了那么长时间的“大企业小社会“还因承受不起，要改制，要卸包袱，如果今天把社会或政府承担的担子全压给企业，是不是有点走老路的味道呢？要解决这个问题，看来除了社会生产力更大的发展之外，还需要政府负责任地调研并制定确实可行的配套政策。这就如许多城市禁止摩托车载客营运一样，当时搞得雷厉风行，轰轰烈烈，但在没有深入研究摩托车营运的根子在于下岗和失业，一切苛严手段都是事倍功半的或无济于事的。

关于私营企业员工的养老问题，其实最好的办法是：像对国有企业一样，企业和国家各出一部分——这样一方面给企业减负，一方面也是监督。国家带头，企业岂能不跟进？国家带头，企业的处境和想法岂能不清楚？而国家不带头的指手划脚，就免不了下面阳奉阴违。这就像过去喊"义务教育"一样，义务教育收费却越来越高。国家一拨资金，不仅是个率先垂范问题，还是一个雷厉风行的问题。

养老金让政府出面牵头，这里还有一个好处，政府资金分配流向多了，也就有了忧患意识，免得我们一些公仆总觉得自己手头阔绰，想让一群不动脑子，却一肚子花花肠子的管理者来执行好一项惠民新政，能有创意吗？

所以说，事先全盘考虑、未雨绸缪这是一个好政策出台的前提条件。当然主政者是人不是神，什么情况都让他精算也是不可能的，不过，他们在制定政策时，应充分论证，集思广益。

再说远一些，如果当年及早制定银行和移动电话的实名制，我们现在的反腐及社会治安问题不是要容易很多呢？

我们的路还很长，但我们已经看见了光明。

（2007 年 12 月 23 日）

手长衣袖短的尴尬

据《华商报》报道：西安市民朱某 2005 年底在长安区太乙宫街道租当地村民惠海燕的房屋，经营一家火锅店。由于房租纠纷，惠海燕在 2007 年 4 月左右，将朱某火锅店的物品变卖。于是，朱某将惠海燕告到法院。

在诉讼阶段，朱某去法院复印相关卷宗时，无意中在卷宗里发现一张老庭长写给新庭长的纸条，纸条写着："李庭长：今你审理惠海燕（被告方）是我的好友，请你高抬贵手，帮忙为惠办事，面谢庭长。写书人左振江。二 00 七年七月卅一日"，看着这张纸条，朱某偷偷地地将这张纸条复印了一份。

2007 年 12 月 14 日，法院下达了民事判决书，朱某官司打赢了，但要求 5 万元的民事赔偿，被法院判为一千余元。

朱某不服气，通过媒体将此事曝了光，在被媒体追问时，写条子的退休老庭长左振江无言以对，一会说：自己写的条子太多，那张条子不知道是为谁写的了，一会儿又沉痛地说："这次教训太深刻了，我不该这样去做"，而承办此案的法官只好说："纸条并未影响案件的判决"、"我如果在乎这张纸条，你就见不到纸条了"。

所有的解释都是苍白的，我想起了一句极俗的话——"手长衣袖短"。帮人办事的人总是把手伸得老长老长的，一不小心，自己摩拳擦掌时，衣袖就拉到胳膊上面去了，看相极糟。西安法院的老庭长如此，那个新庭长也是如此，一切在官场上讲江湖义气、长袖善舞的人都是如此。

为什么自己的衣袖会短了呢？因为今人的衣服不比古代的宽袍大袖，好遮掩。时代进步了，再想上演那古装戏，的确有困难了。而且，那身法官制服，是因应国家法制打造的，也不允许穿这制服的人长袖善舞。

时代在进步，这是挡也挡不住的总趋势。封建社会官场的条子满天飞是正常现象，上个世纪，人们开个后门也算正常，而现在开后门越来越困难了，这新、老庭长的尴尬就是证明。

时代变了，人心不古了，所以，我们常能看得到这种“手长衣袖短”的尴尬了。这是权力的尴尬和难堪！造成这种尴尬和难堪的原因是什么呢？

一是技术层面的进步，社会游戏规则的规范化，有了公开透明的审判程序，有了原告可以了解、查阅案件的程序。

二是信息的多渠道化，使一切社会资源都无法由某一人独享独占，当事人八仙过海各显神通，你的手长，可是他的手比你更长。

三是社会生活的丰富多彩，人们活法可以多样化，不必挤在一座独木桥上了。所以也就会有社会大众对长袖善舞的鄙视。

此事的曝光，其实是对我们的吏治敲的一道警钟。一切有头脑的公务人员应该跟上形势，不要指望暗箱操作可以天衣无缝了。

（2008 年 1 月 10 日）

权力的傲慢与自卑

新年伊始，我们的城管执法全线开门红。

1月7日，执法的湖北天门城管队员仗着人多，先打伤5名农民，后打死旁观拍摄的过路人。

1月8日，执法的江苏南京的城管队员仗着人多，在栖霞区迈皋桥广场附近，对两个当街销售楼盘的小伙子喷了辣椒水。没收了桌子，还用手在他们的头部执了法，造成两名小伙子头部挫伤，两眼红肿，嘴唇受伤。

如要细数，这样的事可能还得有。执行公务本来是依法办事，怎么要兴师动众？执行公务本来有章可循，怎么还带上武斗的家伙？执行公务本来是光明正大的事情，怎么害怕人家看了去？说穿了，就是权力的傲慢下面掩藏着权力的自卑！

我们见过了太多的轰轰烈烈的执法活动：有时为了拆一个钉子户，动用数十警车，成百警力，大喊大叫，招摇过市；有时为了完成罚款，执法者摆出一副严惩不贷的大架式，先给对方开个天价罚单，然后再由受罚人讨价还价，托门子、递条子，最后以拣到便宜的心态，上交罚款；有时执法中还有“态度因素”，执法尺度可松可紧。这样，满足了执法者的权力傲慢，却又透漏着权力的自卑。

本来有理走遍天下，本来无理寸步难行，可是有理的执法者竟然心中无底，不敢有理走天下，偏要借助权力的道具来先声夺人。这是为什么？原来，他们本身并不了解法律，他们只把自己当作依附法律的工具，既然是工具当然不会有建设性的执法了。或者说，他们本身与法律同床异梦，当然不在乎执法偏颇引出的后遗症了。

吓唬或殴打公民，不是法律的内容，是执法者附加给法律的执法的代价，或者可以称之为“执法的回扣”。一切有代价，有回扣的法律，就是被篡改、被玷污的法律。它让法律变成谋取私利、沽名钓誉的大红伞，同时也让人性中的丑恶东西堂而皇之地在文明社会登堂入室。

自卑与傲慢掺杂在执法过程中，法律为之付出的代价是巨大的，它让人民误以为只有执法者才是正确的，人们失去对是非曲直的判断能力；它也让公民的生存质量被打折扣，让公民的监督权力受到侵害；让政府与人民产生隔阂。

被授予权力的人，如果缺乏清醒的头脑和谦卑的品性，就总会觉得自己拥有不同凡人的特权，由此不自觉地构成权力的傲慢，而另一方面，他们面对执法中的千头万绪，又觉得自己的渺小和无助，在这样的矛盾之中，他们总在内心压抑着自卑，张扬着傲慢。在权力的傲慢与自卑的煎熬之中，是非是次要的，脸面是主要的；社会公德是次要的，上级旨意是主要的；道德是次要的，威信是主要的；质疑是次要的，服从是主要的；方法是次要的，效率是主要的；明天是次要的，今天是主要的。

乔·萨托利在《民主新论》中说："民主是这样一种制度，其中谁也不能选择自己进行统治，谁也不能授权自己进行统治；因此，谁也不能自我僭取无条件的和不受限制的权力"。所以，严格地说，隐藏着自卑的权力之傲慢是不民主的。

什么时候，我们的城管执法可以对藐视自己权力的人悄悄地发一张罚款通知书，甚至给对方行个标准的敬礼，再把执行通知告知对方呢？什么时候，我们的执法部门不要招聘打手来协理、代办自己的执法呢？什么时候，我们社会执法就是执法，不加入感情因素和讨价还价呢？——只有到了那个时候，那时我们的权力就不是傲慢的而是恭谦的，不是自卑的而是自信的了。

（2008 年 1 月 13 日）

宁帝王将相有种乎

陈胜吴广起义前曾有一句千古名言:“帝王将相,宁有种乎?”此话其实可以理解为:大大小小的官员谁都不是天生的,谁都没有专利。如果换在今天,陈胜吴广也许还能说出类似的雷语来:什么专家、学者、明星,并不只是某一些人可以做的,也是人人有份的!总之,事在人为,只要你努力!

这种说法,意在鼓励那些奴隶们起来造反,当然也会引人联想:立大志,就可以做大事。

这种想法是浪漫的,也符合公平的原则。可是,这种说法有一个很大的误区,即说话人是将社会阶层分成不同的等级的,所有等级中,只有最高等级才是他们注目停留的。我们不能否认帝王将相的历史作用。但有一个事实是:人类历史的前进不能只靠帝王将相,而不要广大人民。不错,大部分人民是要供帝王将相驱使,要替他们抬轿子,为他们服务的,但没有广大人民,帝王将相不要说创造历史,就连活下去都成问题。

这种说法还有一个问题:它的兑现率比较低。一个社会就像一个金字塔,越往上,站着的人就越少。理论上人人都可以站到塔尖上去,而事实上,无论怎么努力,有人就是站不到塔尖上来。

在一个使劲鼓吹“帝王将相宁有种乎”的社会环境中,人人都是不安分的——如此,这座金字塔随时随地都可能崩溃。那些自恃自己比别人“有种”的人往往目中无人,这又促成下面“无种”阶层的背叛与敌视。

这样的环境极易造成“有种”的阔人瞧不起“无种”的穷人,穷人想借阔人的光,攀附阔人的肩头让自己变阔起来,而阔人总是躲着穷人。为什么呢?一是能力有限,他自己还在爬呀爬的,哪有余力助你一臂之力呢?二是怕露底,自己刚刚爬上来,昔日朋友知根知底,当然构成威胁呀。三是资源有限,一切都应遵循对等的原则——自己能让人用一用,但别人也得给自己用一用。如无偿被用的话,那也得肥水不流外人田,方便留给自己人。

社会还是要整个地改变观念，人人找好自己的社会位置，人人干好自己份内的事。故而，我要将古人的“帝王将相宁有种乎”这话改成“宁帝王将相有种乎？”

（2007 年 7 月 14 日）

回扣是个大问题

商品社会，金钱是这个社会的润滑剂，润滑剂在对社会的润滑过程中，流向是十分复杂的，其中有一条通道，叫做“回扣”。做生意有回扣，但是，执法不应该有回扣。

日前，上海发生一起司机杀死乘客的大案。杀人者不是一般的司机，而是黑车车主，死者不是一般的乘客，而是线人。原来是执法的运管处雇线人乘坐黑车，事先约定收线地点，以便铁证如山地罚黑车的款。一般来说，黑车车主自知理亏，只能逆来顺受；可是，这个黑车司机却感觉“上当受骗”，动刀子杀了线人。

杀人者必受国法制裁，这是毫无疑问的了。但要给这个线人一个说法可能就很难了——因公牺牲？见义勇为？意外死亡？总之，有点尴尬——她是在上班，但她是执法的临时工；她是在办公事，但是她是拿了回扣的。

这里，还有一个极不光彩的角色：运管处的执法者。人们不禁要问他们：你们为什么不自己化装当线人？既然这线人的工作是你们不可或缺，那起码应在编制上定员上岗，不能请临时工来做这样高风险的工作。

也许这些执法者会反问：我们出面，别人能不认识吗？用专业线人，对手难道不会一回生二回熟吗？所以我们只能出其不意，攻其不备……

其实这说法还是有问题的，用线人来对付开黑车的，虽然有出其不意、攻其不备的效果，只是这种战法一般是对付危害社会极大的不得已而为之的办法，不是人人可用，行行可用的。诈术用多了其实也是有负面影响的。

国家取缔黑车本意是为了运输的安全有序，而不是把罚款当作产业的。对国家法律正确的解读应该是这样的：以与人为善的态度来改造、兼并、组合那些黑车队伍，对整个运输行业统筹兼顾，不厚此薄彼，当然也不允许不合格、不安全的黑车生存。过去我们连妓女都能彻底改造过来，难道今天就不能彻底消灭黑车现象？何况，国家的法令应该是令行禁止，而长期存在的罚款执法其实是令不行、禁不止，是造成社会矛盾激化的催化剂。

商品社会，是要讲“效益”的，但代表政府形象的执法部门不是企业，最好还是离“利”字远一点好。理直气壮的罚款尚且可行，只是理直气壮的拿回扣那就要慎之又慎了——罚款，一定要师出有名，要为自己、为国家思退路。

我们欣喜地看到社会的许许多多的进步：义务教育制度落实了，搭在农业税上的杂碎收费没有了，游走在药厂和医院之间的医药代理也岌岌可危了，公路收费的站点也在逐年减少了，现在是该轮到那些手中有权却不会用权的人，轮到用权时有私心杂念的人反思自己的时候了。

（2008 年 3 月 13 日）

一个不错的信号

从5月1日起，购进藏火车票将实行实名制。也就是说，去西藏的旅客在购票时，必须出示身份证，实行实名登记。

有关方面解释说实行这个实名制“是为了预防倒票行为发生”。是的，这是“人民铁路为人民”的最好诠释。但却不是“人民铁路为人民”的最初动力。

年年的春运，处处火车站，哪里都是买票难，大家对今年春运期间广州火车站上百万人头攒动应该记忆犹新吧。为什么我们长期以来就没人想要解决这个问题呢？而且当有人提出实名制买火车票时，铁路方面反而认为“难度太大、”目前不现实“。怎么一遇上西藏，这个实名制问题就解决了呢？

其实，这里还有一个只可意会不可言传的原因：那就是西藏的骚乱以及藏独分子的恐怖活动。为了奥运，为了我们的安定团结，也为了我们全体中国人民的脸面，这次，人民铁路下决心为人民，克服困难，要实行实名制了。

实行实名制有困难吗？肯定有，首先，铁路部门加大了工作量；其次，如果要真正落实实名制购票，须配套验票机制，铁路要配置、更新设备，还要增加人员的投入；最后，实行实名制，铁路内部的特权及其交易也容易暴光。我估计这才是我们的人民铁路迟迟不肯向民航学习，采用实名制的真正原因。

冠冕堂皇的话其实不讲也好，就像飞行员罢飞时，东航用“天气原因“来搪塞一样，不过是皇帝的新装而已。

对于铁路的这个新政策，我们还是应该为它叫好。宽容一点，我们也不必对铁路在购票实名制问题上的前冷后热态度过多地奚落，因为这毕竟是前进了一大步。再宽容一点，为了这个进步，我们还真得感谢那些闹事的藏独分子，不是他们闹事，海内外华人不会空前团结；不是他们的闹事，我们铁路的实名制也不可能从西藏铁路开始。西藏铁路一开始，我估计，今后全国铁路的实名制也就随之而来了。

所以，我认为：铁路从西藏开始实行实名制是个不错的信号，天时地利，四两拨千斤，时机到了笨牛也会被推动。

（2008 年 4 月 28 日）

网络是个好东西

网络是个好东西，真的是个好东西！光谈一个辽宁铁岭市，就能说明这个问题。

铁岭那个“史上最牛县委书记”刚想易位复出做官，但经网上一暴光，马上胎死腹中。铁岭因那个带病官员一举成名之后，网络又一次助其再次成名，一位网友无意中浏览到铁岭市政府网，发现一个只有三百万人口的铁岭市，竟然有 1 个市长、7 个副市长、20 个政府副秘书长！一下子就把这个地方的行政管理上诸多问题提到社会大众面前来了。

问题的要害是：

一、人浮于事，分工太细，盘根错节、互相牵制，缺谁都不行，互相依赖，互相牵制，降低了掌控全局的能力。

二、什么都可以插手，什么事都想管。而且，当职位是一种荣誉和待遇时，自然会产生养尊处优，产生官僚主义。

三、要养如此多的官员，地方政府在编制上肯定要动脑筋的，增加了政府运营成本。

铁岭这一现象应该不是中国的唯一，再随便举一个例子：山东省沾化县，一个不足 40 万人口的欠发达县，除了 1 名县长、6 名副县长之外，竟然另有 15 个县长助理。

难怪网上有说全国官民的比例是 1：19 的，有说 1：26 的，反正都是挺让人吃惊的。难怪网上有说全国财政开支用于吃喝、出行、出访的高达 9000 亿，接近 1 兆！

我们要感谢网络，过去，封建帝王还要通过“采诗官”或亲自微服私访来收集民间舆论，现在人民政府只要通过网络就能全面了解人民的情绪。

机构改革势在必行，机构庸肿的问题迟早会解决的。不要以为：这问题喊了好多年了，不可能解决。须知：这个问题在网上被人关注毕竟没有几年。

在网上，人民的想法可以直达中央决策机构，谁也不能阻梗。网上的民意，你可以迟延反应，但你不可能不作出反应。

网络是个好东西。

（2008年11月30日）

这些人都疯了

武汉市经适房摇号竟然摇出了六个连在一起的号来了,如果不是人为的做手脚,那肯定比白日做梦还难!可是,武汉有人做到了。这些人不是白日做梦而是脚踏实地做事。

非法中介勾结懂程序的内行制作了摇号作弊软件,再用钱买通负责摇号的内鬼偷偷安上作弊软件,替不够条件的人作弊把经适房弄到手。整个舞弊过程都是金钱开路。

经适房本来是解决低收入者住房困难的,可是,不够条件的人花上几千元钱"手续费"就可以搞到指标,再花上几万元"手续费",连摇号的问题也一并解决了,可谓高枕无忧。整个作弊过程由三部分人组成:用不正当手段买便宜房子的人、用不正当手段捞钱的非法中介、默许或参与作弊的政府工作人员。此外,加上饱食终日、作风慵懒的官员,作弊就成功了。

这作弊的三部分人来自不同阶层,为了一个共同的作弊事业走到一起来了,他们有一个共同的算计和想法:各自的利益到手后,事后的追究往往是雷声大雨点小。

为了眼前利益,廉耻是永远追不上利益的脚步的!这个作弊的原动力来自想得到廉价房而又不够条件或够条件但担心僧多粥少的那些人,他们除了投机取巧心理之外,还有一种"看破"的心态——老实吃亏,狡猾得便宜。社会不公平在天天对人们进行投机取巧的污染。

这种投机取巧的思维方式在社会上刮起一阵阵的歪风,让遮遮掩掩的投机取巧变得理直气壮,变成一种疯狂逐利的"裸奔"。疯子般的思维成型为思潮,荡漾于社会的每一个角落。有能力的结成帮派,公开或半公开地营私舞弊,没能力的看破了红尘,也敢单打独斗、铤而走险。

类似的有:高考时,偷看不成就抢别人的考卷;高考失败,截留同学的高考通知书,冒名顶替上大学……

揭穿这些丑恶行径，拯救这个时代的责任最终落到了网络与舆论的肩上了。靠了它们，万无一失的作弊最后还是破了功，得意洋洋的不法行为变成过街老鼠。

这些人都疯了，说明这个社会病了。其实，这个疯病很好治，只要上梁还是正的，下梁歪歪扭扭也还是可以整治的。一方面我们可以头痛医头，另一方面我们还可以从整体入手，改造社会风气和社会价值观。

我们要正视我们身上的病。躲是躲不掉了，回避也回避不了，为今之计，只有来真格的了。

（2009 年 6 月 30 日）

诚信测试应该有配套措施

有人进行了一项“诚信测试”，在北京和杭州开设无人超市，让消费者自觉付款。最后的统计数字是：80%是诚信的，也有20%不诚信的，有人拿的多，付的少，有的根本不付款，还专拿贵重商品。

设计这项测试的初衷是好的，但效果并不好。20%就是一个危险信号，如果再试下去，这个不诚信的百分比可能还会更高。为什么？好的想法应该要有配套措施，否则，会事与愿违。

起码的配套措施应该是：把守信者的名单公布，并大张旗鼓地从正面树典型；或者建立违信黑名单，并慢慢把这个体系做大，让它成为我们这个社会以后用得着的数据库的构件。当然，这里还有一个配套的工作，那就是事先公布这个测试的规则以及它的后继措施，而不是不教而诛。到这个数据库的构件被社会认可之后，这个诚信测试对我们国家和我们这个社会就是一件功德无量的好事了，否则，这个测试只能昙花一现，难以为继。

社会风气好，不是测试出来的，是靠教化、感染出来的，是靠制度约束出来的。人是社会的动物，在好的氛围之中，即使平凡的人也有可能成为正面典型。

人在利益诱惑之下容易有一念之差，在一个平庸或金钱至上的社会氛围之中，不成功的测试就是一种利益的引诱或娇纵，它会让聪明人变得自私起来，让老实人慢慢变得不老实起来。这样，社会风气就将变得更坏。

其实，我们已经做了许多类似的“诚信测试”，例如早些年的国有企业改制，就是建立在相信一些人的诚信与忠诚之上的。事实上，测试的结果也应该是80%成功，20%不成功。让一些“聪明人”钻了空子，发了洋财。

只有当全民的诚信接近100%时，才可以进行诚信经营，注意，是“经营”而不是“测试”！

我们国家正在进行一场反腐肃贪运动，既打虎，又灭蝇，反腐败就是奔诚信而来的。能不能通过类似的诚信测试来进行这场反腐斗争呢？肯定不行，因为所有腐败分子都是不诚信的，而反腐败斗争胜利之后，那下一步的诚信也就不须测试了。

（2015 年 10 月 5 日）

这是一个社会进步的信号

我是一个“歌德派”，我歌颂我们的时代天天在进步。

10 月 14 日，上海浦东发生一桩钓鱼执法事件：浦东运政人员用“钓鱼”或者说是用“放鸽子”的手法轻而易举地取得了一个叫孙中界的司机非法载客营运的证据。受罚的当事人不服，竟然砍断自己手指来反抗这次执法。

对于这样出格的反抗，执法者不是视而不见，而是展开了调查，这是一个值得我歌颂的社会进步。20 日，浦东新区城管方面公布调查结论为：执法没有不当，运政执法人员与乘客并无联系。

从 14 日到 20 日，这是一个进步，标志着人治的危机。大凡人治，往往提倡“不管白猫黑猫抓住老鼠就是好猫”，只要执法方向是正确的，搞点小小的“阳谋”也没有什么了不起的。

可是，当执法的“阳谋”大行其道时，最终带来的是人坑人、人整人的动荡局面，带来风气败坏、矛盾激化的社会副产品。好在社会还在进步，这东西开始不灵了，所以调查开始了。这是一个社会的进步。因为人治已出现了危机了，法治已经开步走了。

当然进步之中还有瑕疵。这个瑕疵说明了法治起步的艰难，调查的人，个个都是利益攸关者，而且这个充当“钓饵”的人并不是编制内的，执法者为什么非要把屎盆子往自己的头上扣呀？所以，这第一个调查结果有点“说不是就不是，是也不是”的味道。但它还是一个进步的行为。倒退 20 年，孙中界莫说砍断一根手指头就是砍十个手指头，也不会有那个丢人现眼的报告出笼。

从 20 日到 26 日，第二个调查报告又出来了，而且全面推翻了第一个报告的结论，这个进步更是大得不得了。它的意义在于：

一、执法要理直气壮，但不能图省事、走捷径。黑车是要查，但不能用不光明正大的手段来从事龌龊的执法，否则是对法律的亵渎，是给和谐社会埋一颗定时炸弹。

二、维护社会公平、公正没有“自己人”之说，河南那个官员的“为党说话还是为老百姓说话”其实是个假命题，当这个命题出现时，为政者就要警惕自己不要被别有用心的人给绑架了。

上海的为政者头脑很清醒，没有被前一个报告左右自己的思维。这样不被手下人左右的做法，无论对社会大众还是对他们自己都是很了不起的明智之举。

社会总是在进步的，进步中总有泪水伴随其中的。我们的进步之路虽然走得有点弯弯曲曲。但是，这是一个充满诗意的、富于故事情节的过程。

我不后悔自己是个“歌德派”。

（2009 年 10 月 27 日）

荒唐背后是冷漠

这两天湖北的通城县中医院一下子在全国出了名，一个80多岁的老人右腿骨折，却被这家医院给他并未受伤的左腿植入了钢板，手术下来，老人的两条腿都不能动弹了。你说这家医院是治病还是害人？

这是这家医院相关责任人的耻辱，也折射出医院管理的混乱和医护人员责任的缺失。再深究下去，其实就是两个字：冷漠。

首先是管床医生的冷漠，明明主治医生确诊为右股骨骨折，他却把“右”写成了“左”，这不是一个单纯的粗心大意，只有在自己的工作岗位上心不在焉的人才会马虎到左右不分的地步！

其次是手术室内的所有人：主刀医生、器械师、麻醉师、护士，难道他们动手术前就不能呼唤应答，核实一下？

这事看起来只是个偶然事件，似乎与前不久南京儿童医院那个女婴死亡事件一样，同属偶然。但是，这类事件叠在一起却又折射一个社会环境问题：由于生活节奏的加快，由于面对快节奏的生活产生的急功近利情绪，好多人对自己的工作都难以专心致志，而容易心猿意马；医生也是人，在快节奏的生活中同样容易三心二意。南京那个被开除了的副主任医生是因为网络的诱惑让他冷漠了自己的工作，冷漠了病人的跪求。这次湖北通城的医生是因为什么分了心，我们就不得而知了。

多年之前了，山东潍坊一家医院把一个割扁桃体的孩子和一个心脏开刀的孩子弄了个反，造成了对两个孩子的伤害。

此类事件一而再、再而三地发生，而且在时间上、从空间上如此有跨度，有沉痛的教育意义。既然如此，那么卫生部门就应该制定相应的医疗制度和法规。例如建立审核程序——手术前核实病人身份和病情，例如问责制度——术前家属的签字手续与医生复核签字手续。

举一反三，医院之外，其他行业也要拒绝荒唐和冷漠，也要在制度和规矩上下点功夫。好在新闻与舆论还没有冷漠,如果我们的社会连这最后一道防线也是冷冰冰的,那么我们这个社会就是一个百分之百的冷漠的社会了。

(2009 年 11 月 30 日)

撒娇之后是撒泼

感谢网络，让我们多了一些知情权，例如沈阳野生动物园饿死13只老虎的事，我们基本能知道事情的大概轮廓了。

沈阳森林野生动物园是一家改制后的私营企业，地方政府以地皮和野生动物折算的资金参了15%的股。私人接手动物园当然想挣钱，当然想打通关系，先前有老虎少量死亡，老板"合理利用"一下，泡了虎骨酒，然后很有礼貌地送给了一些有实权的人物品尝。这行为看起来有点扎眼，但说他是行贿又有点勉强，准确点说，应是"撒娇"。

撒娇有两个丰富的内容：一是抛抛媚眼：我管的园子里死了老虎，您可别责怪我呀，您看，如果老虎不死，您哪能喝到这么正宗的虎骨酒？二是拉拉手儿，不见怪的话，以后咱这娇还会要得更麻辣一些。既然政府也是股东，肥水不流外人田，您就多投点资吧，或给点政策，让门票再涨一些吧。还有，动物园既然是森林的，还是野生的，能不能让咱也搞点其他产业呀，例如房地产业，广告词咱都想好了："隐居福地，闹中取静，珍稀动物养在我家后花园"，如能搞成，那油水当然比送您一壶两壶虎骨酒更厚重啦。

送礼的人总想一劳永逸、一步到位，收礼人则不一样，他们虽然也讲一讲哥们义气，也想顺手牵羊，但还是要道貌岸然一点的。沈阳这个野生动物园的老板就碰上了这样的窝心事——老虎咬死游人，政府责令动物园要整改半年！

这样的处分对于撒过娇的人来说，那是有点难以接受的。我们不妨大胆揣度一下这个老板的心理变化过程吧。你想想看，一张门票80元，不让开门迎客，一天的损失那就是上万呀，看来虎骨酒是白送了，日子还要过不过呀？好，既然撒娇不成那就撒泼吧，干脆工人工资扣下不发，动物饲料尽量少给，看你心痛不心痛！

从撒娇到撒泼，这是情感上一大突破，这时已经没有情义可讲了，大家撕破脸皮算了。

撒泼的事情还不仅仅在这个动物园发生，日前，房地产业有意透露：本行业税费多如牛毛，达62项之多，占整个房地产价格的30%，甚至40%，那其实也是撒娇之后的撒泼，这是撒娇者对公司化运作的行政管理的致命一击。

还有那个南京的周九耕，一句“开发商售楼低于成本价要查处”其实质就对自己的上级或自己的团队撒娇，可惜他的撒娇没人敢保护，听说他在监狱里埋头写书了，不知道他那本书是不是一本反戈一击的撒泼之书？

一叶落而知秋，从撒娇到撒泼，落叶纷纷，秋意逼人，不知那些沾过撒娇的光的人作何想法，有何对策？希望我们的社会今后对于撒娇的行为有一个制度化的约束与限制，希望撒泼的行为在现代社会销声匿迹。

（2010年3月19日）

并非乌鸦嘴，真的不怪他

据说，湖南临湘市一名副市长说“公示官员财产会引起社会混乱”，他分析说：官员如实申报财产会有两种可能：一是财产很多，老百姓会说这个官太贪；一是财产很少，老百姓会说这个官员不老实，所以他说：官员公示财产只有一个结果——引起社会动荡。

这位副市长所言，和那位说出“为什么不公示老百姓的财产”的官员所言，还是有些不同的——后者明显反对财产公示，前者则好像是在忧国忧民。

他是作为一个局内人在对阳光法案进行善意的劝阻。这个副市长的担心肯定不是胡说八道。它起码告诉我们四点重要信息：

一、目前的官民关系有点紧张，

二、可能目前就整体情况来说，官员财产要比老百姓多很多，

三、有些官员有些贪腐，

四、有些灰色收入无法界定，

这位副市长的善意劝阻还是蛮有道理的，却也是尴尬被动的。如果继续捂着不公示官员财产，那么他上面讲的问题还会更加突出：官民关系更加紧张，官员财产可能继续单枪匹马先行于民众，一些官场害群之马的贪腐还会更加疯狂，社会的灰色收入现象还将继续扩张。

有一个不得不考虑的问题，那就是官员财产公示在别的国家都在推行，如果我们国家不推行，那就成了世界各国的反面参照物，对我们国家的形象肯定没有好处。越到后面，事情越难办。

屁股决定脑袋，副市长应该属于穿皮鞋族类，思想方法往往不像穿草鞋、打赤脚的人，顾忌肯定要多一些。殊不知，推行阳光法案难，不推行也难。与其回避、阻挡，还不如正视、疏导。为今之计，国家不妨先通过组织汇报的形式，悄悄搞一搞阳光法案的前期工作，摸着石头过河，慢慢排除阻力，并积小胜为大胜。还可以采用“旧人旧政策，新人新政策”来过渡一下——以前的推不动暂且不动，

后来的只有照规矩做才可以进场。一旦时机成熟，那就大胆地做。

壮士断臂，那是为了性命。牺牲卒子，那是为了保住车马，牺牲车马那是为了保住将帅。为了大局，那就牺牲那些一方面吃他娘、穿他娘，另一方面却在又骂他娘、坑他娘的蛀虫吧。

那位湖南的副市长关于财产公示问题的忧虑，其出发点就是“维稳”，只是他忧近而不忧远。忧小而不忧大，不免有百密一疏、千虑一失的瑕疵。

（2010 年 4 月 25 日）

顾闻国家将治理公路收费乱象

公路收费乱象早就该治理了，现在终于下手了，这是一件大好事，值得高兴一下。此举如果顺利推行，必然改变国际社会对中国的一个刻板印象。

公路设卡收费，是一件有碍观瞻的丑事，有点类似在马路上摆摊设点做生意，生意虽然做得比提篮叫卖的小贩大，但性质是一样的。我们本是一个礼义之邦，现在还在海外建孔子学院，而公路设卡收费是全然不讲礼、义、廉、耻，也不讲积德行善的传统道德。

公路设卡收费，是一件有碍观瞻的丑事。对于取消公路收费，我们拍手称快。

公路上收费，必然造成公路堵塞，湖南一个城市曾在仅两车道的湘江大桥上建立一个公路收费站，这个收费站设在引桥的中间，常常造成车流不畅，最后终因 2003 年一场大火影响消防车通行，才被取消了。

公路收费，看似合算，其实并不合算。处处设卡，处处停车，从节能的角度来说是不合理的；从运输的成本来说也不合算，物流过程中层层加码的收费，最终是羊毛出在羊身上——摊在流动着的物资的成本里面去了。

这一类的收费有时还不是公开、公平、公正的，管理者往往会对一些特殊行业或者关系户网开一面，没有关系的人也会想方设法获得同样的照顾和优惠，容易形成管理上的灰色地带。

公路收费，它实际上是一群不思进取、投机取巧的“聪明人”想的歪点子，靠着这些歪点子。州官可以放火，百姓也就可能点灯，于是，就有人张嘴骗钱，伸手抢钱。“上有所好，下必甚焉”，其实是一路货色。

失之东隅，收之桑榆，来得及的，整治公路收费，很好。

诗歌·诗论

五律　云中松

凌霄追日客，
穹宇不羁鸿，
帝子绿如意，
仙姑青舞篷。
云纷接地域，
雾扰邈天宫。
退隐巉岩岭，
潇潇对戾风。

（2008 年 5 月 5 日）

姑苏小河姑苏女

那天傍晚，落日融金，我徜徉在苏州的平江路上，这是苏州保存最完整、最典型的历史文化街区。一条石板路濒临小河，小河上架着座座石桥，小街和小河都是很有故事的，好些故事都凝结在那些古老的石桥上，如：思婆桥、胡思乡桥、积庆桥、寿安桥……

看过了小河的机动船，看见了一个靓女坐在河边，旗袍、布鞋、藤筐，女子头顶的垂柳、脚下倒映于水中的霞光、远处河岸边的灰色老房子。呵，这就是古典的姑苏，姑苏的古典。于是按下快门，抢拍了这张照片。并配诗二首：

一、

梳青镜碧靥生花，
流水淙淙傍我家。
粉黛妆成临水照，
秋江不意顿飞霞。

二、

秋江有意秋江绕，
小巷无声小巷幽。
静女其姝慵顾盼，

金风如水漫心头。

（2009 年 10 月 12 日）

七律八首

（一）“八一”感怀

雨骤风摇一旧楼，
金迷纸醉满神州。
披肝沥胆血曾碧，
换地改天愿遂酬。
伟业堪夸前辈事，
余晖每耀后人眸。
战旗所向无敌手，
再挺枪矛立潮头。

（2007 年 10 月 17 日）

（二）三峡

入地飞龙变巨川，
夹江两岸势连天。
青峰默默支天幕，
碧水滔滔卷玉帘。
雾霭迷蒙抹底色，
江风浩荡奏和弦。
奔流东去此行远，
一路高歌着快鞭。

（2007 年 10 月 29 日）

（三）岁暮感怀

草木披霜失旧年，
风梳杨柳老婵娟。
关河瑟瑟离骚曲，
物事茫茫乌有篇。
松柏偏邀冬日里，
雄心要逞雾霾前。
且将呼啸作音律，
任尔喧嚣我照眠。

（2007 年 12 月 20 日）

（四）牡丹

粉黛天成举世娇，
春风摇曳小蛮腰。
风流总被蜂儿闹，
倜傥能催墨客潇。
姹紫嫣红花路俏，
风和日丽步逍遥。
天工造化生尤物，
是处红颜胜小乔。

（2012 年 4 月 13 日）

（五）咏牡丹

丽日清风弄粉妆，
姚黄魏紫面南王。

金樽敬奉期年酒，
绿络虔织碧玉裳。
吐蕊频频展风骨，
含苞默默送清芳。
今朝春意皆萌动，
绘罢繁荣绘锦章。

（2015 年 4 月 15 日）

（六）重阳有感

欢喜重阳秋日到，
金风送爽乐陶陶。
如烟岁月曾追忆，
似火年华更自豪。
老马识途常顾后，
雏鹰振翅欲飞高。
挥毫续写春天事，
难抑心中起浪涛。

（2012 年 10 月 13 日）

（七）战友聚会

难忘此番吴地游，
热肠古道暖三秋。
别情再诉心扉事，
酒过三巡热血流。
聚义厅拥及时雨，
桃园圃拜关张刘。
人生最重乃情义，

起落炎凉今日丢。

（2017 年 5 月 22 日）

（八）战友再聚

相拥相抱话当年，
往事云烟漫眼前。
甘苦共尝为理念，
朝夕相处乃因缘。
言谈渐显乡音重，
举止顿识本色延。
有幸三生天意助，
桃园兄弟酒频添。

（2017 年 10 月 3 日）

浪淘沙　初冬感怀

岩瘦树萧条，
回雁声寥，
湘江如带绕城漂，
小岛东洲临水照，
冬令逍遥。

河畔打桩桥，
要筑高巢，
朝三暮四太蹊跷，
偏把无知当艺术，
愚蠢招摇。

（2007 年 11 月 28 日）

（有人想在湘江河岸建高层商品房，我等着力曝光，舆论哗然，终被叫停，此词是为当时曝光的一组施工场面的照片写的感怀诗。）

相见欢　同学相聚长沙

金秋桑梓相逢，
日匆匆，
岁月如刀雕刻少年容。

酒满上，
杯频碰，
兴尤浓，
雾海云山天际夕阳红。

（2017 年 10 月 14 日）

诉衷情　淀山湖上划龙舟

摩拳擦掌赛龙舟，
百棹竞风流。
齐心齐力摇桨，
真霸气，
壮如牛。

前橹劲，
后桡遒，
箭飕飕。
尽平生力，
小试锋芒，
大写春秋！

绝句三首

五绝　秋雁

翼动风帆举，
云纷劲橹摇。
冲天因有种？
引颈路迢迢。

七绝　咏李

李姝带露春风里，
伊甸桃源最适宜，
岚幕舞虬人见爱，
萌枝写意叶承熹。

七绝　网事吟

庭前龌龊亲来扫，
背后清馨自喜眸，
余勇犹思清屋外，
不知此志可酬不？

太阳的大浴

我把夸父甩在了天边，
我把孤寂扔进了云间。
海水太咸，池水太浅，
我选择湘江做最好的玩伴。
褪去了金针银线的正装，
今日，你们可以俯看我这个水中的活神仙。
游鱼吮吸着顽皮的金线线，露出了笑脸，
船浆拨动着涌动的金波涛，奋力向前，
我喜欢给生命以光彩，
我乐意给江河以潜能，
也给偷拍者一个满足，
——我的大浴，我的休闲！

（2010年夏，衡阳东洲）

想把我唱给你听

想把我唱给你听
我亲爱的枝桠
我要尽情的绽放
装点你的岁月我的家
谁能代替我对你的爱呢
趁心里还有梦想,趁我们还年轻
最最亲爱的人啊
就让我在你的臂膀上唱个尽兴

想把我唱给你听
我亲爱的衣襟
你紧紧地贴着我
抚着我的肌肤,付出你的纯真
我的每一个毛孔都在颤栗
都在发出心里的娇吟
我用骨子里的温情回应你的关切
是啊,真心呵护得到的也是一片真心

想把我唱给你听
这是春天给我的启迪
这是生活教我的秘密
这是生命浪花最嘹亮的歌声

心路

（2017 年 5 月，原海工六团加修连战友，在时隔四十余年后，相聚九江，寻访当年的老营房。有感而作。）

一条心路曲曲弯弯，长又长，
一直通往青葱的庐山，
我要沿着这条长长的心路，
寻找我青春的汗滴和泪光，
我要沿着这条长长的心路，
寻找我成长中的快乐和迷茫，
因为那里是我青春的故乡。

一张大床宽宽，宽有好几丈，
整齐划一地躺着十几个男子汉，
我要找回那张迷人的大床，
寻找我的四排、我的十一班，
我要找回那张迷人的大床，
回忆我那成长的执着与荒唐，
因为那里是我青春的故乡。

一口大锅煮饭煮得喷喷香，
里边煮的是一个连队的咸淡，
我要重返那荒芜了的老营房，
找找那些散落的五谷杂粮，
我要重返那荒芜了的老营房，

回味那手擀面条、荷包鸡蛋，
因为那里是我青春的故乡。

一条心路曲曲弯弯，长又长，
一直通往你我驿动的心房，
我要沿着这条长长的心路，
向你倾诉我的快乐、我的忧伤，
我要沿着这条长长的心路，
梦回朝霞簇拥的沙河老营房，
因为那里是我青春飞扬的故乡。

（2017 年 5 月 22 日）

新疆词组

这是一次惬意的“云游”，新疆南北，足迹近5000公里，陈兄擅长摄影，半个月时间，摄下四千多张高质量的照片。大家约定，各人选出喜爱的照片，邀我配诗以作永久留念。回沪之后，不敢怠慢，把玩各位“玉照”，诗兴大发，一口气写了几十首……

薛、袁伉俪

一、喀纳斯湖畔

在喀纳斯找到了一种感觉
——天长地久，经久不歇
想起了我们当年的初恋
想起了诗经中的《上邪》

二、魔鬼城

魔鬼城这蛮荒的红尘
魔鬼城这原始的纯真
演电影的他们走了
演生活的我们来了

三、白沙湖

爱这素色的细沙
爱这平静的碧水
用咱这衣衫的赤红
点缀这难忘的白沙湖

四、喀拉峻草原

我们在新疆悟道
我们在新疆微笑
在喀拉峻的沟壑面前
心底的那些起伏真的太渺小

五、五彩滩

瞧,这神奇的雅丹地貌
瞧,这鬼斧神工的创造
瞧,这风霜中的五彩滩
瞧,这天地合一的微笑

六、禾木

禾木的山有点高
蹲下身子露个微笑
山下图瓦人村寨呵
让我们亲密地握个手

张、沈伉俪

一、乌鲁木齐

到乌鲁木齐去领略秋意
到昌吉滨湖去小憩
像飘的云,像飞的鹰
就这样携子之手,不离不弃

二、喀拉峻草原

秋意浓浓的喀拉峻
情意满满的喀拉峻
明日再翻过爱肯达坂
我们还要携手前行

三、喀纳斯湖

这水，总是那么亮丽
这秋总是那么有生气
连雪山也充满了诗意
喀纳斯满是青春的气息

四、喀纳斯的神仙湾

喀纳斯的秋意真浓
却透着春天的绿意
神仙湾的秋水真碧
却荡漾着岁月的老成

五、天池

天池是阿尔泰山的眼睛
历经沧桑还是那么明净
天池是艳阳下的镜子
实录着苍松的和谐与宁静

陈兄

一、魔鬼城

这魔鬼城的雅丹地貌
曾演绎过银幕上的打斗
来，来，来，来一壶老酒
现实版的激情立马燃烧

二、赛里木湖

仰慕你的博大襟怀
深爱你的蔚蓝作派
我千里万里赶过来
想和你进行一场内心的对白

衡兄

一、禾木

在禾木的山颠跳起
我闻到了云的气息
我探到天梯的神秘
真想纵身跳到克拉玛依

二、那拉提

爱这脉动的静谧
爱这青草的香气
既然仙境触手可及
不妨跪拜这神奇的那拉提

三、天池

高高的海拔,静静的湖泊
层层的山峦,邈邈的仙境
轻轻的我来了
有如这天边的云霓

四、火焰山

这山里一定藏着芭蕉扇
这山上一定舞弄过金箍棒
瞧,这山脊奔涌如火焰一般
瞧,日光下的身影如此妙曼

芬妹

一、喀拉峻的猎鹰台

喀拉峻上猎鹰台

雾绕云飞瞬间开
小憩只因风景好
阿妹要把“泼斯”摆

二、喀纳斯的月亮湾

阿尔泰山的清泉汩汩不歇
在这里绕成一弯新月
好温馨、好浪漫的喀纳斯啊
莫非嫦娥和缪斯在这里相约

三、禾木

好一派祥和宁静的风俗画
好一个图瓦人温馨的家
上海滩早已经华灯齐放
身前身后还是漫天云霞

四、魔鬼城

雅丹，这名字好美
如同枫林里淌着秋水
龙争虎斗早已没了踪影
看，凤凰在这魔鬼城起飞

五、赛里木湖

不是海，却有海的风采
已非夏，却有夏的情怀
赛里木湖起风了啊
掀起了我的纱巾，漾起我的心海

六、喀拉峻的猎鹰台

有山如画，有水蜿蜒
有云缠绵，有风拂尘

有草金黄，有鹰盘旋
猎鹰台上，卧听草原

七、那拉提草原

不要说这雪山冷冰冰
它其实有一颗永恒的心
不要说草原藏起了羽翼
我张开双臂，在那拉提起飞

慧妹

一、可可托海

鄂尔其斯峡谷好可爱
满目尽是富足的色彩
徜徉在这迷人的可可托海
阿拉身上何等气派

二、赛里木湖

风吹乱了我的纱巾
风吹乱了我的发际
风吹动了我心中的涟漪
赛里木湖，你好有魅力

三、伊宁的熏衣草

你在秋天里尽情绽放
你在秋风里对我呢喃
我爱上了这熏衣草的故乡
还有这漫野的芳香

四、罗布人村寨

用耳倾听沙的心跳

用手触摸沙的脉博
用心与沙深度交流
零距离亲近罗布泊

五、罗布泊

沙漠是澄黄的宣纸
天空是硕大的砚台
跃起身子来个写意手法
画出罗布泊的风采

集体照

一、罗布泊

罗布泊总是那么神秘
神秘得让人窒息
然而添上简单的笑容
顿时就呈现出活泼与美丽

二、乌鲁木齐机场

飞去来兮，新疆大美
抛烦去俗，云游曼归
此去旬日，兄弟姐妹
心若灿日，胡为不飞

致网上邂逅的朋友

键盘是你的翅膀
荧屏是我的蓝天
我们原本不过是顾影自怜
——像一只只伤口带血的孤雁
——像一丝丝单薄无助的浮云
不经意就美丽得：雁阵惊寒、云霞满天

我有忧愁，向你倾诉
你扬激情，对我放歌
充裕的快乐，大家分享
多余的悲伤，大家分担
五湖四海，天涯比邻
友谊像电波在天空传播

你在塞北，我在江南
不约而同地结了这张网
北方冬天到了
我们在网上捧读雪花
南方秋雨来了
我们在网上共撑一把油纸伞

每一次交流都有收获
每一次关怀都有震颤

每一次对话都擦出思想的火花
于是,胸怀像草原般宽广
于是,情感像火山般炽热
于是,内心像远山般悠然

邂逅在网上,邂逅在秋天
一见如故,却又素昧平生
网络真是童话般的仙界
我们就是童话中的神仙
虽然千山万水,虽然天南海北,
但我们从来就不会河山阻隔

秋天，为一株老树画像

潇潇秋风携雾来，
湘水悠悠雁一排。
影随江风拂秋尘，
子非桃夭亦多采。
中有一枝多舛诎，
原是风霜刀剪裁。
客临三秋陨秋叶，
唉乃一声舞风海。

（2007年，博客初创时的自题诗）

我知道

你扬起的手掌和清脆的耳光，
我至今记忆犹新。
我知道——
你在外面受累，我却在家里淘气……
啊，父亲！

你给我留的一小块年糕，
我至今记忆犹新。
我知道——
在那饥饿的除夕，那是对我的最高奖励……
啊，母亲！

你对我说“没关系”，
我至今记忆犹新。
我知道——
汽车深陷雪地，这时需要冷静，……
啊，爱人！

你把日子写到三十二号，
我至今记忆犹新。
我知道——
同伴在窗外嬉戏，爸爸却叫你写日记……
啊，孩子！

你送我一把亮晶晶的口琴，
我至今记忆犹新。
我知道——
穿上军装要远离家门，你匆匆走来送行……
啊，朋友！

你放下自己的事情替我誊写文稿，
我至今记忆犹新。
我知道——
潦倒的时候，我听到你说“好人会有好运”……
啊，亲人！

你给我无数的曲折，还给我无数的折磨，
我至今记忆犹新。
我知道——
多舛的伤口至今隐隐作痛……
啊，命运！

你给我无数的机会，又给我无数的温暖，
我至今记忆犹新。
我知道——
恩赐与感激都是那么的真实……
啊，生活！

让羽毛球飞一会儿

一、“草台班”

网子一拉就开场，
高手低手一起玩，
大家都为健康来，
欢迎加入草台班。

二、“四人帮”

退休老人实在忙，
“不见不散”口头禅，
为了争戴“小红花”，
清晨厮杀在球场。

三、老教授的新爱好

老夫聊发少年狂，
前场后场跑得欢，
心中偶像有一个，
就是咱的酷林丹。

（这三首诗配三张照片，曾于2013年12月10日获《新民晚报》“洁白的羽毛寄深情”征文二等奖）

追梦少年(歌词)

看,朝阳无限美好!
朝阳般的少年怎能不欢笑?
昨日美梦成就了昨日的骄傲,
明天的骄傲我们今天在翘首。

目标明了,就在天那头。
起跑,进入弯道;
迢迢,继续迅跑。
追梦的少年开弓就不回头,
我们知道——
脚下有路,路在前头。

我们不需要苦恼的安乐,
我们享受着痛苦的快乐。
九曲回环,那是生命的舞台,
起伏飞翔,那是青春的律章。
谁说这是一条注定辛苦的跑道?
少年追梦哪能有尽头?
(旁白:追梦,快跑!追梦,加油!)

寄语九十九班同学

哈罗，我的过去，我的九十九，
哈罗，我的学生，我的战友，
还记得三十年前的那场战斗吗？
我们在书山题海中作困兽之斗。

青春的路上风景美不胜收，
只是这中间横亘着一座独木桥，
我们在那桥上跑过、歇过、摇晃过……
最后获得了不同的感悟和丰收。

今天，我以青春的名义回顾那个故事、那座桥，
挥动自己金盆洗过、风霜犹存的右手——
哈罗，我的欢乐、我的忧愁，
哈罗，我的过去、我的九十九。

（2016 年 6 月，所带第一届高中学生聚会衡阳，在沪的徐同学热情邀我赴会，并细心安排所有行程，车上有感而作）

致为人父母者

（一）

天下无事咱事多，
事多皆因人头多。
无力莫攀铁索桥，
无势莫过独木桥。
草民硬要跟风上，
邯郸东施笑话多。
满眼风云慢慢看，
河边风景也不错。

（二）

天下无事咱事多，
事多皆因企盼多。
积少成多蛹化蝶，
贪多务得雀归雀。
言传身教情移人，
絮絮叨叨瞎忙活。
行为习惯播种子，
性格命运开花朵。

放鸽人的歌——致我的孩子

今天是你的生日，我的鸽子，
你是我的一件稀世珍宝，
自从那天你飞进我的怀抱，
我十年喂养，十年调教，

我忍心放飞了一只跃跃欲试的鸽子，
放它飞向大海，让它面对滚滚波涛。
我知道：爱抚的双手不会成为翅膀，
于是，我给了你飞翔的自由，

今天，我向蓝天白云祷告，
祝福你的生日，我的鸽子，
你飞翔已经整整十个年头，
我牵挂的目光也有十个春秋。

呵，我的鸽子，
愿你战胜忧患，抛却烦恼，
愿你永远记住放鸽人的期望，
为我带回远方的辉煌与荣耀。

啊，我的鸽子，
你的翅膀，我的希望与骄傲，
愿咱月儿常圆，心情总好，
这是放鸽人在远方深情的祈祷，

啊,我的鸽子,
愿你御风起飞,越飞越高,
愿你逆风歇脚,越飞越巧,
这是酷爱飞翔者的奢求,这是老马识途的忠告!

（2007 年 7 月 11 日）

唱给我们自己的歌

同学，一群两鬓斑白的同学，
同窗，一帮童心未泯的同窗，
青春的背影在指尖流连，
幸福的夕照在笑靥蹒跚，
我们以葫芦丝的名义——
闪亮组建起一个“千岁班”。

波音透迤，展示的是草原的辽阔，
顿音倏忽，抒发的是山寨的欢歌，
滑动的竹管有如梦幻的时空隧道，
浑圆的葫芦有如满载昨日情怀的储仓，
哦，想起了一群人来了：
爱哭鼻子的课代表，
爱做鬼脸的小组长，
爱穿花裙子的同座，
还有爱讲小话的我……
——想起了久违的青葱岁月，
——想起了遥远的少年时光，

纵然岁月无情，
然而绽放的友谊之花正在芬芳。
纵然逝者如水，
然而不老的激情还在灿烂，
我们是一群两鬓斑白的同学，

我们是一帮童心未泯的同窗。
我们以葫芦丝的名义，
送给自己一首生命的赞歌！

（2010年，上海老年大学结业典礼时的即兴之作）

对眸一株法华的牡丹

朝露在你的笑靥中流，
春光在你的粉腮上跳，
春风在你的舞裙边摇，
簇拥你的是青青的花草，
老城厢的一条古老街道，
竟然藏着惊世骇俗的美貌！

坚硬的车道早年曾是漕运的河道，
千里迢迢的你，那时在这里抛了锚。
江南的水乡早已成了繁华的都市，
千年沧桑也没改变你的妖娆。

你是一株法华的牡丹，
你的美丽让我怦然心跳。
我与你萍水相遇——
在世博谢幕之后，
我与你凝神对眸——
就着这江南春早。

我要举起你那华贵的高脚杯，
我要斟上你千年的封缸酒，
干杯吧，
为这今非昔比的盛世欢歌与热闹。

我要抡起你那生命的鼓锤，
跟着这鸟语花香、日新月异的节奏，
驱逐体内残余的寒流，
奏一曲繁音促节的春的乐调。

我要挥动你那灵动的彩笔，
蘸满你那奔放千年的情操，
往天边涂上一抹妩媚的颜色，
让艳丽的中国红在天上飘。

我要碰响你那律动的响铃，
荡起铃中生生不息的古怪精灵，
让满街的霓虹灯随着节拍闪烁，
让逝者如斯的车水马龙踏歌舞蹈。

我要紧握你那带刺的长矛，
因为春天里也要警惕寒潮，
刀枪不能入库，
富了，还得提防觊觎的小偷。

你沉思了？你感动了？
我捧着你婆娑泪珠，
浇灌你脚下的这块热土，
不要太伤感，
——因为冬天早已过去，
不必太激动，
——因为我们的明天还要更好。

对眸一株法华的牡丹，看到——
苍劲的枝丫舒展着令人刮目相看的新苗，

对眸一株法华的牡丹，
我看到——
春光在这个溢彩流光的都市里奔跑！

（2011 年，为新华街道“牡丹节”而作）

黄浦江上的鸥歌

我是一只会音乐的鸥鸟，
我的翅膀就是我操琴的巧手，
我拨动着黄浦江这浑厚的老弦，
杨浦、南浦，一直弹到卢浦大桥，
从低沉的相位弹到高亢的品位，
乐音激荡，越来越高，
然而，我的羽翅舒缓从容，
因为我弹奏的是一曲抒情的慢调。
天上的云彩随着节奏，为我醉倒，
江畔的高楼在喝彩中把手举得高高。

我是一只会音乐的鸥鸟，
我的翅膀就是我操琴的巧手，
我拨动着苏州河这根焕然一新的中弦，
弹过了真北、中北，音符落在了白渡桥，
我不是飞，我在江上画着优美的弧线，
既然早没了枪林弹雨，早没了阴风嗖嗖，
既然早没了滚地龙和市井恶臭，
那就弹一曲凤凰涅槃、江南春晓。
让这乐音沿建国路、复兴路飘，
让这乐音把龙之梦缠绕。

我是一只会音乐的鸥鸟，
我的翅膀就是我操琴的巧手，

我拨动着龙华港纤细的子弦，
弹着弹着，就弹到了西岸的老码头，
我把繁音促节转换成咏叹的小调，
——就为这装饰水岸风景的高架煤斗，
我把咏叹小调又转换成闲适的琴操，
——就为这不绝于耳的甜蜜欢笑。
啊，为了这海纳百川的河流，
我再弹一首心中的歌谣。

（2018年7月8日，响应“2018年上海市民文化节新诗创作大赛”而作）

绿地重逢牡丹

蓝天上飞起了一只只风筝，
我们焦急地等待，等待了好些天，
碧绿的溪水泛起了桃红片片，
绿茵中，你露出了久违的笑脸。

如期而至的柔枝还在缠绵，
枝丫带着朝露的轻尘，
多姿的身段抖落旧日的疲倦，
辉映着这多情的绿水和蓝天。

我想掀起春的神秘的珠帘，
探究你为何如此耀眼，
呵，昨日的萧条已不见，
——绿地到处都是姹紫嫣红的蹁跹。

草地上响起了风弦，
我们焦急地等待，等待了好些天，
芍药在这里笑，青草在这里跳，
你的驾临让这里盛况空前。

莞尔一笑，你就是九天下凡的天仙，
你阻断了北风凌厉的拆迁，
你带来了春暖花开、百花争艳，

阳光般的笑靥其实就是人类期盼的春天。

我要借你这生命的酒杯，
在杯中把繁盛斟得满满，
盛世当然不必月下独酌，
——因为我的豪情已经胜过了前贤。

（2012 年，为新华街道“牡丹节”而作）

咏牡丹石

（牡丹石，世界奇石，产于牡丹之乡洛阳。据测，其形成于三四亿年前。它石质坚硬，抗风化，无放射性，可与花岗石媲美，细腻光滑的石体通体黝黑，黑质之上布满白色的牡丹花形斑点。此石与牡丹花并称“洛阳双绝”。洛阳市赠一座牡丹石给长宁区，现放置在法华镇路上）

似黝黑天幕的繁星，
颗颗都是稀世的奇葩。
挣脱花期的约束，
石牡丹总在开花。

似鼓起的风帆，
出黄河，下长江，
满载的是一个古老的传说，
添加的是一派现代的芬芳。

似深耕的犁耙，
尖尖的犁头已深入地下，
犁出的是创新的火花，
收获的是富足与繁华。

在法华镇，在香花桥，
路上的车流响着行进的喇叭，
楼上的霓虹挥着多彩的画笔，

如花似玉的你在这里锦上添花!

(2013 年 4 月 24 日)

神马不是浮云

——甲午献辞

比浮云跑得快，
比浮云来得实在，
子丑寅卯辰巳午未……
一匹神马正向我们奔来。

天空放晴了，
晴得没有一丝雾霾，
春暖花开了，
开出一片灿烂的花海。

花海中的景色实在酷派，
驰骋的神马有些目瞪口呆：
嫦娥在天上飞，玉兔在月桂下歇，
雪龙破冰川，蛟龙潜深海。

花海中的景色实在酷派，
恶虎成了病猫，
苍蝇归了尘埃，
善恶有报，一切活该。

触景生情，神马对天长啸：
“中国威胁”？那是瞎掰！
“官员财产也是隐私”？那是耍无赖！

中国要前进，那就要惩恶治歪。

比浮云跑得快，
比浮云来得实在，
子丑寅卯辰巳午未……
一匹神马正向我们奔来。

老虎说："神马都是浮云"，
——那是因为原形毕露、风光不再。
苍蝇说"神马都是浮云"，
——那是因为潘多拉的盒子被盖上了盖。
我们说："神马不是浮云"，
——那是看到了希望的花儿正一簇簇盛开！

（2014 年 1 月 19 日）

好个《醉翁操》

停船。凭栏。闲看。燕翩跹。如丸。谁将紫日弹天边？醉了几座青山。那纸鸢。一任晚风牵。爬上云端方肯还。

草芽拱足。新柳垂舷。淡黄浅绿。皆暗把繁华攒。待到风光绵绵，待到荷成田田。为相思者嫣。吾今归家园。清气满双肩。管他春又浓作烟。

这首《醉翁操》是网友沙粒儿新写的一首词。格律问题放一边，这就是一首好诗。读这首诗，我感觉诗人心中那种对生活的细腻感受，一种淡淡的浪漫情怀、一种淡淡的多愁善感。

“停船”、“凭栏”，写得有点婉约、有点花间。诗歌一开头，就像是一幅古代仕女踏春图，这仕女看到了什么？——满目春光，燕子的飞舞，在踏春人的眼中那就是跳舞，所以，她才有“翩跹”的感觉。夕阳西下，这景色在踏春人眼中也是有意思的：她认为那是顽皮的弹丸钉在天边；不说夕阳余晖，而说青山醉红了脸，那是踏春人特殊的爱怜；还有春风中的风筝，也在文字中灵动着，一个“牵”字，一个“爬”字，那是多么的悠闲自在啊！如此一来，诗的精练也就有了：诗中的景物，除了文字表述的之外，其实还有一个人，一个踏春的人。

这些人人得以看见的东西，怎么就有了诗意了呢？那是诗人自己心中本来藏有浪漫与闲愁。春草、春柳，竟然那么活泼，那么富有生命力，而自己心动神驰之后，似乎只能袖手旁观，一个“相思”，足见踏春人心底还是有些失落的。

感情丰富的人，常能借春风而歌之，遇冬雪而咏之，这就叫触景生情。正是这眼前春意触动了诗人心中多愁善感的涟漪，才写下这《醉翁操》。

这首诗的最大特点是晓畅如话，相对那些高深的诗作来说，我更喜欢读浅一些的诗。诗人一定要有自己心中真实的感受，要有自己事前的文学储备，同时抓住几个具体意象，文字表达上不妨通俗一些，诗歌意境上不妨多借助古人一些。

至于作为近体诗的格律问题，就让那些专门钻研古诗格律的人来谈好了，我倒觉得：如果有意境，如果有诗味，如果含蓄、精练、生动，那就是好诗。

当然，好诗也是需要多多锤锻的。我这里也想给这首诗最后一句改一个字：或将“管”字改为“等”，或者将“浓作烟”字改作“作轻烟”。

这一年来，我的这位网友诗作如泉涌，我感觉她的诗是越写越好，越写越有自己的风格。宛约、含蓄、流畅，还略带一点点多愁善感——这就是她的风格。

我喜欢读沙粒儿的诗。

（2009 年 2 月 17 日）

暮春的写意，诗情的缱绻

刚才读一首关于春的诗歌，读得心中突然冒出一些词来："写意"、"缱绻"——它们不是诗中现有的词语，是我心灵深处迸出的共鸣。

原诗是这样的：

蝶恋花（作者：有风来栖）

香淡槐花轻入户，
远上青云，
杨柳风如故。
翠色牵愁牵不住，
归林倦鸟斜阳暮。

闲看春山春几度，
试问天公，
何处寻常路？
残月窗前空影树，
梦中白鹿青崖处。

这诗有如着墨不多的黑白写意画。上阕是一幅槐花舞春风的写意画。入画的是：槐花、春风（杨柳风），以及作为背景的苍青草木、夕阳、倦鸟。下阕更简洁：残月、窗纱上孤寂的树影，当然还有不眠的诗人。

写意的诗也好，画也好，关键在于用笔的简洁，加上情在笔先，或缱绻，或闲适，或豪放……唯此才能以小见大，以小博大，才能有诗情画意。

对于暮春景物，诗人抓住了"香淡"的、飞扬的槐花，它们一朵朵、一片片招惹着多愁善感的诗人。是啊，穿过杨柳的春风还是昨日之春风，但槐花已不是昨日之槐花。只有痴情诗人才能捕捉这么敏感的物事，再揉入自己的情怀，才能画出自己眼中的春天。

诗人用文字在画春天，而笔下流淌的就是诗人自己的情感。我们在文字中可以还原出画来，也可以捕捉出其中的情感来：一个"牵愁"，一个紧随其后的"牵不住"，已含蓄而又饱满地宣泄了诗人的内心世界。加上末句的大背景"归林倦鸟斜阳暮"，诗人的含蓄其实已近于"犹抱琵琶半遮面"了。

所以说，上阕的槐花舞春风的写意画，就是诗人惜春的情感发泄。是对春的归去发出的沧桑之叹！

下阕第一句"闲看春山春几度"中的"闲看"，在诗中有承上启下的衔接作用。春来了又去，去了又来，无情的天公啊，诗人要问问你了：这春天是怎么来来去去的呢？

下阕最妙的就是"残月窗前空影树，梦中白鹿青崖处"的回答与思考了。这里凝炼了诗人的一些古诗词积淀——似有李白《梦游天姥吟留别》和柳永《雨霖铃》诗味的痕迹——如果我们有这样的联想，那么，对这诗的凝炼与含蓄就会体会更深一些的。

下阕所抒之情，有一条由惜春进而思春、寻春的线索。这是一种缱绻的留恋之情，也含有一种感叹世事难测"不如归去"之叹。

总看全诗，两幅写意的画，构成一条诗人惜春、寻春的心路。抒发的是一种热爱生活、追求宁静、向往自由的闲情逸致。

文艺的批评，其实总在遵循"形象大于思维"的原则，本人读这首《蝶恋花》很有可能与作者写作的初衷会不一致，也可能与其他的读者的感觉不一样，但是本人的感觉的确是因诗的形象启动的。所以，仅从这一点来说，这首诗就是成功的好作品——起码它是形象的、生动的。其他，如它的文字精练、反复、双关、用典等等，都是值得夸一夸的。

（2008 年 5 月 24 日）

日色匆匆亦从容

——读渔家子《七律　登楼暮语》有感

近读渔家子《七律　登楼暮语》，不禁拍案叫绝：此诗格律谨严，炼字到位，巧用典故，一语双关，情景交融！

诗的前四句以写景为主，诗中意象切合暮色中登楼所见：晚霞白云、青山花草、村落桥柳……夕照之下的远眺，赏心悦目。

后四句主要是议论，这是诗的"更上一层楼"。景与情转合的关键是"日匆匆"，它不仅是转合之关键，还暗扣标题那个"暮"字——是为呼应。

如果说前四句写景已流露了岁月流逝、时光不再之叹，那后四句则着意铺写这种叹惋。诗中的议论最忌直白，此诗妙就妙在用典和双关，它使诗避免了直白这种大忌。

关于用典，颈联中的"蝶生多梦"，典出庄子《齐物论》，后又有唐人李商隐在《锦瑟》中妙用此典。短短四个字，借助前人之力，精炼地抒发了：年华早逝、老大伤悲的哀叹。用典而不泥典，这才是创造，李商隐《锦瑟》侧重于情事，而此诗侧重于人生不得志之"人事"。

此外，尾联的"且留云水"句，也是暗用李白诗句。

关于双关，后四句中除"蝶生多梦"句外，其余三句都是借景抒情，情在景中：诗中在感叹自然界的夕照诸景的同时，也在叹惜人生垂垂老矣；"夕阳无限好"是风景，"烈士暮年，壮心不已"是心情。

读此诗要把握诗人哀伤中的豪放、清高中的豁达。

真个是：

白云弄鹤飞花乱，
榆老云纷柳色彤，
云水遥遥篷路远，

心踪邈邈意从容。

附渔家子原诗：

七律　登楼暮语

遥观白絮驾归鸿，深恋青山暮色中。
野麓风翻花漱漱，村桥柳挽日匆匆。
蝶生多梦求谁禄，榆老犹知释晚雄。
历尽沧桑虽欲逝，且留云水助航篷。

（2007年10月31日）

笑看镣舞也婀娜

闲暇时候，读诗是一种精神上的愉悦，尤其是读一些诗词爱好者的作品，更是心旷神怡。为什么？因为不是名家，反而觉得亲近，因为写得好，反而更容易拍案叫绝。近读村落草农的词《八六子　秋日梧桐》，就有这样的愉悦感觉，觉得它在词的格律与内容上都有很多可以赞许的地方，不禁有“笑看镣舞也婀娜”的感叹。现录其词于后：

八六子　秋日梧桐

已秋深。露涵焦迹。霜灰冷浸丛林。看晚草暗抹身黄。疏枝催落叶雨。凋零地嵌霞云。

枯荣独秀乾坤。浪漫团铃标致。斑斓色彩卓群。绣艳笑芳菲。雪含梅俏。雾薰柳翠。只媚阳春。今我同、月动还游风影。风鸣尚韵瑶琴。御征尘，经寒记留壑痕。

此词上下两阕共 91 字，上阕 6 句，押三平韵；下阕 11 句，押五平韵。“八六子”一词，是唐人的自度曲，最先有杜牧的 90 字的，后来才有晁补之的 91 字的，其他，也有 88 字、89 字不同的格式。除句式稍有不同外，其实它们的格律大致差不多。因为作者用的是晁补之的格式，这里也就用晁词来做标准看看村落草农的词作是如何“戴着镣铐跳舞”的。

八六子　晁补之

喜秋晴。淡云萦缕。天高群雁南征。正露冷初减兰红。风紧潜雕柳翠。愁人梦长漏惊。

重阳景物凄清。渐老何时无事。当歌好在多情。暗自想朱颜。并游同醉。官名缰锁。世路蓬萍。难相见、赖有黄花满把。从教渌酒深倾。醉休醒，醒来旧愁旋生。

我们把这两首“八六子”比对着来读一读，就会发现：《秋日梧桐》在格律上与晁词在平仄、押韵等方面基本一致，下面，我们以《秋日梧桐》为例子，把“八六子”的格律用符号标示如下（用“○”标平声，“●”标仄声，应平可仄的用“⊙”标示，应仄可平用“◎”标示，△表示韵脚）。

已秋深。露涵焦迹。霜灰冷浸丛林。

●○△　●○○●　⊙○⊙●○△

看晚草暗抹身黄。疏枝催落叶雨。凋零地嵌霞云。

●●●⊙◎⊙⊙　⊙◎○⊙◎●　○○●⊙◎△

枯荣独秀乾坤。浪漫团铃标致。斑斓色彩卓群。

○○◎●○△　◎●⊙○⊙●　⊙○●●○△

绣艳笑芳菲。雪含梅俏。雾薰柳翠。只媚阳春。

●◎●○○　◎○○●　●○⊙●　●●○△

今我同、月动还游风影。风鸣尚韵瑶琴。御征尘，经寒记留壑痕。

○○●　●●○○●●　⊙○◎●○○　●○△○○●○●△

这样，就能看出，《秋日梧桐》与古人的“八六子”从句式、押韵、平仄都是一样的，所以，从形式上来说，它遵守了91字的“八六子”的格律要求——是谓“戴着镣铐跳舞”。

词的意境如何，决定舞者的舞姿美不美，这是又一个可以分析的问题。

词的上阕写秋日的大背景，抓住了秋的特点了：霜露凝重、草木陨黄。其中一些词语，还很有作者自己观察的个性，如：“焦迹”、“叶雨”，尤其是“焦迹”又被“露涵”，那是作者对秋叶与霜露的很有个性的观察。

下阕着重写梧桐了，作者用他具有个性的观察进行描写：梧桐树的叶子、种子（果子）、枝干，还有秋风。这里也有一些很有个性的词语，如“团铃”、“壑痕”，把梧桐的种子和梧桐的躯干刻画得栩栩如生。

词中，那句“今我同、月动还游风影。风鸣尚韵瑶琴”是满含感情的，是借景抒情。“今我同”领起后两句，“我”是树，也是作者自己，所以美好的情怀就不只是秋日梧桐了。

诗歌要讲求语言的精炼，精炼的方法各有不同，这首诗里用了：偏义复指，如“枯荣”实则指“枯”；借代，如“焦黄”；拟人，如写晚草和梧桐的句子；比喻，如

“叶雨”、“霞云”、“团铃”、“蜑痕”等;用典,如“瑶琴”;此外有的句子还有“使动”用法,如“今我同”领起的句子。

说到这里,可能有人会说:“这诗欠精练呀”,是的,这诗比起唐宋大家,可能在精练上存在一些问题,但我们不妨抱着与人为善的眼光来欣赏。因为写诗和作文一样,是个遗憾的艺术,何况精练是随人的历练、学养与时俱进的,我们不要苛求作者一定要达到大家的水平才能写诗,那样,“大家”永远出不来,同时,诗坛将会寂寞。

(2007 年 11 月 11 日)

一只越飞越高的鹰

诗歌、绘画、音乐这些姊妹艺术经常互为酬答，互为提携，互为启发，互为共震，互为锦上添花，互为画龙点睛……于是，常常出现：好诗文引出好图画、好音乐；好图画、好音乐引出好诗文。且不说那些大画家、大音乐家与大诗人之间的轶闻趣事，单就刚才在网上看到的国画《雄风图》以及题画的七律诗就足以说明这一点。

国画《凌风图》笔力遒劲，画面上的那只鹰雄赳赳、气昂昂，不同凡响，这里不敢班门弄斧，评判画技。只想就这首诠释、阐发画作意旨的题画诗作一个浅析。为便于说明，先转录这首七律于后。

七律　题凌寒《雄风图》

威风天赋座山雕，片刻悠闲理胄毛。
大漠荒烟狐兔遁，高原云海虎狼逃。
曾经八极挥金戈，拟上九垓溶铁刀。
性悟比丘还佛界，凌寒留象望旋飙。

上面这首诗可以说既把握了画家的创作意图，而且还进一步发挥了画家没有说、可能有的创作意图。

首联，高度概括了画面内容，由于诗人是用文字来“画”，那就要求他的诗句一要尽量刻画生动，“悠闲”、“理胄毛”的白描抓住了画面特点；二要尽量引出人们的联想，“座山雕”就比“雄鹰”更能让人联想这只鸟的霸气、匪气……

颔联，承接首联，继续表现这只雄鹰悠闲外表之下的霸气，这一联用的是侧面描写与比衬的方法，让机灵的狐兔和凶狠的虎狼来铺垫这只雄鹰。这样一写，画面中的空白就充实了，描写的对象就鲜活起来了。

颈联，紧扣雄鹰的爪与喙来写。一方面是它的战斗性，“曾经八极挥金戈”，这是何等的骁勇善战、何等的所向无敌呀；另一方面是强大后面的淡定，“拟上九垓溶铁刀”。“九垓”，意即“九霄”，“溶”这里作“安闲”解，所以后半句又有“休兵”、“休战”之意。诗歌这样的突转，很有深意。

为什么要这样写呢？莫非这只鸟儿是有思想的鸟？是的，尾联回答了这个问题。

尾联中的“留象”指天象，“留”是二十八宿之一的昴星的别名。看看这只雄鹰吧，它收起杀伐的“金戈”，高飞到九重天上，回头看着自己一路飞来掀起的狂风。原来，真正的战斗者，是会适可而止，及时休战的，它站得高，望得远，他们对自己的战斗的经历是自豪、自傲的，同时它又是大慈大悲的。

诗人就是这样看图写诗，看图生发，发出了自己的人生感叹。这样的感叹，其实是对画作的褒扬，是与画家就人生问题的探讨。

褒扬也好，感叹也好，用的都是艺术的表达方式——完全没有高谈阔论，完全是生动的、形象的、含蓄的、精练的。

因为画作的生动与含蓄，引发了诗作的生动与含蓄，诗与画是共震的，又是互补的。于是，一只艺术之鹰越来越丰满，越飞越高。

这是一首有味道的诗！

（2008 年 8 月 1 日）

长空雁唳是离愁

网友“沙的舞蹈”最近又写了一首五律，感觉有点喜欢它，所以想来说说它。其诗曰：

五律　秋雁

底事悲摇落，长空一呖清。
临风云羽乱，结阵异乡行。
宿梦撷更杳，羁愁剪复生。
待归春望里，故国又花明。

整首诗从形象上、语言上都有诗味。下面作一个粗浅的赏析。

首联，大处着笔写秋景。“摇落”一语概写了秋之零落、残败。“呖清”是作者自造之词，但造得可爱。为什么？一个拟声词“呖”，一个形容词“清”，合而为一，倒也让人一下子就领悟了那一声凄清的雁鸣。就这样，萧瑟落叶，凄清雁唳，也就生动地描画出了作者眼中的秋、目中的雁了。

颔联，实处着笔写雁形。“云羽”也是作者自造之词，但不妨碍我们对诗的理解，“云羽”加上“乱”，倒能使人体味到那云天之上苦苦挣扎的雁形和那游离惆怅的雁心。

颈联，直接回答首联的“底事”了，由秋景转为秋思了。一个“撷”字显得那么轻，那么小心翼翼，那是因为：梦之美，梦之渺。但美好如梦者，是“撷”也“撷”不住的。这里的秋思具体就成了诗中的“羁愁”，它是因雁而起，由梦而深。这种秋思与美好的往昔牵连在一起，真是：欲剪则生，欲慰则伤。这一联可谓是：由雁而人，因人而雁，究竟是人的秋思，还是雁的离愁，一言难尽呀。

尾联，雁行愈远，秋思愈深。秋天来了，冬天也要来了，但春天还远吗？虽然有点勉强，但也是美好的情怀呀。这实际上是在上一联“剪（不断）复生”的无可奈何中的不屈不挠的再一次“自慰”。这种自慰是“归心似箭”，是秋思的升级。

综上所述，这首诗前四句写景，后四句抒情。景和情都因雁而起。语言较为精炼——多化用前人诗句，可以增加读者的想像空间；其次是大胆尝试用新（生）词，其实也是一种炼字的尝试。

当然，对这首诗也可以提一些不同意见的。从立意上来说，它还只亦步亦趋地跟随前人秋思的脚步，未有多大的创新。

此外，关于格律问题，颈联出句中的“更”与对句中的“复”都是仄声，是为失律。这是一个多音字，如把“更”作“更夜”、“更漏”理解的话，那虽合了平仄，可又损害了对仗，而且有点勉强。但我仍宽容地认为：这不是一个问题，这里提出来，只不过是以备方家质疑顺便说一下而已。

（2007年11月21日）

解读湖边的味道

六月的“九州诗社”硕果累累，好诗如云。其中有一首《五律　与文友漫步湖边》，语言晓畅，画面淡雅，初读似水，细品如茶。原诗如下：

五律. 与文友漫步湖边（风清骨峻）

信步看云龙，山高水未穷。
并肩双影异，一笑两心同。
荷韵凌波翠，榴花压树红。
禅风来复去，竟未辨雌雄。

首先，这是一首写景的小诗。全诗紧扣“漫步湖边”，写的无非就是：云彩倒影入湖中，高山倒影入湖中，花树倒影入湖中，还有倒入湖中的人影，此外还有身边的清风……

诗中倒也没有什么艰涩的字句，但有几个词还是须得认真品读的。如“笑”的主体是谁，“笑”的内容是什么？“雌雄”指什么？由于解读的不同，这“湖边”的味道是略有不同的。

如果笑声中，湖面荡漾的是人影，那么这“山高水未穷”中的高山流水应该就是友情或爱情；这“未辨”的“雌雄”应该是友情或爱情中的两心相悦、心领神会、心有灵犀、惺惺相惜……

那么，它是一首写景抒情的小诗——因为诗人笑得那么纯真浪漫。

如果笑声中，湖面荡漾的是花树之影，那么这“山高水未穷”中的高山流水应该就是禅理、玄机；这“未辨”的“雌雄”就是禅理与玄机中的是非曲直、阴阳清浊……

那么，它是一首有感而发的哲理诗——因为诗人笑得有些不可捉摸。

总之，诗是好诗，语言晓畅如水，意象简洁明了，因为它描写的都是人们可以理解的、乐于欣赏的风景。

总之，这首诗基本上可以雅俗共赏，如果说有什么深刻的东西，那也是藏在平易中间，偶尔崭露头角的。

诗歌的意境，咱尽管鉴赏；诗中的情趣，咱尽管阐发。

（2008 年 6 月 30 日）

好诗好就好在含蓄

喜欢读格律诗，读到好诗免不了拍案叫绝，于是就也就免不了要议论格律诗的相关问题来了。

关于写诗，我认为除了要押韵合辙、要“情在笔先”之外，主要还是既要生动形象，又要含蓄精练。这是一对矛盾，两者都要达标，的确是有点难度的。但是，真正的好诗是不受这对矛盾束缚的。

也就是说，写诗的人应该做到：明明肚中有货，反而不把自己的货色全都亮出来，他们应该欲言又止，只露出冰山一角来。多余的东西是要让读者通过开拓性地阅读来完成——他们要从你的冰山一角把握整座冰山。只有这样，写出的诗歌才能既生动形象，又含蓄精练。

这，才是诗；这样的诗，才有诗味。手头有这样一首短诗：

七绝　秋日梧桐

落叶随风乱，一秋怎舍缘。
寻根朝暮望，绕树尽盘旋。

这首诗在格律上没有问题——它严格地遵守了它应遵守的规则，按下不表，这里主要就诗的生动形象，含蓄精练作些分析。

诗写的是秋天的梧桐树，写入诗中的也就是树呀，叶呀，风呀的。它写了三个意象，隐藏了一个意象：那个恋枝、寻根、盘旋的凤凰！读者如果没有一点中国文化的涵养，当然不知作者巧用了一个典故。

这样读诗，就不会把这首诗单纯地误读为直抒胸臆了，就会觉得二、三、四句描写得很生动，很有趣。

读懂了它的生动，那么就更深刻了解作者对秋日梧桐的美好情感了——在领会诗中凤凰这一“象”时，也领会了诗中歌颂赞美梧桐这个“意”来了。

这样一来，读者除了欣赏了诗的用典这一艺术手法之外，又欣赏了诗的双关手法了。

所以说，读诗如同喝茶，要慢慢地品。

关于诗歌的生动形象与含蓄精练，非三言两语可以讲清的，诗歌的艺术手法也非仅仅就只用典、双关两种。本文意在解剖麻雀，意在提出一个写诗和读诗中的含蓄和精练这对矛盾的对立统一问题。

诗不在大而在小

这首叫《征程》的诗是在网上抄来的：

征尘夕照长，漫漫路无芳。
岭上风萧瑟，天边云颉颃。
难寻雪堆积，却见叶飞扬。
触景生疑虑，山人眉染霜。

正如标题所提示的，这是一首写旅途景色的小诗。也可以叫作"游子诗"。关于写诗，本人认为：诗不在大而在小，写景的诗尤其如此。不然千篇一律，那就没有特色，也就没有了诗味。这首诗正好小角度地用诗的语言回答了"征途"上的一些小问题：是在什么情况下出游？看到了些什么景物呢？当时的心情怎样？

诗人写作的角度很小，他把眼前景色用两两比照的方法呈现在读者面前：一方面是雪后初霁的夕照、天空中上下翻飞的云彩、路面上随风卷起的枯叶，一方面是路上的残雪、山间萧瑟的冻风、脚下半干半湿的路面。这样的景物不多，但它们小，而且小得有特色，让人一下子就明白：诗人是行走在冬雪初霁，夕阳西下的山路上。

那么诗人的心情如何呢？诗中似乎没写，但诗中景物已经在代诗人诉说了：虽说是"路无芳"，虽说是"风萧瑟"，然而，因为有了"云颉颃"、有了"叶飞扬"、有了"夕照长"，这些已经暗示了诗人行走中的艰难和快乐。尤其是"山人眉染霜"一句，是诗的关键之所在，我们应当挖掘诗人彼时的苦中作乐、自得其乐的情绪。

这首诗不难读，但要理解它，就要静下心来与诗人同赏这眼前的雪霁、夕照、山路——而且，这还是北方那种苍茫的山景。写景写出了时令特色、地域特色，再加上诗人独特的心情，那就有了认识的作用和审美的作用。

前面谈了自己对这首诗的内容上的一些理解，这里再来说说对这首诗的形式方面的一些理解。

这首诗好就好在句句写景，而又句句有情。首联写近景：夕阳之下自己留在路上的长长影子和荒芜的山路。颔联写远景：山上之萧索和天边之灿烂。颈联由远及近，写残雪无多，枯叶随风而起。尾联由景而人，写自己被霜染白的眉毛。一组小景构成一幅较大的画面，这里已不是"1＋1＝2"那么简单，这里的每一个意象都有典型性，所以，景小而意深。

由于景色的特殊性，诗人写景中顺势而为地用了对比手法，如上所述，景物处处对比，诗中四联中，句句对比。对比省却了许多枝节性的描述，还能使意象鲜明。

好的写景诗应是：景语即情语，所以写景的诗其实也就是抒情的诗。借景抒情的诗当然要安排诗眼，这首诗最后一句算得上是诗眼了。

格律诗，要求押韵、合平仄以及句子的对仗。这首诗基本上都遵守了这些格律——当然也有个别地方不合平仄，这些地方有的是无法改动的（一改可能"以辞害意"了），然而有的地方还是可以改得更好的。

小品·小说

你猜，你猜（小品）

甲：（在《女孩的心思你别猜》的背景音乐之中上场，作自我陶醉状，唱道）“老人的心思你尽管猜，猜来猜去就会把他爱”，爱——爱——爱……

乙：（恶作剧地，用上海话说）唉，唉，唉——唉嗨，侬这是唱啥么事？

甲：我是唱一位老人，一位长宁好人。

乙：（用上海话说）哦，那侬奈伊额事体讲把阿拉听，好勿啦？

甲：（也用上海话说）侬勿讲上海闲话，好勿啦——（改用普通话，指着台下说）这下面坐的都是来自五湖四海的人呀。

乙：（用普通话说）好，好，我改，我改，你说吧。

甲：我不说——（故弄玄虚状）这样吧，我把老人的一些情况用手势做出来，你猜中了，那些有关的事迹就让我讲给你听好了。

乙：哈、哈、哈，这难不倒我。（骄傲状）

甲：别废话，看手势。（做手势：右手大拇指竖起向上）这个跟他的为人有关，猜吧。

乙：（抢答）这是——“高呀”。

甲：什么高呀、矮呀的，是“高尚”！

乙：（狡诈地）喂，喂，喂，你慢一点，我不是说“高呀”，是“高雅”，这不跟“高尚”是一个意思吗？

甲：（轻蔑地）强词夺理，好，算你聪明，再看下面的，这是他的姓（先竖起大拇指，然后摇头；再伸出食指和中指，也摇头；最后伸出小指然后点头）你说，他姓什么？

乙：（摇头）不懂。

甲：（学《西游记》中美猴王挠头抓腮，再作手搭凉棚状）

乙：（举右手模仿甲的动作，恍然大悟）姓孙！

甲：聪明，（先举左手，摇头，放下，再举右手，点头，不放下）你再猜猜他的名字中的一个字。

乙：右！左右的右。

甲：差一点儿，再看(举着的右手，往对方头上拍打)

乙：喂，你干嘛打人呀？

甲：就是要打，(改沪语说)打"宁"，嘎事体就好办了。

乙：(边退边看对方的那只手)好、好、好，你前面说"差一点儿"？那就再加个单人旁吧，是不是"保佑"的"佑"？

甲：你太有才了，最后一个字我告诉你吧，这个人的名字在我们社区的报纸《走进新华》已出现多次了，叫孙佑民。

乙：哦，好像听说过，你说说他的一些情况吧？

甲：(作顽皮态)不说，不说，就不说；你猜，你猜，你来猜。(右手食指横拉)这跟他的工作有关系。

乙：第一名？

甲：(摇头不语)

乙：一马路、二马路、三马路……对，大马路，就是南京东路。他的工作单位在南京东路？哦，是从事商业的。

甲：错，错，你看清楚我的手指。(再做手势)

乙：(哈哈大笑)你太狡猾，"一"字打横，莫非是"第一代"的意思？哦，是个创业者。

甲：不错，但不全对，他是新中国第一代飞行员。

乙：哇赛，好可爱也，那他一定打过仗吧？现在待遇不低吧？

甲：别打岔(做手势，伸出右手掌，大拇指微屈，其他四指伸直)，这跟他的家庭负担有关，你猜吧。

乙：四世同堂，第五代又快出生了。

甲：错得离谱了吧，这是"四十一"。

乙：慢，你那个"一"怎么做的？这个"一"也未免太大了点吧？

甲：不算大，他有四十一个孩子，这其中第一个孩子对他来说，很重要、很特别。

乙：哇赛，真是英雄父亲了。不过这样的大家庭，他工资再高，也不够用了。

甲：(作"暂停"手势)请你不要老是"哇赛"、"哇赛"的了，还是让我给你讲这四十一个孩子的故事吧：这些孩子并不是他亲生的。他自己只有一个女儿、一个孙女。这四十一个孩子是他陆续资助的穷学生。资助第一个穷学生时，正是邓小平提出“希望工程”的时候，他在江西老区找了一个叫刘兴高的失学儿童，资助80元钱。那时候他的工资只有223元，资助80元，那可是他工资的一小半呀。后来，他又得知了一个叫宋青的云南姑娘在打工求学，于是又主动给她汇款，并写信鼓励。感动得这个小宋姑娘一直叫他爷爷。这样的故事加起来，共有四十一个之多。刚才，你说什么“英雄爸爸”、“四世同堂”，是不准确的。

好了，我再做个手势让你猜。（先伸一个指头，再攥紧拳头晃两下）这跟他家里的用具有关，猜吧。

乙：买一样用具花了20元钱。

甲：差一点儿，不是买，是捡；不是“元”，是“年”。我讲给你听吧：老人家为了资助穷学生上学，自己家里很节省，他家做饭的锅还是捡别人扔下不要的，而且一直用了20年。

乙：哇赛，好勤俭也，好好可爱也。关于他勤俭的故事，你再比划一个吧，我还能猜个八九不离十。

甲：行，看好了。（做手势：右手的拳头晃5下，再伸出双手掌）

乙：（紧盯对方的手势，并数数）一拾、二拾、三拾、四拾、五拾，一、二、三、四、五、六、七、八、九、十，……是50与10的关系？

甲：不错，老人家用干休所食堂的50元的餐券维持了十来天的生活，你知道他是怎么吃的吗？早上买一个包子、一个花卷、一个馒头、一碗粥，吃不完，留下来就当中饭，晚上自己泡方便面，方便面对他来说，也是奢侈品，那里面的调味如果有好几包，他就留下一包，留到以后下挂面时再来调味。

乙：哇赛，太感人了，还有吗？

甲：有，多着呢。（做手势：比划“1”和“9”）

乙：一件衣服穿了九年，太节约了。

甲：不对，我再给你提示一下。（手势“1”指脚上，“9”停留在身上）

乙：他有一双特别的鞋子？还有九件不一般的衣服？

甲：差一点点了，我讲给你听吧：老人家捐到最后，已经没有什么东西好捐了，自己的工资也有限，于是，他把自己珍藏多年的一双飞行皮靴送给了一个在北京上学的穷学生，他说：“我在江南，天气暖和，家里还有暖气，就让那些衣服穿得少的孩子暖和一下吧”。干休所每四年给老干部发放一件军大衣，他不穿，新的、旧的，前前后后一共攒下九件军大衣，再分别寄给那些没有御寒衣物的穷学生。

乙：哇赛，好——好——好——可爱也，这位老人做希望工程真是实心实意呀。

丙：（扮孙佑民提着一个纸盒子上场，自言自语：）“老王呀，老王，我们家住得不远，但找你还是有点难度呢”。（面向观众）我这个朋友老王，可不简单，他曾是毛主席的营养师，他最近要去外地参加一个讲座，我想让他给开会的同志们送点小小礼物。（发现前面两个青年在说话，站住并倾听，沉吟一下，上前问）请问：文缘村往哪里走？

甲：文缘村？就在前面，过一个红绿灯，到香花桥左拐就到了。

丙：哦，谢谢。（打电话给自己要找的人）老王，在家吗？我是孙佑民，给你送“荣耻镜”来了。

（乙用手推甲，提醒他听丙的电话）

甲：（惊讶状，用沪语悄悄对乙说）哈哈，说曹操，曹操就到，阿拉侪是不识货。（转身向丙，大步走近）先生，你就是我们社区报纸上多次介绍的孙老先生？

乙：（抢着问话）你就是老飞行员孙先生？

丙：（平静地）是的，我就是。（幽默地）你们刚才在议论我吧？

甲、乙：（先摇头，后点头）不是——啊，是，是，我们是敬佩你啊。

丙：哈，哈，我是一个老兵，我以军人的直觉，知道你们对我除了尊重，还有一些不理解，是吧？

甲、乙：（不好意思地）哪里，哪里……

丙：告诉你们吧，现在有人节约一点，就自称什么“低碳哥”，按他们的说法，我应该是“低碳爷”了，不信，看看我这“低碳”的裤子吧。（用手捋起裤子，只见两个膝盖从内裤破洞里露出来）。

甲：（不好意思地）老人家真的是“低碳爷”。

乙：（惊讶地）不，是“低碳祖宗”！

丙：哈、哈、哈，有钱还要“低碳”是不是傻了一点呀？不，我永远是一个没忘本的穷孩子呀。可惜现在有好些穷孩子翻身忘本了，生怕自己被人说是穷人的孩子了，他们一旦有了权就像饿老虎，到处捞钱，结果是，无论是从身体上，还是从名声上看都不妙。

甲：对，说得对极了，还有那些爱赌博的人，一掷千金，他们应该向您老人家多学习一点呀。

丙：哎，人各有志，不过我告诉你们一句话："赌，不一定使人一贫如洗，但一定让人一事无成"，我这话对不对？

乙：对，对，老同志，您真的是"先天下之忧而忧，后天下之乐而乐"呀，佩服，佩服。你是我们尊敬的英雄呀。

丙：我的孩子们，我算什么英雄啊，我始终记着毛主席的一句话："无数革命先烈为了人民的利益牺牲了他们的生命，使我们每个活着的人想起他们就心里难过，难道我们还有什么个人利益不能牺牲，还有什么错误不能抛弃吗？"我今天做了些好事，我总觉得是应该的。

甲：你就是一个英雄呀，你自己省吃俭用，却帮助了四十一名穷学生，这就够我们学习的了。

丙：没什么，这不过是一个老共产党员做他喜欢做的事而已，不过我告诉你，我最近又做了一桩这样的事，所以"41"这个纪录现在已经让我打破了，哈哈，我现在有 42 个孩子啦。

甲、乙：（十分激动地）你就是我们身边的英雄，我们要向你学习。（纷纷掏钱出来）老人家，我们也想参加你的资助活动，请允许我们参加你的行善活动吧。

丙：好啊，哈，哈，哈，我这个师长好久没带兵了，如今又要带兵了。

甲：那我们就是一个"低碳师"喽。

乙：好、好，妙、妙；师长吹起集结号，我们"低碳师"行动起来。

丙：哈、哈、哈，小兵们，听我命令：我们的口令是"低碳"，我们的行军路线是结善缘，我们的目标是希望工程。

甲、乙：是，首长，我们还要招兵买马，扩大队伍。

丙：你们记住：一个人没有爱心、只有私心的话，那不过是一具行尸走肉；一个国家没有爱心、只有尔虞我诈的话，那是一个没有希望的国家。我过去的所作所为，其实就是想影响你们青年人，今天你们响应我的做法，我当然很高兴啦。（一边说，一边打开纸盒，从里面拿出两个直径约 7 厘米的小圆镜来，分送两人）来，来，来，让我送给你们一人一个小镜子吧，镜子虽然不值什么钱，但它挺有意义的，请你们看看镜子后面。

甲、乙：（不约而同地举起镜子，并念）以热爱祖国为荣、以危害祖国为耻，以服务人民为荣、以背离人民为耻，以崇尚科学为荣、以愚昧无知为耻，以辛勤劳动为荣、以好逸恶劳为耻，以团结互助为荣、以损人利己为耻，以诚实守信为荣、以见利忘义为耻，以遵纪守法为荣、以违法乱纪为耻，以艰苦奋斗为荣、以骄奢淫逸为耻。

丙：别小看这面镜子，它记载着我们党提倡的一种精神。我前后三次共做了12万个这样的镜子，而且已经把它们分发到全国31个省市自治区去了，今天我也就是想通过这位外出开会的老王同志，把我的这些礼物请他送给与会同志。

甲：这礼物很有意义呀，谢谢。

乙：想想我们身边那么多掺假、使坏的现象，再看看这镜子背后的“八荣八耻”，我知道自己该怎么做了。有你这样的老同志在不断地努力，相信我们的明天会更好的。

丙：明天好不好，关键在青年，要让全中国有才华的青年都能施展才华，那么明天必然阳光灿烂。我告诉你们我心中的一个秘密：我为什么要资助那些穷学生呢？因为我也曾经是一个穷人的孩子，是共产党让我翻身了，还飞上了蓝天。今天我已没法飞上蓝天了，但祖国的蓝天需要更多、更好的青年来飞翔。当我看到我们国家许多有才华的青年，被国外挖去了，我就心痛，我想尽自己的力量帮国家留住一些人才。记住，我们国家穷，那是暂时的，祖国只有一个，我们应该为它效劳。

小同志，后会有期，我要找我的那个朋友去了，再见。

甲：慢，老首长，你要找的人我认识，我带你去吧，就是他经常给我讲你的事迹呢。

丙：（摇头）哈，哈，这个老王。

甲：老首长，我们边走边说吧，我有一句话想问您，不知该不该问？

丙：问吧，有什么问题就说吧。

甲：（欲言又止）听——听人说，您这么老的资格，在上海竟然没有一间高尚住宅？

丙：（哈哈大笑）小朋友，你这话还真说得文绉绉的呀，什么高尚不高尚的，有钱就高尚吗？不对的，思想高尚那才是真高尚呢。不瞒你说，我有两套房子，一套是公租房，那是我老岳父留下来的，一套是干休所分给我的住房，产权是部队的，这两套房子，我都可以买下来，但我没有闲钱去买，我也不想弄一大笔所谓遗产给我的孩子。

乙：（帮丙拿起纸盒）老同志，你这番话显现的思想境界真的比那些“房姐”、

“房叔”要高尚好多倍呢。走吧，我们陪你去找人去。

（后场响起背景音乐《女孩的心思你别猜》的旋律，三人一起下场，幕后合唱：“老人的心思你尽管猜，猜来猜去就会把他爱”）

算命(小品)

[放学路上,两个人的故事。甲,40来岁,街头算命的。乙,16岁,中学生]

甲(唱)危言耸听吓唬人,目的还是为了钱,难得好命,何不算命。(白)我是一个算命的人,自称“刘半仙”。日子不好过啊,今天生意还没开张……唉,前面来了一个毛头小伙子,只要他上钓,今天晚饭就有着落了。(戴上墨镜)

乙　今天学校发了期中考试卷,我的心情一下子掉进了冰窟窿里,体育用品商店只有护腕、护膝,就是没有护屁股的。回家怎么办?怎么办?(不小心踢掉了甲的拐杖)

甲　喂,你这个人怎么搞的啊?(手作摸索拐杖状)

乙　对不起,对不起……唉,我烦着呢。(扶起拐杖,交给甲)

甲　听你的口气,一定遇到了不顺心的事了吧?不妨让我替你算算命。

乙　算命?你行吗?我可是一穷二白啊(作翻口袋状)。

甲　(偷偷地说)这小子还不上道,让我慢慢来。(白)你可别小看我啊,我是专门研究“易经”、“八卦”的,辞了正当工作来为社会服务的。你知道我以前是干什么的吗?想当年,我在市政府可是一把手,我叫市长低头,他不敢抬头。

乙　您是干什么的?

甲　不瞒你,我原是市政府里理发的,不过,我给市长也算过命,挺准的。

乙　哦,原来你是市政府里面理发的,你算命真的准?

甲　包准,包准,我这个人实在,算一送一,算错不要钱。

乙　算就算,反正回家没有好果子吃。

甲　(用手在甲头上乱摸)

乙　干嘛把我的头当球玩啊?

甲　告诉你,我摸出来了,你是一个学生,你有一副文曲星的命相。

乙　“文曲星”?(转向观众)说我是“武曲星”还差不多,打架我还行。

甲　伸出你的左手来，让我好好帮你算一算。

乙　（伸出左手）

甲　唉，不错，你的手相很好，只不过你的“理解线”命中不足，你的老师和家长是不是对你不太理解啊？

乙　（拍手，点头）对了，每次考试我都是（唱）“左看，右看，上看，下看”，老师差点没把赶出考场了。我在家里不叠被子，不擦桌子，不提篮子，不敬老子，老妈总说我不是一个好孩子。

甲　（偷偷说）这岂止不是好孩子，简直就是一个浪子。（转向乙：）哎，哎，我可以帮你改变命运。

乙　真的？怎么帮？

甲　不过……（做要钱的手势）

乙　明白，明白，手续费，多少？

甲　这个数。（手指三长两短，作“兰花”状）

乙　多少？三毛？

甲　再仔细看看。

乙　两毛？

甲　再看看。

乙　（摇头）

甲　三块二，三长两短看不出来？

乙　好吧，三块二就三块二！

甲　我算一送一，现在再送你一张画，这可是神画，只要你天天拜它，包你走好运，不过现在不能看。

乙　为什么？

甲　天机不可泄漏。还要这个数。（手势又作兰花状）

乙　又是三块二？一共六块四了啊。

甲　（递画给乙）喁，给你。

乙　（偷偷打开“神画”，大吃一惊，私语）啊，刘德华，这个骗子，看我的。（拿出 2 元钱递过去）10 块钱，不用找了。

甲　（偷偷地说）这学生真坏。（转向乙）小伙子，金钱对我来说，只是需求，不是渴求。（不接，站起来，摆出个很崇高的姿势）

乙　（偷偷地说）还有点高风亮节啊。（换一张 5 元的，递给甲）看在神画的份上，给，这是10块的，找钱！

甲　小伙子不要骗我，这是5块的。

乙　10块，明明是10块呀。

甲　5块！

乙　10块！

甲　5块！

乙　瞎了吗？……哦，对不起，我不该说你是瞎子。

甲　（站起来，摘下眼镜）你当我真的是瞎子？

乙　好啊，你原来不是瞎子，你是骗子，走，到公安局去。我告你诈骗，告你搞封建迷信。

甲　哎呀，算了啊，我理发技术不高，被单位炒了鱿鱼，没办法才干这算命的。其实，我这个人还是挺好的，也就是和失意的人谈谈心，说说话，没做什么坏事啊。

乙　还没做坏事？我的钱都差点到你的手上去了！你改邪归正吧，有条阳光大道，不知你想不想走。

甲　想，想，你如果真能给我一条阳光大道，那你是我的大救星啊。

乙　不过也要这个数。（仿甲做手势）

甲　手续费？三毛？

乙　再仔细看看。

甲　两毛？

乙　三块二。

甲　这话怎么这么耳熟啊？

乙　告诉你吧，我爸爸公司正在招人，不过要知道具体情况，你还要给我这个。（再做手势）

甲　好的，再加三块二。（甲递钱，乙接钱）

乙　（偷偷地说）这钱够我买张海绵垫屁股了。（转向甲）告诉你，那个工作很风光的，单位的人每天都要对他点头微笑。

甲　真的？

乙　谁骗你！

甲　那工作是做什么的？

乙　看大门的。

甲　啊，唉，也不错呀。

乙　好吧，明天你一定要来啊，再见。

甲　我一定来。（唱）明天不再站街头，有了工作不用愁。（突然醒悟）喂，等等，我们明天在哪里见面啊。

（2000年秋季指导高一学生参加学校文艺会演前夕的“急就章”，系鼓励学生进行小品创作的“下水作文”）

小站故事多

（一）

那是京广线上的一个小得不能再小的车站，叫“乘降所”。三十年前他就是这个小站的一名工人了，只两个人，小站附近的农民戏称他为“副站长”。

秋高气爽的时节，“副站长”准备收获自己的爱情了。备办了筵席，邀来了亲朋，当然也有附近经常打交道的农民兄弟。

“伙计，你那位还是城里的？”

“嗯，她是她们厂里文艺宣传队的。”

“啧啧，新娘什么时候到？”

“一个小时后，坐火车到。”

一个小时之后，那趟慢车到站，没见到迎亲的队伍下来。

又一个小时候过去了，一列货车上走下迎亲的队伍，只是不见新娘露面。他的一位铁哥们悄悄告诉他：“那姑娘变卦了。”

他坐在铁轨上痛哭流涕。

后来，那位生产队长的女儿，红着脸走到铁轨边，拉着他的衣袖，问：“你可愿意要我？”

故事的发展可想而知，酒宴照例摆，只是新娘换了一个。

于是后来平淡的生活中，总有一些戏谑的浪花，“当年若不是我救了你，看你脸往哪儿搁？”

“不是我，你也别想当铁路工人。”

“当年我爸可是坚决反对的哟。”

“当年，我妈也不满意你呀。”

（二）

二十八年前的一个漆黑的夜里，风雨催生着妻子肚中的顽皮女儿。他慌慌忙忙地去请接生婆，却意外地发现站外本应“侧线停车”的信号，竟然是“通过”信号，他急忙爬上信号塔，把信号改过来，却被电流击中，摔倒在铁轨上。待他清醒过来时，远处轰轰的列车炽亮的光束照得他睁不开眼。神差鬼使，他爬起来，将道岔扳到侧线。

一瘸一拐地回到家里，女儿已哇哇坠地，望着他那落汤鸡似的狼狈相，听着他的解释，岳母娘骂了一句：“糊涂”。

（三）

小站规模大了，已是一个一等大站了，工人也多了，他真的当了副站长。不过，副站长马上就要退休了。

女儿也要做妈妈了。他刚在女儿家忙乎了一整天，晚上赶回家接自己的最后一个夜班。

妻子怜悯地说：“白天没休息，反正也要退休了，你叫人代个班算了。”

他不同意，老两口吵得很凶。一看妻子又要历数他的马虎与荒唐了，“别——别说了”，他赶紧制止——因为他最害怕老伴重提那些二十几年前的陈谷子烂芝麻的事儿。

但老伴拦着门，说：“你能保证不出事故，我就放你出门！”

他笑嘻嘻地说：“我是老铁路了，你看我什么时候出过事故？我让别人代班，如果出了事，那不毁了我一世英名？这样吧，我把我们小外孙的百日照带着放在我的办公桌上，我没事就瞅着看，那还会打瞌睡吗？再不，你每半个小时给我打个电话，我那手机不是让女婿给整了一个什么《老鼠爱大米》的彩铃吗？你打电话，我一边工作一边听音乐，多好呀”，然后扬长而去。

那一晚，细心的妻子每隔 15 分钟就给他打一次电话。

那一晚，他就这样怀揣着自己的手机，脸上露着幸福的笑容，在自己的办公室和站台之间忙碌着……

小站——不，现在应该叫它大站了——的故事现在还在延续，不过，那主角应是他的徒子徒孙了。

（原载2000年衡阳《校园文艺》创刊号）

鸡屎猫传奇

小人物、大人物，都是人物，其实，有故事的小人物也能折射大时代，例如这个鸡屎猫。故而，我要为这个小人物立一个小传。

一、人活一口气

人活一口气，不蒸(争)馒头蒸(争)口气，这是鸡屎猫的生活哲学。鸡屎猫成长的年代正好碰上文革，没能读多少书，但他聪明，他喜欢画画，悟性蛮高，进步蛮快。

他学画画的引路人就是中学的美术老师，老师常夸他“孺子可教”，于是，他也就有点飘飘然了。文革过后，恢复高考了，他那些画画的朋友都跃跃欲试，准备参加高考，大家都想考本地的美术专业的大学，他却不屑一顾地说：“要考就考广州美院”。他的话让一个关心他的美术爱好者听了，就跟他家里人说“这孩子有天赋，但目前水平考广州美院还有差距”。家里人就用这话来劝他把目标放低一点。可他一听就不高兴，而且从此以后，再也不理那个“看不起自己”的人了。因为他觉得自己这样做就是争气。

结果，他应了别人的预言，没考上广州美院。第二年，他仍坚持考广州美院——因为他要给自己争气。气是争了，但还是没考上。看到画画的同学毕业后有当老师的，有当干部的，他也有自己独特的争气的说法：“当年我要像他们那样的话，随便考个学校”。其实，这话里有话，当年高考并不严格，有人就是向他讨画作，过了初试关的。

辛苦的人总是在辛苦地“争气”，辛苦地活着，鸡屎猫就是这样的一个人，后来美术专业考试越来越难，他才知道：再要上美术院校，难！但是东方不亮西方亮，他准备了半年，考上了电大的中文专业。听说，他当时还写过一些小说和散文，在电大同学圈子里得到赞赏，只是没见发表。可以说，他还是想尽办法，给自己争了一口气。

二、江湖义气第一桩

鸡屎猫，原不叫这个名字，只是因为讲江湖义气，跌了一交后，被人取了个绰号——“鸡屎猫”。他参加工作是在七十年代末，因为聪明，又有画画的特长，被工厂领导相中，以工代干，脱产在工会打杂。

八十年代，鸡屎猫生活的这座江南古城，已经感染上了沿海城市的躁动。城里一些前卫青年是这座城市的一道风景：男孩时兴打领带、蝴蝶结，穿花衬衫、喇叭裤，女孩烫曲卷的头发，天天变换时装，让这座城市特别时尚，特别有青春气息。

要时髦，那得有经济实力，但当时整个国家的经济还未恢复元气，而江南古城自然不能跟广州比阔气、拼实力。古城精明而时髦的青年自有他们的办法，他们在服饰的形式上亦步亦趋地跟着广州走，但在内容上又有极大的区别。例如，广州兴起某款服饰后，这里马上仿效，不过，他们不是去买，而是自己动手仿制，但布料的质量却比广州的差远了。这样一来，手头不阔绰的青年也就能跟着沿海潮流与时俱进了，而且一些长期跟风的人还能既继承又发展——他们对流行服饰稍加革命，或改一点点，或加一点点，创造出新时髦来。这方面，还真让广州人自叹弗如。

有经济头脑的广州人发现了这个城市的秘密，于是，有人收集过时的时装（有的甚至是死人的），把二手货拿到这里来卖。这些服饰一般都既时髦又便宜，买家高兴买，卖家乐于赚钱，本来是皆大欢喜的事，只是当时政府不允许从事这样的交易。称之为“投机倒把”。

鸡屎猫并不爱好穿着打扮，但一次在同学家结识了一个广州来的二手服装贩子，加上别人又送了他一套时装，他就关心这时装生意上的事了。他又十分仗义，把这个广州来的时装贩子安排到自己家里住，他的父母对儿子的先斩后奏，也没什么办法，让了步。

鸡屎猫又带着这个广州人到自己上班的地方去，让他在厂里家属区摆起地摊来了。没想到才卖了两天，就给厂保卫科发现了，没收了这个广州人的所有服装。

鸡屎猫听到自己新交的朋友的诉苦，不禁怒从心头起，恶向胆边生，二话不说，冲进厂保卫科，骂骂咧咧地把两袋衣物提了出来。可能是保卫科的人与他平时关系太好，可能是保卫科还从没有碰到这样情况，他们愣是一言不发，让他把没收的东西拿走了。

威风是逞过了，后患也就来了。厂里后来因为“工作需要”，让他“充实”到生产第一线当操作工去了。

不过，聪明的他后来在操作工这一行里干得挺不错的，车间里的一些难活，除了两个老师傅，就只有他能拿下来。

两年后，本地公安系统大量扩充队伍，登报招人。鸡屎猫仗着自己的素质高，突击复习了一下，就考了全市的前几名。正在他万事俱备，只等通知时，没成想，他没过政审关——公安局去厂里调查时，厂领导只轻描淡写地说了一句：“这个人搞过投机倒把”，就让他当警察的梦破灭了。

以后，他的同事就给他取了一个臭臭的绰号——“鸡屎猫”，那意思是：远看是虎，近看是猫，而且还是一只臭猫。

三、画虎画皮难画骨

前面考究了鸡屎猫绰号的来历，其实，关于这个绰号还有一些资料可以补充一下。鸡屎猫爱画猫，画虎他画不好，也没见过真老虎，但他家养过猫，还专门买了一本《画猫的技巧》，所以，他在画界朋友中，被戏称为“猫师”(谐音为“猫屎”)。他也乐于接受这个雅号，并自我陶醉地说：“今天画猫，明天就可以画虎了”。

因为画画的原因，鸡屎猫认识了当地驻军中一个绘画爱好者，两人一来二往成了好朋友。这个兵是广州人，有亲戚在香港，他帮鸡屎猫从广州买了一台二手的日本产四喇叭的“三洋”收录机，价钱很便宜，500 元不到。日本货就是日本货，非国产货可比，虽然是别人用过的，但它的立体音响效果特别好。自从有了这个洋把戏之后，鸡屎猫在家里总要放一放音乐，而且声音要放得大大的，似乎有向左邻右舍炫耀的意思。有时外出了也要提着这个沉甸甸、亮闪闪的铁匣子出门，一路走来，必定有路人投来的羡慕眼光。

物以类聚，人以群分，本来鸡屎猫的结交圈子里都是些画画的，自从有了这个洋把戏之后，他身边就有了一帮“音乐爱好者”，据他的这帮新朋友说，目前全市的收录机就算他的最好。听了朋友们这番恭维之后，他才知道自己拣了个宝贝，以后规定：家里人不得动他的收录机。有一次，他的兄弟没经他同意，把他的宝贝提走了，他对父母发了一通脾气之后，马上到兄弟家把宝贝拿了回来。

他的新朋友里最要好的是魏三春，此人知道他买纸买笔开销大，钱不够花，就三元五元地接济他——说是借，但从没要他还，鸡屎猫也没想过要还。两人好到经常在对方家里吃饭、睡觉，形同亲兄弟。

鸡屎猫虽然一个月也有三十几元钱的工资，但交朋友要钱，画画要钱，所以经济上总是入不敷出。他的好朋友魏三春给他出了一个主意"我们去乡下收银元，再到城里来倒卖，肯定能挣大钱"。两人一拍即合，而且还瞒着家里人(当时这是违法的事)。只是主意虽好，但没有启动资本，这时，魏三春又有了一个主意："把这个三洋收录机带上，做抵押品，不怕收不到大把银元"。鸡屎猫拍案叫好，两人偷偷带着收录机，瞒着家人出门做生意去了。

两天过去了，鸡屎猫家里不见他的人影，急得满城找人，结果在魏三春家找到人了，原来他俩出师不利，收录机被人骗去了，鸡屎猫不敢回家，除了上班，就吃住在魏家了——其实他心里还有一个不便明言的小九九：他怀疑是魏三春给自己下的套，只是没把柄，现在东西不找到，他就赖在魏家了。

这个魏三春真不简单，硬是管了鸡屎猫几天的食宿。倒是他的父亲老马识途，看出了玄机，把儿子骂了一通，领回了家。又到公安局报了案。市公安局的刑侦队长一张传票，就把鸡屎猫那个内鬼朋友的真面目给揭穿了。原来这个内鬼朋友，反了鸡屎猫的水，帮他的另一帮狐朋狗友骗了鸡屎猫。

此事在鸡屎猫的画界朋友里成了一个天大的笑话，他们给他总结了句话，说是：画虎画皮难画骨，知人知面难知心。

四、聪明反被聪明误

鸡屎猫一直生活在社会底层，不是说他的人生没有机会，只是他几次都没有抓住机会。如前面叙述过的升学、招干等，都因他的"作"而与机会失之交臂。机会一旦逝去，这个人一般都要好多年与机会无缘，不仅如此，相反，命运还会惩罚这个有眼不识机会的家伙——在他身边布置诱惑与陷阱。唉，这就是命运的旋律，这就是生活的哲学，鸡屎猫当然不能例外。

鸡屎猫上了内鬼朋友一次当，也就缩小了交际圈子，专注于与一些年龄小、阅历浅的青年交往。有段时间，他与一个高三的学生过从密切，这个学生是想学美术专业的，马上就要高考了。鸡屎猫爱他的才，经常给这个学生一些帮助，如送一些笔墨纸张给这个学生，这个学生也就“大哥大哥”的叫他。

聪明人容易心旌摇动，有时一念之差，就会断送了自己的前程。那个高三学生在一次与同学郊游时，发现一个单位有一台大彩电(那时彩电并不多，多的是黑白电视)，单位门卫形同虚设，他不禁动了邪念，想把它偷了来。他找了他的鸡屎猫大哥，大哥也是聪明人，他没同意与他一道去做贼，但他一直在留心这个小弟的花花心思。

一天，当他知道，自己的小弟已纠集了几个同学准备动手时，他还是跟着去了。去是去了，但他有一个原则：绝不动手偷，还不允许小弟们把赃物寄放到自己家里去。既不去参与，为什么要去旁观呢？他有他的盘算，他知道：这些学生偷了这台彩电，肯定会要卖的，他要知道这台电视的下落，如果他们真的做得天衣无缝的话，他还是想把这台彩电买下来的，就像自己买那台四喇叭立体声收录机一样，拣个便宜也未尝不可。

只是，人算不如天算，聪明的小弟栽了，案子破了，人被抓了，赃物被没收了。聪明的大哥也没逃脱，几天后，鸡屎猫也被逮了起来。人家公安局考虑的是：那些人是学生，你年龄大些，你在场，肯定是主谋，是幕后操纵者。当时正是“严打”时期，早有风声出来了：要判为首的8年徒刑，而且非鸡屎猫莫属了。挨了几顿臭打后，鸡屎猫已经完全绝望了，他只能听天由命了。

正在这山穷水尽之时，不料又柳暗花明了。那天晚上同鸡屎猫一道“旁观”偷东西的还有另外一个青年工人。只是这个“主犯”的姐夫是本地政法系统的负责人，鸡屎猫家里没人说得起话，但这家人说得起话，何况人家小舅子的确没动手偷东西，而且碰都没碰过那台电视机。最后，法院的判决还是实事求是地判了那个高三学生8年徒刑，而让两个青年工人劳教了两年。

阴差阳错，聪明的鸡屎猫就是这样在自己人生的辉煌时段，又走了一步臭棋，以致今后的人生之路还要更艰难。

五、借酒使性，浑身是胆

小人物有小人物的活法——他们本应活得小心谨慎、战战兢兢，但小人物有时也会把自己当大人物看，这时他们往往会异化成“老子天下第一”。这种巨大反差，如果不是外部环境的改变，那么就是内心世界的改变，例如使酒任性，就能造成内心世界的骤变。

鸡屎猫的二哥要找对象了，女方家庭条件好，父母是退休工人，膝下就一个女儿，但也有不利的地方，女孩子长得不好看。二哥是个没主意的人，听凭父母摆布。但是，鸡屎猫不同意二哥这门亲事。

让鸡屎猫不能容忍的是：大哥不跟他商量，也同意父母的意见了。三兄弟中本来自己最聪明，父母也最相信自己，怎么这次却一边倒，没有参考自己的意见了？

终于来了一个机会，隔壁的大妈说自己娘家有个妹子很能干、很漂亮。于是，他闻风而动，悄悄撺掇二哥到乡下去相亲。

目的地是离家不远的郊区，来到女方家，女方的好客很让鸡屎猫感动：下塘打鱼，杀鸡买酒……可就是没见到女孩子人影，不禁让兄弟俩有些纳闷。快到吃饭时，女孩子才回来——原来，女孩子到地里干活去了，女孩子见家里来了两个客人，只是腼腆地笑一笑，就匆匆忙忙地进屋里踩动缝纫机，抓时间做女红活去了。

酒饭办好了，女孩家让兄弟俩坐了上席，大家轮流劝酒。二哥人老实，说自己不会喝，逃过了劝酒关。弟弟本来也只二两酒的量，却因盛情难却，一杯又一杯的喝。喝醉了，话就多了。

“你家姑娘，好能干呀，屋里屋外的事都会干”。

“你们郊区条件也不差，比我们城里还要好得多”。

“我二哥人老实，我们家里个个都好打交道，我们家个个都有工作，我们在城里也算上等人家了”。

“我们家有三间房子，二哥结婚了，就可以住在家里，父母还可以照顾他们”……

正在他说得高兴时，女方的哥哥插了一句话：“你们不是在城里也找好了一个女孩子吗？”

“没，没有”，鸡屎猫急忙解释道，“那女孩子难看死了，我不同意”。

末了，他还伸出头来朝对方说了句悄悄话：“我们家里，我可以拍板的。我父母没什么说的，以后倒是要提防我们的大哥就是了”。

事情就这样定了下来，回到家里，鸡屎猫的酒醒了。思量自己板也拍了，总不能说话不算数呀，就先做父母的工作，再到大哥那里游说。

好不容易，总算把这件事搞定了。只是福兮祸所伏，鸡屎猫帮他二哥拣了一个大便宜，但也埋伏了自己的麻烦事儿。

六、将庖代进行到底

鸡屎猫当年自己还没结婚，却少年老成，为他的二哥策划，娶回了自己的二嫂。进门的二嫂的确能干，她一入家门，就改变了家里生活的内容与生活的节奏。当年的城里人不会做生意也羞于做生意。加上这一家人都有铁饭碗，大家都是按部就班地生活着、工作着。二嫂不同了，因为自己还没有城市户口，没有正式工作，她看准了家里离火车站近的优势，就天天到火车站门口摆起了流动的茶水摊。

不做不知道，一做吓一跳，一个月下来，二嫂挣的钱，是家里所有“铁饭碗”都不能比的。鸡屎猫的兴趣来了，早上他义务为二嫂摆设摊点，下午义务收拾摊点。后来，二嫂忙不过来了，他又动员自己的母亲在家里烧开水，然后亲自送到摊点去。

火车站卖茶水的也有竞争，有的人看到生意好，就用自来水冒充凉茶卖，但她二嫂人精明，从不这样做。鸡屎猫性子暴，常常帮二嫂抢生意。文一点时，他会大声招揽生意：“喂，这里的茶是真正烧开的呀！”——而那些用自来水冒充凉茶的缺德小贩，常常对他侧目而视，却又敢怒不敢言。武一点时，他会冲到抢生意的摊贩面前，摩拳擦掌，咬牙切齿地说：“你缺德，拿自来水卖给别人喝”，硬要把别人的生意抢过来才罢休。

二嫂特别感激的是，鸡屎猫每天还帮她清理零钞，钞票码得整整齐齐的，再交给她——这个兄弟真是没有私心。

火车站前的一段无序而争争抢抢的生意没做多久，就被城管给取缔了。鸡屎猫可是窝了一肚子火。后来，二嫂又改行，在街边削甘蔗卖，鸡屎猫虽谈了女朋友但还没成家，下班没事，就去帮二嫂削甘蔗。

卖甘蔗的小贩总是要躲着城管的，小贩眼疾手快，提着篮子，挑着担子，一边干活，一边还眼观六路，耳听八方。这样的游击战总会要影响生意的。鸡屎猫不同，常常要二嫂到人多的地方去打阵地战，并说：“不怕，有我在这里”。反常的举动往往也能出奇制胜，大街上公开削甘蔗卖，这不明摆着是来者不善，善者不来吗？有时也有城管人员视而不见，不来过问。

常在河边站，哪有不湿鞋；常常走夜路，哪能不碰鬼。有一次鸡屎猫栽在城管手里了。那天城管可能是有备而来，上来几个大个子，要没收二嫂的东西，碰巧鸡屎猫正好下班来关照生意。一见如狼似虎的城管如此对待自己的二嫂，不由得怒火中烧，二话没说，冲上来就抢篮子，抢刀子。城管也往回抢，不小心，锋利的刀刃把一个城管的虎口划开了，见对方手上鲜血直流，鸡屎猫也吓傻了，丢下刀子就跑了。

他是跑了，但二嫂是人家的人质呀，一审一问，二嫂就把城管带到自己家里，把鸡屎猫给活捉了。

鸡屎猫被抓到城管后，挨了一顿狠打，他自己说“打得我下身都流精了”。打了还不算，他还老老实实地叫自己的女朋友“赶快交500元钱给城管，好让我出来”。女友不同意交钱，他发火了，骂道：“我人都快被打死了，你还要那钱干什么呀？”

鸡屎猫出来后，他的老父亲心痛儿子被打，要出面找城管的上级告状、讨说法。领教了城管厉害的鸡屎猫说：“算了，找他们没用”。但父亲还是去找了，最后，上级部门用了折中的办法来处理这事，从鸡屎猫交的500元钱中退了250元钱给鸡屎猫，让他也去看病。

哎，鸡屎猫呀，你是个小人物，何必不安分守己，何必要硬拗呢？

七、一失言成千古恨

凡人有烦事，烦事缠凡人，凡人与烦事常常结缘。烦事把凡人改造成庸人，凡人在烦事中尽做傻事。真是：浑浑噩噩的凡人、浑浑沌沌的烦事。

前面说到鸡屎猫“不蒸馒头蒸口气”、“江湖义气第一桩”、“画虎不成反类猫”、“聪明反被聪明误”，以及越俎代庖等等烦琐故事，揭示着：一个机灵鬼正在一步步变成背时鬼。尤其在被城管打了罚了之后，运气更是急转直下。

鸡屎猫过去总炫耀自己聪明能干，没想到那些狗日的城管硬是让他在女友面前彻底丢了面子。于是，他就总忍不住在女友面前骂一下城管——其实这是他的不聪明，他这样做虽然心里的气是顺了一些，但常让女友感觉难堪。

有一次，他又犯这个毛病了，女友白了他一眼，说：“你不说这些不行呀”。鸡屎猫一下子感觉到自己在女友面前没了面子，不禁脱口而出：“怎么不说，本来这些人就是一些土匪嘛”。女友不高兴了，说：“别人是土匪，怎么没有去劳改、劳教呀？”这一下刺到了他的痛处，先一时语塞，后竟然像小孩子一样赌气说：“劳教又怎么样？”

女友一赌气就走了，而且以后再不和他见面了。鸡屎猫不禁想到了女友的种种好处来：自己劳教回来，女友并没有嫌弃他——因为她太喜欢他的才气了。女友的父母是国家干部，她是顶着多大的压力才和自己好的呀。可是这一次，女友把他送给她的一些画作都退回来了，这不明摆着要分手吗？

对方的门都让他踏破，要说的好话都让他说尽，女孩子就是铁了心，不和他好了。鸡屎猫后悔得打自己的嘴巴，骂自己多嘴。有时他还后悔：人家女孩那么主动，这么长时间，这么多机会，自己竟然没有主动和她“好”上一回。

鸡屎猫此时的伤痛比挨公安和城管的打厉害十倍！这事让他的一个女同学知道了，赶来批评了他一顿：“你就是不会回避过去的事，不体会别人的感受！”鸡屎猫知道女同学这是话中有话，更不好受了。唉，好多年前，这个女同学对自己也有意思，只是为了帮那个倒卖服装的广州女孩子，让这个同学埋怨他“花心”。其实，他根本没那方面的意思，纯粹是江湖义气呀。

女同学自告奋勇，去找他的女友做工作，结果垂头丧气地回来说：“没希望了，她说你这个人没有羞耻心”。

这个损失对鸡屎猫是隐性的，如果找了这个女孩子，以他个人的才能，凭女友的社会关系，在那个看重背景、重视裙带关系的社会环境中，他说不定有改写自己命运的机会啊。

唉，真是一失足成千古恨，不，其实应该是“一失言成千古恨”！

八、一时火铸万般错

凡人有凡事，凡事生烦火；烦火不是三昧真火，于事无补，于己有过。鸡屎猫是凡人，凡人不顺心的事本来就多，如不节制当然会频频发火。他放着身边的大学不进，偏偏就要进名校，是心中有火；冲进领导办公室，拿走罚没走私商品，是心中有火；卖甘蔗与城管发生冲突，是心中有火；错失好姻缘，还是心中那把无名火。

发火，能否烧到别人，必须考量以下条件：一是不能挑战社会秩序，二是要凭实力说话。如阿 Q 可以向小 D 发火，就不能向赵老太爷、假洋鬼子发火。鸡屎猫大概不懂这个规律，所以总是吃亏。

鸡屎猫住的那条街上有一个称霸一方的纨绔子弟，仗着父亲是市里的干部，喜欢惹是生非，而且他手下还有一帮子小混混，所以这条街的大人小孩都让着他。举个例子来说，这帮小混混经常喜欢围成一堆，把大家进出的小巷口堵个严严实实。大人要经过，陪个笑脸，说个“借光”也就过了，也有不肯说“借光”而说“你们这些捣蛋鬼”的——其实那是装疼爱，是大人的撒娇。碰到小姑娘说说好话也放过了，只是对那些和他们差不多大，没入他们圈子的小青年们，就不那么好说话了。这条小巷里有两个小伙子是看不起这帮人的，一个是鸡屎猫，一个是狗儿。

狗儿为此事头痛过一阵子，后来他想了一个办法，一劳永逸地解决了这个出入难的问题。他通过七弯八拐的关系，请来当地一个有名的足球运动员到自己家里来玩，他引着这个运动员和几个朋友一道往自己家走，结果就碰上这帮挡路的。只见那个大块头运动员，摇头摆脑，嘴里还哼着“莫斯科郊外的晚上……”先是侧着身子挤进小混混中间，然后，腰部一摆，屁股一扭，这帮小混混就一个个东倒西歪地让出了一条道来了。双方竟然没有发生任何冲突，从此，狗儿就取得了在小巷口自由行走的权力了。

此事对鸡屎猫是个启发，他觉得自己也有的是力气，而且自己的智慧不比这些小混混差，于是他也想东施效颦一下。那天下班回来，他也碰到堵路的，于是，他也不打招呼，不请安，就大摇大摆地想冲过去，没想到的事发生了，双方发生了争吵。最后，鸡屎猫和为头的打了起来，其他的小混混看到是鸡屎猫，不敢上，只是大叫：“鸡屎猫打人啦”。两人单打独斗，互有损伤，只是那纨绔子弟的一件衬衣被撕破了。

最后，因为众多证人都说是鸡屎猫先动的手，而鸡屎猫的父亲又是对方父亲的部下，最后还是父亲陪着儿子到对方家赔礼道歉，还赔了一件新衬衣。

有了这次交锋，以后鸡屎猫出入不是躲着这帮刺头，就是低三下四地“借光”。鸡屎猫的母亲为此事，给儿子起了一个外号，叫他“一铳药”，意思是：脾气开始大得很，就像火药一样，一点就着，但脾气发过后就蔫了。

最离谱的是，鸡屎猫有一次竟然和自己的亲叔父扛上了。他到叔父家去玩，正好碰上吃饭，叔父就叫他一块吃饭，叔侄两人开始还喝酒干杯，后来一句话冲撞了叔父，气得叔父拍桌子，没想他也拍桌子。叔父一气之下，扇了他一个耳光，鸡屎猫借着酒力，也回敬叔父一个耳光，然后跑走了。

这一下祸闯大了，弄得父亲大骂儿子，要他去认错。父亲带着儿子去叔父家时，竟然叔父全家人都不见了。叔父去了江边，大哭，要寻短见。吓得鸡屎猫跪在叔父面前，头如捣蒜，不断地磕头赔不是，最后，费了九牛二虎之力，把叔父从河边背了回来。

自此以后，鸡屎猫和堂弟堂妹的关系也就迅速冷却下来了。

九、晒棉衣

鸡屎猫，是一个虚构的人物，我对这个人物的构思有一个过程：我见过太多的起起落落的小人物，他们聪明可爱而又愚蠢可恼，侠肝义胆而又狡诈冷漠；自以为是而又自怨自艾；不甘沉沦而又自甘沉沦，拼命挣扎而又听天由命。

有段时间，这些人物在脑子里杂乱登场，他们有的是我的邻居或街坊，有的是我的同事，有的是同学，有的是过去听来的现在又浮现出来了的人物，有的其实就是亲朋好友，我太爱他们，太同情他们，但不佩服他们。我想记录这些小人物的小事情。只是，零散的记录难以成文，于是，就把这些人的嘴脸、行事杂交到一起，起名叫做“鸡屎猫”，以便让相同的人物类型化，表明这是一群可爱、可怜、可惜、可叹、可恼的小人物的集合体。

闲话少说，言归正传，咱们还是继续编派鸡屎猫的故事。人说“三岁看到老”，意即：一个人小时候如此，长大也就会这般。

的确，鸡屎猫小时就是个聪明人，但他的聪明中也透出不聪明。少年的鸡屎猫，家里穷没有什么玩具，他会用竹片削成一个蜗片，中间插一根小竹棍，就成了一个竹蜻蜓，用手一搓小竹棍，这个竹蜻蜓就旋转着飞上了天，引得周围的小伙伴个个求他帮忙做竹蜻蜓。但他也有点任性，不愿意多做。所以，他也有点不合群。

不合群？他才不在乎呢。他又发明了自制石灰炮来玩。他找来一些小口的玻璃瓶，里面装入生石灰，再往里面倒水，自己转身跑开的同时，玻璃瓶“砰”的一声炸裂，又响又脆，引得小伙伴跟着他转，又怕看又想看。

马有失蹄，人有失手。有一次，鸡屎猫失手了，让自制的石灰炮炸了个满脸花。那一天，很多小伙伴围着他，观看他的杰作，却不见石灰炮炸响，他急忙跑过去查看，可是，正在他走近时，这瓶儿炸了，石灰水溅入眼中，痛得他哇哇大叫。聪明人总有聪明法子，他一边叫唤着，一边冲向了附近的自来水龙头，拧开水龙头，把头伸到下面，任自来水冲洗眼睛。据说，他的眼睛有好几天不能看东西，但后来却没有问题。有人说：当时如不是这样处理，鸡屎猫的眼睛肯定瞎了。

鸡屎猫的家离江边不远，夏天孩子们都喜欢瞒着父母去江里玩水，他的父亲怕他玩水，有一个绝招，就用自己的私章在儿子的背上盖上戳记，只要他下河洗澡，那印泥自然就没有了，所以免不了要挨打。

吃一堑长一智，鸡屎猫后来想出了对付办法，每天在河里洗完澡，他就到一个小伙伴家里，央求小伙伴父亲拿他的私章在自己背后上盖章，他说："背上盖红印好玩"。他这特殊爱好常常逗得这位家长好笑，也乐于为他盖章。私章名字不一样没关系，他有他的办法，在外面跑一跑出一出汗，或者往背上浇一两滴水，让名字模糊下来就行了。

江南的冬天，如果出太阳，江边也是孩子们玩耍的好地方。在一个艳阳当空的冬天，鸡屎猫在江边的木排上跳呀叫呀，好不开心，可是一不小心，从木排上滚到江水里去了。一身棉衣全给浸湿了，他浑身发沉，这才知道自己这么笨，怎么也爬不上木排上来了。聪明的鸡屎猫放弃了硬爬的念头，他拼命抓住木排上一根牵到岸上的蔑绳，攀着蔑绳向岸上退，终于脱险了。

大难不死的他，一点也高兴不起来，他知道自己这样回去，肯定要挨打，怎么办，他又想出了一个办法：先脱个精光，把衣服拧干，铺在木排上晾晒，可是冬天的江风刺骨的冷，他又把衣服穿上，躺在木排上连人连衣服一块儿晒。

晒是晒不干的，母亲发现儿子吃饭还没有回，找到河边，拧着他的耳朵，拉了回来，好在父亲当天因工作忙没回家，心软的妈妈把这事瞒了下来。

如今的鸡屎猫已年过半百了，少年的同伴有时也拿他晒棉衣的故事来取笑他。

十、可爱的口头禅

在作重大决策时，鸡屎猫爱说："这个队伍我当家"——其实是为自己鼓气壮胆。一次，他托关系，找门路，好不容易从木材公司买来一批木材，其中还有一些好木材，如水曲柳、香樟木。父亲劝儿子说："先把这些木料存放着，让它们晾干一些，等你找好了对象时，两人商量再做家具"。

鸡屎猫有个朋友的父亲是个乡村木匠，经常来城里打工，有段时间，木匠住在儿子的单身宿舍里，闲着没事做。他就对朋友说："你父亲有空的话，就帮我做一套家具吧，吃住都由我来解决——这个队伍我当家"。那位朋友正为父亲的食宿犯愁，而且也乐于帮鸡屎猫的忙，就说："可以呀，那工钱就不用算了，算咱们朋友帮忙的"。

鸡屎猫把这个朋友的父亲领回家来，家里好酒好菜款待。他就开始自行设计家具式样了。由于他是搞画画的，几样家具的图纸一下就画出来了。他参照了当时流行的式样，又自己做了改动。正在他为自己的设计得意洋洋时，木匠提出意见说：“你这组合柜有问题，它虽然好看，但稳定性差”。这时鸡屎猫的父亲也发言了说：“这东西做出来，摇摇晃晃的，人都会打死的”。鸡屎猫说：“不会，这里面要放东西的嘛，放了东西，那不就稳定了吗？”父亲知道儿子的脾气，又劝道：“你就做一个书桌，以后的家具等有了女朋友再做吧”。鸡屎猫想也不想地说：“我说行，今后的女朋友就不能反对——这个队伍我当家！”于是，家里再没有反对意见了。

鸡屎猫的家具做好之后，也曾让邻居、同事看过，他总是从美学的角度，吹嘘自己的设计如何好，只是看的人没几个同意他的意见。知道别人对自己的杰作没有兴趣时，他又自我解嘲地说：“这个队伍我当家”。也有不怀好意的人冷言冷语地说：“你那队伍不知道今后谁当家”。

以后的事情真让那人说中了，后来鸡屎猫找了一个女朋友，女朋友竟然对他做的家具一样都不满意，他又得重新想办法再做一套家具了，而且这先前的家具还要想办法处理出去。要知道，当时要搞到做家具的木料，是一件很困难的事，还要知道，当时的鸡屎猫工资并不高，要打一套新家具，等于让他财经预算大出血。为此事，他没少挨父亲的骂。

面对这样的尴尬，鸡屎猫还有一句很不错的口头禅：“我是从不后悔的”，其实了解鸡屎猫的人都知道，凡是鸡屎猫讲“不后悔”时，必定是他最后悔的时候，只是他从来不把自己的后悔亮给别人看。这正如他说“这个队伍我当家”一样，只是用来给自己壮壮胆，请求别人不要干预罢了。

十一、兄弟反目

鸡屎猫的工作单位，原来是个很有名气的大型国有企业，后来败在一个厂长手里。在产品销路很好时，这个厂长以“扩大沿海市场”为理由，委派心腹在广东境内办了一个组装、销售的分厂。分厂台面上轰轰烈烈发展壮大，台面下急急忙忙转移财产——总厂的原材料、产品零件及产品都在明目张胆地腾挪出去。几经折腾，老厂奄奄一息、气数将尽，厂长退休之后，悄悄带着他的技术资料、客户信息，到深圳办起了一个同类的厂子，由于厂长懂行，加上私营企业管理成本低，过不几年，就把老厂给挤垮了。气得鸡屎猫天天骂厂长。

工厂要破产了，折价3000万卖给私人，鸡屎猫是聪明人，一眼就看出了这是厂里的几个中层干部趁火打劫，假外人之手，贱卖国有资产。他逢人就说："我要是有钱，愿意用6000万元买下厂子……"附带还要骂一句："妈妈的，这些当官的没有一个是好的"。

工厂卖了，鸡屎猫的工龄被买断了。得了几万元，他天天喝酒解闷，一天到晚在想：今后这日子怎么过？

转制后的工厂贴出了公告：新老板要以出卖股权的方式集资来启动生产，原厂职工可以买500股。好多刚拿了"买断工龄"钱的同事，纷纷买了新厂的股票。可是鸡屎猫不愿意买，他说："刚发给我的这点钱，就给这些新资本家骗了去，我才没那么蠢呢"。

他的二哥不是这个厂的，见他不买股票，就找到他，要以他的名义买下那500股，鸡屎猫同意了，但还教育了一下他的二哥："你今后吃亏了，可别怪我呀"。

时易事变，没想到，一个破产企业，一改制就盘活了，股票看涨，鸡屎猫的二哥买股的钱不到一万，没成想一下打了几十个滚，变成三十多万了。

鸡屎猫找上二哥，要借五千元做生意贩卖水果，并说："这次只要到广东进一批香蕉，我就可以对本挣"。可是，他的香蕉运来后，正赶上接连几天的暴雨，香蕉卖不出去，又要租场地，又要买蓬布遮盖，最后这批水果烂了不少。鸡屎猫赔本了。

赔了本，还得做生意呀，他又找二哥借钱，可是这次二哥不肯借了。鸡屎猫大发雷霆，数落起二哥来了："你那三十多万元钱真的是你的呀，那是我的呀，你是借我的名义发的财，就不记得我了！"火气越烧越旺，还说"我要收回股票，退一万元钱给你"。没想到他二哥反唇相讥："你不给我买，我不会找别人呀，反正当时好多人都不想买，我买股票，我是自己担了风险的，凭什么把股票退给你呀？"

后来，兄弟两人还打了一架，鸡屎猫发毒誓："我以后讨米要饭，也不找你了"。这兄弟俩真的一刀两断，断绝关系了，只是那五千元钱的借款也就不了了之啦。

虽说是鸡屎猫沾了五千元的便宜，但他并不认为是自己沾了便宜，反而总觉得二哥沾了自己好大的便宜。

不久，改制后的私营企业，国家要收回，而且收回的代价竟然是3个亿，三千万转眼就成三个亿？鸡屎猫一眼就看出了：这是私营业主在耍花招，揩国家的油。看看这些曾也和自己一样当工人的新资本家，论能力、论技术、论胆量都在自己之下，怎么一下就成了人上人了？这些人写不能写，画不能画，肩不能挑，手不能提，在工厂改制问题上翻云覆雨，日进斗金，他心中有气！

不平则鸣，他找了一些命运相同的工友，到省城告状，告那些昔日的工友、现在的老板，指控他们贱买贵卖国有企业，对国有资产两头吃。

鸡屎猫俨然成了一个打抱不平、替天行道的侠客了。没想到，他这一告，还真的起作用，国家停止了回收，司法机关介入调查，还抓了十几个策划此事的当事人。

这时，鸡屎猫有点高兴了，他逢人就讲："当官的都抓起来了，那些买股票的人迟早给我把钱吐出来。我没沾到一点好处，别人也就别想得太美了！"不过他二哥也传了一句话出来："要我退钱没门，我不偷不抢，股票收入是正当收入，看谁敢动我？"

中国的事情原本就是如此：开头雷声大，后来雨点小。只是鸡屎猫是个执着的人，皇帝没拉下马，他是死不瞑目的。别人趁火打劫捞了一把，连自己的二哥都分了一杯羹，可自己却没份，他才不会老老实实收兵的。于是，有段时间他调查了工厂破产、改制、再次收归国有中的所有猫腻，并且还收集了老厂长转移国有资产的罪行，他要大干一场。

后来，听说老厂长高薪聘请鸡屎猫做自己工厂的技术指导，加上他不想看见二嫂像个讨债鬼一样，三天两头找自己讨要那 5000 元钱，他就远走高飞到深圳去了。

鸡屎猫现在何处，这是一个谜。

老刘那两招

（一）损招

退休工人老刘，年过花甲，但眼不花，耳不聋，吃得饭，喝得酒、打得牌，练得剑——纯粹一个乐天派。老刘闲来无事就喜欢吹自己当年的一些“英雄事迹”。不过，都是些对付街头小混混、帮街坊邻居打抱不平之类的鸡毛蒜皮的事儿，也没什么可以记载的，倒有一桩小事，能看出老刘急中生智、胆大妄为，也能折射当时社会风貌。

1980年这一年，老刘过得很不爽，快近年底了，儿子的工作还没有着落。前不久厂里要在职工子弟中招两名工人，他的儿子考了第一名，让他高兴得回家连喝了两盅，还夸奖儿子“争气，考得比生产科谢科长的女儿还好”。可是好景不长，厂长说那次考试不算，理由是：“参加考试的子弟有的是高中生，有的是初中生，都考一样的题目，不公平”，气得老刘指着厂长骂了一句：“你这厂长心术不正”。

第二次考试，谢科长的女儿是初中生中的第一名，老刘的儿子考了个高中生的第四名。厂长在全厂大会上表扬谢科长女儿说：“是金子就是金子，是狗屎就是狗屎”。老刘气得回家饭也不吃，还打了儿子一个大耳光。儿子挨了打，老伴不高兴了，找了劳资科长要看考卷，这一看不要紧，原来劳资科长把老刘儿子的考号与另一个子弟的弄反了——儿子是高中生的第一名。看来还有戏，老刘又高兴地喝了两盅。

天有不测风云，人有旦夕祸福。正在这紧要关头，厂里一个技术骨干病故。厂长召开专门的招工工作会议，会上一致通过：这次招工的两个名额中的一个给这个骨干工人的弟弟，另一个就取这次考试成绩的总分的第一名。唉，老刘儿子的总分没有谢科长女儿高，落选了。

老刘吃了一个哑巴亏，他一改常态，也不跟厂长吵了。如影随形，天天跟着厂长，只说“请厂里看我在厂里工作22年的份上，家里人口多，有实际困难，帮我搞个指标……”

厂长被他跟烦了，天天躲着他。12月31日，是这一年的最后一天，厂长吃了中饭要到市里去，他也跟着上了车。这一跟他才明白：厂长是到市劳动局给两个新招进厂的子弟办手续去的。厂长看他明白是怎么回事了，干脆告诉他：“今年没有你的指标了，明年再想办法”。老刘不吵不闹，跟着厂长，厂长坐在劳动局的办公室烤火等上班后就办手续，老刘也靠着厂长烤火。正当厂长靠在椅子上迷糊时，老刘偷偷地从厂长的衣服口袋里拿走一份招工表，就坐到另外一个办公室烤火去了。

劳动局上班后，厂长才发现丢了一份招工表，当时招工不仅有指标，而且还有时间限制，这半天不办好，明天也就是明年了，厂长不是空忙一场？急得厂长出了一身冷汗，厂长首先想到的就是老刘，找到老刘，老刘也不否认，用手指指自己的胸脯，意思是“就在这里，你也别想拿走”。厂长马上打电话从厂里调来两个年轻力壮的工人，交代：“无论老刘到哪里，都要跟着，表要丢了，唯你们是问”。害得两个工人跟着老刘在院子里东逛西逛，还不停地去厕所，老刘烤火时，只要手往胸脯伸，两个工人就紧张——怕他把东西往火炉里丢。

老刘也怕意外，打电话叫来自己的外甥、侄儿们来护驾，要他们“远远跟着，没人动我，你们就不要乱动”。

事情一直僵持了两三个小时，厂长沉不住气了，开始妥协。不断打电话给上级主管——市机械局，又和市劳动局协商。折腾了半天，硬是经市里同意，从市政府的年度退伍军人安置名单中给了厂里一个指标，解决了老刘儿子的就业问题。这时，老刘才将怀中的那份招工表交了出来。

事情过了这么多年，儿子只要跟老子发生矛盾时，老刘就拿出他的杀手锏来对付儿子：“你知不知道你的工作是谁给你找的？谁给你这个饭碗的？”

老刘呀老刘，现在还是这样。天天都可能遇上烦心的事，但天天都要寻机会快乐快乐一下。一快乐，他就得喝上两盅。

（二）臭招

老刘曾在极其困难的情况之下，化被动为主动，用出人意料的招数，战胜大权在握的厂长，取得招工斗争的决定性胜利，为儿子进厂当工人奠定了坚实基础，让他在家里的威望如日中天。然而，马有失蹄，人有失手，老刘在一次不经意的公关活动中败走麦城，以致让他这个向来说一不二的当家人在家里失去了话语权。

这事还得从老刘每天晨练说起。老刘退休之后，每天早晨要到公园练上一个半小时的太极拳、太极剑。拳友们在一起打拳练剑，总得有个为头的，大家看老刘平时热心，就推举他来管一管事——其实也就是管那一部收录机和一些录音带而已。可是老刘高低不肯，理由是“我年纪大了，找个年纪轻的”。这一来，就把担子推给了王大姐。

因为这事，老刘总觉得对不起王大姐，好在老刘精明，经常帮王大姐提录音机、换录音带。

有次，王大姐和张大姐提议“我们早上打太极拳，晚上也可以到江边散散步呀”，老刘马上响应，自那以后，这帮拳友又成了散步的“走友”。

没想到，老刘大意失荆州。有天晚上散步分手时，老刘特别关照了一下王大姐，说“今天你的邻居没来，个人回家不安全，我送你一下”，经过自己的家门不进去，又往前走了一段路，把王大姐送到了家。哪知，他们两个人在经过老刘家的窗前时，被他的老伴看见了。老伴一直目送两人边走边说，消失在昏暗的路灯下。

老刘回家后，家里发生一场不大不小的战争。老伴一连串的进攻：

“你跟谁蹓马路了？”

“难怪上次有人送蔬菜给你吃，说什么自己种的，是不是刚才这个人？”

“你上次说到公园喝茶，是不是就她一个人？”

“你……”

老刘赌咒发誓，最后老伴还是将信将疑。这正应了一句俗语“黄泥掉到裤裆里了，不是屎也是屎”。从此以后，老刘再不散步了。

成也麻将，败也麻将

我的友人七哥平时别无嗜好，唯好麻将。对于麻将这一尤物，他真的是：一天不打手发痒，二天不打心发慌，三天不打坐立不安。他说打麻将好，他的理由很充足，为此他给我讲了下面这个很私秘的故事。

七十年代中期，他在一家工厂当工长，因为工作出色，破格提拔当了厂长。他当厂长后，工作又干得出色，被调到市直机关一个新设立的机构当干部，办公室只有三个人：正、副科长和他这个科员。机构新成立，许多工作都是由他来办，而且他还出了许多好主意。

正当他春风得意之时，他因一时失误，被动地卷入正副科长的权力斗争之中，在官场倾轧中被废了武功，从此再无抬头之时。后来副科长被调走，正科长天天给他穿那种透明的小鞋儿，他有苦难言，心情特别郁闷。一个求上进的年青人，处于那样的境地，只能用“胆颤心惊”、“如履薄冰”来形容。这样的环境，最容易得病，他不久就发现自己经常耳鸣，而且经常失眠。去医院一查，可不得了——他得了严重的神经官能症，那种整夜不能入睡的痛苦，弄得他心情沮丧到了极点。

在万念俱灰之中，他学会了打麻将。而这一次涉入，让他突然开了眼界，把全副精力都投入到了这种能让人忘却病痛的快乐之中去了，他再也不关心官场的得失和荣辱了。他甚至还能幽默地用“点炮”、“开胡”对生活中逆境、顺境进行总结与点评。

然而事情就这么怪怪的，他不关心单位的事儿了，他的上司反而对他宽松了——也不给他小鞋穿了。他一下子悟出了点什么，“哦，原来你的上进就是对别人的威胁，只要你不求上进，那就好像在战场上把枪高高举起，别人就不用提防你了”。他在机关安于现状，有如一条小鱼自由地游戏于平静的水中。五年之后，奇迹出现了，他的耳鸣消失了，失眠减轻了，头不痛了，从此，他又每天都用快乐无比的心情去机关上下班了。他总结了一句生活经验：“赌，并不见得让你家财万贯，但一定让你心宽体胖”。

凡事有利就有弊，旧的矛盾消除了，新矛盾又出来了。多年的麻将人生使他失去了对周围情况的敏感与关心。他竟然没有发现自己的科长最近失眠了、消瘦了、不爽了，也不知道局领导班子要大调整了。等他发现科长退休了，新局长上任了时，新的领导早已把局里干部的情况摸了一个透，该撤的撤了，该提的提了——也不知是因为他的工作本来就平平常常，还是因为他没有在新领导面前表现自己那被压抑的才能，反正没人赏识他，没人提拔他。

最窝心的是，读高三的儿子学习成绩下滑了。本来是年级前十名的他，现在竟然外语不及格了。想想儿子从小学到初中、高中一直优秀，怎么就一下子掉队了呢，七哥下决心查个水落石出，这一查，才知道儿子迷上了电脑，儿子现在还是网络游戏界的一个够级别的名人呢。高考快临近了，父子俩进行了一番推心置腹的交谈。父亲说：“儿子呀，你就不要再上网了吧”。儿子说：“老爹呀，你能做到不打麻将吗？”交谈不欢而散。

七哥对于生活，现在又有了新的领悟，他说：“赌，不一定使你一贫如洗，但一定使你一事无成”。

贾厂长其人其事

贾厂长有时没有原则，有时又原则性很强。他原本是市机械局的一个科长，不知什么原因被下放到机关所属的一个工厂当厂长，他还兼管基建，乘机捞了一把。可是后来双规、抄家，都没有在他家找到值钱的东西来，因证据不足没把他怎么样。

他主政时，厂里参与市机械局新建职工住宅楼工程，那时建房都带福利性质，住房设计分三个等级：一等 75 平米，为厂级或科级干部所住；二等 65 平米，为车间级或股级干部所住；三等 55 平米，为一般工人所住。房屋建好后，二等、三等的房子都分好了，就剩一个 75 平米的一等房了。因贾厂长以前在妻子单位参加过分房，而且所分的房屋规格和面积都较厂里的好些，所以他表态说自己不要房子，厂里的甄工程师想要那个 75 平米的房子，但贾厂长不同意，说甄工老婆单位有房，要分房就得马上退出对方的房子，而且还要快，必须手续齐全，甄工一听，知道时间来不及，傻了眼，就放弃了。厂长决定把房子分给一个没有找对象的单身青工，但怕影响不好，就主动将自己厂的一等房与上级机关的三等房对换。这样一来，上级和下级两方都高兴，只有甄工有点意见，但也因是他自己放弃的，没多少说的。

这次分房，还有一个小插曲可以看出贾厂长处世为人的特点。为了减少分房中的矛盾，贾厂长事先搞了一个分房的打分细则，可是他考虑不周到，开始，他规定："家庭人口分"为每人 5 分，那么老工人高明家里人口最多，他不光可以分房，而且还可以挑最好的层次，这是贾厂长不乐见的。于是他又改 5 分为 2 分，可是这一改，他又损害了厂里另一个工人老林的利益，老林家里只有 3 个人，分房没有份了。他是坐过牢的，贾厂长平时就怕惹他的麻烦，于是贾厂长算来算去，最后将人口分定为 3 分。一切问题都解决了，这时他才露出满意的笑容。

还有一次，厂里按上级指示，在全厂按 40% 名额搞奖励工资，贾厂长为此事心里也苦恼了几天，因为全厂起码有 10 个人的工作不好做。例如：检验科两个检验员中只能一个人加，一个人不加，老王是老工人，厂里新产品的检验只有他能把关，而小朱是共青团员，是培养对象。类似的情况还有好几例……后来他想了一个办法：先造了一个假的加工资名册表，夹带几个假名单，糊弄那几个“老大难”。再授意劳资科长：“这个表不能公开，但要想办法让一些人看到”。到正式公布时，贾厂长再巧妙地把那几个假的换了下来。贾厂长这一声东击西战术果然奏效，工资未加之前，全厂一点纠纷都没发生，只是事后有人哭泣，有人骂娘，但那都是木已成舟，贾厂长挺一挺也就过了关。

平心而论，贾厂长为工厂不能说没有费心思，只是厂里群众对他的口碑不好。退休后，再也没人厂长前厂长后的喊他了。

他住在妻子单位的家属区，加上不会打牌，不爱串门，很孤独的。只是有一次，他听邻居老彭吹牛皮说：“你们一个月只拿几百元，我退休一个月拿一千多元”，说者无意，听者有心，当过厂长的他马上意识到问题的严重性，他只稍加调查，就弄清了事情的来龙去脉，原来妻子单位的这个老工人，以前在一个事业单位工作过，是后来调到妻子这个单位来的，但退休时，劳动局造表册时仍把他当作以前那个事业单位的人来对待的，所以享受了不该享受的工资待遇。退而不休的贾厂长只一个电话，就把老彭的工资给拨乱反正过来了。

贾厂长也在变，听说他最近也学会了打扑克、打麻将。只是听说他还没有学会跟一般工人打交道。

如何写小说

一、小说是什么

小说是什么东西？它是一种文学式样。同诗歌、散文、戏曲一样，归属于“文学”门类，具有语言艺术的共性特点——生动、形象、有美感。

小说还是记叙体的文学式样，小说的“底线”是什么？那就是叙述。因为只有叙述（包括描写），才有小说的形象可言。

小说的“目标”是什么？那就是创造。因这它不仅要源于生活，还要高于生活——像水滴反映太阳的光辉一样，它要通过叙述，让个别的生活现象反映生活中的某些本质，这是需要一种创造精神才能完成的。

小说的“元素”是什么？它们是：环境、人物、情节。

小说的“结构”是什么？它们是情节的起因、开端、发展、高潮与结局。

二、小说的特点

小说是一种记叙体的文学式样，如果连记叙的要素都残缺不全，那就不是小说了。中学语文教学讲“记叙的六要素”，新闻写作讲 5 个“W”（即：when、where、who、what、why），小说创作则归纳为“三要素”（环境、人物、情节）。其实说的都是一回事。

小说描写的环境，无论是自然环境还是社会环境都要求是鲜活而独特的，成功的环境描写是让人物形象生动起来的关键。写出环境的鲜活、独特，也就写出环境的个性来了，这能增加小说的真实性和生动性。例如同是写北方的解放区，赵树理的《小二黑结婚》、《李有才板话》就不同于周立波的《暴风骤雨》；同样是写解放前的江南农村，茅盾的《多收了三五斗》不同于鲁迅的《阿 Q 正传》。他们对当时的中国农村各有各的独特的视角和描写。

环境描写的更高要求是：要能揭示、反映某个时代或时代的某些共性特征来。赵树理与周立波的小说虽然各有各的“个性”，但却都揭示了旧农村的旧习俗与旧势力的衰落这一时代趋势。茅盾与鲁迅笔下的江南水乡也在不同中显示了一个共同点：旧中国的农村还在进一步的衰败下去。成功的环境描写能显示作者的对生活深邃的观察力、感悟力来，成功的作者要能从个别现象思考出社会问题来。

同一题材的小说中，环境既不能一模一样，却又要“一模二样”、“一模三样”。“样”是观察能力的成果，“模”是分析能力的花朵，好的环境描写既能展示作者对生活的细致入微的观察，又能展示作者对生活的入木三分的分析。以上两方面的结合，就体现了不同作者的不同的写作个性。

小说中的人物描写更是小说必须大力解决的问题，作者笔下的人物也要求个性鲜明，一棵树上没有绝对相似的树叶，工厂里同一模型做出的产品其实也不是绝对相似的。同样的道理，作者笔下的人物绝对不能和别人笔下的一模一样，即使是大致相似，这作品也是失败的，因为那是没有个性的，没有个性的人物谈不上“鲜明”、“鲜活”，谈不上艺术性。千人一面，读者就不需要读你的小说了。难怪福楼拜在教莫泊桑写作时，要求他坐在街边，观察 100 个车夫，写出每个车夫的特点来。

但是，小说不是为写人而写人，作者写人物必须有自己的对生活的看法，作者要把生活看透。但“看透”的作者又不能直接出面谈观点与想法。他要借助作品中的人物把自己的想法流露出来。这有点像古人谈诗歌创作时的说法“不着一字，尽得风流”，这样，小说才“艺术”起来了。

所以，作者不能与时代脱节，他们必须了解自己生活的时代以及这个时代的特点，甚至了解这个时代的问题之所在。这样才能让自己对生活有了发言权——让自己笔下的人物能代表一个群体，代表一种生活现象，代表自己的思想情感。

作品中的人物能说明一种社会现象或一个社会问题。这是作者观察人物之后的思想升华，是对生活现象的深思熟虑。例如，鲁迅的《阿 Q 正传》，写的是一个头上有瘌痢的、自甘沉沦而又不甘沉沦的、江南穷乡村的一个穷苦的雇农，然而他身上却折射了旧社会穷人一些陋习，还折射了旧中国大部分国民的病态心理——欺软怕硬、自欺欺人。一个能折射这么多的社会问题的人物当然是不朽的文学形象，这样的作品当然是不朽的文学作品。因为他在刻画人物时，已经有了自己的分析和思考。

以上两者(人物形象和作者思想倾向)的有机结合,再加上鲜活的环境背景,这就是文学理论上所说的"典型环境中的典型人物"。例如同是追逐金钱的守财奴,但各人还是有其不同的环境、不同的矛盾冲突、不同的社会背景、不同的言谈举止和心理活动。他们是"一模多样"的。例如,泼留希金、高老头、严贡生……爱财如命是他们的共性,但他们还有不同的个性,有的迂腐,有的多疑,有的狠毒,有的奸诈,有的猥琐……

再谈谈小说中的情节。所谓"情节",就是人物之间矛盾冲突的过程,就是典型人物在典型的环境中定型的过程,有了这个过程,小说就有了故事性,有了可读性。情节,就是对事件的起因、经过和结果的完整交代,就是新闻所说的"what"。没有了这些,那小说也就无法吸引读者了。

环境、人物、情节,三要素如能有机的结合为一个整体,那是小说成功的开始,而成功的小说,一言以蔽之就是:塑造出"典型环境中的典型人物",并使之在矛盾冲突的情节中有一个逐渐成长并丰满起来的过程。

三、小说怎么写

首先,要把小说与故事区分开来,故事重情节而轻人物形象,小说有情节,但更重人物形象的塑造。

小说的特点与结构搞清楚了,并不等于就可以写小说了,3D打印,可以做出人体模特绝不能制造出活生生的人来。写小说,还得要作者运用自己的"精、气、神",来个"十月怀胎,一朝分娩"。鲁迅谈写小说时说"留心各样的事情,多看看,不看到一点就写","写不出的时候不硬写","不相信'小说作法'之类的话……"这其实就是告诉我们:小说写法之类的东西,仅供参考,仅给事前学习时用,各人要自己去"消化"这些东西,一旦到要写小说时绝对不能照搬。如果照搬,那只能是勉为其难。"血管里流的是血,水管里流的是水",小说当然是作者的血脉喷张。

写小说,一定要有思想。小说的主题可以因人而异,但不可以没有主题。你可以是一个鼓吹田园牧歌式生活的环保主义者,你可以是一个鼓吹城市化进程的现代派,你可以是一个批判社会阴暗面的人,你可以是一个歌颂社会进步的"歌德"派或"维稳"派,主题思想和风格可以八仙过海,但都要有自己的思想。

思想从何而来？从生活实践中来。对于一个有思想、有生活感悟的作家而言，生活中的人和事、自己的经历和见闻那是取之不尽、用之不竭的小说创作源泉。

写小说，还有一点很重要，那就是你起码要具备一些写记叙文的基本功，就是说，情节的叙述要交代清楚，人物的刻画要有多种手段，起码要有对人物进行肖像、语言、动作、心理描写的功力。

关于人物形象的塑造，鲁迅曾说："模特儿不用一个一定的人，看得多了，凑合起来。"就是说，生活中观察的人物要多，而进入作品的人物要艺术再造，要精练，只有这样才能让笔下的人物反映生活、概括生活。

让人物为情节服务，那是"故事"；让情节为人物服务，那才是"小说"。莫泊桑的《项链》的主角路瓦裁夫人的故事很精彩：家境小康，却想入非非，在家里与丈夫"作"；丈夫弄来一张可以进入上流社会舞会的门票，却又没钱武装自己；后来丈夫给她一笔钱武装了她，可又没有高档的项链来进一步武装她；后来借来了项链，而且舞会上出尽了风头，可是不幸的是，舞会后把借的项链弄丢了；因为悄悄赔项链，让她从小康生活跌入平民生活；十年之后，当她得意地把事情真相告诉朋友时却被告知：自己当时丢的那串项链是赝品，并不值钱。……情节够生动了，但生动的情节不是讲故事的目的，而是为路瓦裁夫人这一人物形象的塑造服务的——把路瓦裁夫人的爱虚荣以及整个资本主义社会虚荣风气刻画的栩栩如生。

美国作家欧·亨利的《最后一片叶子》中的穷学生患重病，天天透过窗外数对面墙上的爬山虎叶子，在只剩下几片叶子时，他很自信地说：等最后一片叶子落下来，他就要死了，可是，让人惊奇的是，那最后一片叶子一直没有落，后来，这个穷学生用强大的精神力量战胜了疾病。小说最后抖包袱：那片叶子是住在这个公寓的潦倒画家在墙上画出的。这个画家因为冒雨画画，得了肺炎去世了。简单的情节却酣畅淋漓地写出了底层人民的爱心。这是一篇很有社会意义的微型小说。

初学写小说，不妨从微型小说开始，它一般是 1000 字左右，便于把握。但也有难度，因为"麻雀虽小，五脏俱全"，它要求对环境、人物、情节的描写都要适可而止，但这正好可以让作者发现自己语言上的短板，迫使作者去思考如何处理内容的"质"与语言的"形"这对矛盾。

这里，不妨以本人的一篇微型小说《小站故事多》来说明问题。这篇微型小说 1000 多字，写一个小火车站、一个铁路工人家庭的故事：敬业爱岗的老站长和他的泼辣的妻子，这样的环境和这样的人物反映的是铁路系统忠于职守的一群平凡人，反映了铁路工人的奉献精神。

小说中有三次矛盾冲突：一、结婚，二、生子、预防事故，三、退休。由于篇幅的限制，文字应尽量简洁，所以，小说用分章的方式让三个矛盾场面过渡并衔接，在每个矛盾冲突中用人物对话来刻画不同的人物并交代矛盾冲突的过程，结尾用散文手法来暗示情节的发展和结局。大家不妨看看这篇小小说，体会小说相关知识。

四、思考练习

1. 赏读莫泊桑的《项链》，体会小说的主题思想，再紧扣主题，为这个小说添一个结尾，设计路瓦栽夫人得知真相之后，故事情节的最后结局。

2. 阅读《小站故事多》，体会小说的主题思想，在第二个故事后面添加一个故事：围绕站长女儿婚嫁，家里发生的矛盾冲突，设计一些情节、场景和对话，要注意呼应第一个故事中的一些情节和场景，照应小说的中心思想以及人物性格特征。

（2015 年上海市长宁区“社区学院”编写《居民写作入门》教材，本文即其中的一个课题）

跋

2015年，这本近21万字的《日色匆匆亦从容》内部发行了一下。那之前，我用了半年时间来筛选、编辑稿件，又用了三个月的时间来校对稿件。前后用的时间加起来，差不多正好应了一位友人的“十月怀胎”那句调皮话。

早些年，我陆续写了一些文章，有些在报刊上发表了，“敝帚自珍”，当时就用剪报的形式把这些文章收集起来。后来，与时俱进学会了上网，以后写文章就不用笔和纸了——我有了博客，博名叫作“潇湘影子中原客”。

剪报本太杂、太乱，博客太泛、太随意。后来，想了一个办法：从上面这些文章里挑选一些好的来，编一本散文、诗歌集子，书名也想好了，就借用自己的一篇诗评《日色匆匆亦从容》来做书名。

吾家有“儿”初养成，这是两年之前的事了，经过蹒跚学步，如今《日色匆匆亦从容》要正式出版。这一年，它又得到了许多的关怀与关注。我的一个弄文学的同学曾打电话给我，认为书名太长了一点。为此，我思考再三，还是没有听从这位作家的意见。我的意思是，“日色匆匆”是当下的人生态势，“从容”是当下的淡泊心态。这样，好像有一点“比兴”的意思了。好比一个微信“群”挑选一个召集人，不在于他多优秀，只在于他能否服务并统领这个群。

正式出版这本书的酝酿过程中，得到了上海三联书店冯征先生的关心，他花时间读完了我的书稿，抽时间约我到三联面谈，进行面对面的具体商谈并提出了一些具体建议，还嘱咐我“随时联系”。冯先生是三联的资深编辑，得到他的指导，我就像是加满了油的汽车，铆足了劲，轰起了油门，一个月时间，对这本书三次进行修改、增删，修改规模和幅度是很大的。

这最后一次校对时，自我感觉比较满意。我又冒出这样的质疑“这是我写的吗”，还有了“文章本天成，捡漏偶得之”的感叹。假如有哪位朋友读这本书时心中也有我这样的想法，那是我能理解的。

理解万岁！

2018年1月31日

于上海龙华

图书在版编目(CIP)数据

日色匆匆亦从容/李正伟著. —上海:上海三联书店,2018.8
ISBN 978-7-5426-6327-6

Ⅰ.①日… Ⅱ.①李… Ⅲ.①中国文学—当代文学—作品综合集 Ⅳ.①I217.2

中国版本图书馆CIP数据核字(2018)第126539号

日色匆匆亦从容

著　　者 / 李正伟

责任编辑 / 冯　征
装帧设计 / 一本好书
监　　制 / 姚　军
责任校对 / 张大伟

出版发行 / 上海三联书店
(201199)中国上海市都市路4855号2座10楼
邮购电话 / 021-22895557

印　　刷 / 上海肖华印务有限公司
版　　次 / 2018年8月第1版
印　　次 / 2018年8月第1次印刷
开　　本 / 710×1000　1/16
字　　数 / 100千字
印　　张 / 25
书　　号 / ISBN 978-7-5426-6327-6/I·1405
定　　价 / 68.00元

敬启读者,如发现本书有印装质量问题,请与印刷厂联系 021-66012351